U0109783

民國文化與文學 研究文叢

十七編
李　怡 主編

第11冊

廣告視野下的早期話劇觀念研究
——以《申報》（1907～1928）為中心

龍　豔 著

國家圖書館出版品預行編目資料

廣告視野下的早期話劇觀念研究——以《申報》（1907～1928）
為中心／龍豔 著 -- 初版 -- 新北市：花木蘭文化事業有限公司，
2024〔民 113〕
目 4+274 面；19×26 公分
（民國文化與文學研究文叢 十七編；第 11 冊）
ISBN 978-626-344-851-3（精裝）
1.CST：舞臺劇 2.CST：廣告 3.CST：中國報業
820.9   113009395

特邀編委（以姓氏筆畫為序）：

丁　帆　　　王德威　　　宋如珊
岩佐昌暲　　奚　密　　　張中良
張堂錡　　　張福貴　　　須文蔚
馮　鐵　　　劉秀美

ISBN-978-626-344-851-3

9 786263 448513

民國文化與文學研究文叢
十七編　第十一冊　　　　　　　ISBN：978-626-344-851-3

廣告視野下的早期話劇觀念研究
——以《申報》（1907～1928）為中心

作　　者　龍豔
主　　編　李怡
企　　劃　四川大學中國詩歌研究院
總 編 輯　杜潔祥
副總編輯　楊嘉樂
編輯主任　許郁翎
編　　輯　潘玟靜、蔡正宣　美術編輯　陳逸婷
出　　版　花木蘭文化事業有限公司
發 行 人　高小娟
聯絡地址　235 新北市中和區中安街七二號十三樓
　　　　　電話：02-2923-1455／傳真：02-2923-1452
網　　址　http://www.huamulan.tw 信箱 service@huamulans.com
印　　刷　普羅文化出版廣告事業
初　　版　2024 年 9 月
定　　價　十七編 11 冊（精裝）台幣 28,000 元　　　　版權所有·請勿翻印

廣告視野下的早期話劇觀念研究
——以《申報》(1907～1928)為中心

龍豔 著

作者簡介

龍豔，四川儀隴人，女，文學博士，現為西北民族大學新聞傳播學院教師，在《現代中國文化與文學》《華夏文化論壇》《電影文學》等期刊上發表多篇論文。

提　　要

　　因中國近代危機而出現的話劇將「開民智」與「新國民」作為其核心訴求，強調話劇的思想性與社會責任成為百年來話劇發展過程中的重要特徵。無論是洪深在《從中國的新戲說到話劇》中認為話劇的價值在於「有主義」還是歐陽予倩在《予之戲劇改良》中提出「蓋戲劇者，社會之雛形，而思想之影像也」的看法，都是強調話劇思想性的體現。然而，從話劇的活動機制來看，「寫劇者、表演者，及觀眾」三方面缺一不可，過度強調寫劇者的主動性與創作的思想性遮蔽了話劇與觀眾的互動以及根據市場需求而進行的革新與探索過程。

　　與小說、詩歌、散文等文體相比，話劇文體涉及到兩個方面即劇本的寫作與舞臺演出（依據劇本演出）。考察話劇在中國從無到有進而走向成熟的過程，其依據的重要標準是舞臺的演出。如果說小說、詩歌、散文的創作，往往不需要特別考慮讀者的感受的話，真正意義上的話劇包括從劇本到演出的全部過程都需要觀眾的參與。觀眾的參與影響著劇作家的創作，也影響話劇市場的拓展。而話劇要拓展觀眾市場，廣告在這個過程中扮演著推手作用。以促進商品銷售為目標的廣告會宣傳話劇的「賣點」以吸引觀眾，廣告成為話劇觀念的載體。因此，本文以 1907 年到 1928 年期間《申報》所刊登的演劇廣告為研究對象，探討此時期內的廣告是如何宣傳劇目演出的、廣告文本所表徵的話劇觀念以及演劇廣告在話劇觀念的構建與傳播過程中扮演著怎樣的角色。

　　首先，廣告為早期話劇表達思想與政治主張提供了平臺。因近代社會危機而萌芽的話劇主張「因多演國家受侮之悲觀，宜多演各國亡國之慘狀」，這樣的話劇因其所具有的「反叛性」而遭遇官方與社會的阻力。早期話劇利用廣告宣傳即將演出劇目的公益性、政治性的基礎上突破官方權力的干擾而實現了啟蒙民眾與傳播新思想的目的。其次，西方劇目演出活動被作為娛樂形式之一種而與中國觀眾發生關聯。為縮短西方劇目與中國觀眾在文化與閱讀趣味上的距離，廣告在宣傳這些劇目的舞臺演出形式的同時也在宣傳上更貼合中國觀眾的趣味。第三，話劇在面臨官方權力壓制的同時，還受到京戲、彈詞等傳統藝術與新興的電影藝術的擠壓。因此，早期話劇為同他們競爭而在廣告中大肆宣傳劇本的創作、舞臺人物的塑造、女性演員、舞臺布景與現代劇場服務等，甚至會借助時事熱點或社會新聞以及名人效應來進行宣傳。

　　可以說，《申報》所刊登的演出廣告如同一面包羅萬象的鏡子，呈現了話劇觀念從萌芽到成熟的整個過程。正是在不斷與觀眾的交流對話的過程中，話劇觀眾逐漸形成，話劇最終走向成熟。

中西比較詩學與文藝思潮研究
創新團隊階段性成果

答范玲問：「文史對話」的文學立場
——《民國文化與文學研究文叢‧十七編》代序

李 怡

一、「文史對話」的歷史來源

范玲（以下簡稱「范」）：李老師您好，八年前您曾以「文史對話」替換「文化研究」這一概念，並用以指涉新時期以來中國現當代文學研究界逐漸興起的某種研究趨向。〔註1〕我注意到，您在當時的討論中傾向於將「歷史」「文化」視為一個詞組而並末對二者作出明確的區分。請問這樣一種處理是否有特別的原因？

李怡：（以下簡稱「李」）：從1980年代到1990年代，一直到新世紀的今天，文學研究實質上一直在試圖走出「純文學」的視野，希望在更廣大的社會文化領域開闢新的可能性。但與此同時，中國之外的西方文學世界也正在發生一個重大的變化，也就是我們今天看到的所謂「文化研究」的興起。這一研究趨向也在這個時候開始逐漸在我們的學術領域裏產生重要的影響，不僅文學研究界，歷史學界也在發生著重要的變化。

文學界的變化就是越來越強調從歷史文獻中尋覓文學的意義解讀，而不是對文學理論的某種依賴。這裡的歷史文獻包括文字形態的，當時也包括對文學發生發展背後的一系列社會史事實的瞭解和梳理。

在歷史學界，就是所謂後現代歷史觀的出現，以及微觀史學這樣一個方法

〔註1〕參見李怡：《文史對話與中國現當代文學研究》，《中國社會科學》2016年第3期。

的出現，它們都在很大程度上改變了我們過去習慣的那套思維方式——不再局限於將歷史認知僅僅依靠於一系列的「客觀的」歷史事實，如文學這樣充滿主觀色彩的文獻也可以成為歷史的佐證，或者說將主觀性的文學與貌似客觀的歷史材料一併處理，某種意義上，歷史研究也在向著我們的文學研究靠近。

這個時候，整個文學思維和文學研究的方法也開始面臨一個特別複雜的境況。正是在這樣的背景下，當我們需要探討從 1980 年代中期的「方法熱」到 1990 年代再至新世紀，這一二十年圍繞文學和社會歷史這一方向所發生的改變，就不得不變得特別謹慎和小心。所以你說我八年前在使用這些相關概念時，顯得特別謹慎，我想原因就在於，當時無論是用「文史對話」來替代「文化研究」，還是在不同的意義上暗含著對「歷史」「文化」的不同的理解，都包含了我對這樣一個複雜的文學研究狀態的一個更細緻的理解。

范：那麼在這樣一種複雜的背景下，我們應該如何更好地理解和界定「文史對話」這一概念呢？能否談談用這一概念替換「文化研究」的原因還有這種替換的有效性？

李：實質上，在《文史對話與中國現當代文學研究》這篇文章裏，我涉及到了好幾個概念。所謂 1980 年代中後期的學術方法，我其實更傾向於認為它既不是今天的「文史對話」，也不是我們 1990 年代所說的「文化研究」，我把它稱為「文化視角」的研究。什麼是「文化視角」的研究呢？就是從不同的文化角度解釋文學現象，這是和 1980 年代初期到中期的方法論探討聯繫在一起的。而這個方法論，它本質上是為了突破新中國建國後很多年間構成我們文學研究的一個最主要的統治性的研究方法，也就是所謂的社會歷史研究。

當然，我們曾經從社會歷史的角度來研究、解釋文學，這是沒有問題的，但在那個特殊的年代，這幾乎被作為我們解釋文學的唯一方法，一種壓倒性的，甚至是和政治正確緊密聯繫在一起的方法。而 1980 年代初期和中期開始的方法論更新，則意味著我們開始可以從不同的角度認知文學，解釋文學。一個評論家擁有了解釋的權利，而且能夠通過這樣的解釋發現文學更豐富的內涵，那麼所謂從社會歷史或者社會文化的角度來解釋文學，那就只是其中的一個方法，而且在當時就出現了比如從不同的文化方向解釋文學發生、發展規律的一些重要嘗試。

著名的「二十世紀中國文學」概念中專門就有一部分是談「文化視角」的。他們仍然認為「二十世紀中國文學」中一個非常重要且不能被取代的角度，就

是從文化角度研究、分析並解釋我們中國文學的發展問題。所以那個時候，這個所謂的「文化視角」研究是非常重要的一個思路。隨著 1980 年代後期，比如尋根文學思潮的出現，文化問題再一次成為了我們學界關注的一個重心。那個時候，是所謂「文化熱」。這個「文化視角」實際上是伴隨著人們那時對整個文化問題的興趣而出現的，這是 1980 年代。

范：也就是說，我們其實是需要回到學術史發展的整體脈絡當中去重新梳理其中變化的軌跡，才能夠更好地理解和把握「文史對話」這一概念的，對嗎？

李：對的。事實上，到了 1990 年代中期，情況就發生了一個變化。這裡面有一個標誌性的事件，那就是 1994 年汪暉與美國加州大學洛杉磯分校的李歐梵教授在《讀書》雜誌上發表的系列對話。他們從西方學術史的角度出發，追問什麼是「文化研究」，「文化研究」與地區研究的關係等問題。這個在學術史上被看作新一輪「文化研究」的重要開端。值得注意的是，像汪暉、李歐梵所介紹和追問的「文化研究」，其實不同於我剛才說的中國學者在 1980 年代借助某些文化觀點分析文學的這樣一種研究方法。

英國學者雷蒙・威廉斯和霍加特的「文化研究」是對歷史文化本身的各種文化元素的研究，而不再是我們討論文學意義時的簡單背景。1980 年代，我們強調通過社會歷史文化背景來進一步解釋文學產生過程的基礎問題，但是在「文化研究」裏，這些所謂的社會歷史文化元素，不再是背景，他們本身就成為了研究考察的對象。或者說，那種以文學文本為研究中心，而其他社會歷史文化都作為理解文本意義的這樣一個模式，是被超越了，突破了。整個社會文化被視作一個大的「文本」。

范：那這樣一種「文化研究」的範式是怎樣逐步被中國文學研究界接納並最終獲得較為廣泛的發展和影響力的呢？

李：其實在 1990 年代首先意識到這種重大變化的並不是我們的現當代文學研究界，而是文藝學研究界。那時可以說是廣泛地介紹和評述了這個所謂的「文化研究」。1990 年代中期以後，一大批學者成為了「文化研究」的介紹者、評述者，包括像是李陀、羅崗、劉象愚、陶東風、金元浦、戴錦華、王岳川、陳曉明、王曉明、南帆、王德勝、孟繁華、趙勇等基本都是以文藝理論見長的學者。他們的意見和介紹，在某種意義上，是將正在興起的「文化研究」視為了超越中國文藝學學科自身缺陷的一個努力的方向。

　　這種來自文藝學界的對「文化研究」的重視，發展至 1990 年代後期已相當有聲勢，並且開始對中國現當代文學研究界造成衝擊和影響。一些中國現當代文學研究界的學者也開始提出文學的「歷史化」問題，正是在這個時候，新歷史主義的歷史闡釋學和福柯的知識考古學被較多地引入到了中國現當代文學研究界。洪子誠老師的《中國當代文學史》被公認為中國當代文學學術化與知識化研究的開創之作。這本書的一個基本觀點可以說改變了中國當代文學研究的格局，那就是：「本書的著重點不是對這些現象的評判，即不是將創作和文學問題從特定的歷史情境中抽取出來，按照編寫者所信奉的價值尺度（政治的、倫理的、審美的）做出臧否，而是努力將問題『放回』到『歷史情境』中去審察。」〔註2〕

　　范：中國當代文學研究格局變化了以後，是否也對中國現代文學研究產生了直接的影響呢？

　　李：如果我們對百年來中國文學研究的變化作一個更細緻的區分的話，我覺得中國現代文學研究和中國當代文學研究的內部可能還存在一些差異。當代文學研究是最早提出「歷史化」這個問題的，這與當代文學這個學科一開始就存在爭議有關。1980 年代，人們其實仍然在討論當代文學應不應該寫史的問題，到了 1990 年代後期，當代文學研究界便提出了「歷史化」的問題。這其實就讓當代文學是否應該寫「史」成為了過去，而這個「史」從什麼時候開始，怎樣才能寫「史」，就是重新再「歷史化」的一個過程。這是對文學背後所存在的巨大的歷史現象加以深刻的、整體關注和解讀的結果。

　　那麼現代文學呢，它的反應沒有當代文學那麼急切。但是，可以說從 1990 年代後期到新世紀開始，現代文學研究界同樣也提出了在不同社會文化背景中進一步深挖現代文學的歷史性質種種可能性。包括我自己在內的一些學者對「民國文學」的重視。「民國文學」作為文學史的概念最早是張福貴教授完整論述的，後來又有張中良老師，丁帆老師等等，我們所探索的民國文學史的研究方法，其實都是和這個歷史事實的追尋聯繫在一起的。

　　范：感覺這種「歷史化」的訴求以及對歷史材料的關注發展到今天似乎已經非常廣泛而深入地嵌入進了中國現代文學和當代文學研究的內部。在您看來，這種研究趨向的興盛依託的核心動力是什麼呢？它和 20 世紀 90 年代以來愈發強烈的「回到歷史現場」的訴求是怎樣一種關係？

〔註2〕洪子誠：《中國當代文學史》，北京大學出版社，1999 年，第 5 頁。

李：所有這些變化背後最重要的動力，我覺得還是尋找真相。其實文學研究歸根結底就是為了尋找真相。過去為什麼我們覺得真相被掩蓋了，是因為我們很多所謂的研究方法和理論，最後在成熟的過程當中，越來越成為凌駕於文學作品之上的一個固定不變的原則，甚至在一段時間裏邊兒，這種原則與政治正確還聯繫在一起，這裡面當然充滿了人們對「方法」和「理論」的誤解。

所謂「回到歷史現場」，其實是這個大的文化潮流當中的一個具體的組成部分。「歷史化」是當代文學經常願意使用的一個概念，而現代文學呢，則更願意使用「回到歷史現場」的表述。所謂「回到歷史現場」，意思就是說，我們過去的很多解釋是脫離開歷史現場，從概念或者某種理論的方法出發得出的結論。那麼，「回到歷史現場」重要的其實就是破除這些已經固定化的方法對我們的思維構成的影響，重新通過對具體現象的梳理，來揭示我們應該看到的真相。當然這裡邊兒有很多東西可以進一步追問，比如「現場」是不是只有一個？回到這個「現場」是否就是一次性的？……其實只要有方法和外在理論束縛著我們，我們就需要不斷回到歷史現場。歸根結底，這就是我們發揮研究者自身的主體性，用自己的眼光，自己的心靈來感受這個世界的一個強大的理由。

二、「文」與「史」的相異與相通

范：您此前曾談到，「文史不分家」本就是「中華學術的固有傳統」，史學家王東傑教授也曾撰寫《由文入史：從繆鉞先生的學術看文辭修養對現代史學研究的「支持」作用》一文，對中國「文史結合」的學術傳統進行了重申與強調。〔註3〕而新文化史研究興起以後，輕視文學資料的成見亦逐漸在史學界得到改變，不僅文學作品、視覺形象等被發掘為了史料，甚至一些歷史學者亦開始嘗試文學研究的相關課題。請問史學界的這一研究轉向與前面討論的文學研究界的變化是否基於同一歷史背景？兩者的側重點是否有所不同？它們的核心區別在何處？

李：今天文學研究在強調還原歷史，回到歷史情境，並希望通過歷史和文化來解讀文學的現象。同樣的，歷史研究也在尋求突破，也在向文學靠近。特別是在後現代歷史觀的影響下，歷史研究已經從過去的比較抽象、宏大的歷史

〔註3〕參見王東傑：《由文入史：從繆鉞先生的學術看文辭修養對現代史學研究的「支持」作用》，《四川大學學報（哲學社會科學版）》2014年第6期。

敘述轉向微觀史、個人生活史、日常生活史的敘述，而並不僅僅局限於對客觀歷史文獻的重視，當前人的精神生活也被納入進了歷史分析的對象當中。那麼這個時候，歷史研究和文學研究是不是就成了一回事呢？兩者是否最終就交織在一起，不分彼此了呢？

這就涉及到歷史學的「文史對話」和文學的「文史對話」之間微妙的差異問題。在我看來，今天我們強調學科的交叉和融合，固然是一個值得注意的傾向，但是在交叉、融合之後，最終催生的應該是學科內部的進一步演變和發展，而不是所有學科不分彼此，都打通連成了一片。當然，交叉、融合本身可能是推動學科進一步自我深化的一個重要過程或路徑，這就相當於《三國演義》裏面，我們都很熟悉的那句話——「天下大勢，分久必合，合久必分」。我們因為某種思維的發展，需要有合的一面，需要有學科打破界限，相互聯繫的一面；但是，另外一個歷史時期，我們也有因為那種聯合，彼此之間獲得了啟示，又進一步各自深化，出現新一輪的個性化發展的一面，我覺得這兩種趨勢都是存在的。

在這個意義上，我們回頭來看其實會發現，歷史學的「文史對話」實質還是通過調用文學材料，或者說是人主觀精神世界的一些感受來補充純粹史學材料的不足，或者說通過對人的精神現象、情感現象的關注，來達到他重新感受歷史的這樣一個目的。他最終指向的還是歷史。眾所周知，歷史學家陳寅恪是「文史互證」的著名的提出者，在前人錢謙益治學方法的基礎上，陳寅恪先生要做的就是用文學作品來補充古代歷史文獻的欠缺，唐代文獻不足，但是先生卻能夠從接近唐代的宋、金、元的鶯鶯故事中尋覓重要的歷史信息：崔鶯鶯的出生門第，唐代古文運動與元白的關係等等，這是「以文證史」。而文學研究中的「文史對話」走的路徑則正相反，它是通過重塑歷史材料來重建我們對歷史的感覺，重建研究者對歷史的感受，通過重新進入文學背後的歷史空間，我們獲得了再一次感受和體驗文學所要描述的那個世界的重要機會，從中也真正理解了作家的用意與精神狀態。換句話說，他最根本的目標還是指向文學感受的，是「以史證文」。一個是重建「歷史」，一個是重建「文學」，這就是史學的「文史對話」和文學的「文史對話」之間很微妙但又很重要的一個差異。當然，今天由於這兩個學科都在向著對方跨出了一步，所以往往在很多表述方式上，你可以看到他們有一些相通之處，我們彼此之間也可以展開更密切的相互對話。

范：我記得英國歷史學家托馬斯・麥考萊（Thomas Macaulay）曾說，「歷史學，是詩歌和哲學的混合物」〔註4〕；而錢鍾書在《管錐篇》中也有提到：「史家追敘真人真事，每須遙體人情，懸想事勢，設身局中，潛心腔內，忖之度之，以揣以摩，庶幾入情合理，蓋與小說、院本之臆造人物、虛構境地，不盡同而可相通。」〔註5〕他們好像都正好談到了歷史學與文學的某種相通之處，您認同他們的看法嗎？

李：無論是歷史學家托馬斯・麥考萊，還是中國的文學作家、學者錢鍾書，的確都道出了「文學」和「歷史」的相通之處。「歷史」史注意科學和理性，但它也關乎「人」。所以我們可以說它是「詩歌和哲學的混合物」，「詩歌」這個詞就強調了它的主觀性，「哲學」則強調了它理性思考的層面。我想，「文學」和「歷史」最根本的相通還是它們都是對「人」的描述，歷史描繪的中心是人，文學表達的情感中心也是人，所以它們能夠相互連接，相互借鑒，或者說「文學」和「歷史」能夠相互對話。

不過，就像我前面所說的，這兩者的表現形式有很多相通之處，但目的不同。「文史對話」的歷史研究根本上是為了解釋歷史，為了對歷史本身進行描述，而文學的「文史對話」則是要重建我們的心靈。這背後的不同是文學學科和歷史學科的不同。歷史學科歸根結底還是重視一種理性的概括，而文學學科更重視的則是對鮮活生命感受的完整呈現。

三、回到「文學」的「文史對話」

范：從您的表述中我好像能比較明顯地感受到您對於文學研究「自身的根基」問題似乎有著愈加強烈的憂慮感受。在八年前的那篇文章裏，您已在討論「文史對話」的相關議題時談到，史學家「以文學現象來論證歷史」與文學研究者「借助歷史理解文學」其實有很大不同，並強調「跨出文學的邊界，最終是為了回到文學之內」。〔註6〕而在去年發表的《在歷史中發現「文學性」》中，您則更進一步地指出，「我們必須回應來自文化研究和歷史研究的『覆蓋式』衝擊」，重提「文學性」的問題，以避免「文學研究基本自信和價值獨立性的

〔註4〕 參見易蘭：《西方史學通史》第5卷，復旦大學出版社，2011年，第68頁。
〔註5〕 錢鍾書：《管錐編》第1冊，中華書局，1979年，第166頁。
〔註6〕 參見李怡：《文史對話與中國現當代文學研究》，《中國社會科學》2016年第3期。

動搖」。〔註7〕既然您如此在意「文」與「史」的邊界問題，為何仍會提出「文史對話」這樣一個概念並著力加以強調呢？

李：事實上，我之所以要強調「文史對話」，正是想提出一個更大的可能性以及今天我們的中國現當代文學研究如何獲得自身獨立品格的這樣一個問題。因為無論是1980年代的「文化視角」，還是1990年代從文藝學學科裏面生發出來的「文化研究」，我覺得都是呈現了來自國外學科發展的一個趨勢，它並不能夠代替我們中國現當代文學對自身文學現象的理解。固然我們可以把很多精力花到文學背後更大的歷史當中去，並且這大概在今天已經成為一個不可逆轉的趨勢。我們看到很多高校的研究生在他們的學位論文裏面，我們甚至看到高校的這些研究生的導師們，這些知名的學者，在他們近幾年的文章裏面，越來越傾向於淡化文學研究，強化文學背後的歷史研究、文化研究的份量。我想，越是在這個時候，新的問題也應該引起我們更自覺的思考——那就是隨著我們越來越重視對歷史和文化的研究，文學研究還有沒有自身獨立性的問題。

正是在這個意義上，我所謂的「文史對話」其實指的是一個更寬泛意義上的認知「文學」的努力，一種與文學學科、歷史學科相互借鑒的方法。我傾向於把它視為一個大的概念，在這個大的概念裏邊兒，1980年代的「文化視角」，1990年代的「文化研究」和我們「以史證文」式的文學研究應該是不同的趨勢和路徑。

范：能否請您再詳細談談促使這樣一種學科危機意識在當前變得愈發顯明的原因？

李：其實我們在今天之所以會重新提出「文史對話」的起源及其歷史作用等問題，都是基於對當下學術發展態勢的一個觀察。1990年代以後，「文學」和「歷史」的這種對話便逐漸構成了我們今天不可改變的一個大的歷史趨勢，其中一個特別引人注目的現象就是越來越多的文學研究者開始介入文學背後歷史現象的討論，而逐漸脫離開了文學研究本身。一個文學的批評者幾乎變成了一個歷史的敘述者，越來越多的文學研究主題演變為了歷史故事的主題。這已經成為我們今天學術研究裏邊兒最值得注意的一個傾向，包括一些研究生的碩士論文，也包括我們經常看到的發表在報刊雜誌上的一些文學研究的論文都是如此，以至於前些年就有學者發出了這樣的憂慮，那就是文學研究本身

〔註7〕參見李怡：《在歷史中發現「文學性」》，《學術月刊》2023年第5期。

還有沒有它的獨立性？這裡面一個很深刻的問題是，如果文學研究因為走上了「文史對話」的道路就逐漸的與歷史研究混同在一塊兒，或者文學研究已經主要在回答歷史的一些話題，那麼我們的文學研究還有什麼可做的呢？又何必還需要我們「文學」這樣的學科呢？

而且，更重要的是，一個文學研究者的起點，歸根結底其實還是我們對人的精神現象的一種感受。當我們僅僅從這種感受出發，試圖對更豐富的歷史事實做出解釋的時候，這裡是否已經就暴露出了一種先天性的缺陷？例如我們不妨嚴格地反問一下自己：文學研究是否真的能夠替代歷史研究？如果我們的文學批評、文學研究在內容上其實已經在回答越來越多的歷史學的問題，那麼我們就不能不有所反省，這樣以個人感受為基礎的歷史描述是否已經包含了更多的歷史文獻，是否就符合歷史考察的基本邏輯？如果我們缺乏這樣的學術自覺，那就很可能暗含了一系列的學術上的隱患，這其實就是文學所不能承受的「歷史之重」。

今天，我們重提「文史對話」的意義，重新檢討它的來龍去脈，我覺得一個非常重要的傾向，就是通過對學術史的重新梳理來正本清源。我們要進一步地反思我們文學研究自身的目標是什麼。我們和歷史研究可以相互借鑒，在很大意義上，我們在方法、思維上都可以互相借鑒，取長補短，但是我們最終有沒有自己要解決的問題？

范：那文學研究最終需要自己解決的問題在您看來應該是什麼呢？

李：我覺得這個問題是很明確的，那就是解決「人」的精神問題，解決「人」心靈發展的問題，這是一個非常重要的方向。「文史對話」對於「文學」而言應該是關於心靈走向的對話，對於「歷史」而言可能就是關於歷史進程的對話。儘管「心」與「物」或者說「詩」與「史」之間常常互相交織、溝通，但歸根結底，「文史對話」對我們文學研究而言，是為了保持文學研究本身的彈性與活力。有的人就是因為我們過去的學術研究日益走向僵化、固定化，因此提出了文學走出自身，走向歷史的這樣一個過程。但是我想要強調的是，即便我們再頻繁地遠離開了我們的文學，但只要還是文學研究，便最終仍會折回到我們的起點，這也是文學研究所謂的「不忘初心」。

我最近為什麼會提出一個「流動的文學性」概念，也是因為，我們不斷地突破「文」，最後卻遺忘了「文學性」，或者根本的就拋棄了「文學性」。這裡邊兒一個可擔憂的地方在於，我們再也找不到我們文學的研究了。我們離開了

文學研究，是否就真的成為了一個歷史學者或者思想史的學者？我覺得事實上也不是那麼簡單。一個真正的歷史學者和思想史的學者，他有他的學科規範，有他的學科基礎、目標和範式，如果我們在歷史學界或者思想史學界對我們來自文學界的學術成果進行一番調研的話，你可能會發現我們很多所謂離開文學的「文史對話」也未必獲得了歷史學界或者思想學界的完全認可。他們同樣會覺得我們不夠規範，或者認為中間存在很多的問題。

這其實就是啟發我們，一個真正的文學研究者即便離開文學，在文學之外去尋找靈感，尋找問題的解答思路，但我們最終都不要忘了，我們是為了解決或者解釋文學的某些獨特現象，才暫時離開了文學。這樣的話，我們的文學研究實際上就是不斷地在其他學科的發展當中汲取靈感，一次次地汲取靈感，並使我們一次次地呈現出不同的文學景觀。隨著我們學術研究的不斷發展，我們獲得的不同文學景觀就呈現為一種流動性，這就是我說的「流動的文學性」。文學性在流動，但是它還是有文學性，並不等於歷史研究，也不等於思想史考察，當然也不是純粹的社會文化問題的研究。我們還是為了研究文學的問題，而不是社會文化問題，這就是這兩者之間的邊界和差異。

范：確實，若無法在「文史對話」的過程中恰當處理「文」與「史」的邊界問題，甚而直接將歷史學或思想史問題的解決視為了文學研究的至高追求，這對於以「感受」為基點的「文學」而言不僅難以承受，還將使文學研究自身的根基變得愈加脆弱。不過，時至今日不論是在文學研究界，還是在歷史研究界，亦出現了許多「文史對話」的有益成果。請問在您看來，有哪些代表性的研究成果能夠作為某種示例供以參照？「文史對話」這一漸趨成熟的研究方法於當前的文學史研究而言還存在哪些尚待發掘的意義與可能性呢？

李：要我對學科發展的未來做詳細的預測，我覺得這是很難的，因為既然是「流動的文學性」，一切都在不同研究者個體的體驗當中，個體體驗越豐富，就越是多元化的、百花齊放的景象。惟其如此，我們的文學研究才能突破固有的、僵死的邊界，走出一個更為廣闊的未來。不過在這裡呢，我很願意推薦我很尊敬的，中國社會科學院文學研究所的研究員劉納老師在 1990 年代後期出版的一本代表作——《嬗變——辛亥革命時期至五四時期的中國文學》。

這本書寫的是晚清到五四前夕這段時期中國文學演變的基本事實，其中最重要的一個特點是，這部分文學史是長期被人忽略的，包括大量的歷史材料都是我們不熟悉的，但劉納老師非常嫻熟地穿梭在這些歷史文獻當中，並清理

出了中國文學被遺忘的這一段歷史景觀。與此同時，她整個的著作不是為了重塑純粹客觀的社會歷史，而是在社會歷史的豐富景觀當中呈現了人的心靈史、精神史。所以這本書看似有很多歷史材料，但又保持了一個基本的文學的品格。而且這本著作整體上有一個從歷史材料到最後的精神現象不斷昇華的過程。尤其寫到最後一章的時候，就從更為廣泛的歷史材料的梳理當中，得出了非常深刻的關於人的精神現象以及文學發展特徵的一些結論。可以說，這就完成了從歷史文獻向著人的心靈世界觀察的一種昇華和發展。

我給歷屆的學生其實都推薦了這本書，我覺得這裡邊兒充分體現了一個優秀的中國現代文學研究者如何在歷史文獻和文學感受之間完成這種自如的穿梭，然後把心靈感受的能力，文學解讀的能力和掌握分析解剖豐富材料的能力，很好地結合起來。所以，說到「文史對話」的代表作，我仍然願意提到這本書。

目

次

緒　論

第一節　選題意義

　　1928 年，洪深與田漢等戲劇界人士聚餐時提議將此前在表演內容與舞臺形式上均與傳統戲曲不同的戲劇藝術形式命名為「話劇」，此後洪深又在《從中國的新戲說到話劇》一文中對話劇藝術形式做出界定：「話劇，是用那成片段的、劇中人的談話、所組成的戲劇。……有時那話劇，也許包含著一段音樂，或一節跳舞。但音樂跳舞，只是一種附屬品幫助品。話劇表達故事的方法，主要是用對話。……話劇的生命，就是對話。寫劇就是將劇中人說的話，客觀的記錄下來。對話不妨是文學的（即選鍊字句）甚或詩歌的。但是與當時人們所說的話，必須有多少相似，不宜過於奇怪特別，使得聽的人，全注意感覺，劇中對話，與普通人所說的話，相去太遠了。」〔註1〕洪深將話劇的核心界定為對話，提出劇中人物形象的塑造與劇中主旨意義均依賴對話而展開。事實上，洪深對話劇的論述開啟了此後研究界對話劇觀念的探討。

　　研究界對話劇觀念的探討主要從兩個維度來展開，一個是文學史維度，另一個則是戲劇史維度。文學史著作在書寫話劇觀念之時，往往是將話劇作為與小說、詩歌、散文相併列的一種文體而以一章或一節的容量來呈現。劉半農在《我之文學改良觀》（1917 年）中提出詩歌戲曲與小說雜文二者「可

〔註1〕洪深《從中國的新戲說到話劇》，《洪深研究專集》〔M〕，杭州：浙江文藝出版
　　　社，1986 年第 176 頁。

視為文學上有永久存在之資格與價值者」〔註2〕，胡適則在《建設的文學革命論》（1918年）中提出以西洋的文學方法即散文、戲劇、小說來「做我們的模範。」〔註3〕此後，胡適在《五十年來中國之文學》（1922年）中從小說、詩歌、散文、戲劇四個方面來詳述自文學革命主張以來白話文學的成績。劉半農、胡適等人的論述成為此後文學史書寫的範式，而以該範式書寫文學史的集大成者是由趙家璧所主編的十卷本《中國新文學大系》，「描繪出一幅影響至今的『現代中國文學』發生的圖景。」〔註4〕其中，《中國新文學大系》第九卷為《戲劇集》，主編洪深以思想性與社會意義並重為標準收錄了自文學革命之後到1935年期間所發表的極有影響力的劇本，如《終身大事》「是一齣反映生活的社會劇，」〔註5〕《獲虎之夜》是以「〔婚姻的不自由〕作題材，」〔註6〕《卓文君》雖「取材歷史，作者卻想她來寫出一切被壓迫的女性——鼓吹她們起來反抗。」〔註7〕《戲劇集》所收錄的這些劇本，事實上構建出劇本文學創作的範式即強調劇本的思想性，人物的塑造是為思想性服務的。1951年，王瑤從「革命史觀」出發而撰寫的《中國新文學史稿》將中國新文學史看成是中國新民主主義革命史的一部分，「新文學的基本性質不能不由它所擔負的社會任務來規定。」〔註8〕在論及劇作家的劇本創作時則更多地從革命鬥爭的現實出發，如認為洪深所編寫的《五奎橋》對「社會的認識不深刻」且帶有「改良主義色彩」〔註9〕，曹禺所編劇的《雷雨》因對宿命論的強調而沖淡了作品的現實意義。至20世紀80年代，文學史研究開始嘗試突破純粹的政治式的書寫範式而轉向從文學的內在規律出發來梳理文學思潮與文學流派的脈絡，力圖揭示文體發展的內在線索。從這個角度來完成文學史書寫的代表著作是錢理群、溫儒

〔註2〕劉半農《我之文學改良觀》，《中國新文學大系‧建設理論集‧影印本》〔M〕，上海：上海文藝出版社，1935年第65頁。

〔註3〕《新青年》1918年第4卷第4期。

〔註4〕羅崗《「分期」的意識形態——再論現代「文學」的確立與〈中國新文學大系（1917～1927）〉的出版》〔J〕，《華東師範大學學報》，2001.02。

〔註5〕趙家璧主編、洪深選編《中國新文學大系 戲劇集 第9集 影印本》〔M〕，上海：上海文藝出版社，1935年第23頁。

〔註6〕趙家璧主編、洪深選編《中國新文學大系 戲劇集 第9集 影印本》〔M〕，上海：上海文藝出版社，1935年第48頁。

〔註7〕趙家璧主編、洪深選編《中國新文學大系 戲劇集 第9集 影印本》〔M〕，上海：上海文藝出版社，1935年第48頁。

〔註8〕王瑤《中國新文學史稿》〔M〕，北京：開明書店，1951年第5頁。

〔註9〕王瑤《中國新文學史稿》〔M〕，北京：開明書店，1951年第308頁。

敏與吳福輝所編寫的《中國現代文學三十年》，該書對話劇的論述則試圖透過劇作家作品去揭示話劇文學發展的客觀規律，詳述作為話劇文學開創者的田漢、丁西林等人在人物形象、話劇語言上的探索，如田漢所創作的具有藝術家氣質的人物以及具有絢麗色彩的詩化的人物語言、丁西林採用的「二元三人」的喜劇模式，等等。此外，《中國現代文學三十年》也試圖從世界性與民族性視野出發探尋中國話劇觀念在中西思想碰撞下的特有形態與發展軌跡，尤其是當西方戲劇史上的各種流派同時湧入中國後，「不同思想與文學傾向、不同藝術趣味與修養、不同個性的中國劇作家對之做出了不同的吸取，從一開始即形成了現代話劇的多元創造的局面。」〔註10〕實際上，文學史對話劇觀念的研究更多地集中在劇本，尤為強調劇本的文學審美性與可讀性，甚至有人提出「許多悲劇的偉大傑作讀起來比表演出來更好。」〔註11〕此後，從文學史角度來研究話劇觀念的成果逐漸豐富，既有從宏觀方面探討中國現代話劇創作觀念變遷的《中國現實主義戲劇觀的形成》《20 世紀中國話劇的文化闡釋》《現代啟蒙精神與中國百年話劇》《人的問題與人的發明——1920 年代中國話劇創作研究》等，也有探討話劇語言的《話劇語言的濫觴與成熟》、從日常生活出發論及《中國現代戲劇中的日常生活研究》，等等。與此同時，研究界也試圖從多個角度展開對某一劇作家創作觀念的探討如對田漢的研究便有以探討田漢的劇本創作思想的《田漢南國社時期劇本創作論》、田漢與外國文學關係的《論田漢對外國文學的譯介》，等等。

　　英國戲劇理論家阿·尼柯爾教授認為「在所有文學類型中，戲劇既是最特殊、最難捕捉的類型，又是最引人入勝的類型」，因其所具有的民族潛意識與觀眾感染力，話劇是「人類才智所能創造的一切文學作品中最富有情趣的作品。」〔註12〕作為綜合藝術的話劇，「一個生命存在於文學中，它的另一個生命存在於舞臺上。」〔註13〕如果說文學史對話劇觀念的論述更多地圍繞劇本而展開的話，那麼戲劇史論述話劇觀念時則離不開演出實踐。然而，舞臺演出轉

〔註10〕錢理群、溫儒敏、吳福輝《中國現代文學三十年》〔M〕，北京：北京大學出版社，1998 年第 147 頁。

〔註11〕朱光潛《悲劇心理學》〔M〕，合肥：安徽教出版社，1997 年第 48 頁。

〔註12〕〔英〕尼柯爾著，徐士瑚議《西歐戲劇理論》〔M〕，徐士瑚譯，北京：中國戲劇出版社，1985 年第 1 頁。

〔註13〕董健、馬俊山《戲劇藝術十五講》〔M〕，北京：北京大學出版社，2004 年第 40 頁。

瞬即逝，「是沒有法子保留的；在上演時給予觀眾的印象無論如何深刻，等到
日子久了，漸漸地總會是磨滅了的；反而不如寫在紙上的東西，能夠傳之久
遠。」〔註14〕因此，若要探討演出實踐中的話劇觀念就必須依賴話劇從業者的
回憶錄或其所撰寫的自述文集。作為最早的話劇編年體史書，《新劇史》在「昌
明新劇」的理念之下，作者朱雙雲以參與者、見證者的身份全景式地呈現了自
1899 年至 1914 年期間早期話劇的演出概況、劇團成立概況以及戲劇界人士對
萌芽時期的話劇的認識，其中涉及到早期話劇的形式、社會功能等方面。自《新
劇史》之後，《嘯虹軒劇談》則有意識地構建早期話劇的舞臺表演體系。該書
作者馮叔鸞結合演出實踐論述了早期話劇與舊劇的區別、演員的派別、腳本的
創作以及表演程序等，這是近代中國最早的較為客觀全面地構建早期話劇理
論的嘗試。而真正對早期話劇觀念的形成具有重要意義的是新文化運動。新文
化運動期間，西方寫實主義戲劇思潮、現代戲劇思潮、象徵主義戲劇思潮等紛
至沓來，為話劇舞臺藝術的革新提供理念借鑒的同時也推動了話劇觀念的最
終確立。陳大悲、洪深、熊佛西等人結合演出實踐而試圖構建適合中國本土的
話劇理論體系，在話劇動作、舞臺審美表現等方面體現出較強的自我生發特
點。向培良在 1928 年出版的《中國戲劇概評》一書從「中國戲劇概評」、「從
陳大悲到丁西林」、「教訓與感傷」、「我們的舞臺」、「論國劇運動」以及「結論」
六個方面對自新文化運動期間及之後的早期話劇演出活動與理論探索進行梳
理。在書中，向培良認為處於初創期的話劇發展狀況是缺點大於優點，是一段
「很短很貧乏的戲劇史」，而造成這種狀況的原因除劇本創作的問題外，另一
個更為重要的原因是「舞臺不發達」，「本來戲劇是支持在劇本和舞臺兩個輪子
上面的：現在一個殘缺不全，一個完全沒有。」〔註15〕同時，向培良以人藝劇
專、燕京大學的演出實踐活動論證「研究舞臺，是比之研究劇本還要複雜的事」
〔註16〕的看法。該書在寫作風格上體現為作者主觀的感受式的評價，但卻為研
究早期話劇提供了豐富的史料。《中國戲劇概評》之後，《洪深戲劇論文集》則
體現出將演出經驗上升到理論總結以構建早期話劇理論的特徵。該書作者洪
深從戲劇理論、表演方法、戲劇的歷史以及批評文四個方面論述了話劇演出活

〔註14〕趙家璧主編，洪深選編《中國新文學大系 戲劇集 第 9 集 影印本》〔M〕，上
　　　　海：上海文藝出版社，1935 年第 52 頁。
〔註15〕向培良《中國戲劇概評》〔M〕，上海：上海泰東圖書館，1929 年第 5 頁。
〔註16〕向培良《中國戲劇概評》〔M〕，上海：上海泰東圖書館，1929 年第 100 頁。

動心得。在論述如何表演的「比較能夠自信」〔註17〕時，洪深開創了借助行為心理學解釋戲劇表演技巧的先例，為此後研究早期話劇舞臺表演理論提供了可供參考的資料。20 世紀 40 年代，因革命鬥爭與抗戰的需要，此階段話劇討論集中在普羅戲劇、「民族形式」的創建、歷史劇的創作以及對曹禺、郭沫若、夏衍等人的劇作研究方面，對早期話劇的論述著墨不多。

　　1954 年，《戲劇報》開始連載張庚撰寫的《中國話劇運動史初稿》（未完成），該《初稿》僅發表 7 期就終止了。而在已發表的內容中，第一章為中國話劇的萌芽（1898～1917），從上海演劇活動、東京中國留學生的演劇活動、辛亥革命時代的演劇活動以及反動時期的上海演劇活動四個方面來展開論述話劇初期的演出實踐活動；第二章為五四時期的愛美劇（1917～1926），涉及《新青年》的戲劇改良理論、上海的戲劇運動、北京的戲劇運動三個方面的內容。以演劇活動為主要內容的《初稿》除提供詳實的話劇演出史料之外，也涉及初創期的話劇劇本、話劇舞臺表演、劇場秩序的建設等內容，為當下研究早期話劇之概況提供了豐富的資料。因中華人民共和國成立後號召開展搜集與整理話劇史料，《中國話劇運動五十年史料集》（1958 年）出版。該書以話劇從事者的回憶為主，收錄了歐陽予倩的《回憶春柳》《談文明戲》、洪深《戲劇協社片斷》等話劇萌芽時期的史料，成為此後研究早期話劇概況的重要文獻。

　　至 20 世紀 80 年代，話劇史的研究更為豐富。《中國現代戲劇史稿》（陳白塵、董建主編，1989）《中國話劇通史》（葛一虹主編，1990）《中國現代比較戲劇史》（田本相，1993）等專著相繼出版。其中，《中國現代戲劇史稿》以 1907 年到 1949 年期間的話劇概況為對象，闡述中國話劇在價值觀念、精神內涵與舞臺人物、藝術生態方面從古典到現代的發展軌跡，「在結構上試用縱橫交叉的布局，既按時間順序闡述中國現代戲劇發展的歷史，又保持每一個劇作家在篇幅上的相對集中性。」〔註18〕《史稿》將話劇正式命名前的歷史分為文明戲時期與五四時期兩個時間段來展開論述，以春柳社、進化團與「甲寅中興」時期的劇團演出活動來試圖還原處於文明戲時期的早期話劇面貌，增加了南開校園話劇的演出實踐概況以及其在中國話劇史上的意義；論述五四時期的話劇概況則從社會思潮切入認為五四話劇變革是對以自由、民主為代表的啟蒙

〔註17〕洪深《洪深戲劇論文集·自序》〔M〕，上海：上海書店，1934 年第 3 頁。
〔註18〕董建、陳白塵主編《中國現代戲劇史稿》〔M〕，北京：中國戲劇出版社，1989年第 3 頁。

思潮的回應，歐陽予倩、熊佛西、郭沫若、丁西林等人的話劇創作活動也是中國現代話劇為探索自我獨立性的體現。葛一虹主編的《中國話劇通史》以戲劇運動的更迭為線索、以劇團演出活動為內容來論述中國話劇萌芽、成長和發展的歷史。田本相主編的《中國現代比較戲劇史》從中西文化對比的視野出發揭示作為西方「舶來品」的話劇是如何為中國人所接受並融入中國戲劇文化系統的過程，同時這個過程也是中國特色的話劇觀念生成的歷史。該書以考察「中國話劇（重點是創作）同外國戲劇理論思潮、流派和創作，以及同外國表、導演體系的關係史」〔註19〕為內容，希望將中國話劇的發展納入到世界戲劇發展的潮流之中以「闡明中國話劇在世界戲劇史上的地位和影響。」〔註20〕在論述早期話劇的歷史時，該書則重點論述日本戲劇思潮、西方浪漫主義、西方現實主義戲劇思潮對萌芽時期的中國話劇在創作觀念、藝術表現形式上的影響，詳實的論述與豐富的史料將此前話劇史敘述中被遮蔽的「日本」因素呈現出來，拓展了中國話劇史研究的視野，也為此後學界進一步探究萌芽時期的早期話劇提供研究基礎。自20世紀80年代開始，話劇史學界對中國話劇發生期的諸問題產生興趣，「所謂早期話劇研究是那時人們對相關問題探討時使用最多的詞彙，當然也是研究的重點。」〔註21〕尤其是早期話劇的發生問題。其中，以西方影響來解釋中國話劇發生的「外來影響說」成為論及中國話劇觀念起源的學說之一。《中國話劇的孕育與生成》《中國早期話劇與日本》等便是體現這種觀點的著作，尤其是《中國早期話劇與日本》一書更是從早期話劇從業者的人生經歷、劇目的演出情形來詳細探討日本戲劇對中國話劇的影響。從某種意義上而言，這些研究是在《中國現代比較戲劇史》基礎上的進一步深化與細化。2016年，田本相先生主編的九卷本《中國話劇藝術史》被認為是「對中國話劇發展歷史的一次全面大檢閱、大充實，更是中國話語藝術史研究的一座新的里程碑。」〔註22〕該書以戲劇運動、戲劇文學、舞臺藝術與理論批評四個專題

〔註19〕田本相主編《中國現代比較戲劇史》〔M〕，北京：文化藝術出版社，1993年第2頁。

〔註20〕田本相主編《中國現代比較戲劇史》〔M〕，北京：文化藝術出版社，1993年第10頁。

〔註21〕袁國興《清末民初新潮演劇研究的最新進展——在「中國話劇史研究暨第四屆清末民初新潮演劇國際學術研討會」上的總結發言》〔J〕，《新世紀劇壇》，2018.12。

〔註22〕全國藝術科學規劃項目（戲劇戲曲類）成果選介／〈中國話劇藝術史〉（九卷本）介紹，《戲劇文學》，2016（11）。

展開中國話劇歷史的論述，並輔以豐富的演出劇照、人物劇照等，從而試圖構建從藝術視域出發書寫話劇史的新的範式。

如上所述，既存在於劇本又存在於舞臺的中國現代話劇觀念具有綜合性特徵，其中劇本文學「被視為審美的語言作品」〔註 23〕而要求符合文學創作的規律，舞臺上的話劇則依賴劇場。從文學史與戲劇史的論述來看，現代話劇的發生與發展離不開社會變革、西方思潮的影響。除此之外，筆者認為現代話劇的發生與發展也無法擺脫現代傳媒的作用。實際上，近年來學術界不乏從現代傳媒出發探討現代話劇發生的研究。《現代傳媒與話劇文體的發生》中認為作為新文化重要傳媒的新興報刊雜誌同時扮演著話劇文學創作開路先鋒的角色，在為話劇創作輸入新的創作觀念和創作思想的同時也為話劇劇本的發表與出版提供了空間，推動了現代話劇文體的成熟。〔註 24〕《清末民初戲劇期刊研究》《晚清民國戲劇期刊研究》《二十世紀前期（1904～1949）戲曲期刊與戲曲理論批評》《中國近現代（1904～1949）戲劇期刊發展之軌跡和特點》等文則從期刊角度探究其與戲劇運動、戲劇理論之間的關係以及戲劇期刊在戲劇晚清民國戲劇運動中所扮演的角色。《從〈申報〉劇評看文明新戲「甲寅中興」》《光緒初年〈申報〉的戲劇論說——現代戲劇觀念形成的考察之一種》《〈申報〉與近代上海劇場》《從〈申報〉廣告「文明戲」稱謂的變化（1906～1949）》《論〈申報〉1911～1913 年間的戲劇評論》等論文則試圖透過《申報》所刊登的戲劇內容來探究現代戲劇觀念形成與變遷的脈絡。麥克盧漢認為「任何媒介（即人的任何延伸）對個人和社會的任何影響，都是由於新的尺度產生的；我們的任何一種延伸（或曰任何一種新的技術），都要在我們的事務中引進一種新的尺度。」〔註 25〕而要實現這樣的訴求，現代傳媒在內容的刊登上自然也會有所偏好，這也就意味著現代傳媒所刊登的與現代話劇有關的內容不僅見證了現代話劇觀念的萌芽與起源，也參與了現代話劇觀念的構建過程。

通過以上的這些論述可知，雖已有研究者從現代傳媒視角來展開對現代話劇觀念的論述，但少有人從廣告視野去展開論述。《從〈申報〉廣告「文明

〔註 23〕童慶炳主編《文學理論教程（修訂二版）》〔M〕，北京：高等教育出版社，2004年第 53 頁。

〔註 24〕馬俊山《現代傳媒與話劇文體的發生》〔J〕，《江海學刊》，2006.01。

〔註 25〕〔加〕馬歇爾・麥克盧漢《理解媒介》〔M〕，北京：商務印書館，2001 年第33 頁。

戲」稱謂的變化（1906～1949）》〔註26〕一文以廣告中的「文明戲」為研究對象，通過對廣告中「文明戲」稱謂的變遷揭示處於早期階段的話劇與社會文化思潮與戲劇流派之間的互動關係，其研究是極具啟發性意義的。受此文啟發，筆者認為可以從廣告出發來探究處於早期階段的話劇觀念的形成與構建過程。

與小說、詩歌、散文等新文學體裁相比，依託演員在舞臺上表演的話劇與觀眾密切相關。如果說小說、詩歌在創作時可以不需要特別考慮讀者的接受情況而更強調創作者的主觀性的話，那麼話劇離不開觀眾的參與。話劇要獲得觀眾的認可與接受，廣告在這過程中扮演著推手作用。現代意義上的廣告是伴隨著大眾傳媒在中國的擴張發展起來的並被作為商品營銷手段而受到關注，「廣告之功用，今已為世所公認，約言之，如貨物銷路之促進，價格之趨廉，及與公眾以種種便利，是皆其顯著之例也。」〔註27〕廣告的繁榮則被作為現代都市的象徵，不僅是「物質商品的標誌」，也「是新生活方式的例示，是新價值觀的預報。」〔註28〕「凡處於現代人事複雜的生活之下，任何人感覺廣告有時很重要，尤其在都市生活中的民眾」〔註29〕對廣告的關注度「不在新聞之下。」〔註30〕鑒於廣告對商品銷量的促進作用，清末民初的上海各大劇場均有借助廣告來宣傳其演出活動的行為，「春柳劇社、民鳴劇社、大舞臺、新舞臺、競舞臺、第一臺、群仙茶園、丹桂茶園等，均有廣告。」〔註31〕以《申報》為例，新舞臺、春柳劇場、新民劇社、民鳴劇社、笑舞臺、戲劇協社、上海實驗劇社等劇社／劇團均有演出廣告刊登。然而，這些劇院／劇社所刊登的廣告要獲得成功就必然關注消費者的趣味與喜好，因此其必然呈現消費者階層最感興趣的信息。從某種意義上而言，廣告一定程度上反映了社會的消費觀念，它折射出作為消費者的話劇觀眾市場的需求。廣告的這種特性也決定了其對話劇觀念的呈現未必全面，但卻折射出消費市場對話劇觀念形成的影響。因此，筆者認為可以從廣告出發考察早期話劇觀念的形成與成熟。第一，廣告是話劇觀念

〔註26〕 王鳳霞《從〈申報〉廣告「文明戲」稱謂的變化（1906～1949）》〔J〕，《文藝爭鳴》，2010.06。

〔註27〕 陸梅僧《中國的報紙廣告》〔J〕，《報學季刊》1934 年創刊號：66。

〔註28〕 〔美〕丹尼爾·貝爾著，嚴蓓雯譯《資本主義文化矛盾》〔M〕，南京：江蘇人民出版社 2007 年第 69 頁。

〔註29〕 如來生《中國廣告事業史》〔M〕，上海：新文化出版社，1948 年版：陸序。

〔註30〕 高伯時《廣告淺說》〔M〕，上海：中華書局，1930 年第 6 頁。

〔註31〕 致遠《上海各商店之廣告種類》〔J〕，《中華實業界》1914 年第 11 期。

的載體。廣告在告知劇院劇團演出消息的同時也會涉及到與此次演出相關的題材、演員的表演等，而演出結束後的劇評既是對演出劇目的全景式記錄也體現了觀眾對話劇的認識。從這個意義而言，廣告是話劇觀念的載體。第二，廣告承擔著話劇活動中介的作用。利用廣告宣傳，話劇逐漸獲得市場（觀眾）的認可，而這又為整個話劇觀念的成熟提供了動力。廣告介入到整個話劇演出活動，不僅將劇作家、劇團／劇院、觀眾連接起來，也將劇作家與劇評家、劇評家與觀眾連接起來，從而突破了話劇創作囿於劇作家孤帆自賞的局限。從這個意義上而言，筆者認為從廣告角度來研究現代話劇觀念具有「大文學」的特徵，正如吳福輝所言引入廣告視野能夠實現「於文學內部，要對文學的發生、閱讀、接受、傳播、交流以至於經典化的過程，加以敘述；於文學外部，要統攝影響了文學的各種因素，給予足夠的關注。」〔註32〕

第二節　相關概念界定

回溯歷史，中國現代話劇觀念的萌芽，研究界以 1907 年春柳社的演出為標誌。從廣告視野出發研究現代話劇的觀念，在此需要界定以下的概念：

一、話劇觀念

弗耶利認為觀念是「我們的感覺和衝動所呈現出來的知覺形式」〔註33〕，人們則利用觀念「來表達某種意義，進行思考、會話和寫作文本，並與他人溝通，使其社會化，形成公認的普遍意義，並建立複雜的言說和思想體系。」〔註34〕觀念自形成後又與社會行動相關聯，「每個觀念均為一種力量，這種力量愈加趨向於實現其自身的目的。」〔註35〕因中國近代危機而出現的話劇將「開民智」與「新國民」作為其核心訴求，「欲革政治當以易風俗為起點，欲易風俗當以正人心為起點，欲正人心當以改良戲曲為起點。」〔註36〕這種對思

〔註32〕吳福輝《「大文學史」觀念下的寫作》〔J〕，《現代中文學刊》2013 年第 6 期。
〔註33〕轉引自伯瑞（John B. Bury）著，範祥燾譯：《進步的觀念》〔M〕，上海：上海三聯書店，2005 年第 1 頁。
〔註34〕金觀濤、劉青峰《觀念史研究：中國現代重要政治術語的形成》〔M〕，北京：法律出版社，2009 年第 3 頁。
〔註35〕轉引自伯瑞（John B. Bury）著，範祥燾譯：《進步的觀念》〔M〕，上海：上海三聯書店，2005 年第 1 頁。
〔註36〕天僇生《論戲曲改良與群治之關係》，《申報》1906 年 9 月 22 日。

想性與啟蒙性的強調，成為百年來話劇發展過程中的重要特徵。歐陽予倩認為「蓋戲劇者，社會之雛形，而思想之影像也。」〔註37〕洪深在《從中國的新戲說到話劇》中認為現代話劇的價值在於其思想性，「現代話劇的重要，有價值，就是因為有主義。對於事故人情的瞭解與批評，對於人生的哲學，對於現實的攻擊或贊成，——凡是好的劇本，總是能教導人的。」〔註38〕受這些觀念指導而進行的話劇創作往往從預設的、先驗的目的出發來設計戲劇衝突、組織情節甚至規劃人格。然而從話劇的活動機制來看，話劇強調市場性（即觀眾）。這即是說，話劇是在市場過程中逐漸成長與成熟的。話劇即便是要實現其思想性也須依託舞臺，以舞臺演出完成與觀眾的交流並根據觀眾的反饋不斷調整劇本的編創與舞臺藝術的改進，可以說「沒有觀眾沒有話劇」。從這個角度而言，關注話劇的市場特徵意味著要關注話劇發展過程中觀眾的閱讀趣味，過度強調話劇的思想價值會遮蔽話劇與觀眾的互動以及根據市場需求而進行的革新與探索。

洪深認為話劇是由「三方面合作而成的，寫劇者，表演者，及觀眾。」而這三方面，「是缺一不可的。」〔註39〕當然，話劇觀念的形成也離不開社會環境的影響。本文中所涉及的話劇觀念是在社會環境、劇作家、話劇表演者、觀眾共同作用下所形成的關於劇本編創與舞臺藝術的觀念。從事物發展的歷程來看，話劇觀念經歷了從探索、形成到成熟的過程。

二、廣告

道格拉斯·凱爾納認為「所有廣告都是社會的文本，是對所處時期所顯現的重要發展做出的回應。」〔註40〕廣告被認為「在現代社會中就像是一面大鏡子，其中呈現出現實的鏡象，我們不妨稱之為『廣告鏡象功能』。」〔註41〕這些如同鏡子一樣的廣告交織出一幅生動鮮活的圖景並將中國社會文化的變遷

〔註37〕歐陽予倩《予之戲劇改良》，《新青年》1918 年第 5 卷第 4 期。

〔註38〕洪深《從中國的新戲說到話劇》，參見孫青紋編《洪深研究專集》〔M〕，杭州：浙江文藝出版社，1986 年第 178～179 頁。

〔註39〕洪深《從中國的新戲說到話劇》，參見孫青紋編《洪深研究專集》〔M〕，杭州：浙江文藝出版社，1986 年第 178 頁。

〔註40〕道格拉斯·凱爾納《媒介文化——介於現代與後現代之間的文化研究、認同性與政治》〔M〕，北京：商務印書館，2004 年第 423 頁。

〔註41〕何輝《「鏡象」與現實——廣告與中國社會消費文化的變遷以及有關現象與問題》〔J〕，《現代傳播》，2001 年第 3 期。

重現於我們眼前，成為「文化進步之記錄。」〔註42〕廣告到底是什麼？我國的廣告學者孫有為將廣告的定義描述為「廣告是有計劃地通過媒體，向所選定的消費對象宣傳有關商品或勞務的優點和特色，喚起消費者注意，說服消費者購買使用的宣傳方式。」〔註43〕從孫有為的定義來看，廣告具有極強的目的性，是攜帶意動性的通過大眾傳媒傳播的文本，其主要目的是喚起消費者的購買欲望從而實現其商業獲利。

　　廣告的出現與發展離不開商品經濟的繁榮。嚴格意義上的現代廣告是伴隨著大眾傳媒在中國的擴張而發展成熟的。然而，早期的廣告形式與新聞類似，「廣告就是新聞，這就是廣告的全部含義。」〔註44〕雖然二者傳播目的不同即廣告更強調商品的推銷，但二者卻在文本的寫作上呈現出相似性。此後，為了區分廣告與新聞，報紙為廣告開闢特定的版面，如《申報》《新聞報》便有專門的廣告版面。隨著報紙之間競爭的加劇，廣告成為各大報紙收入的重要來源，「報館於售報之外，其宗收入，本以廣告為首。」〔註45〕根據戈公振的統計，到20世紀20年代中期，報刊廣告所佔比重達到最高——在總面積2880英寸的版面中，廣告內容就佔了1258英寸，新聞版面僅占949英寸。〔註46〕學者王儒年曾統計了《申報》自1872年到1949年期間每年7月1日所刊登的廣告數量後，發現1872年廣告數量為26個，1920年為366個，到1930年則增加到531個。〔註47〕廣告數量的增加（但因報紙在一定時期內的版面面積固定）使得其不斷溢出原有的特定版面而滲透到其他版面中，如新聞版面、文藝版面。為擴大《申報》的影響力與知名度，促進其發行量，《申報》先後開闢《星期增刊》《常識》《本埠增刊》等，這些版面在向讀者傳授新知之時也承擔了廣告目的。以《申報‧本埠增刊》為例。《申報‧本埠增刊》創刊之前，《申報》的新聞版面以《本埠新聞》《本埠新聞二》《本埠新聞三》命名。然而，

〔註42〕戈公振《中國報學史》〔M〕，北京：生活‧讀書‧新知三聯書店，1955年第220頁。

〔註43〕韓順平、宗永建主編《現代廣告學》〔M〕，成都：電子科技大學出版社，1998年第2頁。

〔註44〕〔美〕拉斯克爾著，焦向軍、韓駿譯《拉斯克爾的廣告歷程》〔M〕，北京：新華出版社，1998年第11頁。

〔註45〕姚公鶴《上海報紙小史》，《小說月報》（上海1910），1917年第8卷第2期。

〔註46〕戈公振《中國報學史》〔M〕，北京：三聯書店，1955年第216頁。

〔註47〕王儒年著《欲望的想像：1920～1930年代〈申報〉廣告的文化史研究》〔M〕，上海：上海人民出版社，2007年第92～94頁。

從其所刊登的內容來看,《本埠新聞》關注上海當地重要的時政新聞,《本埠新聞二》以上海當地的社會新聞為主如刑事、犯罪案件等,《本埠新聞三》則以商業新聞和娛樂新聞為主要內容如推銷新的商品或介紹上海各大影院的演出活動等。從內容上而言,《申報》新聞版面《本埠新聞三》雖以新聞命名,但實質上卻是推銷各種娛樂形式和文化產品的廣告專版。1924年,《申報》在《本埠新聞三》的基礎上創設《本埠增刊》,內容包括商店消息、團體消息、出版界消息、藝術消息、藝術評論、藝術界,廣告所佔比重達到十之七八。刊登於《本埠增刊》的文章帶有引導讀者消費的傾向,其文章在寫作手法上則類似於今天的廣告軟文,因此可以認為《本埠增刊》實則是在新聞名義下完成廣告的推銷。除《本埠增刊》外,刊登於《自由談》《星期增刊》《常識》等版面的文章也都有廣告內容的涉及。對於此種情況,饒廣祥認為這與廣告的寄生性特徵有關。所謂寄生性,指的是廣告會依託其他文本而進行傳播,「廣告是隨處可見但卻又了無蹤跡。」〔註48〕廣告的寄生性特徵決定了廣告形式的多樣性與廣泛性,「為最高領袖興建的宏偉建築、泛光照明的巨石廣告,都是免費的;在屋頂上、在光彩奪目的紀念碑上,它們用不著表現出自命不凡的樣子,就能把企業的原創力展現出來。」〔註49〕實際上,形式多樣的廣告正走向更為廣闊的空間,正如廣告專家里斯父女所言「嚴格意義上的廣告已經蛻變成以日常生活中的人和物件為主的泛廣告傳播。」〔註50〕

廣告的泛化深刻地改變著廣告的文本形態,而要重新認識廣告則須從廣告文本入手。饒廣祥認為同時滿足這三個條件的文本就是廣告:文本包括商品或服務信息、文本旨在說服受眾購買商品或服務、以「非人對人」的方式傳播。從饒廣祥的定義來看,《申報》所刊登的劇評往往是在某劇演出期間刊登,以介紹演出現場為主且刊登於大眾報刊上,因此這些劇評應為廣告。除此之外,《申報》所刊登的某劇演出的新聞報導往往涉及該劇的排練情形以及末尾會有「不日將演出」等語,依據饒廣祥的論述來看這些新聞也是廣告。廣告在報紙上所佔據的位置、版面的大小以及廣告周邊的內容等也會影響其傳播效果。

〔註48〕饒廣祥、段彥會《泛廣告:人工智慧時代的廣告變革》〔J〕,《福建師範大學學報(哲學社會科學版)》,2020.9。

〔註49〕馬克斯·霍克海默、西奧多·阿道爾諾著,渠敬東、曹衛東譯《啟蒙辯證法——哲學斷片》〔M〕,上海:上海人民出版社,2006年第147~148頁。

〔註50〕參見阿爾·里斯、勞拉·里斯著,羅漢、虞琦譯,《公關第一,廣告第二》〔M〕,上海:上海人民出版社,2004年。

基於此論述，本研究所涉及的《申報》演出廣告不僅指某劇的演出廣告，與該劇演出相關的新聞報導、劇評等均屬於廣告範疇。

三、為何選擇《申報》上的話劇廣告？

自鴉片戰爭之後，上海被迫成為通商口岸，西方的文明與文化也一同進入中國，東西方文化在此進行激烈的碰撞，承載著近代西方文化舶來品的報紙在此蓬勃發展。筆者的研究之所以選擇以《申報》所刊登的戲劇廣告為中心，首先與《申報》本身在中國近代史上的地位相關：1.《申報》被譽為近代中文第一報，具有悠久的歷史。它創辦於 1872 年到 1949 年終刊，前後經歷了 78 年的時間，發行了 25599 號〔註51〕，是中國近代史上發行時間最長、影響最大的一份報紙，見證了中國社會的榮辱興衰，參與了中國社會經濟、文化、政治等方方面面的蛻變、交流與融合。曹聚仁在《上海春秋》中論及了《申報》之傳播影響力，「我們鄉間，凡是報紙，都叫做『申報紙』，一個專有名詞當做普通名詞用，可見這家報紙的權威。」〔註52〕2.《申報》是綜合性的報紙，《申報》在其創刊號《本館告白》中提出其辦刊宗旨為「紀述當今時事，文則質而不俚，事則簡而能詳，上而學任大夫，下及農工商賈，皆能通曉。從而達到」使人足不出戶庭而能知天下之事。」〔註53〕為此，《申報》建立了自己的新聞網與發行網絡，最大限度的進行新聞採寫。1909 年史量才接手《申報》後，為適應日益激烈的競爭環境不斷增加新的欄目，先後有《星期增刊》《知識》《汽車增刊》《藝術界》等。其中與戲劇相關的欄目有《劇談》《藝評》《劇本》等專欄。3.《申報》具有商業屬性。商業性報紙以贏利為其重要目標。為了吸引不同層面的讀者閱讀以增加銷量，《申報》創立副刊以刊登文藝性、知識的文章為主。副刊內容淺顯通俗，培育了中國報紙讀者的閱讀取向，也迎合一部分知識分子的趣味。4.《申報》所處的地理位置。上海作為近代中國商業最為發達的地區，經濟繁榮，娛樂文化發達，文學社團眾多，文人聚居於此，因此上海既有現代話劇的創作者，也有現代話劇的觀眾。

其次，《申報》所刊登的戲劇廣告內容豐富。中國報刊史上的第一則戲劇廣告是 1872 年 6 月 18 日刊登於《申報》的《各戲園戲目告白》：

〔註51〕上海圖書館編《近代中文第一報〈申報〉》〔M〕，上海：上海科技出版社，2013年第 18 頁。

〔註52〕曹聚仁《上海春秋》〔M〕，上海：上海人民出版社，1996 年第 109 頁。

〔註53〕《本館告白》，《申報》1872 年 4 月 30 日。

各戲園戲目告白

丹桂茶園：十二日演：虎囊彈，酒金橋，大賣藝，擊掌，打龍袍，金水橋，胭脂虎，拿謝虎，通天河

金桂軒：十三夜演：雁門關，蘆花河，山海關，玉蘭記，丑配，飛坡島，賣身，丁甲山，青石嶺

九樂戲園：十三日演：風雲會，戰北原，三上弔，過龍閣，一疋布，黑沙洞，義虎報，鬧花燈〔註54〕

第一則與「文明戲」有關的演出廣告刊登於 1907 年 8 月 29 日的《申報》，天仙茶園「新排文明戲《奇雙會》《桂枝告狀》。」〔註55〕1872 年 11 月 23 日，《申報》所刊登的《各戲園戲目告白》中便已出現演員的名稱：

金桂軒十一月二十三日

日演：《滾古山》，《渭水河》，《奪秋魁》，《玉堂春》，《昊天關》，《盜韓》，《粉椿樓》，《雙義傑》，《淤泥河》

夜演：《拿嚴嵩》，新到《鳳鳴關》，陳大嗓《天水關》《賣餑餑》，黑兒、黃月山《臘廟》，小穆、小奎官《白良關》，劉均喜《雙冠誥》，《盜仙草》，《換妻》，《賞桂圓》

金桂軒二十四日演：《萬花獻佛》，《進蠻詩》，小奎官《雅觀樓》，劉均喜、黑兒、黃月山《興周圖》，陳大桑《送灰面》《金水橋》《惡虎村》《端午門》

山鳳園夜演：《摘櫻會》，《大紅袍》《端午門》，《童串》，《昊天關》，《斬旦姬》，《天門陣》，《海潮宮》，《烈女配》；

〔註54〕《申報》1872 年 6 月 18 日。
〔註55〕《申報》1907 年 8 月 29 日。

日演:《斬經堂》,《取城都》,《青峰領》,《賣胭脂》,《樓配》,《九龍
袍》,《打更》,《象國》〔註56〕

為調動觀眾熱情,《申報》所刊登的演出廣告中出現了與劇目有關的內容介紹:

丹桂茶園新戲告白

新排絕妙財政新戲

《財歸本主》

本園主人因思索現當秋涼之際,正好娛目之時,爰編各種特別
新戲,開化商賈財不外漏為第一要義,特煩趨名角排演此戲,名口
財歸本主。是戲詼諧百出,變幻離奇,而財政一道優勝劣敗,是為
出奇自強之法,關節頗佳,現已排練純熟,擇吉試演。屆期務請諸
公早降賞識以擴眼界,不勝幸甚〔註57〕

演出廣告中增加了戲票的票價:

天仙茶園

十一月二十九日戲臺包一角

小永春《御果園》,賽月樓《柳水池》,任長庚《馬蹄金》,活呂
布、白牡丹、小慶發《王伯當招親霓虹關》,董桂芬《李陵碑》,玉
娃娃、小飛珠、水仙花、小慶官、飛來鳳 紳商煩演好戲《開山獻佛》、
《王家莊補缸》,小瑞堂《雙別窯》〔註58〕

1908 年以後,隨著競爭的加劇,各戲園為了方便觀眾提前訂座、諮詢演出信
息等,《申報》的戲劇廣告內容中刊登了戲園的電話號碼。

群仙茶園

念八夜晚全班演　正廳每位洋四角

新裝電話一千三百零三號

小金仙《梟磯廟》,小菊仙《煩掃雪》,吳新寶《演打碗》,尹桂
鳳《遺翠花》,金處《鍘美案》,尹桂亭《小磨房》,郭鳳仙、小春、
賽勝奎《惡虎村》,林黛玉《胭脂虎》,尹鴻蘭、尹桂亭、小蓉仙《二

〔註56〕 《申報》1872 年 11 月 23 日。對於《申報》的戲劇廣告中第一次出現演員的
名字,在《清末四十年申報史料》中認為「直到公元一八八三年(清光緒九年)
九月八日,才在《申報》廣告版內的戲劇廣告中出現了演員的藝名」〔《清末四
十年申報史料》徐載平、徐瑞芳〕。
〔註57〕 《申報》1905 年 8 月 18 日。
〔註58〕 《申報》1908 年 1 月 2 日。

本戲迷全傳》〔註59〕

1910 年後，歌舞臺、新舞臺、文明大舞臺、新劇場等在其所刊登於《申報》的演出廣告中均有聯繫電話，這既反映了時代的變化也體現出劇院在服務方面的變化。1909 年 1 月 25 日，《申報》所刊登的演劇廣告中出現了男女合演：

　　　丹鳳茶園

　　仿照津京男女合演，改良新戲，贈送特別油畫新景〔註60〕

　　第三，為贏得觀眾以開拓市場，《申報》所刊登的話劇演出廣告不斷豐富其表現形式，既有純粹的文字廣告也有圖片廣告以及圖文共存等形式（如下圖）。

圖片來源：《申報》1872 年 6 月 18 日

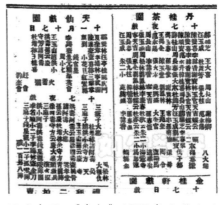

圖片來源：《申報》1877 年 1 月 1 日

圖片來源：《申報》1916 年 1 月 26 日

圖片來源：《申報》1916 年 9 月 6 日

〔註59〕《申報》1909 年 12 月 10 日。
〔註60〕《申報》1909 年 1 月 25 日。

廣告表現形式上的變遷也與現代話劇觀念的普及關聯到一起，尤其是圖像所具有的說服力與影響力「遠勝於話語，遠勝於書本，遠勝於教育。」〔註61〕

　　第四，《申報》所刊登的話劇廣告見證了話劇的萌芽、形成與成熟的軌跡。從 1907 年到 1928 年期間，《申報》所刊登的話劇廣告種類增加。從最初的時事戲演出廣告到悲劇、滑稽劇、獨幕劇、現代主義劇作的演出廣告，均能在《申報》上閱讀到。演出廣告種類的豐富印證了早話劇市場的逐漸繁榮，也表明了戲劇有著龐大的消費人群。《申報》的演出廣告也回應了中國話劇史上的話劇運動如小劇場運動、愛美劇運動等。隨著《申報》發行量的增加，《申報》也發揮著為早期話劇從業者開拓市場以擴大影響力的作用。

　　如果要將《申報》的話劇廣告分類，筆者認為可以借鑒代爾的分類即「信息的」、「簡單的」、「複合的」、「複雜的」和「巧妙嫻熟的」五類。其中，「信息的」廣告較為簡略，屬於信息告知，缺少對商品信息更多地介紹；「簡單的」廣告則包含對特定產品和商品相對細緻的介紹，一定程度上鼓勵著受眾的消費；「複合的」廣告在表現形式上較豐富，如會利用圖片增強說服力以刺激消費者；「複雜的」廣告無論是表現形式還是文本內容將商品信息隱藏於對身份、地位與財富的討論中，整個廣告具有隱蔽性特徵；「巧妙嫻熟的」廣告則超越複雜的廣告，其在受眾心理基礎上用嫻熟的廣告技巧影響消費者潛在的心理而將自身投射以購買產品。《申報》所刊登的話劇廣告經歷了從簡單到複雜的發展歷程，但整體而言，《申報》所刊登的話劇廣告以「信息的」、「簡單的」、「複合的」為主。廣告體現廣告主的訴求，因此其為了實現商品的銷售在廣告宣傳時必然有所誇張，甚至會對商品的某些信息進行拼貼、曲解或突出而成為一面「扭曲的鏡子」。

　　廣告背後還隱藏著權力／話語／資本的關係。廣告對話劇觀念的傳播與形成起推動性作用，然而話劇種類的豐富得益於市場的逐漸形成，更得益於資本的運作。《申報》有著許多關於禁演「淫戲」的報導以及官方所頒布的話劇演出管理條例，與此同時《申報》所刊登的演出廣告卻又不斷涉及「淫戲」的內容，有時甚至能在同一天的報紙或同一版面同時出現。正因為觀眾的需求，劇社才會演出相關的劇目，因此筆者認為廣告在這過程中起著不可忽視的作用。也正因如此，本研究選擇了《申報》所刊登的早期話劇廣告來展開

〔註61〕韓叢耀《圖像：一種後符號學的再發現》〔M〕，南京：南京大學出版社，2008年第 65 頁。

論述。

在洪深對「話劇」正式命名之前，這種有別於傳統戲曲的「話劇」形式自 1907 年開始便已出現並先後被命名為「文明戲」、「新劇」、「新戲」、「愛美劇」、「白話劇」、「話劇」等。學者王鳳霞曾對 1906 年至 1949 年期間《申報》所刊登的早期話劇演出廣告進行梳理並認為 1907 年到 1916 年期間的《申報》在介紹早期話劇之時以「新劇」為主且兼稱「文明戲」，1916 年到 1930 年期間則以「文明戲」、「新劇」混稱，1930 年之後則以「話劇」為主〔註62〕。事實上，梳理 1928 年之前《申報》所刊登的早期話劇內容後，筆者認為從「新劇」到「愛美劇」、「話劇」稱謂上的變化既是早期話劇從業者對這一新的藝術樣式的理解，也表徵著「話劇」在表演內容與舞臺藝術形式上的探索過程。相較於《申報》1930 年之後所刊登的演出廣告以「話劇」稱謂為主，1907 年到 1928 年期間的演出廣告則更為體現處於探索階段的話劇在劇本與舞臺藝術等方面的豐富歷程。鑒於此，本文選擇了《申報》自 1907 年到 1928 年期間所刊登的處於早期階段的話劇演出廣告。

第三節　研究思路和框架

本研究從廣告視野出發探究處於早期階段(1907 年到 1928 年)的話劇觀念的生成問題。從廣告論及話劇觀念，意味著將關注話劇的「語境」與「接受」，關注作為媒介的廣告將如何表徵話劇觀念的問題。作為大眾傳播活動的廣告，其傳播過程圖為：

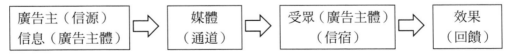

《申報》所刊登的話劇廣告的廣告主以戲館、劇團／劇社或劇場為主，其刊登廣告的目的是吸引觀眾走進劇院觀看演出獲得贏利以維持生存，「春柳劇社、民鳴劇社、大舞臺、新舞臺、競舞臺、第一臺、群仙茶園、丹桂茶園等，均有廣告。」〔註63〕「聞之伶界中人言，其初戲館及初到藝員，按日刊登廣告，其用意或慮報紙之譏毀，故藉此以為聯絡之具，而今已成為鉅款之月收。」〔註64〕

〔註62〕王鳳霞《從〈申報〉廣告看「文明戲」稱謂的變化(1906～1949)》〔J〕，《文藝爭鳴》，2010.06。
〔註63〕致遠《上海各商店之廣告種類》，《中華實業界》1914 年第 11 期。
〔註64〕姚公鶴《上海報紙小史》，《東方雜誌》第十四卷第七號。

這些刊登於《申報》的演出廣告雖未署名具體撰寫之人，但根據徐半梅在回憶錄曾談及朱雙雲的廣告寫作經歷「他會寫廣告稿，他的戲劇廣告更能自成一家，有吸引力」〔註65〕推測，這些早期話劇的演出廣告應該是從事話劇活動之人所撰寫的。即便不是這些人所撰寫，《申報》所刊登的演出廣告也是得到了廣告主認可的，某種程度上代表了廣告主的意願的。《申報》所刊登的話劇廣告的受眾則是普通民眾尤其是有閱報習慣之人。

　　劇院為拉攏顧客、聚集人氣而借助廣告進行宣傳以製造消費的需求，觀眾則憑藉廣告獲得劇社的演出消息並根據自身觀看趣味決定「看或不看」以及看什麼劇目。廣告成為勾連劇院與觀眾的中介，猶如鏡子一樣將現實的形象、人物關係與社會價值觀念呈現出來，是對現有社會生活和觀念的反映與描繪。〔註66〕刊登於《申報》的演出廣告在完成基本的信息告知功能的基礎上還以演員、劇作家或劇情故事來吸引觀眾，有時甚至會誇大某些內容而成為一面「扭曲」的鏡子。然而，這些演出廣告文本所提及的演員、演出劇目與劇情故事等為追蹤早期話劇觀念的生成與傳播提供了可能。與劇作家自述其創作觀念相比，廣告文本中的話劇觀念能與其形成補充。以《趙閻王》為例。洪深談及其創作《趙閻王》的衝動緣於對社會現狀的感悟，「《貧民慘劇》與《趙閻王》都是我閱歷人生，觀察人生，受了人生的刺激，直接從人生裏滾出來的。」〔註67〕然而，刊登於《申報》的演出廣告在宣傳此劇時卻將其與社會流行的「裁兵」話語相結合，為「鼓吹裁兵之社會新劇。」〔註68〕《申報》的演出廣告與洪深的自述結合，便可推斷出《趙閻王》一劇的接受語境。基於此，筆者發出以下追問：作為廣告主的劇院是如何在廣告文本中體現觀眾欣賞趣味的？廣告文本表達了廣告主對話劇怎樣的認識？觀眾對演劇廣告有何反映？演劇廣告在話劇觀念的構建與傳播過程中扮演著怎樣的角色？

　　帶著以上問題，本研究以《申報》1907年到1928年期間所刊登的話劇廣告文本為考察對象，在對廣告文本進行細讀與分類的基礎上結合話劇美學、話劇劇本來考察廣告文本是如何對劇本、演員表演、舞臺布景等進行表述的以及

〔註65〕徐半梅《話劇創始期回憶錄》〔M〕，北京：中國戲劇出版社，1957年第96頁。
〔註66〕Holbrook, MB.Mirror, On The Wall, Whats Unfair In The Reflections On Advertising. Iournal of Marketing, 1987, 51(3) 95~103.
〔註67〕《屬於一個時代的戲劇》，《洪深文集（一）》〔M〕，北京：中國戲劇出版社，1957年第454頁。
〔註68〕《申報》1923年2月4日。

廣告文本背後所折射出的話劇觀念。本研究的論述結構如下：

第一章論述廣告為早期話劇表達思想與政治主張提供了平臺。社會變革時期萌芽的話劇具有「反叛性」並因「反叛性」而遭遇官方與社會的阻力。然而借助廣告，早期話劇突破了這種阻力並實現了思想與政治主張的傳播。第二章探討《申報》演出廣告文本是如何向中國觀眾介紹西方話劇創作思潮如悲劇、寫實主義戲劇與現代主義戲劇的。透過這些廣告文本，筆者試圖呈現西方戲劇觀念影響下早期話劇的自我生發特點。第三章則探討作為話劇生命之一的「劇本」概念是如何借助廣告完成其觀念的普及與確立的問題。第四章論述作為話劇生命之一的舞臺藝術觀念是如何借助廣告完成普及的問題，從舞臺形象的塑造、女性演員的觀念史、舞臺美術以及現代劇場管理四個方面來展開。結語部分則再次總結從廣告出發探討話劇觀念的意義以及提出廣告對當下話劇發展的可借鑒之處。

第一章　國家審查與廣告突圍：
早期話劇的出現

　　鴉片戰爭之後的中國，暗流湧動，開通民智以期國家富強成為以梁啟超為代表的知識分子的企望，戲劇因其通俗化、大眾化而成為實現此目的的有效途徑之一。在這種背景之下，號召「宜多演國家受侮之悲觀，宜多演各國亡國之慘狀」[註1]的早期話劇出現。這樣的話劇與政府維持現狀之目的相違背，必然受到官方的管理與查禁。作為官方控制民間手段之一的查禁制度，起源甚早。據記載，孔子編《春秋》時便受到官方查禁制度的影響[註2]。事實上，戲劇自發生階段開始，官方的查禁步伐就未曾停下。學者丁淑梅指出，「官方的禁燬戲劇，實際上是伴隨著戲劇史的發生全過程的。」禁燬，「代表官方意識形態的一種文化整合，必然帶來權利視野的極強選擇性。」在官方禁燬之下，戲劇「被框定在以禮制樂的官方文化體系中。」[註3]官方的查禁影響著處於萌芽時期的話劇生存，但也促使早期話劇不斷利用已有條件去拓展其生存空間，比如演出場地的不斷遷移或與外商聯合開辦話劇社團。除此之外，廣告也是早期話劇應對官方查禁的方式之一。廣告既是產品或服務信息的媒介藝術，也是一種「將廣告主的意念傳遞給消費者的藝術。」[註4]話劇利用廣告傳播快、

〔註1〕《申報》1906 年 9 月 22 日。
〔註2〕臺灣學者認為自孔子《春秋》編寫《春秋》，書中刻意隱瞞了帝王爭奪、廝殺之事實（陳淑貞：《圖書館與圖書檢查制度研討》，《國立中央圖書館臺灣分館館刊》，第八卷第二期第 53 頁。
〔註3〕參考丁淑梅的博士論文《中國古代禁燬戲劇史論》，2006 年。
〔註4〕王朝蓬、王紅《商品廣告基礎》〔M〕，北京：高等教育出版社，2001 年第 9 頁。

受眾廣的特點而將其思想主張與政治訴求隱藏其中，而受眾則「在充滿魅力的環境和社會環境中炫耀地享用消費物品，從而誘使人將自己投射其中。」〔註5〕本章中，筆者在梳理清末民初的官方的戲劇審查活動的基礎上探討《申報》所刊登的演劇廣告是如何在審查制度之下完成早期話劇的傳播與普及的問題。

第一節　清末民初官方頒布法令管理早期話劇

　　自春陽社演出之後，文明新戲在上海勃然興起。1907 年之後，新劇團在上海如雨後春筍，新劇演出成為時尚。「嗣是新劇於社會之益，人多知之。伶人之稍具思想者，亦相率規仿以趨時尚，時丹桂之《潘烈士投海》《惠興女士》，春仙之《瓜種蘭因》《武士魂》等，並受歡迎。上海各日報亦提倡不遺餘力，因是而新戲之價值日增，流至今日，而其風始昌。」〔註6〕

一、「新民」意圖下的早期話劇出現

　　自鴉片戰爭中戰敗後，中國社會面臨著數千年來未有的危機。以林則徐、梁啟超等為代表的晚清知識分子認為若要渡過危機，社會必然進行改革，若要實現社會改革，首先觸及的是觀念的變革。淺顯易懂、集故事性與趣味性於一身的小說、戲劇成為「新民」最好的方式。1902 年，梁啟超在《新小說》的創刊號上發表了《論小說與群治之關係》一文，文中提出：「吾中國人狀元宰相之思想何自來乎？小說也。吾中國佳人才子之思想何自來乎？小說也。吾中國人江湖盜賊之思想何自來乎？小說也。吾中國人妖巫胡兔之思想何自來乎？小說也」。因此「欲新一國之民，不可不先新一國之小說；欲新道德，必新小說；欲新宗教，必新小說；欲新政治，必新小說；欲新風俗，必新小說；欲新學藝，必新小說；乃至欲新人心，欲新人格，必新小說。」〔註7〕小說被看成中國人思想的重要來源，極大地提升了小說地位的同時，梁啟超在文中也提出新小說內容上的變革，「蓋今日提倡小說之目的，務以振興國民精神、開通國民智識，非前此誨盜誨淫諸作可比。」〔註8〕從這個意義上而言，《論小說與群

〔註5〕〔德〕沃爾夫岡·弗里茨·豪哥著、董璐譯《商品美學批判》〔M〕，北京：北京大學出版社，2013 年第 4 頁。
〔註6〕朱雙雲《新劇史》〔M〕，新劇小說社，1914 年第 39 頁。
〔註7〕梁啟超《論小說與群治之關係》，《新小說》第 1 卷第 1 期，1902 年 10 月。
〔註8〕介紹《介紹新刊：〈新小說〉第 1 號》，《新民叢報》第 20 號。

治之關係》一文是戲劇改良運動的宣言書，「振興國民精神、開通國民智識」成為此後小說與戲劇改良運動的精神指向。

　　然而，清末民初的社會識字率總體偏低，「中國識字之人十一，讀報之人百一，閱報之人千一。」〔註9〕小說所能吸引的讀者局限於能識字之人，「然能閱讀小說者，仍限於識字之人，且必識字而粗解文理，略諳世事之人，始能有所領悟，而生其感觸之思想。」〔註10〕因此，相對於小說，以形象化的人物表演為形式的戲劇更符合中國人的閱讀趣味，「小說雖作至極淺，終不能入識字人之目。必待由小說而化為戲劇，其用乃為神。」〔註11〕實際上，戲劇對民眾的吸引力遠非正統說教可比，「瞧了瞧那些聽戲的，也有那砸嘴兒的，也有點頭兒的，還有那從丹田裏運氣，往外叫好的，還有幾個側耳不錯眼珠兒的，當一樁正經事在那兒聽的。看他們那些樣子，比那書上說的聞《詩》聞《禮》還聽得入神兒。」〔註12〕這種吸引力不僅體現在下層社會，它在士紳、士大夫之中也同樣具有吸引力，「上而王公，下而婦孺，無不以觀劇為樂事。」〔註13〕基於此，有啟蒙人士認為要實現改良社會、促進社會進步，「除非是改良說書・唱戲，再沒有開通下等社會相好法子了。」〔註14〕王鍾麒在《論戲曲改良與群治之關係》一文中明確提出，「欲革政治當以易風俗為起點，欲易風俗當以正人心為起點，欲正人心當以改良戲曲為起點。」〔註15〕此後，王鍾麒又在《劇場之教育》中進一步指出戲劇與世道人心的關係，「自此以降，而後移風易俗之權，乃操之於里嫗村優之手。其所演者，則淫褻也、劫殺也、神仙鬼怪也，求其詞曲馴雅者，十無一二焉，求其與人心世道有關者，百無一二焉。」〔註16〕於國家民族與改良世道人心而言，若要實現「欲救吾國」之目的，戲劇改良要以「輸入國家思想為第一義」，而「欲輸入國家思想，當以廣興教育第

〔註9〕　參見張朋園著作《知識分子與近代中國的現代化》中所寫《識字率與現代化——讀〈清代教育及大眾識字能力〉》一文〔M〕，南昌：百花洲文藝出版社，2002年第322～324頁。

〔註10〕　《論演說之效果》，《中外日報》1905年5月20日。

〔註11〕　《論與學練兵作小說，其效不及演戲之速》，《中外日報》1903年11月15日。

〔註12〕　文康《兒女英雄傳》〔M〕，北京：北京十月文藝出版社，1995年第246頁。

〔註13〕　箸夫《論開智普及之法首以改良戲曲為先》，《之罘報》1907年第7期。

〔註14〕　《論開通下等社會的好法子》，《盛京時報》光緒三十三年三月二十一日第1張。

〔註15〕　天僇生《論戲曲改良與群治之關係》，《申報》1906年9月22日。

〔註16〕　王鍾麒《劇場之教育》，《月月小說》1908年第二卷一期。

一義。然教育興矣，其效力之所及者，僅在於中上層社會，而下等社會無聞焉。欲無老無幼，無上無下，人人能有國家思想，而受其感受力量，捨戲劇未由。蓋戲劇者，學校之補助品也。」〔註17〕

　　知識分子將戲劇改良與「新國」、「新民」並置在一起，然而這種新的戲劇應該是怎樣的？梁啟超在其所創作的《劫灰夢》《新羅馬》等傳奇作品中給予了示範。以《劫灰夢》中《楔子一齣‧獨嘯》為例：

（生巾幘倚劍囊書上）

【繞地遊】浮雲四下，來去無牽掛，別有奇愁難卸。欲哭還歌，是真和假。念悠悠天地，有淚如麻。

國破山河在，城春草木深。感時花濺淚，恨別鳥驚心。小生姓杜名撰，表字如晦，浙江江山縣人也。早登翰苑，旅食京華，半生困高頭講章，十載飽飲紅塵味。自從甲午以後，驚心時局，大夢初醒，便已絕意仕進。僦屋於城西棗花寺旁，讀書自樂。不料去歲義和構釁，弄兵召戎，獎群盜為義民，屍鄰使於朝市。卒使乘輿播蕩，神京陸沉，天壇為芻牧之場，曹署充屯營之帳。咳，小生那時親在京師，目睹兩宮倉皇出走之形，群僚狼狽逃命之狀，以及外兵之野蠻暴掠，民間之狼藉顛連，至今思之，歷歷在目。自念眇軀，無關輕重，遂乃棄官南下，浪跡江湖。今值大難已平，回鑾已達，滿目熙熙融融，又是一番新氣象了。咳，看官啊！你看如今情形，果算得個新氣象麼？（嘯介）今日獨居岑寂，觸緒傷懷，不免嘯歌一回，聊自消遣則個。

【梁州序】蒼天無語，江山如畫，一片殘陽西掛。舊時王謝，燕歸何處人家？陰山鐵騎，斗米黃巾，剩付漁樵話。神京有地騁戎馬，中原無處起龍蛇。泱泱風，安在也？

（嘯介）想中國現在情形，真乃不勝今昔之感。看官啊！你道甲午、庚子兩役，就算是中國第一大劫麼？只怕後來還有更甚的哩。你看那列強啊！

劇中人物一出場即表明對中國之未來的憂慮，「你看如今情形，果算得個新氣象麼」並向觀眾發出警醒，「你道甲午、庚子兩役，就算是中國第一大劫麼？只怕後來還有更甚的哩。」在作者梁啟超看來，要改變「後來還有更甚」之命

〔註17〕　王鍾麒《劇場之教育》，《月月小說》1908 年第二卷一期。

運，改革現實是必要的，而要改革現實就必然要批判當下社會的不合理之處
（即現實社會的黑暗與政府的無能）。1904 年，以「改革惡俗，開通民智，提
倡民族主義，喚醒國家思想為唯一之目的」的《二十世紀大舞臺》創刊發行。
該刊在第一期刊登了由陳去病所撰寫的《論戲劇之有益》一文，文中認為要在
專制國家中實現社會改良有兩種途徑，一是暴動，二是秘密，然而戲劇卻兼有
兩種途徑之作用。陳去病在文中號召青年「明目張膽而為歌伶」並編演以「家
國覆滅之慘，人民流離之悲」為內容的新劇：

> 梨園了弟，猶存漢官威儀，而其間所譜演之節日、之事蹟，又
> 無一非吾民族千數百年前之確實歷史，而又往往及於夷狄外患，以
> 描寫其征討之苦，侵凌之暴，與夫家國覆亡之慘，人民流離之悲。
> 其詞俚，其情真，其曉譬而諷諭焉，亦滑稽流走，而無有所凝滯，
> 舉凡士庶工商，下逮婦孺不識字之眾，苟一窺睹乎其情狀，接觸乎
> 其笑啼、哀樂。離合悲歡，則鮮不情為之動，心為之移，悠然油然，
> 以發其感概悲憤之思，而不自知。以故口不讀信史，而是非了然於
> 心；目未睹傳記，而賢奸判然自別。通古今之事，變明夷夏之大防；
> 睹故國之冠裳，觸種族之觀念。則捷矣哉！〔註18〕

被知識分子用來反映現實並藉以影射比附現實的早期話劇，承擔著政治教育
的功能，「不論是知識分子，或一般的通俗文化創造者，都刻意地利用小說、
戲曲，作知識轉介、訊息傳播、社會批判或宣傳教化的工作。」〔註19〕被譽為
「中國戲曲改良第一人」的汪笑儂通過編演新劇將「憂國憂民」之心蘊藏於「自
己的身手口舌，來達到移風易俗的目的」〔註20〕，所演《黨人碑》為「上海最
有名，人人愛看之。」〔註21〕戲中借北宋書生謝瓊仙之事來暗諷現實之黑暗；
演出《哭祖廟》，汪笑儂「登臺演說時，具愛國之肺腸，熱國民之血性，能使
座中看客為之痛哭，為之流涕，為之長太息」〔註22〕，劇中臺詞「國破家亡，
死了乾淨」成為當時觀眾議論時局之語；《新排瓜種蘭因班本》以波蘭亡國的

〔註18〕陳去病《論戲劇之有益》，《二十世紀大舞臺》第 1 期，1904 年 10 月。
〔註19〕李孝悌《中國近代大眾文化中的娛樂與啟蒙——以改良戲曲為例》，收入張啟
　　　　雄主編：《二十世紀的中國與世界》（下冊），臺北中研院近代史研究所 2001 年
　　　　第 968 頁。
〔註20〕周信芳《敬愛的汪笑儂先生》〔J〕，《中國戲劇》1957 年第 12 期。
〔註21〕劍村遊客輯《上海》，上海圖書館藏本，1903 年第 9 頁。
〔註22〕《編戲曲以代演說說》，《大公報》1902 年 11 月 11 日。

故事「暗寓中國時事，做得非常悲壯淋漓，看這戲的人無不感動。」〔註23〕新舞臺之《明末遺恨》以明朝滅亡之史實警醒世人，「使觀者知明之亡非亡於闖賊實自亡之也。歲月變遷，山河依舊，前明君在九京之下，當無限願觀者追舉當日情景，毋使後之視今猶今之視昔也。」〔註24〕

　　以揭露社會現實、倡導社會改革為主的早期話劇與政府所極力維護的現有統治相矛盾，因而與政府相疏離甚至是相對立的。曹禺在回憶其幼年時期觀看早期話劇之表演的情形，「於是他就勸書生，借機發表一通言論，說什麼我們這個時代如何如何啦，國家是怎樣的風雨飄搖嘍，政府是如何壞啦，官吏又是如何腐敗嘍！」〔註25〕實際上，處於早期階段的話劇在表演時使用的較多詞語有「同胞」、「民權」、「專制」、「革命」、「自由」〔註26〕等一系列的新名詞。到清末之時，早期話劇則與革命黨推翻清政府的活動勾連在一起，一些從事話劇演出活動的演員直接參與革命活動，王鐘聲、劉藝舟便是代表。王鐘聲在中學時代接受新思想，出國留學時「到過許多國家」〔註27〕，後回國以演劇方式宣傳革命之思想，先後演出《惠興女士》《官場現形記》《張汶祥刺馬》《秋瑾》《徐錫麟》等劇，武昌起義後參加了光復上海的戰鬥，後來不幸被捕被殺害於天津。劉藝舟視演劇為愛國勵群之道，先後演出《宦海潮》《吳祿貞被刺》等，武昌起義後曾率領劇團成員北上煙台攻打登州。文明戲演員陳大悲回憶到：「當那真專制絕命假共和開始之時，投身新劇界的人，大半是冒了『大不韙』的」，當時所演的戲「幾乎沒有一齣不是罵腐敗官吏的，什麼娶姨太太咧，吸煙片咧，怕手槍炸彈咧，哪一件不是一拳打到老爺心坎中去的？所以民國元年以前，社會對於新劇的心理中，終有『革命黨』三個字的色彩在裏面。」〔註28〕

二、政府加強對早期話劇的管理

　　以塑造「新國民」為出發點的戲劇改良運動不僅使戲劇演員、革命者、知識分子參與其中，一些趨新的官員、地方士紳也給以積極的支持。1907 年 2 月

〔註23〕三愛（陳獨秀）《論戲曲》，《安徽俗話報》第 11 期，第 31 頁。
〔註24〕《申報》1910 年 3 月 18 日。
〔註25〕轉引自田本相《曹禺傳》〔M〕，北京：十月文藝出版社，1988 年第 25 頁。
〔註26〕王鳳霞《文明戲考論》〔M〕，廣州：廣東高等教育出版社，2011 年第 97 頁。
〔註27〕歐陽予倩《自我演戲以來》〔M〕，北京：中國戲劇出版社，1959 年第 12 頁。
〔註28〕陳大悲《十年來中國新劇之經過》，載《晨報·副刊》1919 年 11 月 15 日。

16 日兩江總督端方上書奏請，提出中國戲劇宜改良，「戲劇宜傚東西國形式改良，將使下流社會移風易俗」〔註29〕，但端方在其奏請中也提出應加強對中國京滬等地戲劇改良運動的管理，提出「其劇本概由警察官核定。此事雖微，實於風俗人心大有關係。」〔註30〕端方之奏請表明，早期話劇一開始便須接受審查，而官方的管理途徑則多種多樣。

第一，直接禁止劇團演出。隨著清末革命運動的發展，早期話劇影射社會現實，官方對此種現象嚴厲查禁。朱雙雲在《初期職業話劇史料》中曾談及進化團在漢口中江大舞臺演出《恨海》一劇而遭到禁演之事：

> 在南京上演三月，於一九一一年即宣統三年辛亥四月，移動到蕪湖，演於中江大舞臺，歷一月，蕪湖警察廳長丁幼蘭，以進化團所演之劇，在臺詞之中，時有革命宣傳，因下令禁止，天知乃挽出駐寧日本領事，出而交涉，警廳深恐牽動外交，遂撤銷禁令，任期上演如故。〔註31〕

王鐘聲 1910 年北上後與田際雲合演《越人亡國淚》，因被認為「以演唱新戲煽惑人心」〔註32〕遂遭逮捕。《申報》於 1911 年刊發《鄂督禁演新劇原因》一文中便指出因話劇所演內容有「嘲笑怒罵輕侮官場」而被禁止演出：

> 漢口近有醒世聯合社，社長溫兢歐邀集學界中人編演新劇，以鼓勵民氣。茲聞該社已租定棉花街榮華戲園舊址，改名為楚舞臺，業已布置完全，準備不日開演。事為瑞制軍所聞，以該社均激烈派中人所組合，所演新曲專於嘲笑怒罵輕侮官場，宗旨頗不純正，特飭關巡二道禁其開演，並函知各領事通告各洋商不得為之出面掛旗，且不令在租界內開演。〔註33〕

1911 年，廣州發生了以推翻清廷為目的的「黃花崗起義」。該起義雖以失敗告終，但不久上海的歌舞臺就編演了以黃花崗起義為內容的新戲《廣州血》，「廣州黨事，早已轟傳中外，言人人殊，莫得真相。本舞臺採訪界，調查確實，其

〔註29〕 朱壽鵬編、張靜廬等校點《光緒朝東華錄》第 5 冊，北京：中華書局，1958 年總第 5628 頁。
〔註30〕 朱壽鵬編、張靜廬等校點《光緒朝東華錄》第 5 冊，北京：中華書局，1958 年總第 5628 頁。
〔註31〕 朱雙雲《初期職業話劇史料》〔M〕，上海：獨立出版社，1942 年第 5 頁。
〔註32〕 《申報》1911 年 7 月 17 日。
〔註33〕 《申報》1911 年 7 月 25 日。

中情節大都未經報界披露。今特請大文學家，以警醒之詞句，典雅之曲文，編排《廣州血》新劇共十六本，接臺表演，自趙聲統軍於江南起，至廣州黨人散為劇終。淋漓悲壯，動魄驚心，誠中國有史以來空前絕後之壯觀也。」〔註34〕然而，《廣州血》最終卻被禁演，「本舞臺近編《廣州血》一劇，即廣州黨事新聞，精配活動水彩，用水十萬磅之多，為從來所未有。為中西官重視此劇，本舞臺仰體憲意，特為停止。」〔註35〕中華民國成立後，政府對話劇的管理並未鬆懈。袁世凱就任中華民國大總統之後，先後頒布《禁售亂黨報紙機關報紙》《報紙條例》《出版法》等，加大對報刊的審查與事前審查。其中，1914年制定頒布的《出版法》第11條規定，有以下情況將不得出版：「（1）混亂政體者；（2）妨害治安者；（3）敗壞風俗者；（4）煽動曲庇犯罪人、刑事被告人，或陷害刑事被告人；（5）輕罪、重罪之預審案件未經公判者；（6）訴訟與會議事件之禁止旁聽者；（7）揭露軍事、外交及其他官署機密之文書圖畫者，但得該官署許可時，不在此限；（8）攻訐他人隱私、損害其名譽者。」〔註36〕此後為推行帝制，袁世凱進一步加強報刊輿論控制，「凡政界，軍界文電關於議論國體事件，應由內務部通告各報館，一律不准登載。」〔註37〕反對帝制者，一律以「亂黨」或「妨害治安」逮捕。《申報》曾報導，「京中報紙所載，大都請願代表等千篇一律之文字，其餘載反對言論者僅一二家，然亦時被對方攻擊。」〔註38〕對於租界內的辦刊，袁世凱則下令交通部禁止郵遞以達到遏制其反對聲音的目的。在這樣的氛圍下，文明戲演員顧無為因演出連臺戲《西太后》而被逮捕，認為「藉編演新劇，煽惑謀亂。」〔註39〕從《申報》所報導《新劇家被拘後之消息》可知，「新劇家顧無為被逮後已經軍署迭此提訊，聞擬處以有期徒刑四年，不日即須定獄云。」〔註40〕徐半梅在《話劇創始期回憶錄》中也談及過此事：

> 連臺戲《西太后》，係顧無為所編。無為將劇中的幾個皇帝都描寫的很荒唐，如皇帝作冶遊、皇帝生性病而送命，更是一種向來不

〔註34〕《申報》1911年7月23日。
〔註35〕《申報》1911年8月4日。
〔註36〕《中國全鑒》，北京：團結出版社，1998年第1222頁。
〔註37〕《申報》1915年9月8日。
〔註38〕《申報》1915年10月3日。
〔註39〕《申報》1915年12月16日。
〔註40〕《申報》1915年12月16日。

能宣布的醜事，那時搬上舞臺，頗能吸引觀眾。

　　無為對於載湉（光緒帝）在維新黨一案，似乎還有些袒護他；不過也寫得他懦弱無能，所以他對皇帝實在沒有好感。而無為自己在臺上，有時自飾皇帝，當然渲染得淋漓盡致。有時他飾其他角色，也抱定這個宗旨，可以給他發揮。總之：在《西太后》一劇中，他總是把皇帝批評得體無完膚。尤其是那時節，正是袁世凱想做皇帝，籌安會正在醞釀一切了。顧無為藉此機會，便在戲中大罵其皇帝，諷刺袁世凱，臺上觀眾見他借題發揮，影射時事，自然報以熱烈的掌聲。〔註41〕

此外，田漢根據孫中山之經歷而編寫的劇本《孫中山之死》，本計劃於南國社第三次公演時演出，但卻被國民黨中央執行委員會宣傳部「以不宜倉卒公演」〔註42〕為由而「客氣」的禁演了。

　　對於早期話劇與政府之間的關係，徐半梅在《話劇創始期回憶錄》中談及了官方的禁演情形：

　　　　當時正是辛亥革命的潛伏期，滿清政府腐敗達於極點，所以這些時裝新戲，如果是關於政治而諷刺滿清政府的，尤得臺下觀眾之歡迎。汪笑儂借用洋裝戲《波蘭亡國慘》來痛罵清政府，當然得到觀眾們熱烈的鼓掌。但清朝官僚，勾結了租界洋人，竟把這齣戲禁演了。（後來此類戲都不許演）。

　　　　罵政府的戲禁演之後，他們雖然仍舊走這條路線，不過退一步而專門從事描寫清朝官場之腐敗了。這是不得已而求其次的辦法，觀眾依然很歡迎。〔註43〕

朱雙雲則認為官方禁演早期話劇是稀鬆平常的：

　　　　滿清政府及北洋政府對於話劇，是一貫地要想把他消滅，滿清時代，認話劇是宣傳革命；軍閥時代又認為它為赤化宣傳，而話劇暴露社會黑暗，描寫官場腐敗，更為封建勢力所不容。少數劇人之偶然發生桃色事件，尤為一般不滿話劇人們的攻擊材料，因此各地

〔註41〕徐半梅《話劇創始期回憶錄》〔M〕，北京：中國戲劇出版社，1957年第85頁～86頁。

〔註42〕田漢著、董健等編《田漢全集・第十五卷・文論》〔M〕，石家莊：花山文藝出版社，2000年第228頁。

〔註43〕徐半梅《話劇創始期回憶錄》〔M〕，北京：中國戲劇出版社，1957年第6頁。

話劇的被禁，是一件很平凡的事。〔註44〕

　　第二，頒布相關法令規範早期話劇的演出內容、加強劇本內容審查。1916年，《申報》刊登了《勸誡報館與審核劇本》，文中提及了北京通俗教育會要求各省加強對新劇劇本的審查：

　　　　又諮教育部云，為諮覆事前，准貴部諮通俗教育研究會詳稱請
　　諮明內務部轉飭京師警察廳，將以前核准演唱之新劇腳本一併鈔
　　交本會以資研究等情，諮行到部。當以改良戲曲事關整飭風化，經
　　轉飭京師警察廳查照辦理去後，茲復稱嗣後除有呈請演唱新劇即
　　責成該原呈人遵照。另行鈔送該會外並將以前核准之家庭禍水等
　　新劇腳本各鈔一分，先行呈送核轉等，因前來本部查閱此項劇本除
　　李立憲鏡一冊，牴觸國體，業經令行該廳查禁外，餘均不背於改良
　　戲曲之旨，相應鈔送清單連同原件十九冊轉送貴部查照並轉飭知
　　照可也。〔註45〕

文明新戲在演出時採用幕表制，其劇本乃是一個大綱，正式演出時與劇本有很大的不同。通俗教育會後來也意識到了這一點，雖然不久就取消了抄送新劇腳本但卻表明官方監管新劇的意圖。1921年，《申報》上刊登《通令查禁演唱侮辱清室新戲》之章程，其原文如下：

　　　　本埠道縣兩署暨淞滬警察廳長接江蘇省長公署通令云，案准內
　　務部諮開，准清室總管內務府諮開，准宗人府文稱，據世襲一等清
　　車都尉榮源稱，演唱新戲、侮辱皇室懇請諮行內務部，轉行外交部、
　　照會各國領事署，一體查禁等因前來，查津滬漢口等處排演新劇、
　　任意捏造多、有涉及先朝，殊非尊重之道，相應抄錄原呈；諮行貴
　　部、轉行外交部及各省會，嚴行查禁，以符優待等，因到部；查民
　　國四年，上海地方編演無意識之新劇，准清內務府函請轉行禁止前
　　來；業經本部轉行查禁在案茲准前因，自應重申禁令，以昭優待，
　　除分行外，相應抄錄原件，諮行查照，轉行辦理等因並附抄件到署；
　　準此，合行抄錄原件，令仰一體查禁；此令，計抄件，呈為演唱新
　　戲侮辱皇室，懇請諮行內務部、轉諮外交部、照會各國領事署，嚴
　　行禁止事；伏思我皇室之於民國，既有讓德之隆、爰結優待之條，

〔註44〕朱雙雲《初期職業話劇史料》〔M〕，上海：獨立出版社，1942年第10頁。
〔註45〕《申報》1916年12月29日。

載在約章，昭然若揭，何負於人，求全反毀？源久居天津，目睹租界各處戲園排演新戲，直斥皇室，其演唱戲目有《西太后》一劇，接演全本，每經旬餘，肆無忌憚，備極醜詆，逞意氣之私，砌附會之詞，法紀蕩然，公理何在？此外尚有《下江南》《新西安》等戲目。聞上海、漢口等處，亦時演唱，捏造事實，任意誣衊；倘不加禁止，實愧對祖宗，損害名譽，例應賠償，捏造謠言，律有明禁。伏乞將所呈緣由、諮行所屬部署，通飭查禁，以彰公道而伸法紀，為此謹呈。〔註46〕

此章程有明確的指向性要求即禁止「演唱新戲侮辱皇室」，章程中提及民國四年上海所排演之清皇室戲《西太后》有醜化皇室之嫌疑。實際上，《西太后》一劇所涉及清朝秘事以及演員的精彩表演，是該劇受到上海觀眾歡迎的原因之一。自《西太后》一劇後，上海地區先後演出了根據乾隆、光緒皇帝等事蹟所排演的宮廷戲如《乾隆皇帝休妻》《光緒皇帝痛史》等，受到觀眾的歡迎。然而這些劇目卻被認為對皇室有侮辱之嫌疑，認為所排演之新劇，「捏造事實，任意誣衊」因而要求「通飭查禁」。

1924 年 3 月，上海地區成立了劇本審查機構——江蘇省教育會劇本審查委員會，其成員有潘仰堯、沈信卿、洪深、歐陽了倩等。江蘇省教育會劇本審查委員會成立後頒布了劇本審查標準：「第一，不論新舊劇，審查時以有劇本者為限，如認為劇本有特色或無流弊，須以表演時與劇本相符者為合格；第二，其藝術合於教育原理、能於社會發生良好影響者，該劇本得加江蘇省教育會劇本審查委員會審定字樣；第三，不論有無劇本，如經本委員會認為有害風化者，得由本會先行勸告，未能改良，本會當請官廳干涉。」〔註47〕從審查標準來看，該審查以劇本審查為首，劇本要求須符合教育原則。劇本審查的結果表現為是否加蓋「江蘇省教育會劇本審查委員會審定字樣」：若劇本「加江蘇省教育會劇本審查委員會審定字樣」則表明可以演出，而若為「大加修改再請審閱否則意在廢止之列」則意味著該劇未能通過審查，需要進行修改。然而，江蘇省教育會劇本審查委員會的成員大多為教育界人士，如潘仰堯致力於職業教育、沈信卿則發起全國教育聯合會並擔任主席職務，因此審查劇本內容時則更

〔註46〕《申報》1921 年 2 月 23 日。

〔註47〕程樹仁、甘亞子、陳定秀主編《中華影業年鑒》（第一集），中華影業年鑒社，1927 年 1 月 30 日出版。

多的關注劇本是否「有害風化」，如「《早生貴子》——意在勸善但略含迷信意；
《白蛇傳》——本為社會共知之小說無甚可取；《立地成佛》——主義純正惟
藝術不足達本事之意。」〔註48〕

　　1927 年 6 月，中央宣傳部駐滬辦事處編審組藝術股因考慮歌曲戲劇有喚
起民眾革命精神的潛在作用遂頒布審查歌曲戲劇辦法：

　　　　（一）將約期與職業技術界作一度之接洽，宣布方針及宗旨；

　　　　（二）藝術股暫時組織〈影戲〉〈新戲〉〈歌曲〉〈說書〉五部；

　　　　（三）取締違背三民主義之劇情、字幕、說白、唱詞，其標準
　　如下：（甲）君主思想或專制思想（乙）封建思想（丙）神道該教（丁）
　　狹義的家庭觀念（戊）山林隱逸思想

　　　　（四）擬供給三民主義革命事蹟及先烈歷史之材料於技術界，
　　以便各該人等編製劇本及歌詞之用；

　　　　（五）各技術界所編製關於革命只劇本及語詞須由編審組審定
　　方得開演，否則將加以取締；

　　　　（六）擬定編製劇本語詞之標準：（甲）注重革命歷史（乙）注
　　意民族被壓迫歷史（丙）指示生活的改善與向上（丁）提倡自由平
　　等獨立精神（戊）注意感情之發抒（巳）注意社會的描寫，均將次
　　第實行矣。〔註49〕

1927 年 7 月，國民政府教育行政委員會提議通令各省市組織戲劇審查會，聘
請社會教育專家擔任審查員，對「與事實不符，殊失真相而昧是非」〔註50〕之
新劇加強審查。1931 年，由上海市教育局所制定的《上海市教育局審查戲曲
規則》中規定：

　　一、……

　　二、凡在本市表演歌劇詞曲雜耍及其他戲曲者，均適用本規則審查
　　　　之；

　　三、凡未經審查之戲曲應由編製人或持有人備具申請書及說明書各
　　　　四份、演員名單二份連同劇本送請本局審查；

　　四、凡經審查合格之戲曲，由本局給以公演執照並函知社會公安局

〔註48〕孫師毅《對於省教育會的電影審查說話》，《銀星》1926 年第 2 期。
〔註49〕《申報》1927 年 6 月 30 日。
〔註50〕《申報》1927 年 7 月 22 日。

查照

⋯⋯

六、凡經給照開演之戲曲如有內容變更時應重行送請本局審查另給
　　新執照；

七、凡經審查合格之戲曲於公演時如發現在審查原本有不符之處，
　　除立即撤消其執照停止公演外並函請社會公安二局查禁

八、本局得隨時派員持視察證至各公共娛樂場所視察並指導糾正之。

九、⋯⋯

十、⋯⋯〔註51〕

《規則》中對「不符之處」，要求「（甲）違反黨義及侮辱國體者（乙）妨害風
化及公安者（丙）提倡迷信邪說者」，均要予以禁止，而對「（甲）跡近神怪者
（乙）妨害名譽者（丙）情節離奇者」〔註52〕要求予以修正。

　　第三，加強對劇社團體成立的審查，甚而查封劇團。從《申報》所刊登的
新聞報導來看，上海戲劇查禁活動由淞滬警察廳負責。1918年8月15日，《申
報》就報導了淞滬警察廳拒絕新劇團備案的新聞：

　　　新劇社不準備案

　　　徐九思等在大南門內組織翼教社練習新劇，具稟淞滬警察廳，
　　請求立案。徐廳長得稟後以此案飭。據該管警署查復，該社房屋地
　　點均不相宜且現為練習時間，何以已有男女來賓及推任男女招待之
　　事，尤為不合仰，即立時解散，所請備案之處應不准行。〔註53〕

除加強對新劇社成立的審查之外，已成立的劇社若想要演出新劇則必須在排
演成熟後領取演出執照，否則將被視為「違章」。即便戲園已經取得演出執照，
淞滬警察廳也會隨時檢查，「特派檢查員隨時前往監察有無禁演唱情事，如敢
故違，除該園經理人到案處罰外，並領弔照押閉各區署員。」〔註54〕

　　　發封演唱花鼓淫戲之兩茶肆

　　　西門板橋華園九畝地、共和春等茶肆迭次扮演花鼓淫戲，號召座
　　客男女混雜，有傷風化。事經淞滬警察廳長徐國梁查悉，昨日特飭偵

〔註51〕　《上海市教育局審查戲曲規則》，1931年。
〔註52〕　《上海市教育局審查戲曲規則》，1931年。
〔註53〕　《申報》1918年8月15日。
〔註54〕　《申報》1914年6月17日。

緝隊隊長翟世清帶同隊士前往將該兩園發封並傳園主懲究。〔註55〕

《申報》所刊登新聞報導表明，只要涉及到「男女合演」或者「女班演出」，社會各界及政府職能部門都會將其與「有傷風化」相聯繫，進而禁止其演出或者要求取締劇團。

取締霜鐘新劇社

工巡捐總局長朱君諮淞滬警察廳徐廳長雲，據南市妙舞臺經理李士昌稟稱，竊商人奉鈞諭中路批示，遵行等情，據此查該舞臺前向敝局領給執照係聲明女伶演唱。現狀霜鐘新劇社假座該舞臺並據登報刊發傳單于舊曆六月二十九日開演，男女混雜，顯係違犯取締章程，發起人潘郎二人假稱已與廳局說妥。敝局查明並無其事，尤屬有心嘗試，除批由該經理切實禁阻外，合行諮請貴廳長查照迅將假座妙舞臺之霜鐘新劇社禁止開演以肅定章而維風化足紉公□

附霜鐘社函

啟者，本社於八月十八號由社長潘□何妙舞臺假座三天開演日劇，與前臺經理郎君接洽，忽由股東李某自稱經理，朦稟至局出批云：妙舞臺係女班唱演，未便男班假座開演云云，敝社同人遵命停演，故特道歉

霜鐘同人謹啟〔註56〕

三、利用行業協會加強對早期話劇的管理

早期話劇不僅受到官方所頒布法令的管理，還受到戲劇行業協會規章的制約。自辛亥革命之後至 1927 年，上海所成立的與戲劇界有關的協會有新劇俱進會、伶界聯合會、新劇公會等。在這些協會之中，與官方關係密切的是伶界聯合會。伶界聯合會 1912 年由潘月樵、夏月珊等創立，因「潘夏諸君于伶界夙負聲譽，數年以來專事排演新劇，感化社會」，其成立目的在於演出新劇以「鞏固我民國前途之基址。」〔註57〕由此來看，伶界聯合會是受到官方認可的，其成立後除管理日常性的演出活動外還涉及到一些「公益」性質的內容如組織聯合公演、為江北水災與淮南水災籌款募捐等。除這些事務之外，伶界聯

〔註55〕《申報》1919 年 1 月 16 日。
〔註56〕《申報》1914 年 8 月 21 日。
〔註57〕《申報》1912 年 2 月 28 日。

合會成立後設立調查科，對劇社團體的演出活動實行管理，「伶界中或有演唱淫劇者，務須設法阻止，使之改編有益社會。」〔註58〕1923 年 5 月 6 日，《申報》刊登了《整頓新編戲劇之章程》：

> 伶界聯合會成立以來，對於內部之整頓不遺餘力，如禁止外串、培養貧寒同業子弟及排解糾紛之事，成績昭著。茲因鑒於數家共演一戲，與同業互助之旨有乖，故特定專利章程如下：
>
> （一）各班有新編之新戲，在排練之前須將戲名通知本會
>
> （二）不論何班編演之新戲，得專利一年。專利期內不得有第二家同名仿演，犯者公議重罰
>
> （三）第一家編演之新戲有意編二本者，須於半年後懸牌，牌預告並通知本會
>
> （四）時制時事新戲不在此例
>
> （五）此章程於民國十二年陽曆五月一日實行〔註59〕

伶界聯合會是由劇團或伶人推選成立，以規範戲劇演出活動為宗旨的組織。因此，其所發布的章程帶有行業規則之性質，是各演出團體必須要遵守的，但伶界聯合會因對各劇社團體的約束力有限，如在 1921 年的《伶界聯合會戲八班合演》的宣傳中號召各劇社團體「組織藝術研究會，以謀求戲劇進步；請名人演講，以增進同人知識」〔註60〕，可見伶界聯合會在推動早期話劇藝術探索方面的努力是有限的，戲劇同人間的關聯性值得懷疑。而該宣言進一步宣稱此次演出「乃十年來未有的大盛舉」，由此可見伶界聯合會在組織戲劇界同人演出方面也是困難重重的。事實上，戲劇界協會在規範早期話劇演出活動方面的重重困難意味著其存在時間都不長，如新劇公會存在了僅一年左右，新劇俱進會的存在時間也不長，其對戲劇的審查活動不如江蘇省教育會劇本審查委員會和淞滬警察廳，因而效力也不大。

第二節　早期話劇利用公益性廣告完成政治訴求

　　從「新民」出發而以揭露社會現實為目標的早期話劇，因其演出題材與內容的激進而遭受官方的壓制。因此，突破官方的管理體制以獲得生存空間，成

〔註58〕《申報》1912 年 2 月 28 日。
〔註59〕《申報》1923 年 5 月 6 日。
〔註60〕《申報》1921 年 5 月 3 日。

為早期話劇在萌芽之時必然要考慮的問題，從《申報》上所刊登的早期話劇演出廣告來看，以「籌款」為目的的演出是此時獲得官方與觀眾雙重好感的途徑。利用「籌款」，早期話劇逐漸走向了觀眾，被市場所接受。然而，與演出目的相勾連的「籌款」是如何為早期話劇宣傳改良社會、開通民智提供空間的？其又為現代話劇走向市場提供了怎樣的生態環境？

一、官方對演劇籌款的需求

「一部二十四史，就是一部中國災荒史。」〔註 61〕近代中國社會災難頻發，而救災體系的不完善以及不斷的政治紛爭與權利爭鬥的社會現實，政府在救災活動中不可能有充足的力量。西方義賑組織籌集資金的方式給以張德彝、曾紀澤為代表的晚清政府官員提供了借鑒之法：

> 各醫院之收養病人者，尤為高大整潔，樓皆五六層，廣廈千間，故留隙地，栽花種樹，通水堆山，吸取天氣，以令病者舒暢。樓房皆巨室捐建，或就地釀金為之。各項經費，率為紳富集款。間有不足，或闢地種花養魚，或借地演劇歌曲，縱人往觀，收取其費，以資善舉。又有勸示通城仕商男女捐陳雜貨，如針黹書畫、筆墨紙張、首飾玩物、花木巾扇，以及銀瓷玻璃各種器皿陳設，聚集一處，請人往而觀之。當肆者皆富家少女，貨倍其值，往者必購取數事而後可。亦有設跳舞會者，茶酒小食，仍為商賈捐助，飲用值亦加倍，即以其所入惠病人。如是則捐來貨值為一倍，售去獲利又一倍，兩倍相併，則所斂者更足矣。此等善會，彝曾赴三四處，首領多為世爵名人，故其圍主宗戚、世爵大僚，及各國公使、本國紳富，咸往捐納焉。各院醫生固皆善人，即扶持病人者，亦皆善男信女願為供奉者。誠義之舉。〔註62〕

張德彝身臨其境地見到西方社會「或闢地種花養魚，或借地演劇歌曲」的「誠義之舉」。同為外交使臣的曾紀澤也以日記形式記錄了西方紳士演劇籌集資金以救濟貧困者這一情形：

> 十七日，晴。巳正起，茶事食後，靜坐良久。至清臣室一談。

〔註61〕 李宏《基於國民財富損失控制的自然災害防災減災研究》〔M〕，瀋陽，東北財經大學出版社，2017 年第 1 頁。

〔註62〕 張德彝《隨使英俄記》〔M〕，鍾叔河主編，楊向群、鄔琨責任編輯，長沙：嶽麓書社，1986 年第 437 頁。

入上房一座。醫士費茲者羅來診錫兒，一談，為余拔去痛齒。飯後，核公文一件。未正，偕聽帆率銓兒、鑒兒赴海茨議事廳觀劇，紳士、命婦自演之，而募錢以濟貧人者也，大教師賀二請余往觀，酉正戲畢，請余赴其家茶會，戌初歸。飯後，圍棋一局。至聽帆室一談。寫零字。夜飯後，清臣來，久談。核公文二件，聽女兒奏樂。丑初睡。〔註63〕

相比張德彝感慨「誠義之舉」而言，曾紀澤在日記中所提到觀紳士、命婦以演劇形式募錢以救濟貧困者這　現象時，語氣更為客觀。這也表明在作為外交使臣期間所見到這種利用演劇來籌集資金的形式在曾紀澤看來已經稀鬆平常。事實上，在張德彝發出「誠義之舉」的感慨時，上海已經有人利用演劇來募集資金以助賑了。1877年2月8日（即光緒二年）《申報》刊登了《論演戲救災事》一文，這是近代最早的以演戲來籌集款項的論說：

　　同一事也，華人籍之以利己，西人籍之以濟人；故自華人視之，則以為無益之行為，而自西人視之則以為有益之舉動，如演戲一事是也。前閱近事編錄所載，本港戲園除高升、同慶、普樂而外，兵房左近復有劇臺一座，以為西人士遊觀之舉。日前有英國戰船猝遭沉溺，兵丁水手死於是役者，殊堪悲憫。復有家屬零丁孤寡，無所倚靠，更覺可憐。有心者即於十九晚相集演劇，於赴觀者皆稅其貲，即以是夕所稅之貲，盡為周濟沉淪家屬之用。此其立心不減於仁人施□且使來觀者既得娛目，亦足以寫其好，行其德之心，不待簽捐，無煩代貸，一舉兩得，誠為甚便。使世之演戲，皆如此用心，則謂之有益亦無不可，其報所言如此四思。去冬，上海租界寄居之法人，緣法國有一地方饑荒，法人之在滬者，欲集貲以賑之，亦用此法。演戲兩日所得之貲，盡行寄往，以助賑務，其法亦可謂良矣！出貲者不要大力，而集腋成裘，眾擎易舉，既得多貲有益正事，使華人亦能效其所為。遇事照此辦理，勢必易於成就，演戲之優伶，果亦能如此用心，如此行事，實屬大可有益於世。方且諸務可仗優伶以成，又何至目優伶為賤業哉？日前，滬上聞燕臺等處災荒甚巨，亦有倡議欲令各戲館於禮拜六夜演戲一宵，各館所得之貲聚送一處，

〔註63〕曾紀澤《出使英法俄國日記》〔M〕，鍾叔河主編，楊向群、鄔琨責任編輯，長沙：嶽麓書社，1986年第712頁。

匯寄燕臺等地以助賑。項商之於平日與各戲館相熟之人，屬往相商於各館，無如其人，畏難不肯往。商余初聞之，亦亦謂事尚可行，何也？因租界各戲館，一至殘冬，所有寄居租界各處客民均求各戲館代演一宵，所得餘貲，盡歸求演各人分用，名之曰「打野雞」。向來如此，今冬尤甚。余因有此習俗，故以為事在可成。蓋謂：戲館肯幫數人之用度，豈有不肯幫賑大眾之飢餓乎？不料，竟無人肯言也。今余連類論及者，蓋欲使各戲館知西人有此辦法，或能觸目驚心，有此一舉亦未可知。雖然西人之為者，此實非平日演戲之優伶賴戲以獵食謀生者也，而各戲館之優伶，固藉此以事蓄養贍，苟少一夕之貲，即少一日之用，似不可以一概而言。但「人之欲善，誰不如我」，古人已有明言。況僅一宵所得，盡行助賑，似於各戲館尚無大損，何不以小人之業而為君子之事？令受之者感激，聞之者羨慕，或能因此感動而勃然興起樂輸重貲往助賑務？以為彼演戲者，尚能如此，何況我輩席豐履厚者哉？果能如此，則其有功於賑務實屬不少，豈得猶謂：演戲謂無益之行為，非有益之舉動乎？吾是以不惜諄諄相勸而不肯止也？又況所失者小而所得者大？從此，滬上各戲館之美名亦可以與西人演戲行善之美名同見稱於一時也，豈不美乎？〔註64〕

在此文中，作者一開始便提出與華人將演戲視為「利己」相比，「西人」視演戲為有益之舉動。接下來，作者便以英法兩國之案例向讀者介紹「西人」是如何利用演劇方式來籌集資金以「助賑務」。鑑於「西人」用演劇以「助賑務」，作者號召上海的戲館亦能以演劇為遭受災荒甚巨的燕臺等地籌集賑款。為使這種以演劇來籌集賑款方式與戲劇行業傳統相關聯，作者甚至找到了戲館每年冬天演出時「打野雞」的慣例，「有此習俗，故以為事在可成。」文章最後，作者認為戲館優伶以演戲為救災籌集資金為一舉多得之事，「其有功於賑務實屬不少，豈得猶謂演戲謂無益之行為，非有益之舉動乎？吾是以不惜諄諄相勸而不肯止也？又況所失者小而所得者大，從此滬上各戲館之美名亦可以與西人演戲行善之美名同見稱於一時也，豈不美乎？」從某種角度而言，西方演劇籌資的行為刺激了作者，因此作者希望能喚起戲劇藝人以演劇形式投身到救災事業中。

〔註64〕《申報》1877 年 2 月 8 日。

　　大約兩個月後，《申報》刊登了以「鶴鳴園領班」為名的《戲資助賑》廣告。廣告中稱因江北各地受災，加之地方官員竭力為災民募捐之需，本園「擬分歌舞之餘資襄賑，施之善舉。」〔註65〕鶴鳴戲園的演出受到嘉獎，「鶴鳴戲園領班之告白則以半月一寄為期，若能提前趕寄，則尤為山東災民之幸也」，「鶴鳴園諸人竟能少有所餘即行義舉，是以下等人而為上等人之事，不負余之期望，亦可嘉矣。」〔註66〕隨著時間的推移，戲劇界以籌款為目的的演劇漸成為風氣。1877 年 5 月 11 日，上海久樂園刊登《久樂園順天樂班謹啟》廣告，稱「除園租不能減免外，所有在事人等工食均減發六成，以資節省，冀多存餘資以襄賑款也。」〔註67〕1878 年 8 月 6 日，《申報》所載《戲資助賑》中表明上海的大觀、丹桂、天仙三家戲園也有以演劇來助賑的活動，「滬上大觀、丹桂、天仙三戲園分期助賑一節，茲已期滿。計大觀園共繳洋二百零四元九角三分半，丹桂園共繳洋六十六元七角四分，天仙園共繳洋四十九元七角四分，三共計洋三百二十一元四角一分半。」〔註68〕《申報》在 1878 年 10 月 2 日所刊登的《擬抽戲資助賑說》一文中號召戲館以戲資為中州災害籌集賑款，「竊以戲館一行或可酌行動募，按每一戲館日可延客百五六十人少亦有二三十人，每日每人照加一二文作為賑款，每日作百客算可捐錢二千文，每月可捐錢六十千文，如百客以外之戲資作為貼補，國忌停演之費則就蘇州城內外三處計之月可得錢百八十千文，在彼惠而不費，在我取不傷廉而又可隨賑務以行止，如能令上海鎮江等處均能允行於賑款亦不無小補也，願籌振諸君其圖之。」〔註69〕

　　在官方以及報刊宣傳下，演劇成為讓普通民眾參與助賑事務的最好途徑，「凡善舉之事，隨時隨地可以量力倡助集而成之，不必盡富商大賈，動輒解贈鉅萬而後可以濟事也」〔註70〕，「蓋通計一月之中，在殷富者十元之洋不過太倉之一粟；即平常之人每月一元，亦差如錢繩之串底，月省此十元、一元止須於闊綽之中少存減省，即已留此有餘。通計萬人，十元者、二一元者、八則一月之中可以集資二萬八千元，積至一年已有三十餘萬。」〔註71〕以籌款為目的

〔註65〕《申報》1877 年 4 月 26 日。
〔註66〕《申報》1877 年 4 月 30 日。
〔註67〕《申報》1877 年 5 月 11 日。
〔註68〕《申報》1878 年 8 月 6 日。
〔註69〕《申報》1878 年 10 月 2 日。
〔註70〕《申報》1877 年 5 月 25 日。
〔註71〕《申報》1877 年 5 月 25 日。

而開展的演劇活動，構成了以紳商群體、伶人、普通民眾三位一體的民間助賑力量，演劇居於其核心地位。《申報》在 1907 年 1 月 19 日所刊登的《論今日演劇助振事》一文中便將演劇助振、伶人地位以及「演劇開通風氣」等話題並置在了一起：

　　嘗論天下萬事無大無小，莫不有盈虛消息之理焉。昔戰國衰微之世，綱紀蕩盡而草野遊俠之士出；東漢桓靈之末，習俗卑靡而黨錮氣節之士興。今者咸同以降，士大夫奔走於利祿，商民計較於錙銖，家人族黨之間往往以薄物細，故觀面若不相識而四海之兄弟若同舟之吳越焉？於是下等社會之人，其急公好義救災恤鄰之事，反時時有所聞。

　　方淮徐海初告災荒之時，聞有華工匯鉅款助振者，心竊異之，以為百萬僑民漂泊萬里之外而猶能恤同胞之困難，則吾國之民氣可用也。繼又聞有伶人以戲資充振者，心更異之，以為梨園子弟不惜捐棄名譽以博區區之資，獨能為此義俠之舉，則吾國之民心未死也。至今日更有而更有女伶演劇助振之一事，是否聞前二事而興起？抑發於一點慈善之本心？皆不可知。但其急公好義、救災恤鄰之盛意，固不可淹沒也。吾初聞之時亦頗繩其執業之賤，繼思西國歌妓與色妓不同。歌妓恃一藝以自活，初不礙人格之高；色妓借賣淫以斂錢始，不齒於齊民之列。吾中國亦何獨不然□寓者。舊時所諧板局也，入其家者謳一曲以奉客，招之侑酒亦只歌一曲而去。今雖□氣日下，品類不齊而書□之中猶只設燕侑酒兩事。初無一定夜度之資則與西國之歌妓正同安，得以其業賤□卑之？又何怪西人之慨然而以議事廳相借也。人之欲善，誰不如我，願論者其略跡而原心焉。

　　抑又論之風氣開於上，則下焉者有所自解而不應；風氣開於下，則上焉者必且自愧而益奮。今區區女伶急公好義救災恤鄰，既如此，彼上等及中等社會之人，宜何如其慷慨樂輸焉？況今日泯泯棼棼之世界？有志之士正欲多設白話報、書畫報為下流社會開通其智識，增進其道德，則既有明白事理之女伶又安得不提倡之、扶助之，使之日濬其智識增進其道德焉？至有疑其以賣淫之技為斂錢之舉者，則又不然。彼演者，既為一點好善之心而起，觀者雖所費區區又何莫非本其一點好善之心而來？且東山妓女，即是蒼生一時裙履揭竿偕來，雖在歌臺舞榭之中正宜視之如數百萬災黎，輾轉溝壑，環叩

　　我前，非僅僅縱其耳目之欲也。所謂仁者見仁，知者見知，是則又
　　在觀者而不在演者也。〔註72〕

文中作者認為演劇活動與有志之士意圖「多設白話報、書畫報為下流社會開
通其智識，增進其道德」有著同樣的作用，因此希望對演劇活動「提倡之、
扶助之」。

　　綜上所述，官方以及知識分子對演劇籌款行為的提倡，為受到官方嚴格管
理且人單力薄的早期話劇創造了生長的空間，也見證中國戲劇由傳統向現代
的轉型。

二、《黑奴籲天錄》：以公益籌款宣傳政治主張

　　1907 年 2 月，由留日學生李叔同、曾孝谷等組織的春柳社在日本東京演
出《茶花女》片斷，促成此次演出的重要目的是為中國徐淮地區的受災同胞籌
集資金。歐陽予倩在《自我演戲以來》中有過回憶，「有一天，聽說青年會開
什麼賑災遊藝會，我和幾個同學去玩，末了一個節目是《茶花女》，共兩幕。」
〔註73〕春柳社的演出在東京的留日學生中產生了極大影響，大約有 2000 多名
觀眾觀看了此次演出。正因為演出帶來的影響，現代話劇史認為春柳社的此次
演出是「中國人演話劇最初的一次」〔註74〕，「一時別開生面，為中國四千年
未有之新劇。」〔註75〕此後，「醵資助賑助學」〔註76〕成為春柳社演出的目的
之一，如《熱淚》是為「上海的中國公學捐款。」〔註77〕春柳社演出成功的消
息傳回國內，「各報亦多譽辭，嗣是新劇於社會之益，人多知之，伶人之稍具
思想者，亦相率規仿以趨時尚。」〔註78〕

　　在這種風潮的影響之下，國內第一個早期話劇團體——春陽社於 1907 年
9 月成立。從《春陽社意見書》來看，以「互換智識、改良風俗」〔註79〕為宗

〔註72〕《申報》1907 年 1 月 19 日。
〔註73〕歐陽予倩《自我演戲以來》，參見歐陽予倩著《歐陽予倩全集第六卷》〔M〕，
　　　　上海：上海文藝出版社，1990 年第 6 頁。
〔註74〕歐陽予倩《自我演戲以來》，參見歐陽予倩著《歐陽予倩全集第六卷》〔M〕，
　　　　上海：上海文藝出版社，1990 年第 7 頁。
〔註75〕春柳舊主《春柳社之過去譚》，《春柳》第 1 卷第 2 期，1919 年。
〔註76〕《春柳社演藝部章程》，《北新雜誌》第 30 卷，1907 年。
〔註77〕日本《萬朝報》第 5618 號。
〔註78〕朱雙雲《新劇史》〔M〕，新劇小說社，1914 年第 5 頁。
〔註79〕《申報》1907 年 9 月 26 日。

旨的春陽社將演劇看成是開通民智的手段之一，「開通國民之利器有三：曰印刷，曰演說，曰戲劇……戲劇者，所以開通下等社會者也……」，「凡政治問題、種族問題，本社皆不預聞，願吾同胞諸君共矢熱誠，以期各社會之進於道德救祖國於垂亡之日，拯同胞於水火之中。」〔註80〕要理解春陽社的「激進」特徵，筆者認為可以對照春柳社的章程。《春柳社演藝部章程》表明，春柳社的成立乃是有感於「吾國提倡改良戲曲之說有年矣，若者負於貲，若者迷諸途，雖大吏提倡之，士夫維持之，其成效卒莫由睹」〔註81〕的結果，其下設機構演藝部，「以研究學理，練習技能為目的。」〔註82〕這意味著春柳社雖有轉移風氣之目的，但從其日後的演出活動如改編演出《茶花女》《新不如歸》《血蓑衣》等來看，其更專注於話劇藝術的探索，「以和藹的態度同人合作，以莊嚴的態度實現藝術的理想。」〔註83〕與致力於「藝術性」的春柳社相比，春陽社則表現出明顯的「激進」性。首先，春陽社是要以演劇為手段而「喚起沉沉之睡獅」；其次，作為春陽社的核心成員王鐘聲本就具有「激進」色彩，提出「中國要富強，必須革命；革命要靠宣傳，宣傳的辦法，一是辦報，二是改良戲劇。」〔註84〕結合前文所論述的早期話劇的生存環境來看，具有「激進」色彩的春陽社於 1907 年 11 月 1 日在《申報》刊登了即將演劇的廣告：

〔註80〕《大公報》1907 年 10 月 15 日。
〔註81〕《春柳社演藝部章程》，《北新雜誌》第 30 卷，1907 年。
〔註82〕《春柳社演藝部章程》，《北新雜誌》第 30 卷，1907 年。
〔註83〕歐陽予倩《回憶春柳》，參見歐陽予倩著《歐陽予倩全集第六卷》〔M〕，上海：上海文藝出版社，1990 年第 174 頁。
〔註84〕梅蘭芳《戲劇界參加革命的幾件事》，載《戲劇報》1961 年第 17 期。

近因雲南旱災，尚需急振，爰集滬上學商兩屆鮑鶴齡、陳運親、孫芝圃、趙宣堂、錢秀山、毛祝三、駱秉坤、管西園　諸君清客串並邀丹桂菊部諸名伶義務登臺助演定期本月二十九、三十及十月初一等夜即西人賽馬期假座圓明園路外國戲院開演，並備西式茶點以助雅興。每夜八鐘啟門，入場券：頭座二元、二座一元、園中座位限定，按日照票不更，諒之（一品香）（一枝香）（旅泰）（本戲園門首）均有出售，所得看資悉數充振

　　　　　屆時務祈　紳商學界聯袂光臨　同襄善舉是所盼禱〔註85〕

春陽社演出《黑奴籲天錄》的廣告刊登於《申報》當日的第 1 版（頭版頭條），且該廣告特意強調「春陽社演劇助賑」。從《申報》資料來看，該廣告連續刊登了三天，分別為 11 月 1 日、11 月 2 日、11 月 3 日。其中，前兩日的廣告刊登於《申報》的第 1 版，11 月 3 日刊登於第 2 版（即在「今日本報目次前」），可見該廣告是受《申報》編輯所重視的。由此，筆者認為春陽社的演出是受到整個社會環境支持的。春陽社所演出的《黑奴籲天錄》並沒有留存下來的劇本，但研究者認為春陽社演出此劇受到了春柳社演出的影響，在此筆者引用春柳社所演出《黑奴籲天錄》之劇情梗概（其原因在於王鐘聲曾於 1906 年夏到 1907 年春留學日本，在此期間應該是看過春柳社的演出）來探討此劇所體現的思想主張。據歐陽予倩回憶，春柳社演出《黑奴籲天錄》共五幕：

　　　　第一幕，解而培之邸宅。美洲紳士解而培，有女奴意里賽，數年前妻哲而治生子一，名小海雷。哲為韓德根家奴，性剛烈，有才識，執威立森工廠有年，勤敏逾常人，威以是敬愛之。解又有奴曰湯姆，忠正厚實，解遇之尤厚焉。是日有販奴者海留來，解故負海多金，逾期久未償，海惡其遲滯，促之甚，解不獲已，允以湯姆為抵，海意猶未盡，更請益焉。

　　　　第二幕，工廠紀念會。跳舞蹲蹲，音樂鏘鏘，威立森林工廠特開大紀念會。來賓紛至，解而培夫婦韓德根輩皆與焉，獻技竟，威立森授哲而治賞牌，韓德根怒阻之，來賓為之愕然。

　　　　第三幕，生離歟死別歟。解而培鬻湯姆小海雷二奴於海留，即署券矣，意里賽知其事，泣述於夫人愛密柳前，愛亦為之涕下。旋哲而治來，謂自工廠辭職歸，韓遇之益虐，將遠揚以避之。意里賽

更述鬻兒之事，夫婦相持哭之慟。

　　第四幕，湯姆門前自月色。狂歌有醉漢，迷途有少女，夜色深矣。意里賽子身攜兒出逃，便詣湯姆許，訴以近事，湯姆夫婦大愕，亦相持哭之慟。

　　第五幕，雪崖之抗鬥。哲而治既出奔，韓德根輩率健者追捕。哲走深山以避之，時天寒大雪，困苦萬狀，忽見意里賽攜兒來，悲喜交集。未幾健者偵至，哲奮死力鬥之，卒獲免於難。

該劇之結尾，哲而治與追捕者「奮死力鬥」而幸免於難，與當時整個民族渴求獨立自由解放相配合。根據《申報》所登之《春陽社演劇助振記》一文可知，春陽社所演《黑奴籲天錄》分為十二出，分別為「送學、索債、規夫、別妻、竊聽、夜遁、落店、索奴、追逃、遇友、取湯、贈別」〔註86〕，整個故事梗概與春柳社是相一致的。為了讓觀眾理解該劇之思想，《申報》在刊登春陽社將演出《黑奴籲天錄》的廣告之時也刊登了署名為「桐城吳芝瑛」的《春陽社〈黑奴籲天〉新劇紹介》一文：

　　《黑奴籲天》一書係泰西著名小說，美女士斯土活著。芝瑛往年出重資請林琴南、魏聰叔二先生譯成華文，已風行海內。芝瑛讀此書，不下數十過，觸黃種之將亡與國威之日削，每讀一過，輒淚灑書本，痛憤不能自止。近又手加圈點於是，書開場伏脈接筍結穴，一一注意，以便讀者。林先生曰：余與魏君同譯是書，非巧於敘悲以博閱者無端之眼淚，特為奴之勢逼及吾種，不能不為大眾一號。近年美洲屬禁華工水步，設為木柵，聚數百遠來之華人柵而鑰之一禮拜，釋其一二人；或踰越兩禮拜，仍弗釋者，此即吾書中所指之奴柵也。向來文明之國，無私發人函，今彼人於華人之函，無不遍發；有書及「美國」二字，如犯國諱，逐逐驅斥，不遺餘力，則謂：吾華有國度耶？無國度耶？觀哲而治，與友書意，謂：無國之人，雖文明亦施我以野蠻之禮，則異日吾華為奴，張本不即，基於此乎？若夫日人亦同一黃種耳，美人以檢疫故辱及其國之命婦，日人大忿，爭之美廷又自立會與抗勇哉，日人也。若吾華有可又烏知有自，己國民無罪為人，囚辱而瘐死耶？又曰：方今囂訟者，己□固不可喻，譬而傾心彼族者，又明信西人寬待其藩屬，躍躍然欲趨而附之，則

吾書之足以儆醒之者，寧可少哉？芝瑛按作者宗旨所在，見第四十
三章中哲而觀治，與友人一書，有曰：足下須知有國之人與無國者，
其人民苦樂之況，何啻霄壤？吾今迴念同種之羈絆於美洲，禽狎獸
侮，無可致力脫。吾能立一國度，然後可以公法公理，響眾由論，
不至坐聽白人夷滅吾種。公法公理有國者，方有其權；無國之民，
匪特理法都無從復哀之。彌肆其毒，又曰：吾今決赴辣比利亞者，
非圖安樂也。蓋欲振刷國民之氣，悉力保種以袪外侮，吾志至死不
懈矣。嗟乎！觀哲而治之言，不啻為吾中國之大寫真。芝瑛既屬文
明書局，精印此書，私慮林君文筆過高，非中等社會以下所能盡通。
每語好事者，再演以白話或譜為新劇，庶可引為殷鑒，喚醒國民。
項閱春陽社演劇助振報告，不啻償吾數年之志，用述譯印此書，大
旨為新劇紹介，務望紳商學界屆期往觀，藉以振作志氣，□官嚴先
生曰：種族、國土之重，受賦上宰，不可自絕。吾知是日圓明園劇
場中必有熱誠發中而聲淚俱竭者，竊謂助賑之事猶小，所以興起我
國民保種愛國心者，其功德實無涯涘也。

桐城吳芝瑛敬白〔註87〕

吳芝瑛在來件中向觀眾說明其讀《黑奴籲天》一書所受到的感動，「不下數十
過，觸黃種之將亡與國威之日削，每讀一過，輒淚灑書本，痛憤不能自止」，
隨後又向觀眾介紹近年來美國華工生活之情形，發出「有國之人」與「無國者」
之苦樂現狀，在結束處則發出號召，「竊謂助賑之事猶小，所以興起我國民保
種愛國心者，其功德實無涯涘也！」吳芝瑛的來稿表達了春陽社在「籌集賑款」
名義下演出此劇之真實目的即喚醒國民以「保種愛國」。實際上，春陽社演出
《黑奴籲天錄》的最後一場時，王鐘聲登臺發表演說。有研究者指出，王鐘聲
此次演說的內容與劇情內容關係不大，而是用略帶抨擊的腔調批判了清政府
的諸多賣國行為，強烈譴責滿人政府對漢人統治造成的主權喪失和國土淪喪。
在演說的最後，王鐘聲指出英國現在正在大肆侵犯中國鐵路權，而中國人民在
滿人和洋人的雙重殖民下過著水深火熱的生活，因此號召觀眾購買築路股票
並支持在南方爆發的保路運動〔註88〕。

　　在「籌款」的名義下，春陽社成員王鐘聲與清政府官員馬相伯與沈仲禮達

〔註87〕《申報》1907 年 11 月 2 日。
〔註88〕於嘉茵《民國戲劇：守望》〔M〕，北京：東方出版社，2013 年第 21 頁。

成了共識，也掩蓋了其「革命」色彩，春陽社先後演出了《黑奴籲天錄》《張文祥刺馬》《秋瑾》《徐錫麟》等劇目。吳宓在北京看完王鐘聲演劇後在其日記中寫到：

> 鐘聲君扮一西裝女郎，摹擬情事，曲盡委婉之致。此等劇純用說話，弗須鑼鼓等樂。所演者皆家庭上、社會上之真情狀。其刺人之易，感人之深，較尋常情狀為倍蓗。每到惟妙惟肖之處，臺下觀客直覺現身劇中，亦若果有如此其人，而親睹其如此之事者。嗚呼！大千世界本係一大舞臺，勞擾群生，孰非演劇人哉？觀劇者即演劇者，而演劇者固亦觀劇者也。聞眾生研中西學，嘗有所志，今乃以戲劇為業，是亦改良社會之妙法哉？或又云鐘聲君歷史甚多，諸種機密運動，彼皆與其事云。豈真自隱于伶者耶？〔註89〕

吳宓在日記中詳細記載了其觀演王鐘聲演劇之感受——感人至深，如置身劇中。然而，其在日記中也敏感地意識到王鐘聲演劇之目的：聽聞王鐘聲正從事機密運動即革命活動，那麼王鐘聲絕不願僅僅做一名伶人。

三、《甘肅旱災》：借民生抨擊政府無能

1909 年 6 月 16 日，新舞臺在《申報》刊登了將演《甘肅旱災》一劇的廣告：

〔註89〕吳宓《吳宓日記》第 1 冊，北京：三聯書店，1998 年第 20 頁。

　　商辦新舞臺排演甘肅旱荒新戲助賑

　　甘肅歲歉于今三年矣，今春旱荒又復奇酷，今者輒以上海之酣
歌醉舞為膜視同胞之疾苦，其實好善之士以滬上為獨多，特以距離
較遠見聞遂少，殺妻棄子飲血嚙草之慘狀，不能接觸於目耳。本舞
臺爰取甘肅災區之真相，排演新戲，即名曰甘肅旱荒，欲觸動閱者
惻隱之心，以解西北同胞倒懸之苦，一俟排演純熟即於五月初旬擇
日演唱，是日所得看資，悉數充作甘肅賑捐，一切開銷均由本舞臺
捐貼。人之欲善，誰不如我？是日杠顧之富商巨賈、賢士大夫與夫
清閨淑女，倘或觸目驚心，解囊相助亦並送甘肅籌振公所。本舞臺
同人敬代百萬災民先行泥首道謝並請甘肅籌賑公所諸君到場監視
謹白

新舞臺夏月珊潘月樵同啟〔註90〕

新舞臺將演《甘肅旱災》一劇的廣告於 6 月 16 日到 6 月 27 日連續刊登於《申
報》的專用廣告欄，其廣告表現形式一直採用上圖的形式。因此，無論是整個
廣告所佔的版面還是大小，都極為醒目。由此可以推測，新舞臺對於《甘肅旱
災》一劇的演出是極為重視的。早在 1909 年 6 月初，《新聞報》上便刊登了春
桂茶園園土聽聞甘肅災荒而為其演劇籌集賑款的消息。事實上，甘肅已經連續
三年發生旱災，《廣益叢報》所登《滬上同仁濟善堂叩募甘肅旱災急賑捐啟》
一文中向公眾講述了甘肅旱災之嚴重性：

　　蓋甘省地處邊瘠，生產本不饒裕，平時收成亦甚歉薄。乃前歲忽
遭旱荒，去秋更甚，今歲亦無雨雪，遂致春種已艱，秋收絕望。蘭州
府七屬暨涼州、平番、鞏昌、安定等十餘州縣，其中會寧碾伯各土司
被災尤重，南北數千里之遠，災民百餘萬之多，草根樹皮挖掘殆盡。
其本貧者，早為餓殍；即向堪自給者，亦皆十室九空，彼民何不幸而
罹此巨災夫？圓顱方趾，同為人類，雖未親見其慘苦情形而一聞傳說，
令人酸鼻。凡熱心慈善之士，當無不惻隱油生也。〔註91〕

新舞臺在演出廣告中將「悉數充作甘肅賑捐」加以強調並表明該劇乃是根據甘
肅災民真實現狀而編演的。根據《民呼日報》所刊登的《甘肅旱災》的新劇畫

〔註90〕《申報》1909 年 6 月 16 日。
〔註91〕《滬上同仁濟善堂叩募甘肅旱災急賑捐啟》，《廣益叢報》第 210 期，1909 年
　　　第 3 頁。

可知，該劇是以甘肅災情之慘狀「殺妻棄子飲血嗜草」為原型而排演的五幕劇：第一幕「難婦遇夫」，寫一湖畔散步的旅金甘肅商人偶遇被販賣至金陵的妻子，始知家鄉旱災嚴重；第二幕「難民哄衙」，寫官府匿災不報，災民無糧而大腦公堂並怒打知府，知府答應開倉救民；第三幕「甘紳之受累」，寫一樂善好施紳士因旱災多年，家中亦無糧可食，欲獻其子於災民食之，其妻不忍，遣子遠逃後與女兒自縊，仕紳又欲獻妻女於災民而食之，眾感其善念，反將仕紳妻女葬之；第四幕「旅商之慘變」，寫旅甘之浙商因旱災家中無糧，其妻子以父年邁多病欲殺而食之，但受到兄、母的重責，兄欲殺女飼父，其妻不允，後改而殺弟，父知之後不忍卒食，遂餓死；第五幕「吃人之公舉」，寫饑民從官、紳、士、僧、鬼奴五者中選擇一人而烹食，結果一致決定烹食鬼奴。〔註92〕根據《甘肅旱災》之劇情概況來看，造成饑民遍野的原因之一在於甘肅官府匿災報，而官府最終開倉放糧則與災民的反抗有關。此劇演出結束後，「觀者為之感動」：

> 昨日新舞臺為甘肅旱荒事，特演《甘民淚》新戲一出，以資助振（賑），繪影繪聲，形容畢肖。觀者為之感動，當場擲洋捐助者，鏗然震耳，約達二十餘元，可謂見義勇為。夫演戲僅描摹饑民慘狀之萬一耳，而我濟人之感動已如此。若甘省之官場目睹甘民流離之狀況，而乃漠視三年匿名不報告，抑何忍也！〔註93〕

新舞臺演出《甘肅旱災》一劇共兩次，「第一次演出得戲資英洋八百一十、小洋一千六百二十三角五分、銅元四千六百五十三，另加所售出茶水點心、代募、客捐等；第二次演出戲資一千二百七十元、小洋一千二百二十角、銅元四千七百四十文，茶資小洋五百七十六角，水果點心小洋四十角，當場拋臺洋七百五十一元九十四角、錢四百八十八文、銅洋十三元。」〔註94〕根據戲票總額除以戲票單價等於觀看人數的計算公式，可知觀看《甘肅旱災》一劇之觀眾人數是非常多的。雖然不能具體確定該劇演出後對觀眾的思想影響之情況具體如何，但如此劇情的劇目反覆演出，勢必會對觀眾的思想產生影響。因此，觀眾看完此劇後認為甘肅官場之黑暗與對人民流離失所的漠視是造成甘肅旱荒的原

〔註92〕 吳憶偉《〈民呼日報〉「甘肅旱荒」新劇畫及其後續影響之研究》〔J〕，《戲劇學刊》，2006，（3）。

〔註93〕 《申報》1909年6月28日。

〔註94〕 吳憶偉《〈民呼日報〉「甘肅旱荒」新劇畫及其後續影響之研究》〔J〕，《戲劇學刊》，2006，（3）。

因，何嘗不是新舞臺演出此劇的意圖所在呢？陳大悲在談及早期話劇時認為「慈善事業最易號召一般人」〔註95〕，因而「學校紀念日、國慶紀念日、籌募天災與人災賑款和孤寡底撫恤金」〔註96〕等慈善活動為早期話劇提供了最好的演出空間。

「慈善」成為早期話劇廣告宣傳的重要內容，不僅被用來籌集賑款以助賑，也成為學堂、醫院籌集經費的方式之一。《申報》1907年2月19日刊登新聞，「本埠某會因大江南北水災為害，特定於本月初七初八兩日借小東門內東街仁和里道前小學堂演劇集資助振，每人收洋錢五角。」〔註97〕據黃愛華考證，新聞中的「某會」應該是「開明演劇會。」1907年2月22日，益友社假座張園開演文明新劇，「看資悉數助賑。入場券每張售洋一元。」〔註98〕1907年滬北商團會為建造醫院以及雲南籌款賑災之需要而演出改良時事新戲《醒世鐘》；1908年丹桂茶園為新建醫院籌集經費而演出《中國人生小囡》，劇情乃以提倡醫學改革為目的，講述了時下產婆之誤人以及西醫之優點；1909年，新舞臺為江浙水災籌集賑款排演新戲《江浙又遭水災》〔註99〕；1910年文明大舞臺為學堂籌集經費而演出了改良時事新戲《戒賭禁煙》。1905年12月9日，《申報》的戲劇廣告欄目中刊登了春桂、天仙、丹桂茶園聯合開展演劇活動，而演劇所獲「戲資作為開辦學堂經費」〔註100〕；1908年8月16日，天仙茶園為籌集學堂經費演劇；1920年，西門商業義務學校因經費支絀而「請廣西路笑舞臺藝員串演義務新劇，借籌學款」〔註101〕；1920年，民生女學因自建校舍的經費不足而「假座天蟾舞臺演劇。」〔註102〕以演劇來籌集資金，劇院所排演之劇目既有根據社會現實或社會事件而改編的時事劇，也有根據西方話劇而改編（與中國風俗極為不同）的開通風氣的劇目。這些劇目若是在戲院裏演出，勢必會引起政府之注意，甚至會遭到政府的禁戲命令。《新聞報》就曾刊登過禁演新劇之消息：

> 福州志士某君，於舊年招集同志，創演新劇，改良戲曲。於是

〔註95〕韓日新編《陳大悲研究資料》〔M〕，北京：中國戲劇出版社，1985年第56頁。
〔註96〕韓日新編《陳大悲研究資料》〔M〕，北京：中國戲劇出版社，1985年第56頁。
〔註97〕《申報》1907年2月19日。
〔註98〕《申報》1907年2月22日。
〔註99〕《申報》1909年7月23日。
〔註100〕《申報》1905年12月9日。
〔註101〕《申報》1920年7月20日。
〔註102〕《申報》1920年8月24日。

各戲班均聞風改演新劇，其中以《舊金山虐待華工》及《馬叻加招
工情形》二齣，最易激動下等社會。詎去臘某國領事竟照會洋務局
查禁，致今年新正，各戲班皆不敢復演此二齣矣。〔註103〕

鑒於社會對「義賑」的需求與認可，號召改良社會的早期話劇自然也關注民生
現狀，籌款助賑自然也就成為其演出目的。廣告宣傳演劇助賑，早期話劇塑造
的「慈善」形象不僅免除了來自官方的審查也獲得觀眾的好感與認可，最終走
上歷史的舞臺。

第三節　早期話劇利用政治性廣告配合官方訴求

如果說關注社會現實、以喚醒民眾為訴求的早期話劇借助「義賑」話語來
宣傳其思想主張更多表現出「民間」色彩的話，那麼早期話劇為規避官方審查
也會有意配合官方訴求。清末的社會危機促使晚清政府施行一系列的革新政
策，如在清末「新政」期間推行教育改革、鼓勵工商業發展等。中華民國成立
後，民國政府制定一系列政治、經濟、文化政策以保證公民的權利與國家的正
常運轉，同時又開展如禁煙、提倡現代體育鍛鍊與引進現代衛生制度等運動。
這些由官方所號召的運動，為早期話劇宣傳政治主張提供了合法性「外衣」。

一、《黑籍冤魂》：禁煙運動下的家庭革命

隨著民族危機的加深，清末政府中的有識之士發出「禁煙」號召，「悲哉，
洋煙之為害，乃今日之洪水猛獸也。然而殆有甚焉。洪水之害，不過九再，猛
獸之害，不出殷都。洋煙之害，流毒百年，蔓延二十二省受其害者數十萬萬人，
以為侵淫，尚未有艾。」〔註104〕金天翮認為鴉片之陋習關係民族危亡，「從古
滅種之國，皆由於自造而非人所能為，今吾中國吸煙纏足，男女分途，皆日趨
於禽門鬼道，自速其喪魂亡魄而斬絕宗祀也。」〔註105〕此後，隨著國內矛盾
的升級，清政府宣布實行「新政」，將「禁煙」列為「新政」之一，頒布《禁
煙章程》十條，擬定禁吸、禁種、禁運等方面的具體措施。1907年，將鴉片煙
罪列入《新刑律》。1908年4月，清政府委任恭親王溥偉為禁煙大臣以示對禁

〔註103〕《新聞報》1908年2月13日。
〔註104〕（清）張之洞著，孫甲智點校《勸學篇‧輶軒語‧大字版》〔M〕，北京：中
　　　　國盲文出版社，2014年第48頁。
〔註105〕金天翮《女界鐘》，1903年。

煙的重視。「禁煙」運動之下，丹桂茶園演出了《黑籍冤魂》。1908 年 6 月 21 日，丹桂茶園刊登演出廣告：

准於本月二十五夜二十六准演

本園特別告白警世改良新戲

黑籍冤魂

　　啟者：本園改良時事新劇，頗承各界稱賞，前排《潘烈士投海》全本。有鑒於國弱民貧，皆由鴉片煙之流毒，若不將煙氛掃除，東方病夫時貽譏於西國，遂於戲中插入「勿好戒煙一段」，描摹吃煙時之醜態，妻孥交謫；戒除後之得意，親友歡迎，以冀喚醒癡迷入苦海者，誕登彼岸。當經中西各報鼓吹旋蒙○呂盛兩欽憲曾虞沈金諸觀察，以此戲有功於世大加獎賞，並蒙瑞方伯特賞給獎箚一道以示鼓勵，月珊感愧交縈。況值朝廷實行禁煙，寓滬中外官商共表同情贊成斯舉，將租界煙館抽籤挨次閉歇，月珊夙且熱心，趁此機會特排《黑籍冤魂》一齣，演出吃煙人種種苦況，現身說法，歌哭皆真俾。吃煙人見之，可以發憤戒除，力爭人格，於社會上不無裨益。現已排練純熟，二十五、二十六夜准演兩夜，屆時祈中外官商聯袂光臨為荷

夏月珊謹啟〔註106〕

〔註106〕《申報》1908 年 6 月 21 日。

從《申報》的演出廣告來看，《黑籍冤魂》在二十五、二十六日兩晚演出結束後又多次被重演，甚至被作為禁煙工作的象徵而邀請西方人士前來觀看，「昨得聶紳來函，以是劇於中國禁煙前途大有關係，特為表揚。於禁煙會各西員之前並約日煩本舞臺重演。一面諫邀西賓七八十人蒞臺觀劇。」〔註 107〕從該劇所刊登演出廣告的次數來看，《黑籍冤魂》是極受官方認可與讚賞的劇目。根據夏月珊的記載，該劇共二十三場，乃根據吳研人的小說《黑籍冤魂》改編而成，講述了富翁的兒子甄弗戒因染上鴉片煙癮而導致家破人亡，自己也淪為乞丐最後倒斃街頭的故事。其說明書目次如下：

第一場　奉爹娘命抽煙，弄假成真。

第二場　為兩口煙來不及送終。

第三場　一面做孝子，一面抽煙。

第四場　叫煞煙迷不出來。

第五場　買參片來抵三個二十四口煙。

第六場　毒死兒子，氣死老娘。

第七場　東家不問事，管事起黑心。

第八場　哭公婆，又哭兒子。

第九場　煙鬼不受勸，逼死老婆命。

第十場　債主只揀有辮子的抓。

第十一場　一臉黑氣是抽煙人的招牌。

第十二場　鴉片一口，鷹餅四十。

第十三場　一場官司，打完人家。

第十四場　爹兒雙雙拋撇家門。

第十五場　人窮臉兒好，就有人來謀。

第十六場　捨得親生女，捨不得鴉片煙。

第十七場　一朝錢在手，痛苦都忘卻。

第十八場　賣良為娼，是抽煙的報應。

第十九場　賣女錢都撥到煙斗眼兒裏去了。

第二十場　要拉野雞，自己倒給堂倌拉。

第二十一場　兩眼巴巴望著女兒當妓女。

第二十二場　女兒不得見，倒乞龜兒打。

　　第二十三場　臨死發善心，留字勸後人。〔註108〕

禁煙運動由政府牽頭發起並頒布法律條文以保證其執行，丹桂茶園在其演出
廣告中也向觀眾告知該劇是響應政府之號召而排演的，「況值朝廷實行禁煙，
寓滬中外官商，共表同情贊成斯舉，將租界煙館抽籤，挨次閉歇，月珊夙且熱
心，趁此機會特排《黑籍冤魂》一齣」以「描摹吃煙人之苦況」而希望「吃煙
人見之，可以發憤戒除」以實現人格之獨立與社會改良之目的。該劇事實上也
得到官方的認可並多次重演，「是劇為現身說法，可以令人猛省，亟欲煩演數
次。」〔註109〕自 1908 年於丹桂茶園演出後，又在新舞臺、文明大舞臺、天蟾
舞臺等處多次演出。1911 年新舞臺演出《黑籍冤魂》一劇時，其廣告中再次強
調與官方「禁煙」運動之間的關聯，「鴉片之流毒世人未嘗不知，乃知之而猶
犯之故其害為尤烈。夏藝員月珊熱心救世，欲為我同胞脫離苦海，故未奉禁煙
明詔之，前在丹桂排《黑籍冤魂》一齣，為局中人現身說法，窮形盡相，足使
頑石點頭。」〔註110〕從這個意義上而言，《黑籍冤魂》屬於「命題式」劇目。
為突出鴉片危害的主題，此劇在結尾處安排甄弗戒的自述：

　　　　中國抽煙的人不只幾千萬，雖然不至於個個像我一樣，家當敗
　　完，毒死兒子，氣死老娘，逼死老婆，把個女兒賣給人家當婊子，
　　臨了連東洋車夫都當不起，出來要飯，做叫化子，叫人家笑罵。咳，
　　這個話又說回來了，要是笑罵我抽煙不成人，只倒罵得有理，我可
　　也佩服的。要是抽煙人罵我丟了他們的臉，那是他們罵錯了，我可
　　不願意受的。然而他們看見我為抽鴉片煙弄到這步田地，回去自己
　　戒煙，那就不要說是罵我，就是拿我打死我也是甘心的。若是只知
　　道罵，不知道戒，那是他們的收成結果恐怕還要不如我哩。咳，我
　　還不如趁我還有點兒氣，拿我的一生事蹟寫下來，叫抽煙的人看了
　　快快的戒，不抽煙的看了，也好勸勸別人。若是有熱心人看見了，
　　能夠做一部小說，或是打一本新戲，勸了人，叫人家都知道甄弗戒
　　為抽鴉片煙敗家產，丟祖宗的臉面，受害不淺，叫抽煙的不敢再抽，
　　那麼我死在地下，眼兒也閉了。阿呀，有了這點兒心，沒有紙墨筆

〔註108〕夏月珊等編《黑籍冤魂》參見張庚、黃菊盛主編《中國近代文學大系·戲劇
　　　　集1》〔M〕，上海：上海書店出版社，1996 年第 680～681 頁。
〔註109〕《申報》1909 年 8 月 30 日。
〔註110〕《申報》1911 年 8 月 2 日。

硯也是枉然。〔註 111〕

甄弗戒演講式的自述，向觀眾明確告知本劇的主題。從目前所保存下來的提綱來看〔註 112〕，《黑籍冤魂》的演出廣告在著力宣傳鴉片帶來的危害之時，其故事背後卻隱藏著其父母對甄弗戒命運走向的影響。該劇第一場便向觀眾設定了一位與父輩所不同之少年——甄弗戒，他「喜歡做公益善舉，又喜歡交朋友」〔註 113〕，同時不貪慕家庭財產，代表著中國社會未來的希望。然而，這樣的青年卻與傳統之家庭不相符合——父親甄守舊認為兒子熱心善舉的行為會將家產敗光，遂打算讓兒子吸食鴉片。「新思想」兒子與「守舊」的父親之間的矛盾關係何以不是當時整個社會在看待接受新事務時的矛盾？這種矛盾，劇中濃縮為父親與兒子的對話：

（守舊看他們出來）就向弗戒說道：兒呀，你曉得為父有病嗎？

弗戒道：曉得。

守舊道：你曉得我病為誰？

弗戒答道：不知。

守舊大聲道：為你。

弗戒詫異到：為兒何事？

守舊道：你東也捐公益，西也助善舉，家基要給你捐完了。叫我不
　　　　要氣出病來？

弗戒道：我做公益善舉事，無非是望爹娘手腳輕健。人家總說某人
　　　　年紀輕輕，很有熱心。於你老人家面上，也有風光。自問
　　　　既不嫖，又不賭，不錯不錯。

守舊道：今天有一事，你要答應便罷，不答應就是不孝。

弗戒道：阿爸儘管教訓，兒子無有不依。

守舊道：從今以後，你要學我老子才是。

弗戒道：要學哪一件？

守舊道：要學我抽鴉片煙。

弗戒道：咦，好奇怪，平白無故把我叫出來，叫我抽鴉片煙，豈不

〔註 111〕 夏月珊等編《黑籍冤魂》參見張庚、黃菊盛主編《中國近代文學大系‧戲劇集 1》〔M〕，上海：上海書店出版社，1996 年第 704 頁。

〔註 112〕 該劇劇本是鄭正秋 1909 年根據夏月珊等人的演出情況整理出來的。

〔註 113〕 夏月珊等編《黑籍冤魂》參見張庚、黃菊盛主編《中國近代文學大系‧戲劇集 1》〔M〕，上海：上海書店出版社，1996 年第 681 頁。

是笑話嗎？

就回覆守舊道：阿爸，你請放心，家產呢「兒子分文不要，要我抽
煙可萬萬不能。

守舊道：咳，你不知鴉片煙有許多好處嗎？年輕人肝火旺，有天同
人打架，送掉性命，豈不冤枉。如我抽煙的人，從來不動
火氣，所以決不致闖禍。

弗戒道：如果阿爸在街上走路，忽然被人欺負，就罵死不開口，打
死不還手嗎？

守舊道：好處還有，譬如到某胡同第六家去看朋友，剛巧第一家有
人生瘟病，不抽煙的人走過去，必定染著瘟氣，無端的送
命，豈不冤枉。吾們抽煙的人，過了癮，走過他家，就有
煙氣可以蓋罩瘟氣，決不致傳染了。

弗戒道：如此說來，外國人個個不抽煙，何以也不染瘟病呢？

守舊道：你平時有教必遵，今天何以大變起來了？

弗戒道：一過宣統五年，吸煙人就要身穿廢民嵌肩，前後畫著烏龜，
自己拿著煙照，出去挑膏，你老人家勸我抽煙豈不是叫兒
子做候補烏龜嗎？〔註114〕

作為家庭權威象徵的父親，對家庭成員有支配與統治權，而家庭成員則不能有
個人獨立的意志與思想，正如魯迅在《我們怎樣做父親》中所說「但中國的老
年，中了舊習慣舊思想的毒太深了，決定醒悟不過來。譬如早晨聽到烏鴉叫，
少年毫不介意，迷信的老人，卻總須頹唐半天。雖然很可憐，然而也無法可救。」
〔註115〕甄弗戒拒絕父親要求其抽鴉片的提議後，甄守舊為兒子列舉抽鴉片之
種種好處並以「孝」之名要求其順從。當兒子抽上鴉片後，「守舊同金氏都謝
天謝地，說：但願你一天抽多一天」〔註116〕，這樣的父親即便臨終前也對其
兒媳與妻子囑咐到「我死後開銷要省，省下的錢給兒子多抽幾口煙。」〔註117〕

〔註114〕夏月珊等編《黑籍冤魂》參見張庚、黃菊盛主編《中國近代文學大系·戲劇
集1》〔M〕，上海：上海書店出版社，1996年第682頁。

〔註115〕魯迅《我們怎樣做父親》，參見《魯迅全集 第一卷》〔M〕，北京：人民文學
出版社，2005年第135頁。

〔註116〕夏月珊等編《黑籍冤魂》參見張庚、黃菊盛主編《中國近代文學大系·戲劇
集1》〔M〕，上海：上海書店出版社，1996年第683頁。

〔註117〕夏月珊等編《黑籍冤魂》參見張庚、黃菊盛主編《中國近代文學大系·戲劇
集1》〔M〕，上海：上海書店出版社，1996年第684頁。

劇中這些情節的設置，無處不表達這樣一種深意即中國父母以「孝」之名行殘
害子之實。因此要改變甄弗戒之命運，那麼就須先破除這家庭，打倒這父親；
然而，這父親的力量卻十分強大，年輕的「子」不一定能經受住「父」的勸誘，
所以最好的辦法就是實現徹底的革命。只有徹底的家庭革命，才有可能挽救甄
弗戒的命運。中國社會自漢代以來所形成的家國同構的社會體制視國家為家
庭的共同體，將家庭的「孝」延伸為對國家的「忠」，因此要實現徹底的家庭
革命，也就是推翻社會現有的體制。從這個角度來看，《黑籍冤魂》所隱藏的
家庭革命又何嘗不是國家革命呢？

　　中華民國成立後，政府同樣堅持禁煙政策，如關閉煙館、禁止未成年人
吸煙等。此時，早期話劇也排演了與禁煙有關的劇目。1912 年，《申報・自
由談》上刊登了禁煙劇本《勸夫戒煙》〔註118〕和《煙丐歎》〔註119〕兩劇。其
中，《勸夫戒煙》全劇以女子為主，劇本一開始就借用妻子的話苦勸吸煙之觀
眾戒煙：

　　　　（正旦上白）奴家旁氏觀清，配夫迷不悟。結髮以來，時有反
　　目，這也不必說他了，只因丈夫少年染了煙癮，大為畢生之累。奴
　　家屢次苦勸，終於不聽。去年又在揚州娶了一個名妓為妾，名叫動
　　人心，十分美貌，丈夫見了他言聽計從。妾身不免叫他同心苦勸，
　　或要迴心轉意，立時戒絕，方不負奴家一片苦心也（下）〔註120〕

隨後，劇本由「一更一點」到「二更二點」直到「五更五點」止，呈現了妻子
勸丈夫戒煙的全過程。劇本末尾則以劇中丈夫之話呼籲觀眾戒煙：

　　　　（小生白）是了，皇天在上，諸位看客在前，小生倘然執迷不
　　悟，戒煙之後再吃鴉片便把我流落為丐，活活餓死。看戲的各位倘
　　再不戒，也是如此。

　　　　（小生正旦花旦同起身，正旦曰）鴉片容易戒（小生白）先要
　　有賢妻（同下）〔註121〕

劇本結尾處的「鴉片容易戒，先要有賢妻」，在勸誡觀眾戒煙時也隱晦地談及
「賢妻」之新形象——不是對丈夫順從之妻，而是敢於勸誡之妻。《煙丐歎》
一劇則將因吃鴉片而落敗的乞丐、售賣戒煙丸的夥計與所謂打抱不平實乃製

〔註118〕《申報》1912 年 4 月 25 日～1912 年 4 月 28 日。
〔註119〕《申報》1912 年 5 月 16 日～1912 年 5 月 19 日。
〔註120〕《申報》1912 年 4 月 25 日。
〔註121〕《申報》1912 年 4 月 28 日。

作戒煙丸的商人並置在一起，向觀眾展示戒煙之難（即使是想通過戒煙丸來達到戒煙之目的，卻最終發現那是比鴉片更毒的嗎啡），「正是萬事若非由正道，銅筋鐵骨也難強。」〔註 122〕中華民國成立之後，「戒煙」成為塑造新國民的表徵。《黑海潮傳奇》借劇中主人公向觀眾發出號召「我今為了戒煙也顧不得有病無病，打定主意，堅心戒去。現今正值新舊過渡時代，國家多事之秋，中華民國新成立，共和政體新建設，大總統新履任，我亦向為一個新國民。此時不戒更待何時。」〔註 123〕

二、時事政治劇：宣傳政權合法性

1912 年 1 月 1 日，孫中山宣誓就職於中華民國第一任臨時大總統，在其宣誓詞中寫到「顛覆滿洲專制政府，鞏固中華民國，圖謀民生幸福，此國民之公意，文實遵之，以忠於國，為眾服務。」〔註 124〕1912 年 2 月 12 日，隆裕太后帶著 6 歲的溥儀發布了退位詔書，「今天外觀大勢，內審輿情，特率皇帝將統治權公諸全國，定為立憲共和國體」，'總的來說，是期待人民安居，海內平安，仍合滿、蒙、漢、回、藏五族完全領土為一人中華民國」。「共和」成為新生的中華民國肇始的起點，然而這一轉變對於近代中國的普通民眾而言，其意義是知之甚少的。英國駐騰越代領事史密斯寫給格雷的信中說到普通民眾對雲南獨立的意義是不甚了了的，「實際情況是，改變統治者對大多數人是毫無意義的，而從君主制變為共和制，對大多數人來說只不過是改變了統治者而已。關於皇帝和議會，除了作為名稱之外，老百姓們是一無所知的。」〔註 125〕因此，要想民眾從理論上與思想上認同新生的政權，闡述革命的正義性與中華民國成立的合法性是此時新的政府所需要去完成的目標，而利用包括戲劇在內的大眾傳媒則是其完成此目標的重要途徑。

對革命正義性的闡述主要表現為對前一個政權黑暗性的批判，晚清「譴責小說」承當了這一敘事功能，如吳沃堯的《二十年目睹之怪現狀》中以「我」的親身經歷為線索展現了自 1884 年後的這二十年在社會上所遇到的種種奇怪之事，表現了行將沒落的中國清朝社會的潰爛不堪。對一個政權而言，合法性

〔註 122〕《申報》1912 年 5 月 19 日。
〔註 123〕《申報》1912 年 1 月 9 日。
〔註 124〕孫中山《臨時大總統宣言》，《孫中山全集》第 2 卷〔M〕，北京：中華書局，1982 年第 1 頁。
〔註 125〕傅國湧《百年辛亥》（下）〔M〕，北京：東方出版社，2011 年第 351 頁。

指的是人們對現存的政治制度信賴並予以認可其存在，在涉及新政權的合法
性時則需論述其施政綱領以及社會未來圖景規劃方面的內容。實際上，過程的
合法性可以推出結果的合法性，因此闡述新政權的合法性就變成闡述建立新
政權過程的合法性。小說家以文字的形式來完成了對中華民國合法性的論述，
如《神州光復志演義》（1912 年，王雪庵）中的孫文為國家民族之大義而放棄
了優渥的生活，《鐵血男兒》（1916 年，了痕）中的黃振武毅然參加武昌起義
並為國捐軀。

　　小說家在完成對這一事件的書寫之時，戲劇界也不甘落後。查詢《申報》
所刊登的戲劇演出廣告可知，各大演出團體均有與「辛亥革命」相關的演出活
動。其中，歌舞臺先後演出了《川路血》（1911 年）《廣州血》（1911 年）《民
軍光復南京》（1911 年）《民軍得武昌》（1911 年）《川路借款》（1912 年）等劇
目；丹桂第一臺則演出《漢族血》（1911 年）《江寧血》（1912 年）等劇；大舞
臺則先後演出《鄂州血》（1912 年）《女英雄秋瑾》（1912 年）等劇。親身參加
過辛亥革命鬥爭的任天知、夏月珊等人在中華民國成立之際，也順勢而為地排
演了與「革命」有關之劇目。夏月珊領導的新舞臺演出了《恭祝共和》（1912
年）《光復舊土》（1912 年）《吳祿貞》（1912 年）等劇；任天知領導的進化團
演出了《黃金赤血》《共和萬歲》《黃鶴樓》等劇。其中，《共和萬歲》以武昌
起義、上海光復、南京光復一直到共和國成立的時間順序為敘事線索來呈現歷
史的變遷，先演「暴吏虐民」，最後是「共和告成，五族聯合」：

〔漢人新式衣冠。

〔滿人紅頂花翎，蟒袍外褂，朝珠，垂辮。

〔蒙人垂小辮在後，紅頂花翎，蟒袍，掛珠，不著外褂，面油紫。

〔回人高白氈，大袖馬褂，長袍。（尖鼻麵粉紅）

〔藏人披髮垂肩，著翻面大袖羊皮，露胸在外，赤腿足，頂上掛銅

圈，面黑。五族各小國旗。仰瞻銅像，各有喜色。〔註126〕

《共和萬歲》之結尾，以五個民族共慶民國成立、各界載歌載舞而結束，以此
來向觀眾傳達共和建立乃民心之所向、乃是順應民意之結果，暗示新生政權的
合法性。《黃鶴樓》則以武昌起義為素材原型，劇中以黎元洪之語闡述辛亥革
命的正義性：

〔註126〕 王衛民編《中國早期話劇選》〔M〕，北京：中國戲劇出版社，1989 年第 65
頁。

黎元洪：同胞，切不要誤會我們今天起義的宗旨，因為清政府法律
　　　　不良，破壞我們人民的幸福，割讓人民的土地。我們今天
　　　　起義，是要聯合漢、滿、蒙、回、藏五種的人，組織了新
　　　　中國、大共和。實行政治上的革命，並不是種族上的革命。
　　　　第一，不可妄殺。至於人的口音，南北不同，六字北方多
　　　　念「溜」字，念「溜」字不能定是旗人。譬如我們湖北人，
　　　　六字就念「樓」字，這便是個明比例。現狀我們要成個完
　　　　完全全的大共和國，萬萬不可誤會為種族革命。

民軍：（眾呼）革命萬歲！共和萬歲！大都督萬歲！〔註127〕

無論是《共和萬歲》結尾處的「五族聯合」還是《黃鶴樓》中黎元洪的演講，都指向新生的中華民國政權的「合法」。此外，早期話劇以演劇形式向民眾披露從晚清到民國這一段革命的歷史細節，尤其是具有典型性的革命黨人的事蹟意圖喚起民眾對革命的認同。首先，相較於報紙上所刊登的革命之「激烈」的新聞而言，早期話劇以豐富的布景、充滿懸念的故事以及演員的表演將辛亥革命的細節呈現給觀眾，觀眾則在娛樂消遣的氛圍下完成對革命的認同。1912年1月18日，大舞臺在《申報》刊登其將演出《鄂州血》之廣告：

《鄂州血》

　　謹啟者，武昌革命激動全國，凡屬同胞無不洞悉。惟兩軍爭戰，情形僅得之耳聞未曾目見。本臺為鼓勵人心起見，特擇取內中緊要情節分演新劇八本，使社會觸目驚心，以為戰勝幾年而作。北伐士氣按劇布景隨時更換，如火燒都署，搶奪槍械庫，炮擊工廠，轟打

〔註127〕王衛民編《中國早期話劇選》〔M〕，北京：中國戲劇出版社，1989年第102頁。

兵輪，血戰蛇山，智破蔭軍，圍攻金陵，夜襲天保，克取鍾山，水
陸大戰，一切景彩，簇新靈巧，形容逼肖，全臺均用真火真水，肉
薄血飛，一一現出，使觀者心驚動魄，不啻身在戰場間也。茲選超
等維奇，藝員精心排演，一俟純熟，即行登臺。特此預布。

大舞臺白〔註128〕

該廣告位於當日《申報》的第四版。從廣告版面的設計來看，「鄂州血」三個字以加大加粗的形式凸顯出來。由此可見，無論是作為廣告主的大舞臺還是《申報》，都極力宣傳此劇以擴大此劇在觀眾處的影響。從其廣告文本來看，《鄂州血》首演定位為「鼓勵人心」，以革命軍的進攻路線為主，「火燒都督，搶奪槍械庫，炮擊工廠，轟打兵輪，血戰蛇山，智破蔭軍，圍攻金陵，夜襲天保，克取鍾山」，演出最大程度的還原史實，再配合布景的變化如火景、水景等「均用真火真水」，從而使那些未曾親歷戰爭之觀眾「驚心動魄，不啻身在戰場間」。據李孝悌的研究，《鄂州血》自1912年初首演，到20年代末已累計演出至少250次〔註129〕，這意味著《鄂州血》成為20世紀20年代最受歡迎的以辛亥革命為敘事對象的戲劇之一。《申報》副刊《自由談》編輯王鈍根曾親歷《鄂州血》受歡迎之程度，「十時往觀已座無隙地。甚矣，滬人之喜新劇也。縱觀節目不無小疵，然衡以滬地新劇已屬上乘。」〔註130〕大舞臺首演結束後，因「中西多數紳商未曾寓目，特致函婉商再行排演。」〔註131〕1912年4月26日，《申報》刊登大舞臺演出《鄂州血》五六本的廣告：

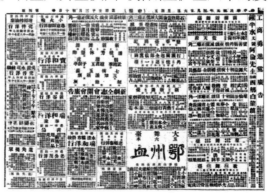

〔註128〕《申報》1912年1月18日。

〔註129〕李孝悌《中國近代大眾文化中的娛樂與啟蒙》收入張啟雄主編：《二十世紀的
　　　　中國與世界》（下冊），臺北中研院近代史研究所，2001年第968頁。

〔註130〕《申報》1912年7月23日。

〔註131〕《申報》1912年1月26日。

　　是劇係小說大家陸士諤君手編，頭二三四本屢次唱演，屢蒙惠
顧，諸君稱譽弗絕，茲又接編五六本。其中情節如陸戰得勝，黎督
勞軍，國民助餉，奸細被獲，偽降失敗，醫院採病，捲逃遊山，各
省響應，祿貞被刺等，種種色色較之前四本尤為熱鬧，更配以電光
布景，樓臺亭閣，風雨山水，船能自行，雨能自布。末場滿臺真火，
尤為駭目驚心，至中間插進各種小調，最新時曲詼諧悅耳，尤其餘
事餘演成熟，即行開演，此布。〔註132〕

1912 年 7 月 1 日，《申報》刊登大舞臺演出《鄂州血》七本八本的廣告：

　　　　《鄂州血》係小說大家陸士諤君所編。頭二三四五六本，開演
以來，頗蒙社會歡迎，各界讚美。茲又接編七八本，從烈士報仇起
至南北統一止。其中，如吳軍反正、項城出山、派使議和、清後哭
廟、宣統遜位、中山避賢、項城接任、五族共和等，按場布景，隨
時變換，而尤以士女跳舞踏琴，未及礦場金。山景電光映照，山水
噴射，發為萬道金光，實係新劇界布景中空前之舉，排演成熟當即
開演。屆時務祈各界志士閨閣名媛，惠臨是幸。〔註133〕

以連臺戲形式演出的《鄂州血》，幾乎每新出一本，《申報》所刊登的廣告在排
版上便會特意凸顯。《申報》以如此形式特意強調該劇的演出，也印證了該劇
是符合此時新生的中華民國政權的政治訴求的。從《申報》的演出廣告來看，
《鄂州血》共八本，以舞臺演出的形式將武昌起義至中華民國成立以至宋教仁
被刺殺之史實呈現給觀眾。廣告中告知觀眾此劇乃「係小說大家陸士諤君手

〔註132〕《申報》1912 年 4 月 28 日。
〔註133〕《申報》1912 年 7 月 1 日。

編」，而《申報》早在 1912 年 3 月 15 日便刊登了《鄂州血》的小說廣告，
「鄂水風雲南天金鼓醒世人之濃夢，揚自由之國徽□，壯烈哉！其吾國辛亥
九月之革命，□陸君士諤投筆從戎，出入槍林炮雨中四十餘日，終宵刁斗徹
夜枕戈所見所聞，可驚可愕。漢陽一役，大殳痰傷，養病歸滬，於湯藥餘暇
編撰。是書歷敘民軍之勇敢，清軍之殘暴，凡兒女情長，英雄氣壯，各事無
不繪形。」〔註 134〕大舞臺《鄂州血》一劇係同名小說《鄂州血》改編。作者
陸士諤曾親歷革命，因此該劇為還原革命史實之作。小說中《鄂州血》（又名
《血淚黃花》）中，陸士諤圍繞著武昌起義而構建了「大漢」與「賊滿」的種
族想像，採用二元對立方式塑造小說中的人物，如以黃一鳴為代表的革命黨
「個個都是好人」，是「國民的救主」，而以瑞薪儒為代表的滿人官員則濫用權
力，擒殺革命黨，革命党進攻之時又棄城逃跑，顯示出滿人官員之無能與腐敗。
然而大舞臺所演《鄂州血》則加強了「共和」理念的堅守，「『我國現在共和了，
能夠實力進行，才對得住共和兩個字，要是假了共和的好名兒，人人鬧意見，
個個爭權利，引得外人把我們中國切西瓜似的，一塊塊切開來分了去，我們幾
個人便都是中華民國的罪魁禍首。』其言沉痛，聞之欲涕。」〔註 135〕

　　從這些論述來看，《鄂州血》的小說文本與話劇文本著力點在於迎合新生
的中華民國政權以及構建新政權的合法性。《鄂州血》之後，大舞臺又演出了
《江皖革命史》：

〔註 134〕《申報》1912 年 3 月 15 日。
〔註 135〕《申報》1912 年 7 月 23 日。

江皖革命史

第一本光復壽州

　　啟者：本園新編《江皖革命史》其旨已另有告白宣布，今假大
舞臺起演頭本。除本團全體演員登臺外，並請新舊劇大家合演。劇
中情節貴在處處本諸真人實事，而又取事實之精華，幕幕精緊，節
節勵人，至原有布景除大舞臺原有奇景異彩又由本團同人獨出心裁，
新發明特別火景，能適用於白日較黑夜火景尤新奇悅目。此外，更
請大舞臺全體藝員演拿手好戲，另有戲目大雅檢觀，即知所言非虛，
同人為提倡新劇起見，因有全體之組織更有此次演劇之舉。初非為
利是，茲以□□辦景彩，力求美備。開支一切所費浩繁，故□資照
大舞臺原價略增實價，二層樓包廂、頭等、正廳均售洋一元，餘皆
五角，是日準十二時開演，各界幸早是幸。售票處：神州日報、大
共和報、上海旅館、跑馬廳旅泰、孟淵旅社、大舞臺、國民旅館

　　　　　　　　英大馬路泥城橋兩塊本團促進團謹啟〔註136〕

《申報》所刊登的《江皖革命史》的演出廣告在整個報紙的版面設計上更醒目
突出。與《鄂州血》一樣，《江皖革命史》同樣利用早期話劇在布景上的優勢
而將戰爭的細節呈現於觀眾面前，「取事實之精華，幕幕精緊，節節勵人」。歌
舞臺在 1912 年 1 月 18 日晚演出了《鐵血》一劇，「客串演劇同志會，男女學
生合演，新排時代新戲《鐵血》。」〔註137〕為配合歌舞臺的演出，《申報》副
刊《自由談》在同一天開始連載《鐵血》之劇本，而編演此劇之目的則是宣傳
「除專制而謀共和之成立」以及「籌軍資。」〔註138〕從劇情來看，該劇以漢
口鐵血報館主筆劉萬世之悲歡離合故事向觀眾暗示此時「自由幸福者，皆鐵血
主義所鑄成者」〔註139〕，為北伐軍鐵血團捐獻資金便是維護自身之「自由幸
福」。此外，《申報‧自由談》所刊登的劇本《北軍歸向民軍》以袁世凱、馮國
璋二人的對話來表明民軍乃正義之師，歸向共和乃時代之必然。

　　除《鄂州血》《江皖革命史》之外，以辛亥革命之史實為題材的早期話劇
演出還有《革命軍》（1911 年）《武昌起義》（1912 年）《廣州鐵血》（1912 年）

〔註136〕　《申報》1912 年 9 月 23 日。
〔註137〕　《申報》1912 年 1 月 18 日。
〔註138〕　《申報》1912 年 1 月 18 日。
〔註139〕　《申報》1912 年 1 月 19 日。

《民軍光復大漢》（1912年）等。這些劇目以最通俗的方式向觀眾呈現革命之過程，也為新政權的正義合法性做輿論之引導與鋪墊。

為配合構建新生政權的合法性，早期話劇除「全景」式呈現革命歷程以論證正義性與合理性外，塑造典型的革命英雄人物成為更能喚起觀眾認可的途徑。從人類記憶的角度而言，英雄人物是「情感的聯繫、文化的塑造以及有意識的、克服斷裂的對過去的指涉」〔註140〕，因而群體性的英雄人物紀念活動構成了「社會思想體系的一部分。」〔註141〕中華民國成立後，《申報》編輯王鈍根曾發表過熱情洋溢地讚美，「今日為新中華民國新元旦，孫大總統新即位，我四萬萬同胞如新嬰兒之新出於母胎。從今日起，為新國民：道德一新，學術一新，冠裳一新，前途種種新事事業。胥吾新國，民之新責任也。」〔註142〕新生的民國如同新生的嬰兒，其出生前所經歷的陣痛表現在了為讓其出生而獻出生命的革命烈士身上。為此，早期話劇排演了一系列以革命志士如秋瑾、徐錫麟、吳祿貞等為原型的劇目。這些劇目中，筆者發現以秋瑾為題材的演出劇目最多。

1907年7月15日，秋瑾在浙江組織的革命黨試圖和徐錫麟所發動的起義呼應，然清政府在偵聽得知二人之聯繫後遂將秋瑾抓捕殺害，秋瑾成為中國近代史上第一位因政治原因而犧牲的女性。秋瑾之死引起了上海報界的關注，各大報刊紛紛就此事進行詳細的報導。其中，僅《申報》發表的關於秋瑾的新聞報導與評論就有30多篇，涉及秋瑾就義與被捕的情況、秋瑾的「罪案」、秋瑾的照片以及秋瑾的演說稿、好友的悼詞等，具體篇目有《中國女俠秋瑾之真相》《神州女界新偉人秋瑾女士傳》《秋女士傳》《秋女士被害始末》《論秋瑾之被殺》，等等。《小說林》在發表了徐寄塵所寫《秋女士歷史》（1907年11月）和《秋瑾軼事》（1907年12月）後，又先後刊登了以「秋瑾」為題材的長篇小說《碧血幕》、雜劇《軒亭秋》等。其中，《軒亭秋》是吳梅於秋瑾遇難後不久所作，原名為《軒亭冤雜劇四摺》，《小說林》僅載有「契子」一折，其內容僅為秋瑾東渡日本求學而其好友相送之事。與《軒亭秋》中僅片斷化地呈現秋瑾的生活相比，1909年刊登於《女報》上的《軒亭冤傳奇》則以《賞花》《演說》

〔註140〕揚・阿斯曼著，金壽福、黃曉晨譯《文化記憶》〔M〕，北京：北京大學出版社，2015年第27頁。

〔註141〕揚・阿斯曼著，金壽福、黃曉晨譯《文化記憶》〔M〕，北京：北京大學出版社，2015年第38頁。

〔註142〕《申報》1912年1月1日。

《遊學》《臥病》《創會》《驚夢》《喋血》《哭墓》為內容，全面呈現了秋瑾的一生。春陽社解散後，北上的成員王鐘聲先後在北京、天津等地演出過《秋瑾》一劇。1910 年，上海張園文藝新劇場以「情形逼真」、「供歷史之研究、寫社會之風俗」〔註 143〕為宣傳賣點而演出《全本秋瑾》一劇，此事在《上海話劇志》中有過記載「1910 年 7 月 7 日～20 日，王鐘聲自京返滬，和陸鏡若、徐半梅創立文藝新劇場，在張園演出 3 星期，劇目有《愛海波》《猛回頭》《上海鐘》《愛國血》《徐錫麟》等」〔註 144〕。此後，上海的重慶合記茶園於 1910 年演出了《秋瑾女學堂開幕 火燒廣東大沙頭》（廣東時事新戲）；上海丹桂第一臺於 1911 年排演了《拿捉秋瑾》等劇。中華民國成立後，秋瑾被塑造為追求革命理想而犧牲生命的革命志士的典型，《斬秋瑾》（1912 年）《俠女秋瑾》（1912 年）《女英雄秋瑾》（1912 年）等劇紛紛演出。從《申報》所刊登的以秋瑾為題材的演出廣告來看，大舞臺所排演的《女英雄秋瑾》因其所演次數以及宣傳賣點而具有代表性。1912 年 7 月 12 日，《申報》刊登了大舞臺將演出《女英雄秋瑾》的廣告·

大舞臺

五月二十九夜准演

《女英雄秋瑾》

　　本舞臺特煩全部藝員排演《秋瑾女英雄》新戲，其中關節自女士自述志願，學堂演說起至貴福發兵、捕提羅織、受刑、吳女士追

〔註 143〕《申報》1910 年 8 月 11 日。

〔註 144〕上海話劇志編纂委員會編《上海話劇志》〔M〕，上海：百家出版社，2002 年第 14 頁。

悼西湖、弔墓止，種種色色特別布景，不克殫述，准於五月二十九
夜起演。

務希屆時男女貴賓同臨鑒賞為幸〔註145〕

此劇於 1912 年 7 月 13 日演出，京劇演員王惠芬扮演秋瑾，貴福則由何金壽
扮演。相比於張園文藝新劇場在《全本秋瑾》一劇的廣告文本中僅僅以「情形
逼真」來概括該劇演出相比，大舞臺在《女英雄秋瑾》的演出廣告中明確告知
觀眾該劇根據秋瑾的人生經歷而編，以「當時實事為材料」〔註146〕並將劇情
告知於觀眾，「女士自述志願，學堂演說起至貴福發兵、捕提羅織、受刑、吳
女士追悼西湖、弔墓」。劇中所塑造的人物「如貴福『出場自述生平』，『奚落
漢人，尤合旗人口吻』，以及全劇以搜檢大通學堂、秋瑾被捕、貴福與縣官審
問騙供為中心，都可見出《斬秋瑾》的影子。」〔註147〕《斬秋瑾》一劇中，
劇本開場便以秋瑾自述的方式塑造了反對滿清統治的革命者形象：

我名秋瑾，小字瑜娘，乃浙江紹興府山陰縣人士。幼承母教長，
讀詩書間閱保障，知我國滿族當權，國將不保；芸芸四百兆，將有
奴隸牛馬之禍，握政柄者不知禦外，惟知壓民；奴隸之奴隸，惟我
漢族人受之。要知國家興亡，匹夫有責，奴家恨不立化男子，出任
艱巨。〔註148〕

劇本結尾處，秋瑾號召民眾進行反清的革命：

秋瑾死了，我如今要勸我四萬萬男女親愛的同胞快快實力去做
革命事業。原來這般滿奴，一個也留他不得的。〔註149〕

這樣的秋瑾，更像是以生命啟蒙大眾並號召大眾參與革命的先驅者。《申報·
自由談》所刊登另一傳奇劇本《皖江血傳奇》（1912 年）中也涉及到秋瑾的事
蹟。該劇以徐錫麟組織起義到失敗被捕為內容，以「今者民國成立，言念偉人」
「以揚丕烈」〔註150〕為主題。其中，該劇第十一折和十二折的內容是秋瑾被
捕與英勇就義之事。與《斬秋瑾》一樣，《皖江血傳奇》的作者在〔尾聲〕中

〔註145〕《申報》1912 年 7 月 12 日。
〔註146〕正秋《菊部春秋》，《民權畫報》1912 年 7 月第 161 頁。
〔註147〕參見陳平原所編著的《秋瑾女俠遺集》中的夏曉虹所寫《二十世紀秋瑾文學
形象的演化》，貴陽：貴州教育出版社，2014.07。
〔註148〕《申報》1912 年 1 月 8 日。
〔註149〕《申報》1912 年 1 月 12 日。
〔註150〕《申報》1912 年 3 月 21 日。

提出秋瑾犧牲之意義、希望國家富強以及同胞能「開通民智」：

（尾聲）英雄結局多如是，漫道我身為女子，從今後巾幗鬚眉

四海知

國事如斯掩面啼，山河風景總淒慘其，含悲不為關生死，痛煞

同胞程度低。〔註 151〕

早期話劇將秋瑾塑造成為「反滿」的革命志士，不斷書寫其為共和的犧牲精神，這是符合當時官方的意見與社會輿論氛圍的。當然，這些劇目在人物形象的塑造上存在　定的不足。鄭正秋觀看完《女英雄秋瑾》後認為「秋瑾被捕一場」僅僅數語，「官吏暗無天日，果足令人痛恨」〔註 152〕，但「秋瑾非尋常女子，在理驟遭株連，見官未有，只說三數語即了」〔註 153〕，劇中秋瑾的「革命性」則僅僅體現在其發表演說批評「女界服用奢華，性成依賴，取媚男子，不事生產，種種自誤誤國之弊。」〔註 154〕雖有弱化秋瑾的革命性甚至有說教的嫌疑，但從整個社會的輿論氛圍與新生政權的訴求來看，具有最廣泛受眾的早期話劇所進行的這些演出是符合此時社會趨勢的。

三、有意符合戲劇審查的《第二夢》

　　《第二夢》是洪深根據英國作家詹姆斯·麥瑟·巴里原著而改譯的一部具有人生哲理意味之劇，該劇由戲劇協社排演。戲劇協社於 1925 年 8 月開始便在報刊上刊登其將演出《第二夢》之消息並隨時更新其演出信息。然而根據《申報》上的新聞報導可知，其演出時間卻一改再改：

　　1925 年 9 月 24 日，演員陳憲謨因其祖母病故奔喪，遂須重新挑選演員。

　　1925 年 10 月 28 日，因洪深偶感風寒身體抱恙，該劇公演日期一時不能確定。

　　1925 年 11 月 24 日，為求充分籌備，《第二夢》的公演時間由原定的冬季推遲至明年春天。

　　1926 年 2 月 24 日，戲劇協社將舉行春季演出，《第二夢》等將在中央大戲院演出。

　　1926 年 4 月 2 日，《第二夢》定於五月中公演。

〔註 151〕《申報》1912 年 4 月 18 日。
〔註 152〕正秋《菊部春秋》，《民權畫報》1912 年 7 月第 169 頁。
〔註 153〕正秋《菊部春秋》，《民權畫報》1912 年 7 月第 169 頁。
〔註 154〕正秋《菊部春秋》，《民權畫報》1912 年 7 月第 161 頁。

　　1926 年 5 月 1 日，三幕喜劇《第二夢》經劇務會決議定於陽曆六月中公演。

　　以上摘錄的是與《第二夢》排演與公演相關的部分消息。1926 年 10 月 10 日，《申報》正式刊登了戲劇協社將公演《第二夢》之廣告：

　　日期：十月十日星期日下午二時
　　　　　十六日星期六晚七時
　　　　　十七星期日下午二時
　　　　　念三星期六晚七時
　　　　　念四星期日下午二時
　　地點：小西門陸家浜中華職業學校內職工教育館
　　券價：每次券數四百張，星期日定座券一百念八張，每券一元，
　　　　　散座券小洋四角，星期六晚一律小洋四角，概不預留座位
　　代售券處：（一）江蘇省教育會
　　　　　　　（二）中華職業學校
　　　　　　　（三）申報館
　　　　　　　（四）時事新報館
　　表演日當日戲券歸中華職業學校一家〔註 155〕
1926 年 11 月 14 日，戲劇協社再次公演《第二夢》時，其刊登於《申報》上的廣告為：

_____

〔註 155〕《申報》1926 年 10 月 10 日。

戲劇協社表演

江蘇省教育會

劇本審查委員會審定

第二夢

地點：北四川路海寧路口新中央大戲院

日期：今日起連演三晚，今日加演日戲一次

時間：日戲下午三時，夜戲晚八時半

券價：樓下一元，包廂一元半，樓上小洋六角，日價一律〔註156〕

《申報》再次刊登《第二夢》的演出廣告時，不僅在廣告中明確向觀眾告知該劇已通過劇本審查會的審查，而且其廣告已經由1926年10月10日的第23版（當日共80版）調整到1926年11月14日的第1版（該日共24版）。以兩次廣告的內容與所處位置來看，《第二夢》一劇有利用官方審查意見即該劇演出的合法性來招攬觀眾之嫌疑。前文曾論述自1924年開始，上海所演之話劇均需要接受江蘇省教育會劇本審查委員會的審查。洪深所排演的《少奶奶的扇子》一劇在正式公演之前便邀請江蘇省教育會劇本審查委員會成員沈信卿、潘仰堯等觀看試演出。

　　《第二夢》一劇演出時也邀請江蘇省教育會劇本審查委員會觀看試演出。實際上，洪深後來也曾自述其選擇排演《第二夢》的原因，「即如戲劇協社罷，每次自己租臺表演，總是虧本的；於是便不能不借用上海中華職業教育社職工教育館的臺。中華職教社，當然沒有營業的目的，當然不會來干涉戲劇協社，

〔註156〕《申報》1926年11月14日。

強勉他們去演可以賣錢的戲；但是職教社的當局，就是那時的江蘇省教育會的主持者，他們底道學氣是比較濃重的」〔註157〕，為了讓江蘇省教育會劇本審查委員會滿意，「不能不拿出（儘管是潛意識地）像《第二夢》這樣的戲，讓教育會滿意。」〔註158〕而此次演出廣告刊登於《申報》的頭版，由此也可斷定該劇是被大力宣傳之作。事實上，《第二夢》演出後的確受到了江蘇省教育會劇本審查委員會的嘉獎：

敬啟者承：

邀審查《第二夢》新劇，予經本月七日日常會公同討論議決，是劇含有哲學意味甚濃。諷人須培養其固有之人格，凡事經後悔及希望新機會者，總覺不能改編其本來之面目，為極有價值之新劇。藝術亦臻上乘。該劇本得加『江蘇省教育會劇本審查委員會審定』字樣，合亟函

察照，並頌

公安。

江蘇省教育會劇本審查委員會謹啟十五年十一月八日〔註159〕

與聚焦社會現實的《趙閻王》相比，洪深此次所排演的《第二夢》總共分三幕：《悔不當初》《重新做人的機會來了》《依然故我》，《申報》在《戲劇協社將公演〈第二夢〉預志》中刊登了該劇的說明書：

第一幕〔悔不當初〕：一個人凡是上了幾歲年紀，或是經過一番事變，往往會悔恨前非。不是說當初某事某事我不該去做，就是說當初有某種機會我不該昧然錯過，如果我當初做了這樣，或是不做了那樣，我之為我，比較今日之我，當然好得多了。所以那做賊的悔當初未曾學得正當的職業；那自由戀愛的悔當初錯訂了婚姻；那一事無成的，悔當初不能善處家庭，以致痛苦而灰心。他們都希望得一重新做人的機會，如果人生是一場夢，他們都想做第二夢。

第二幕〔重新做人的機會來了〕：到了如意林子裏，他們都如願

〔註157〕趙家璧主編，洪深選編《中國新文學大系 戲劇集 第9集 影印本》〔M〕，上海：上海文藝出版社，1935年第85頁。

〔註158〕趙家璧主編，洪深選編《中國新文學大系 戲劇集 第9集 影印本》〔M〕，上海：上海文藝出版社，1935年第85頁。

〔註159〕趙家璧主編，洪深選編《中國新文學大系 戲劇集 第9集 影印本》〔M〕，上海：上海文藝出版社，1935年第322頁～第323頁。

以償了。然而結果如何呢？那做賊的學得正當職業，已做了銀行經理了，但他的賊性未改，捲逃了人家的存款；那自由戀愛的已同他意中人結婚了，但他又同另一女子發生了戀愛，這女子便是他素日厭棄的夫人；那一事無成的，現狀並非富有了，但他仍是隨緣尋樂，得過且過。更有那生性驕傲自信過深自謂無可懊悔的許二小姐，因一念虛榮，竟嫁了伊所最鄙惡的僕人。只有那潦倒終身的瞿知白，在夢裏見了他夫人，尚有戀戀之情，因他生性忠厚，所以結果還算比較的好。

　　第三幕〔依然故我〕：遊林子的人，一個個都回來了，有的先醒，有的未醒，有的剛醒，有的半醒。那先醒半醒的人，還要笑那剛醒未醒的人。他們思量起往事，要抱頭痛哭，確實哭不得。要放聲大笑，卻是笑不出，此幕戲最難演也最淒慘。〔註160〕

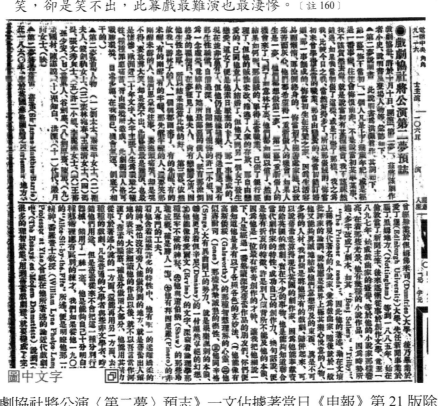

圖中文字

《戲劇協社將公演〈第二夢〉預志》一文佔據著當日《申報》第21版除廣告之外所有的版面。該文以新聞報導的形式詳細介紹了該劇的劇情、演員以及該

―――――――――――――――――

〔註160〕《申報》1926 年 10 月 4 日。

劇原作者英國作家詹姆斯·麥瑟·巴里創作該劇的情況等。這樣聲勢浩大的宣傳意味著戲劇協社自身是極其重視《第二夢》的演出的。觀演過《第二夢》演出的劇評家均有劇評刊登於報紙或雜誌上，這為我們解讀觀眾的反饋提供了史料。周瘦鵑撰寫《觀〈第二夢〉之後》一文，認為：

> 人為不知足之動物，故無論窮通貴賤，對於其現在所處之地位，往往不自滿足，而有種種悔不當初之想。於是癡心妄想，皆欲重新做人，以為今之所不能如意者，必能一一如意矣。迨一旦處身其境，則亦依然如故，而顛倒迷離，且又過之，轉不如守其本來為善矣。〔註161〕

馬二先生（即馮叔鸞）撰寫《上海新戲協社之〈第二夢〉》在論及整個劇情後寫到：

> 世界上誰能滿意稱心即誰不思作第二夢者？然而觀畢《第二夢》之戲，則知縱有第二夢而失機會如前也，不滿意如前也，乃知人生處處惟知向錯誤上走去，以前固錯，以後更錯，能知以前之錯但勉力量以求後，此之勿再錯，斯可矣。苟必欲挽回以前之錯者，其結果必至併其後而亦鑄成大錯也。
>
> 本來夢由心造，夢境即是心境，心頭不悟而欲於夢中得滿意之事，其結果安能不重入夢中之夢，當然更無醒時也。〔註162〕

《申報》所刊登的《戲劇協社將公演第二夢預志》中寫到：

> 《第二夢》英文原名為 Dear Brutus，述人心不能滿足現在生活，譬如一夢，一切都覺不如意，果能重新做人，所作所為真能較第一次滿意否耶？〔註163〕

該劇「哲學意味甚深」〔註164〕，然而「表現一切人生的虛偽，都是借著含哲理的說白，不是單靠著好看的動作」〔註165〕，因此此劇上演之後，在一般觀眾處是「不受社會怎樣的歡迎。」〔註166〕然而，從劇評家的解讀來看，《第二

〔註161〕 周瘦鵑《觀〈第二夢〉後》，見范伯群主編《周瘦鵑文集（下）》〔M〕，上海：文匯出版社，2015年第428頁。
〔註162〕 馬二《上海新戲協社之〈第二夢〉》，《國聞週報》，1926年。
〔註163〕 《申報》1926年10月4日。
〔註164〕 《申報》1926年10月17日。
〔註165〕 《申報》1926年11月26日。
〔註166〕 顧仲彝《戲劇協社的過去》，《戲》1933年創刊號。

夢》一劇充斥著人生如夢的宿命論思想，勸導眾人要滿足現狀，放棄鬥爭。正因為如此，江蘇省劇本審查委員會成員在看完此劇試演之後才會給予那麼高的評價「為極有價值之新劇」。實際上，「含有哲理」〔註167〕的《第二夢》「劇中人各有個性與身份，」〔註168〕因而其所包含的涵義應該具有多樣性。上海戲劇協社在1927年出版的《劇本彙刊》中收錄了《第二夢》劇本以及《第二夢說明書》，在《第二夢說明書》最後寫到：

> 歐洲近三十年文學大半主張人生為環境之犧牲，種種罪惡痛苦，
> 胥由環境所造成。此劇獨謂人格可戰勝環境，自求多福，在我而已，
> 機會運氣到底不相干的。看客諸君也有想做第二夢的麼？〔註169〕

筆者認為這是能代表洪深排演此劇之深意的，即人生的一切皆由環境所造成的，但人格可戰勝環境。若將社會現實看成是「第一夢」的話，要做「第二夢」則需要來改變現實環境從而為「第二夢」創造條件。1942年，《太平洋週報》所刊登的署名為「重逢」的作者所撰寫的《略談〈第二夢〉》一文，也許為再次探討《第二夢》提供了新的解讀深意：

> 每個人有其不同的夢想，對於自己都有一種夢的追求；無論夢
> 的是什麼，追求些什麼，或者是夢的結果什麼？然而，這些夢之被
> 成為夢，是並無不同的。〔人生如夢，為歡幾何？〕這逃世主義的夢，
> 雖然那是頹廢的，消極的，然而這也一樣是夢裏的人們所追求之夢
> 的一種。〔註170〕

第四節　廣告政治下的歷史劇

　　面對官方對話劇的嚴格管理，「演劇之遭受迫害，是較甚於其他藝術部門的。」〔註171〕早期話劇將目光對準歷史題材，「企圖『借題發揮』，『指桑罵槐』，給生活在現實裏的人們一些『諷喻』，自是必然的。」〔註172〕事實上，民眾對楚霸王、曹操、包拯等歷史故事耳熟能詳，如趙清閣認為下層社會的民眾對關

〔註167〕《申報》1926年10月4日。
〔註168〕《申報》1926年10月4日。
〔註169〕上海戲劇協社編輯《劇本彙刊》（第二集）〔M〕，上海：商務印書館，1928年第217頁。
〔註170〕重逢《略談〈第二夢〉》，《太平洋週報》1942年第1卷第28期第426頁。
〔註171〕陳白塵《漫談歷史劇》，《新演劇》1937年第1期。
〔註172〕陳白塵《漫談歷史劇》，《新演劇》1937年第1期。

羽極為偏愛，「簡直是近乎迷信。」〔註173〕陳白塵認為統治觀眾兩百年的「京戲」雖不是「歷史的」，但卻是「古裝的」。從這個角度來看，「古裝的歷史劇，可以吸收較廣大較落後的觀眾，也是當然的。」〔註174〕對於處於萌芽時期的早期話劇，借助與當下有著一定距離的歷史人物來完成其思想表達與政治訴求，利於實現規避政治審查與獲得觀眾認可的雙重目的。

一、以他國歷史言說中國現狀

前文詳細論述過因早期話劇與革命活動之間的關聯，官方先後頒布相關的法律與成立相關的機構加強對戲劇的審查管理工作。在此背景之下，演出他國故事以達到警世之目的，成為早期話劇應對官方戲劇審查的方法之一。最早演出西方故事的戲劇人員當推汪笑儂。1904 年前後，汪笑儂演出講述波蘭亡國故事的《瓜種蘭因》（又名《波蘭亡國慘》）一劇，借波蘭亡國之故事而號召國人團結起來反抗帝國主義的侵略，不要讓波蘭亡國之歷史重現於中國。為此，汪笑儂演出時高呼「非結團體，用鐵血主義，不足以動容！」1912 年 3 月始，新舞臺演出《波蘭亡國慘》，廣告中寫到：「本舞臺全體著名藝員合演新排情節加景奇新戲『全本波蘭亡國慘新戲』。」〔註175〕王鈍根觀此劇後，認為劇中人物「口中所述皆為中國情形」，「意在警惕中國」〔註176〕，「君臣醉夢，不維新但守舊，成為弱邦」〔註177〕，最終只能遭遇滅亡之命運。實際上，新舞臺演出此劇適逢中華民國成立之後，面對國內的政治環境，鈍根提出應讓「爭權奪利之軍官」以及「不肯助餉之守錢虜」〔註178〕來此一觀。

演出《波蘭亡國慘》之前，新舞臺在 1911 年 3 月排演《拿破崙》一劇，「特編歐洲英雄拿破崙一劇，極寫英雄氣短、兒女情長之態，公情私愛，可歌可泣，奇事奇情奇人奇態。」〔註179〕從《申報》在 1911 年 3 月 30 日與 1911 年 4 月 20 日所刊登的兩版廣告相比較，《拿破崙》一劇是新舞臺著力宣傳之劇目。從劇情而言，該劇講述了拿破崙因窮兵黷武導致人民怨聲四起、兵士離心

〔註173〕趙清閣《關羽》，南京：正中書局，1947 年（滬三版）：4。
〔註174〕陳白塵《漫談歷史劇》，《新演劇》1937 年第 1 期。
〔註175〕《申報》1912 年 3 月 20 日。
〔註176〕《申報》1912 年 3 月 22 日。
〔註177〕《申報》1912 年 5 月 3 日。
〔註178〕《申報》1912 年 3 月 22 日。
〔註179〕《申報》1911 年 3 月 30 日。

而最終被流放荒島而死的命運。鄭正秋觀此劇後認為新舞臺所演《拿破崙》表面上屬於哀情戲，然而從深層內容來看，此劇「可以引起觀者國家觀，可以使人知專制之不可久恃，可以使人之知內助之不可少，可以使人知賣國之難逃法網，可以使人知民氣之不可久遏。」〔註180〕1912 年 3 月 10 日，袁世凱就任中華民國臨時大總統。然而，民主共和觀念並未得到最為廣泛的認可，袁世凱又有著推翻共和的潛在可能。在此背景之下，拿破崙被塑造為專制主義的代表。玄郎在《申報·自由談》的《劇談》欄目中所刊登的劇本《新十八扯》結尾處使借用春秋筆法來論及拿破崙一生：

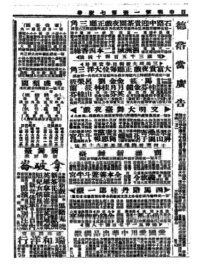 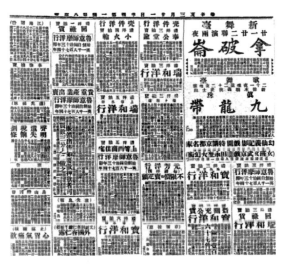

《申報》1911 年 3 月 30 日第 7 版　　　《申報》1911 年 4 月 20 日第 7 版

> 按法皇拿破崙蓋世英雄，威震全歐，突遭挫跌，被各國幽禁於
> 來島，窮愁抑鬱以死，功虧一簣，晚節有終，殊生惋惜。奧相梅特，
> 逞專制淫威，大施殺戮國中之新黨及燒炭黨，志士被其殘殺殆盡，
> 血濺茛宏，恨深精衛，乃失路英雄捲土重來，倚勢權奸鑿之竟中英
> 主志士有知，地下亦應吐氣。〔註181〕

用拿破崙來影射今日有專制思想之人的同時，法國的盧梭則被早期話劇塑造為反抗專制主義推行民主的先行者：

> 愛國心腸熱，憂時淚血乾。俺乃法國一個愛國之人，盧梭是也。
> 眼見得我國君臣貪，民不聊生，專制淫威，有同水火。但我國居歐

〔註180〕正秋《拿破崙（未完）》，《民立畫報》1911 年 3 月。
〔註181〕《申報》1912 年 11 月 4 日。

洲列強之中，一經示弱，衰亡隨之。俺想到其間，憂心如焚。為此
不理家業，拋卻妻女，思得同志，共相挽救。〔註182〕

盧梭著《民約》並將其普及給眾人，死後被人所追頌：

（生淨末丑四人上引）

（生）法國脫專制

（淨）多虧有盧梭

（丑）今日鑄銅像

（末）巍峨又巍峨

（四人白）我們眾民脫卻專制羈絆，多虧盧梭下了一粒種子。後來
英輩出，竟把百姓悉出水火之中，如今論起功來，應該
推他第一。〔註183〕

作者借法國盧梭的事蹟來紀念革命的先行者，以及謳歌共和制度的建立。1915
年，日本公使日置益向袁世凱提出「二十一條」，內容包括要求中華民國政府
承認日本在山東和青島的特權、日本在南滿和東蒙的特權、中國沿海港灣的租
借均屬日本等，中日關係急劇緊張，國內反日情緒高漲，到日本發出最後通牒
之前，「實際上開始了戰前的社會動員，可以說從內地的湖南湖北乃至偏遠的
雲南貴州，全國各地一片反日拒日聲浪。」〔註184〕1915 年 3 月 15 日，民鳴
社刊登《東亞風雲》的演出廣告：

〔註182〕《申報》1912 年 1 月 2 日。

〔註183〕《申報》1912 年 1 月 5 日。

〔註184〕李永春《二十一條交涉期間的政府外交與社會輿論》〔J〕，《求索》，2007 年
第 9 期。

> 民鳴社
>
> 二月初一夜准演
>
> 顧無為君特排警世新劇
>
> **東亞風雲**
>
> 安重根殺身成仁
>
> 可憐，可憐，東亞風雲，日緊一日，吾堂堂中華民國，幾至不國。本社因是特排《東亞風雲》一劇，以警當世。劇中描摹朝鮮亡國之慘狀，以及安重根為國捐軀，莫不感慨淋漓，令人油然而生愛國之想。茲定初一夜開演，凡關心時事者，幸為早臨。〔註185〕

根據朱雙雲在《新劇史》中記載辛亥春正月，進化團抵達金陵後曾演出《東亞風雲》一劇，借朝鮮亡國之事以激發愛國情緒。該劇再次演出之時，正如其廣告中所言是基於國家「幾至不國」之情形，同樣希望借助「描摹朝鮮亡國之慘狀」達到「令人油然而生愛國之想。」如果說這一天的廣告所表達的這種意圖還不夠強烈的話，那麼民鳴社在第二天所刊登於《申報》的演出廣告則非常明確：

> 嗚呼，朝鮮亡矣！朝鮮之亡，其國人先自亡而後野心者得乘機亡之！噫！朝鮮已矣，我國何如茲者？東亞風雲，日緊一日，本社悲朝鮮之亡，恐覆轍之，尋特編斯劇以警國人。閒敘朝鮮國勢衰微，內政紊亂，野人得逞野心，以無理要求之條款橫加於朝鮮。朝鮮人初聞惡耗，則奔走呼號，一時激昂慷慨，繼則希望和平，意存觀望。尋至勇氣日銷，垂手聽命，於是亡國奴之頭銜，遂加諸韓人矣！韓國既亡，野人盡施其暴虐之手段，以待韓人。所幸人心不死，有安

〔註185〕《申報》1915 年 3 月 15 日。

重根者，悲己國之淪亡，抱殺身存仁之義，竟然手刃野心家，為受
強權蹂躪者吐氣。嗚呼！殺身成仁，千古快車，惜其精神氣魄已隨
國而俱亡。願我國人急起直追，勿為亡國□之安重根，則吾國有救
乎，更望國人切勿虎頭蛇尾，徒恃一時之憤而蹈，朝鮮之轍。於此
千鈞一髮，吾國人，其早自謀之。

無為識〔註186〕

此後，民鳴社所刊登的《東亞風雲》的演出廣告均強調此劇為「救亡之劇」。

《東亞風雲》一劇，大聲疾呼，激昂慷慨，前次開演，大受各界
歡迎。看至得意處，個個手舞足蹈，看至悲慘處，人人嗚嗚咽咽，看
至忿激處，莫不目皆盡裂。自始自終，無一幕不驚人，無一幕不動心，
實是一劑救亡的良藥。此非本社自誇，要為觀者所共許者也。《東亞
風雲》愈演愈烈，本社演此救亡之劇，亦愈演而愈其勁。〔註187〕

安重根刺殺伊藤，烈烈轟轟，昭垂千載。本社節取其事，編為
新劇。開演二次，皆為滿。道路交稱，報章交贊，簽謂：《東亞風雲》
一劇，大聲疾呼，淋漓痛快，大有裨於時局的，是一齣最有關係的
最有價值之戲，為有新劇以來所未有。本社受寵若驚，用是益加勉
力。因於是今夜重演一次，即以應受愛觀是劇之請求，復以盡國民
當盡之天職，凡關心時局者，不可不看此劇；愛國同胞更不可不看
此劇；熱心君子，尤不可不看此劇。〔註188〕

 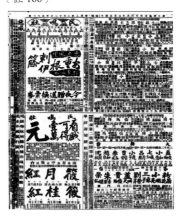

1915 年 3 月 21 日的演出廣告　　　　　1915 年 3 月 27 日演出廣告

〔註186〕《申報》1915 年 3 月 16 日。
〔註187〕《申報》1915 年 3 月 21 日。
〔註188〕《申報》1915 年 3 月 27 日。

從《申報》所刊登的《東亞風雲》的演出廣告，其廣告在報紙版面上所佔據的面積逐漸增加，以至於最後為整個版面的四分之一。分析廣告文本的內容可知，其廣告的執筆人當為顧無為。顧無為在廣告中既介紹了該劇之劇情，也試圖喚起觀眾認識到國家所面臨的危機，「朝鮮已矣，我國何如茲者？」而要解決這危機，顧無為讚賞安重根之類的殺身成仁以暴虐手段手刃野心家的行為，「願我國人急起直追，勿為亡國□安重根，則吾國有救乎。」繼民鳴社演出《東亞風雲》之後，新劇同志會則刊登廣告將演出《朝鮮閔妃》一劇：

> 愛國同胞快來看看
>
> 是劇自壬午年韓國兵變逼走閔妃始，至安重根暗殺止。其中情節關涉中、俄、韓、日四國歷史，而今大總統袁項城當日爭國權、張國威，諸事略見外交手段之一班。全劇事實，均經訪問韓國遺老，確鑿可憑。至描繪亡國慘象，令人神驚涕隕。新制朝鮮各種服飾及異樣軍裝，並添繪宮殿、龍位等布景，皆莊嚴燦爛，耳目一新，定於十七夜開演前本，十八夜續演後本。凡吾同胞大家看看。〔註189〕

從廣告來看，《朝鮮閔妃》與《東亞風雲》在演出的宗旨與故事的情節上具有一致性，乃有感於國事衰微而希望喚起民眾愛國情緒之劇目。《朝鮮閔妃》的演出廣告文本在強調其故事真實的基礎上希望袁世凱政府能「爭國權、張國威」，推崇安重根所代表的暴力手段。該劇最終未能如期上演，「今晚本演朝鮮閔妃，因布置尚未布置，故特改演。一俟手續完備即行開演。」〔註190〕從《申報》的廣告來看，《朝鮮閔妃》後改為《新鏡花緣》：

> 此劇集數十人之腦力，費數晝夜之時光，竭慮殫精，夜以繼日，其中有軒轅國、大人國、小人國、高人國、空心國，以及長人國之離奇莫測，大頭國之怪誕不經，詼詭雜出，逸趣橫生，不啻遊戲三昧，無異於哲學大觀，宜細味，亦宜窮究，可發噱、亦可哭泣，而舉凡所有之新劇，既不能專美於前又不能步武於後，吾父老伯伯叔、姊妹兄弟有疑，吾言乎：請一觀今晚《新鏡花緣》。

整個《新鏡花緣》的演出廣告著眼於介紹小說《鏡花緣》之內容，然而根據鄭正秋所著《新劇考證百出》中記載，《朝鮮閔妃》「將開演矣，而猝遭禁止，乃

〔註189〕《申報》1915 年 3 月 29 日。
〔註190〕《申報》1915 年 4 月 1 日。

易名為《新鏡花緣》，使一現於舞臺上。」〔註191〕與民鳴社、新劇同志會相呼應，民興社排演了以朝鮮為題材的《朝鮮亡國記》：

> 朝鮮末代人民，習於安逸。朝土兢尚淫侈，內政不修，外侮迭至，以後滅國亡家，追悔莫及。所謂夫人必自侮，然後人侮之也。本社撫拾坊本所載事實，編為新劇，沉痛處，直可拔劍斫地；抑鬱處，惟有搔首問天，以期喚醒同胞。幸著祖生鞭，勿為亡羊牢耳，並配以巍峨皇宮、崇峻殿宇、真山真水、名園名花，大月輪、幻夢境、小川馬、活蟒蛇，各種好布景，誠新劇中之最饒有興趣者，開演在即，先行露布。〔註192〕

《朝鮮亡國記》最終因「捕房干涉」而改演《愛國》，「情節細密熨貼，無微不至。愛國諸君，誠不可不看此新劇也。」〔註193〕從話劇發展的歷史來看，話劇於 1915 年左右迎來了第一個發展的繁盛階段「甲寅中興」。各大劇社以演出娛樂性的劇目居多，因此民鳴社、新劇同志會、民興社先後根據朝鮮亡國之時事所編演的劇目，雖有借助革命故事取悅觀眾以實現贏利之目的，但不斷重複的演劇廣告與劇目演出某種程度上也會讓觀眾對社會時局形成一定的認知。從《波蘭亡國慘》到《朝鮮閔妃》，早期話劇借助他國英雄人物的故事來述說中國現狀以躲避官方審查，從而實現干預時事的目的。

二、傳統戲曲故事的新內容

「用進化論改造傳統的歷史觀，使之進一步系統化、條理化，賦予它新的內容和更強的理論色彩，使之成為適應國內社會變革需求的新歷史觀和方法論。」〔註194〕受共和觀念以及近代民族國家觀念的影響，也為了最大限度的與政治、時代氛圍相匹配，早期話劇將目光瞄準歷史故事。實際上，歷史故事是中國傳統戲曲最為繁盛的題材，如京戲《逼上梁山》講的是北宋禁軍槍棒教頭林沖加入梁山好漢的故事，《空城計》則以諸葛亮退敵為內容。意大利學者克羅齊認為「一切歷史都是當代史」，對過去的認識往往都指向當下。為傳統

〔註191〕 詳細內容可參考鄭正秋所編著《新劇考證百出》〔M〕，《高麗閔妃》中的冥飛附識，北京：學苑出版社，2016 年第 32 頁。
〔註192〕 《申報》1915 年 3 月 30 日。
〔註193〕 《申報》1915 年 4 月 1 日。
〔註194〕 許建平《二十世紀中國古典小說戲曲研究的回顧與前瞻》〔J〕，《河北師院學報（社會科學版）》，1997 第 3 期。

戲曲故事注入新內容，最早可見於汪笑儂的戲劇演出活動。汪笑儂為實現隱射時政之目的而在傳統戲曲中加入諷刺現實社會之詞，如前文所述《黨人碑》《哭祖廟》等劇中人物的演說。他所採取這種方式為早期話劇規避官方審查提供了可借鑒的路徑。洪深曾說，「劇作者為什麼要去取用歷史的材料！無非是為了採用當前的事實有許多的不便。」〔註195〕而傳統戲曲又因膾炙人口、流傳甚廣的故事情節與人物形象而極易被觀眾所認可。鑒於這些原因，早期話劇在其萌芽過程中自然會利用傳統戲曲。

　　梳理《時報》與《申報》所刊登的劇本，為傳統戲曲曲目賦予新內容的早期話劇劇本有《新桃花扇》《新賣馬傳奇》《花木蘭傳奇》《新哭宴》，等等。其中，《新桃花扇》的作者開篇就表明其劇作主旨，「茲仿《桃花扇》曲本中之第三齣《鬧丁》，改為《鬧會》，非僅刺帝制議員，期其懺悔，實警非帝制議員，須從大處落墨，勿過為搗亂之舉。同心協力，以保吾民，以治吾國。」〔註196〕《鬧會》〔註197〕一齣以袁世凱稱帝失敗後重開國會為背景而講述國會重開之時，因支持共和的議員不允許支持帝制的議員入會而雙方大罵。劇中，共和議員控訴支持帝制之人的無恥行徑：

　　　　（生末）你這罪過朝野俱知，難道你還做夢嗎？（副淨）我等正為
　　　　　　　　表白心跡故來與議（生末）你的心跡待俺替你說。
　　　　（千秋歲）做議員，又想做官員，宗旨令人莫辨，人民裏，丟暗箭，
　　　　　　　　政府裏，牽牽長線，怎掩旁人眼，一心保袁，一心保袁，
　　　　　　　　又何妨□嘗疤吮，（合）你心隨利轉，情隨事遷，（副淨）
　　　　　　　　不諒苦衷，橫加辱罵，那知俺等不過一時之錯，袁政府妄
　　　　　　　　殺黨人之時，我等未獻一策，未進一計，這些話都從何處
　　　　　　　　說起（未完）〔註198〕

隨後，作者又借共和議員之語表達支持共和的態度：

　　　　（紅繡鞋）難當難肋老拳，無端臂折腰顛；腰顛，回家去，莫流連
　　　　　　　　（副淨等下）（小生眾）分邪正，辨奸賢，帝制逆案鐵同堅；
　　　　　　　　（尾聲）籌安勢焰掀天轉，今奔逃，亦可憐，禮帽打扁，歸家應自

〔註195〕洪深《十年來的中國戲劇》，《中國新文學大系·建設理論集·影印本》〔M〕，
　　　　上海：上海文藝出版社，1935 年第 303 頁。
〔註196〕《申報》1916 年 8 月 17 日。
〔註197〕參見《申報·自由談》1916 年 8 月 17 日～18 日。
〔註198〕《申報》1916 年 8 月 17 日。

恨洪憲（生、末、小生）今日此舉大雪公憤，以後大家努
力莫容此輩再出頭來（眾）是是；
（下場詩）（生）勸他改過贖前愆（末）魔道常生政海邊（小生）保
護共和重人格（雜）自然民國樂年年。〔註199〕

《新桃花扇》將《鬧丁》改為《鬧會》，藉此以反對帝制，擁護共和之理念，
從而躲避了官方的審查條例。在這之前，田漢也曾根據《桃花扇》一齣《聽稗》
而仿寫了劇本《新桃花扇》〔註200〕。因袁世凱與日本簽訂「二十一條」，作者
有感於國家之前途命運而借劇中人物柳敬亭之語揭露袁世凱的醜陋行徑，
「日本恃其堅甲利兵，不顧公理，想獨吞中國。這回交涉，竟把我南滿、東
蒙、福建等地的權利全行奪去，其他奇恥大辱也說他不盡，實為中國亡國的
初步」〔註201〕，「民國新造，國力未充。言民力，則四百兆各為一人；言外
交，則三十六計，讓為上計。倭約既成，國權喪失。鋒煙滿目，來日大難。」
〔註202〕作者在劇中號召國人切不可任由事態發展，「中國國民，如稍有心肝，
不忍國破家亡，自甘奴隸，斷不可不想自衛的法子。」〔註203〕瘦蝶根據《西
廂記》中第三齣《長亭送別》（即《哭宴》）而仿寫了《新哭宴》一齣。劇中
方蕙娘與鍾華國成親四載卻與洪君憲幽期密約，被家族發覺後群起攻之，蕙
娘無奈出遊陰國，華國為其在十里長亭送行。該劇借與洪君憲幽期密約被發
現後被迫出遊的方蕙娘來傳達這樣的觀點：復辟帝制，不過是貪圖幾日的歡
樂，而與帝制暗昧者，最終只能被民眾厭棄，「我只為歡情正膩，離愁偏起，
幾度籌安，幾夕綢繆，今日離別，我恰知那幾日尊榮滋味，誰想那別離情更
增百倍。」〔註204〕

除改寫傳統戲曲內容之外，從《申報》的演出廣告來看，上海的早期話劇
界先後演出《西施》《明末遺恨》《張汶祥刺馬》等劇以對時局做出回應。1915

〔註199〕《申報》1916 年 8 月 18 日。
〔註200〕該劇署名「漢兒」，經考證為田漢，刊登於《時報・餘興》1915 年 5 月 26 日
　　　　至 29 日期間。
〔註201〕田漢著，顏長珂等編《田漢全集第 7 卷・戲曲》〔M〕，石家莊：花山文藝出
　　　　版社，2000 年第 16 頁。
〔註202〕田漢著，顏長珂等編《田漢全集第 7 卷・戲曲》〔M〕，石家莊：花山文藝出
　　　　版社，2000 年第 13 頁。
〔註203〕田漢著，顏長珂等編《田漢全集第 7 卷・戲曲》〔M〕，石家莊：花山文藝出
　　　　版社，2000 年第 16 頁。
〔註204〕《申報》1916 年 8 月 25 日。

年 3 月 26 日，《申報》刊登民興社將演《西施》的廣告：

　　　　越勾踐臥薪嚐膽，勵精圖治。夫椒一戰，創霸東南，其處心積
慮含垢忍辱，雖不足為萬世法要，亦濟變之道耳。本社編演是劇之
旨，蓋因吾國人每於創巨痛深之時，輒以勾踐自比，然終未見行諸
事實。方今國勢陵替，外侮日逼，吾中國數萬萬之勾踐，各舒宏謀，
救我垂亡之祖國，此其時矣，其中情節經編者靜心增刪，務求觸目
驚心，有益時局。〔註205〕

1915 年 3 月 30 日，《西施》的演出廣告中再次表明此劇「與目前時局大有關
係」：

　　　　是劇敘越勾踐臥薪嚐膽，積慮興邦，吳夫差驕姿失德，殺身亡
國，與目前時局大有關係。〔註206〕

廣告文本也介紹了《西施》一劇的布景、演員等，雖不乏消遣娛樂之傾向，但
廣告也說明民興社演出該劇是希望借勾踐臥薪嚐膽的復國之路來激發民眾以
救「垂亡之祖國。」

三、歷史新劇與英雄人物

　　《申報》副刊《自由談》於 1912 年 1 月 25 日刊登由「庚青」所作劇本《警
民鐸傳奇》。該劇借洪秀全回顧其組織太平軍起義時，初期勢如破竹，卻在自己
當上尊號之後只圖安逸不思進取最終失敗之事警示起義民軍萬不可鬆懈：

〔註205〕　《申報》1915 年 3 月 26 日。
〔註206〕　《申報》1915 年 3 月 30 日。

　　（前腔）清廷基業尚未傾，處心思兼併交鋒，民軍遂常勝還只
怕輸贏不定呵！諸公須知劍光影裏自有樂園，若存一點姑息之心，
反是婦人之仁了。此乃千載一時之機，千萬不可錯過的。老夫奉勸
諸公提精神，毋忘戰爭，早日覆偽都奠升平。

　　呵，吾言盡於此，願諸君為民自重，老夫就此告別了！正是莫
謂民心盡屬我，須知大有人圖儂。〔註207〕

此劇作者署名為「庚青」，無從考證。結尾處「洪秀全」勸誡革命者——雖然
中華民國已經建立，但革命尚未成功，「奉勸諸公提精神，毋忘戰爭」。實際上，
將已經屬於歷史的人物塑造為維護「共和」精神的符號，成為早期話劇干預時
政、試圖影響社會價值觀念的另一路徑。1912 年 4 月 18 日，新新舞臺在《申
報》的同一版面相近的位置刊登了兩則以歷史題材為內容的戲劇演出廣告，分
別為《虞美人》與《岳武穆》：

《申報》1912 年 4 月 18 日第 4 版

《申報》1912 年 4 月 24 日第 4 版

新新舞臺

許嘯天新編歷史新劇

《虞美人》

　　近時一般文學家、美術家亦紛紛提倡新劇矣！然劇情所取材，
大都屬諸說部或外國故事，以供於現在社會之眼光，不免有虛浮隔
膜之患，而無以收觀者切實信仰完全感化之效。許君憂之，乃倡為

〔註207〕《申報》1912 年 1 月 25 日。

歷史新劇。以本國史事演為活劇，供本國人之觀察，不獨能實收感
情教育之益，且於保全國激發愛國心大有裨益也。入手之處，編輯
《虞美人》一劇，起自會稽起義迄於烏江自刎，其中哀感頑豔，慷
慨激烈，諸美感備，而於項羽保護民權之處更能描摹盡致，尤為當
局痛下針砭，發人所未發也。至布景之完美，人物之齊備，實本劇
中大特色。一俟練習純熟即行宣布開演，特此預告，幸有心人注意
焉。〔註208〕

在司馬遷的筆下，項羽極富軍事才能　　敢作敢為、殺伐果斷；然而在政治上
項羽卻淺薄幼稚，不善於處理與各種勢力的複雜關係，也不善於爭取盟友。因
此司馬遷在《史記‧項羽本紀》中評價項羽時寫到：「自矜功伐，奮其私智而
不師古，謂霸王之業，欲以力爭經營天下，五年卒亡其國，身死東城，尚不覺
寤而不自責，過矣。乃引『天亡我，非用兵之罪也』，豈不謬哉！」新新舞臺
在其預告廣告中表明此劇乃「歷史新劇」，劇中之項羽不再局限於《史記》中
的項羽形象，廣告中將其塑造為「保護民權」而不惜犧牲自我的英雄。然而，
筆者未能找到許嘯天所編《虞美人》之腳本，也未曾找到新新舞臺上演此劇的
具體時間。但從新新舞臺的預告廣告來看，此劇既影射了為民權奮鬥犧牲的革
命烈士，也影射出當下的時局環境。除《虞美人》之外，新新舞臺也預告將上
演另一齣歷史題材劇目《岳武穆》：

新新舞臺

特排別開生面之歷史快劇

漱石生新編

岳武穆奇功

痛飲黃龍府　活擒金兀朮

補天恨

迎二聖還朝

　　岳武穆風波亭為歷史上千古奇冤，讀史者至此無不髮指眦裂。
是以尤西堂先生有補天恨之著，秦檜夫婦計害不成，岳軍直搗黃龍
府迎二聖還朝，寸磔秦檜令人為之大快。本舞臺節取其義排成全本
新劇。自徽欽二宗蒙□高宗南渡牛頭山，岳軍大破金兵，與韓世王、
梁夫人圍困金兀朮，秦檜夫婦東窗設計，假傳十二道金牌為胡迪所

知，飛告岳營，牛統制打毀金牌，胡迪說岳軍直搗黃龍府，牛鼻活
擒金兀朮。武穆王親迎二聖還朝，秦檜夫婦夜遁為施全擒獲，於菜
市口行刑。武穆王父子監斬法場，生擒鐵像以遺萬世惡名為止，令
觀者撫掌大快。劇中配以牛頭山、黃天蕩、特別花園、電光月色、
防邊營帳、黃龍府、城池，還朝時全副鑾駕、儀仗龍輦、盧溝大橋、
菜市野景、森林鐵像等等奇觀，現今排練一俟純熟定期串演，顧曲
者諒當先觀為快也。〔註209〕

《岳武穆》一劇由海上漱石生所編，劇中一改歷史上岳飛以「莫須有」罪名被
殺於風波亭之事而重寫整個故事：岳飛直搗黃龍府、圍困金兀朮、親迎二聖還
朝、菜市口斬殺秦檜夫婦。筆者未曾找到此劇演出之腳本大綱，通過此劇演出
廣告所極力渲染岳武穆之英勇與決斷，「大破金軍」、「圍困金兀朮」、「恭迎二
聖還朝」等可以窺測海上漱石生創作此劇，既有希望國家強盛以奪取所失去利
益的目的，也有對革命軍北伐以及中華民國建立後國家強盛的期待。與新新舞
臺所演《岳武穆》一劇相似，歌舞臺也推出了以岳飛為題材之劇《補天恨》，
從其廣告來看此劇與新新舞臺之劇情相似：

歌舞臺編排《補天恨》新劇，乃南宋岳武穆直搗黃龍府、迎微
欽二宗還朝故事。意思頗為新穎，由金兵侵宋國汴梁、擄微欽二宗
及康王回北以張邦昌監國、宗留守歸天。岳武穆交印刺字、韓世宗
夫妻父子勤王、岳武穆拜帥、泥馬渡康王李、若水罵賊未死、岳帥
兵進諸仙鎮、秦檜夫妻回南、計設東窗被丫鬟洩漏、胡迪演說、下
十二道金牌、岳帥招降、陸文龍不奉詔直搗黃龍府、救回二聖、虎
騎龍背、岳帥班師請罪、秦檜夫妻伏誅等事，非常熱鬧，以三麻子
去岳帥、李春利去金兀朮、客串管去胡迪、張鳳臺去牛臯、孟鴻群
去韓世忠、來鳳去梁夫人、其中情節完善、配色勻稱、真一篇錦繡
文章也。〔註210〕

新新舞臺與歌舞臺所演之《岳武穆》一劇，劇情內容與歷史均有不符合之處。
但這也意味著中華民國雖為民主革命並以三民主義為其綱領，但在其世俗民
眾看來，民主革命等同於漢民族反抗異族統治的民族革命。筆者搜尋這些與

〔註209〕《申報》1912 年 4 月 18 日。
〔註210〕上海文獻彙編編委會編《上海文獻彙編・文化卷 2》〔M〕，天津：天津古籍出
版社，2013 年第 445 頁。

《岳武穆》演出有關的廣告後發現大舞臺的廣告值得注意。大舞臺在其演出廣告中特意強調「大舞臺特排漢族偉人好戲《岳武穆》」〔註211〕，在提倡「五族共和，無分滿漢」之時，大舞臺所刻意用「漢族偉人」可知，在近代中國社會轉型之時，民主革命與民族革命在民眾看來是合為一體的。新新舞臺與歌舞臺的演出廣告從側面印證了將中華民國的主張普及於廣大民眾，還有很長的路要走。

〔註211〕　《申報》1912 年 4 月 20 日。

第二章　作為文化交流的廣告與
西方話劇觀念

　　話劇的萌芽，離不開外來文化的衝擊與推動。在田本相看來，「隨著高鼻樑、藍眼睛，西裝革履的『洋人』來到中國，他們的戲劇文化也就侵入進來。」〔註1〕作為社會文本的廣告，是「日常生活最豐富、最忠實的反映。」〔註2〕筆者認為，《申報》所刊登的西方話劇劇目演出廣告在提供新的娛樂方式的同時，也以一種非強制的方式影響著人們對西方話劇觀念的接受，從而為早期話劇觀念的確立提供了可供學習參考的藝術資源，「任何一個群體都不可能獨立擁有一種文化：文化是一個群體接觸並觀察另一群體時所發現的氛圍。」〔註3〕從這個角度而言，廣告所刊登的這些以成功或失敗為結果的西方話劇演出活動推動了中國話劇觀念的成熟。

第一節　廣告與「悲劇」觀念的普及

　　春陽社演出《黑奴籲天錄》時，其演出廣告中寫到：「其關目悲歡離合，皆令人可泣可歌可驚可鄂」〔註4〕，「至黑奴別妻一段，尤為描寫入神，天愁地

〔註1〕田本相《中國現代比較戲劇史》〔M〕，北京：文化藝術出版社，1993 年第 4 頁。
〔註2〕馬歇爾‧麥克盧漢《理解媒介——論人的延伸》〔M〕，北京：商務印書館，2000 年第 28 頁。
〔註3〕弗雷德里克‧詹姆遜《快感：文化與政治》〔M〕，北京：中國社會科學出版社，1983 年第 420 頁。
〔註4〕《申報》1907 年 11 月 1 日。

慘，雖鐵石心腸亦將感動他，如夜遁、追逃等處，其顛沛流離、奇危極險之象，輒令人驚駭莫狀，甚至酸鼻墜淚，不忍觸目。」〔註5〕該劇以黑奴們殺死奴隸販子而走上逃亡之路為結局，這何嘗不是一種「悲劇」。

一、「新民」觀下的悲劇

王國維在談及吾國文學精神時認為中國人是缺乏悲劇意識的，「吾國之文學，以挾樂天的精神故，故往往說詩歌的正義，善人必令其終，惡人必離其罰，此亦吾國戲曲小說之特質也。」〔註6〕缺乏悲劇意識的中國傳統戲曲，往往以「大團圓」為結局。然而，在王國維看來，現實生活中隨處可見普通人的悲劇，「由普通之人物，普通之境遇道之，不得不如是。彼等明知其害，交施之而交愛之，各加以力而各不任其咎。」〔註7〕王國維對悲劇的理解建立在生存的哲學觀之上，是一種對生存現狀的寫照。

事實上，清末民初的知識分子真正關注悲劇，則是基於其對社會變革所產生的作用。1903 年，無涯生在《觀戲記》一文中，稱「近年有汪笑儂者，撰《黨人碑》，以暗射近年黨禍，為當今劇班革命之一大鉅子。意者其法國日本維新之悲劇，將見於亞洲大陸歟？」〔註8〕1904 年，蔣智由在《中國之演劇界》一文中認為悲劇有利於實現社會的進步：

> 夫劇界多悲劇，故能為社會造福，社會所以有慶劇也；劇界多喜劇，故能為社會種孽，社會所以有慘劇也。其傚之差殊如是矣。嗟呼！使演劇界而果無益於人心，則某竊欲從墨子非樂之議。不然，而欲保存劇界，必以有益人心為主，而欲有益人心，必以有悲劇為主。〔註9〕

從無涯生到蔣智由，悲劇被看作是用來揭露社會罪惡以及激發愛國精神最好的武器，「激發國民愛國之精神，乃如斯其速哉？且勝於千萬演說臺多矣！勝於千萬報章多矣！」〔註10〕因此，創作契合時勢以及實現濟時救世的「悲劇」

〔註5〕《申報》1907 年 11 月 1 日。
〔註6〕王國維著《王國維文學論著三種》〔M〕，蕪湖：安徽師範大學出版社，2014 年第 13 頁。
〔註7〕王國維著《王國維文學論著三種》〔M〕，蕪湖：安徽師範大學出版社，2014 年第 14 頁。
〔註8〕佚名《觀戲記》，阿英編《晚清文學叢鈔·小說戲曲研究卷》〔M〕，北京：中華書局，1960 年第 71 頁。
〔註9〕蔣智由《中國之演劇界》，載《新民叢報》，1904 年第 3 卷第 17 期。
〔註10〕佚名《觀戲記》，阿英編《晚清文學叢鈔·小說戲曲研究卷》〔M〕，北京：中華書局，1960 年第 71 頁。

成為知識分子提倡悲劇的出發點。這也是為何春陽社《黑奴籲天錄》的演出廣告會論及該劇「關目悲切」,「皆令人可泣可歌可驚可愕。」縱觀《申報》1913年以前(即「甲寅中興」以前)所刊登的早期話劇廣告,強調所演劇目中的「悲」與國家之間的關聯成為此階段廣告宣傳的重要內容。《孤兒恨》為「哀情新戲」〔註11〕;《黑籍冤魂》在廣告中宣傳此劇「演出吃煙人種種苦況,現身說法,歌哭皆真」〔註12〕;《虞美人》則「哀感頑豔」〔註13〕;《甘肅旱災》的演出廣告向觀眾強調該劇「爰取甘肅災區之真相排演新戲」〔註14〕,為增加故事的悲劇性而在劇情中加入殺子而食的情節以影射官場的黑暗和政府面對災荒的不作為;新舞臺在《明末遺恨》的廣告文本中則宣傳此劇「悲憤動人」〔註15〕,演出該劇希望能「使昏昧者明,使熟睡者醒。」〔註16〕顯然,將悲劇與「新民」塑造結合在一起的悲劇觀念,更多的是強調悲劇內容的載道性與悲劇效果的感染力。

二、以「不團圓」為結局

中華民國成立後,因政治穩定而帶來了經濟的繁榮,早期話劇進入了第一個繁盛階段。查閱《申報》所刊登的演劇廣告,「悲劇」一詞充斥於廣告文本中,如:《惡家庭》:悲劇《惡家庭》〔註17〕;

《家庭恩怨記》:全本警世悲劇《家庭恩怨記》〔註18〕;

《不如歸》:著名悲劇《不如歸》〔註19〕,社會悲劇全本《不如歸》〔註20〕;

《新不如歸》:新編家庭悲劇《新不如歸》〔註21〕;

《社會鐘》:係一主張社會主義之悲劇〔註22〕;

……

〔註11〕　《申報》1910 年 5 月 19 日。
〔註12〕　《申報》1908 年 6 月 21 日。
〔註13〕　《申報》1912 年 4 月 18 日。
〔註14〕　《申報》1909 年 6 月 16 日。
〔註15〕　《申報》1911 年 11 月 13 日。
〔註16〕　《申報》1911 年 7 月 19 日。
〔註17〕　《申報》1913 年 9 月 14 日。
〔註18〕　《申報》1914 年 3 月 9 日。
〔註19〕　《申報》1914 年 4 月 17 日。
〔註20〕　《申報》1912 年 2 月 6 日。
〔註21〕　《申報》1914 年 11 月 19 日。
〔註22〕　《申報》1912 年 7 月 27 日。

廣告文本中「悲劇」一詞的重複出現，因視覺與心理的累積效果而造成觀眾
對「悲劇」一詞的熟知與接受。梳理《申報》的演出廣告，最早在中華民國
成立後開展悲劇演出活動的是歌舞臺，「振啟員社社會悲劇全本《不如歸》。」
〔註23〕然而，關於本次演出人員、布景等相關消息均未曾有過記錄。真正對悲
劇劇目演出宣傳的廣告是 1912 年 7 月 27 日新劇同志會所演《社會鐘》：

新劇《社會鐘》，是劇為日本佐藤紅綠氏原譯，係一主張社會主
義之悲劇，其中情節慷慨激昂，布景高尚，優美腳色，練習純熟，
誠今日罕有之佳劇。〔註24〕

〔註23〕《申報》1912 年 2 月 6 日。
〔註24〕《申報》1912 年 7 月 27 日。

　　《社會鐘》被置於《新劇同志會開幕廣告》的文本中，是作為新劇同志會的首演而呈現於舞臺。從該廣告文本來看，《社會鐘》「係一主張社會主義之悲劇」且「情節慷慨激昂」，這意味著新劇同志會有用此悲劇來爭奪觀眾市場的目的。根據《新劇考證百出》的記載，《社會鐘》圍繞著一貧困農民因偷盜了一塊麵包而終身被誣為賊最後導致一家人慘死的故事，其劇情大意為：石大之父，以家貧子女啼饑故，竊店中陳列之麵包，被捕死於獄。於是石大及其弟石二，妹秋蘭，均不為鄉人所理。石大憤怒，遂為盜，專以殺人越貨為事。秋蘭挈石二（石二系傻子）行乞於外，遇左姓紳上之姨太太收留之，秋蘭感恩圖報，侍奉惟謹，詎左紳之女左巧官，與姨太太積不相能，巧官又與一教員有私，為姨太太所見。巧官益不能容姨太太，遂讒諸乃父之前，逐姨太太及秋蘭姐弟。秋蘭又乞食村外，則石大方與鄉人爭鬥遇王中將行經其地，止其鬥，而問其故。石大憤然自述歷史，王中將喟然曰，人孰無過，以能改為佳，乃今之社會，竟不容人有改過之餘地，是社會之罪也。石大聞言大感激，遂束手就縛。會秋蘭石二偕來，參加以辱罵，石大大怒，脫縛毆鄉人，斃之而去。鄉人無如石大何，乃鑄其名於鐘，使寺僧晝夜撞之。俾石大之暉聞，聞於天，石人知之，夜往燕其鐘樓，適與秋蘭石二相遇，石大忍慟殺弟妹，亦自殺以離此齷齪之世界云。從該劇之劇情來看，演出廣告所宣稱的「悲劇」集中到該劇之結尾即「石大忍慟殺弟妹，亦自殺以離此齷齪之世界」，此結局對於習慣了「人團圓」的中國觀眾而言是極有衝擊力的：

　　　　當其在死父前點頭獨語時，有咄咄書空大道審論之概，而或病其形似背痛者，噫真不知觀劇哉？蓋一人有一人之身份，彼等磊落英雄，固非與婦孺之嚶嚶哭泣者，所可同日而語。且父已死矣，能不達其言即為孝（兒子從此改過矣。伏屍大慟）否則，雖哭死而裨。末幕手刃弟妹時，指石二曰：是等人，豈料其將死。及其既死則又高呼其名，激動發其手足想感動之天良觀者，幾為隕淚，以視因財產細故視兄弟如陌路者為何哉？及其觸鐘自刎時，亦極為痛快，然吾因之有所感矣。〔註25〕

事實上，該劇日本作者佐藤紅綠將自己對社會的不滿包含在此劇中，「我就把自己平日裏對社會的一些不滿傾注到了這部作品裏」〔註26〕，而將該劇介紹給

〔註25〕何瞻原《評新劇〈社會鐘〉》，《復旦公學浙江同學會學生雜誌》1915年第1期。
〔註26〕《關於我創作腳本的題材》，《演藝畫報》第3卷第1號，1909年1月。

中國觀眾的陸鏡若選擇改編此劇的原因也在於其所描繪的慘毒的社會現狀，「以描繪社會慘毒，其陷入於阱者，遂致無力足以自拔。」〔註27〕劇中石大的臺詞，「無論哪等的闊人身上沒有衣服還是跟我們平民一樣的。你們這些人穿得體面，其實心裏比什麼還要骯髒哩。」〔註28〕因對社會現狀尖銳的表達而獲得了觀眾的掌聲。此後，《社會鐘》先後由新民社、民鳴社演出。事實上，《社會鐘》也成為了新劇同志會（即春柳劇場）看家戲之一，「有劇本、能夠作為看家戲的，只有《家庭恩怨記》、《不如歸》、《猛回頭》、《社會鐘》、《熱血》、《鴛鴦劍》等六七個。」〔註29〕民鳴社於1916年演出該劇時增加了石家生活之貧困與石大去左家找其妹秋蘭籌錢兩幕，意欲突出石大一家的死亡乃「社會逼迫之使然」〔註30〕，從而希望能喚起觀眾對人物命運的同情。

　　打破「大團圓」式的結局以喚起觀眾的同情，成為此時早期話劇「悲劇」觀的直觀體現。然而，這種「悲劇」要能獲得觀眾的進一步接受，就要求早期話劇活動家為劇中人物設計合理的性格特徵與情節障礙。《不如歸》中為增強劇中人物康國英的悲劇性，劇本一開始就將康國英設定為「幼嬌弱，多愁善病」，又在隨後的故事情節中設置其出嫁後不得婆家認可，與丈夫趙金城長期分離，丈夫的表弟與軍中的無賴均從中破壞其與丈夫的感情，結尾處康國英與趙金城最終還是未能相守，「奉倩神傷，人亡物在，等是有家歸未得。」〔註31〕《家庭恩怨記》中則設置了毒殺、自殺、發瘋等情節，藥風在演出《感夢》一幕時，「僵立直視，迷離恍惚，燭影黯淡，全場淒寂，黑影幢幢，若真有鬼出現者然（能加以黑色之假壁，更妙）。」〔註32〕《生別離》中冷香與柳詩惠相愛，卻為父親所阻，以至積鬱成疾最終病重而亡，「此劇以兒女之深情，極生離之苦楚，而昊天不弔，卒成薄命花。玉碎香消，返魂無術。」〔註33〕《新不如歸》中男女主人公韋華俊、奚佩荷與《不如歸》中康國英與

〔註27〕《社會鐘·序》，《歌場新月·新劇本》第一期，第173頁。《歌場新月》所刊登的劇本《社會鐘》的《序》中向觀眾表明該劇編劇陸鏡若。
〔註28〕歐陽予倩《回憶春柳》，參見歐陽予倩著《歐陽予倩全集第六卷》〔M〕，上海：上海文藝出版社，1990年第170頁。
〔註29〕歐陽予倩《回憶春柳》參見歐陽予倩著《歐陽予倩全集第六卷》〔M〕，上海：上海文藝出版社，1990年第166頁。
〔註30〕《申報》1916年9月17日。
〔註31〕鄭正秋《新劇考證百出》〔M〕，北京：學苑出版社，2016年第218頁。
〔註32〕《申報》1913年10月5日。
〔註33〕《申報》1914年5月21日。

趙金城一樣,兩人經歷相愛、結婚、遭婆婆嫌疑被拆離以至於奚佩荷最終病重而逝,「新編家庭悲劇《新不如歸》,本劇係日本新出之著名小說,纏綿哀怨,淒惻動人,有軍事之思想,有倫常之意義,與《不如歸》異曲同工。」〔註34〕《愛欲海》為秀貞與石襌的愛情設置了諸多障礙,如秀貞因石襌父母雙亡而被父親另嫁他人,受盡欺辱以至病狂,故事最後秀貞與石襌登上敗筏同沉大海,「塵海茫茫,為金錢而疏親愛、離骨肉者,殊僕難數。本劇係描摹勢力小人,以兒女為金錢之孤注,置人情於不顧,卒至欲海翻波,多情惱煞恩愛,反成怨恨。飄零孤女,蹂躪何堪?登北海之濱而沉諸敗筏,喚醒世人,功同藥石。」〔註35〕

　　早期話劇的演出廣告中除了向觀眾強調人物命運的悲劇性外,也通過演員的表演來讓觀眾感知「悲劇」的特徵。《不如歸》演出結束後,《申報》在《〈不如歸〉劇評》一文談及了劇中人物康國英的表演:

> 　　絆士之康國英,尤具特色。其一顰一笑,無處不含有幽怨之意,表情處極佳。蓋平時受其姑之壓制,步步如行荊棘,然對於金城,又不能直說,其母之不然,只好強制悲苦,勉為歡笑。至大歸時見父曰:「爹爹,孩兒回來了。」萬恨千愁,均由此一句話中迸出,真有回甘之妙。又臨終時,對於父母弟妹均有遺言,並諄囑姨母,將手書之信,親交其夫,並囑咐將金城所給之約□,亦為交還思想,尤為周密。至於病容之憔悴,聲音之淒慘,苟非木石人,未有不為心傷落淚者。〔註36〕

此處主要談及的是馬絆士的表演,體現出廣告的作用。但從行文來看,馬絆士所扮演的康國英抓住了觀眾的情感,「苟非木石人,未有不為心傷落淚者。」瘦鵑在看完新民社所演《恨海》後,在《志〈情天恨〉》一文中談及凌憐影的表演:

> 　　末一幕伯和病臥醫院一場,吾真忍淚觀之。喂藥時憐影之表情,直妙到極點,回眸四顧者再,然後香口含藥,就病者口。如是者凡二度,溫存體貼入微,此君直聰明絕頂人也。訣別時兩人相持而語,語語打入吾心坎。心為之酸,淚為之落。吾今臨楮草茲劇談,猶數數低

〔註34〕《申報》1914 年 11 月 19 日。
〔註35〕《申報》1914 年 6 月 14 日。
〔註36〕《申報》1914 年 5 月 10 日。

徊不能下筆。及伯和既死，憐影更做得悲慘之至，宛轉哀啼，慟不欲
生。斷髮後數語，直句句是淚，語語是血，其神態亦妙。吾觀至此，
正如天笑君所謂『遲吾尊前三尺淚，迴腸盪氣不忍看』矣。〔註37〕
凌憐影在劇中飾演女性張棣華，其在最後一幕中的表演更是讓人「忍淚觀之」、
「心為之酸，淚為之落」。以演員的表演為悲劇走向市場拓寬路徑，早期話劇
不僅在廣告中強調人物命運的悲劇性，也將經常演出具有悲劇性角色的演員
命名為「悲旦」。因此，《申報》所刊登的與悲劇演出有關的廣告中還會出現「悲
旦」、「第一悲旦」、「著名悲旦」等語。民鳴社於1914年11月26日邀請陳大
悲演出《風塵雙俠》《落花夢》《孽海花》，然而民鳴社自11月17日開始便刊
登介紹陳大悲的廣告：

民鳴社

特請新劇界第一悲旦

陳大悲

　　陳君大悲為新劇界中悲旦之泰斗，所到之處，靡不有口皆碑，
嗓音清脆，藝色超群。演悲劇，聲淚俱下，不啻慈航化身。前在新
新舞臺現身說法，得滬人士歡迎。方今新劇盛行，名家薈萃。知大
悲君者，莫不殷殷渴望，咸為此君不至，而海上新劇英才為未足稱
全璧。本社有鑒於斯，特請無為君再四電邀，更託一笑君赴湘勸駕，
始承首肯離湘。現已抵申，不日即演生平傑作以饗閱者。謹先布聞，
另行披露登臺日期。〔註38〕

〔註37〕《申報》1914年2月18日。
〔註38〕《申報》1914年11月17日。

該廣告位於當日《申報》的第三張第 9 版的左上角。與陳大悲並列於該廣告版面是小桂春、小桂和、蓋叫天、貴俊卿等京戲名角。該廣告中，陳大悲的名字用加粗的美術字凸顯出來，可知陳大悲的名氣能與京戲名角相提並論。廣告文本將陳大悲宣傳為「新劇界中悲旦之泰斗」，其演出悲劇時，能做到「聲淚俱下，不啻慈航化身。」這表明民鳴社希望借助陳大悲而招攬觀眾的意圖。1915年，民鳴社演出《空谷蘭》時，其演出廣告中便重點宣傳被譽為「第一悲旦」的凌憐影：

　　今之所謂悲旦者，多矣！然非失之小家派氣，就是失諸武頭武腦，往往誤閨秀為妓女，將淑媛作野雞，毫無身份，貽笑大方。第一悲旦，凌憐影，扮出來活似一個閨閣千金，無論一舉一動，一言一語，莫不幽嫻靜穆，有大家風而且哀感頑艷，嬌小動人，前在滬漢，聲名籍甚，第一悲旦之稱，並非本社自誇，要為各界同聲稱許。自到滬上，忽已半年，嗜劇者殊深渴望。茲者回申省母，本社特挽客串三天，演其最得意最拿手之空谷蘭，此人此劇，早有令名，無俟多贅，惟是過了三天，凌君即要漢上，此去不知道何日重來，愛觀凌君劇者，幸勿失此機會。
　　　　二十一夜後本空谷蘭
　　　　二十二夜全本碧玉簪〔註39〕

〔註39〕《申報》1915 年 7 月 2 日。

該廣告位於當日《申報》的第 12 版，居於廣告版面的左上角並佔據整個版面的四分之一。從廣告的表現形式來看，「凌憐影」三字以大號字體呈現並為其增加了美術設計感。同時，該廣告的設計以足夠的留白與空間距離抓住觀者的視覺中心，而在廣告文本中則極力稱讚凌憐影所飾演的悲劇角色並隱含有貶低其餘劇社演員演出悲劇角色之嫌疑。《申報》所刊登的這些演出廣告，雖有利用演員號召觀眾觀看的目的，但這些廣告也為觀眾提供了最為直接與樸素的「悲劇」觀。首先，悲劇中的人物大多以閨閣千金或名媛淑女等女性為主；其次，對演員所表演悲劇提出了一定的要求，形象與動作要求「幽嫻靜穆，有大家風」但卻又「哀感頑豔」，嗓音要清脆，等等。如對同樣擅演悲劇的馬絳士，《申報》所刊登的演出廣告為「其表情之哀感頑豔，無不令人動魄驚心。」〔註40〕正是根據演員的演出實踐，朱雙雲在《新劇史》中總結了舞臺上悲劇人物所具有的特徵：「天生麗質，遭際不逢，薄命紅顏，自傷自歎，是為哀豔，凌憐影、馬絳士是所擅也。」〔註41〕

從《申報》的演出廣告來看，新民社、民鳴社、新劇同志會、春柳社、民興社等劇團均有悲劇劇目的演出，然又以春柳社所演悲劇劇目居多。歐陽予倩在《回憶春柳》一文曾得出春柳社所演劇目大多為悲劇的結論：「春柳的戲，多半是情節曲折，除了一些暴露的喜劇，還有就是受盡了苦楚最後勉強團圓——帶妥協性的委委屈屈的團圓之外，大多數是悲劇。悲劇的主角有的是死亡、被殺或者出家，其中以自殺為最多，在二十八個悲劇之中，以自殺解決問題的有十七個，從這十七個戲看，多半是一個人殺死他或她所恨的人之後自殺。有的就是為家計犧牲自己，賣身為娼，結果愧憤自殺。」〔註42〕鄭正秋在《新劇考證百出》中所收錄的「春柳悲劇」就有 14 部之多。而圍繞著這些劇目的演出廣告以及演出結束後的劇評文章，早期話劇活動家構建悲劇的舞臺表現形式。無瑕在 1912 年所發表的《悲劇與喜劇》一文論及其對「悲劇」的理解：

> 通常所演者多屬悲劇，其事實為歷史，為風俗，為政治，為教育，為家庭，為社會，為宗教，為遊使。表面之組織千變萬化，令人觀之，可驚可喜，可歌可泣。而內容終以男女戀愛、酬恩報福善、

〔註40〕《申報》1914 年 6 月 13 日。
〔註41〕朱雙雲《新劇史》〔M〕，新劇小說社，1914 年第 105 頁。
〔註42〕歐陽予倩《談文明戲》，參見歐陽予倩著《歐陽予倩全集第六卷》〔M〕，上海：
　　　　上海文藝出版社，1990 年第 196 頁。

禍淫為主。既驚愚夫，亦足以勸學者研究社會之思想。每當到真切
演處，座客落淚者十嘗八九，且有失聲者，可知以情感人，人情固
不相遠。〔註43〕

無暇認為，悲劇在內容上以「男女戀愛、酬恩報福善、禍淫為主」，演員的表
演以感動為原則，演到「真切演處」而讓觀眾落淚甚至讓觀眾「失聲」。署名
「劇魔」的作者在《喜劇與悲劇》一文中將喜劇與積極、悲劇與消極相等同：

喜劇者，積極的也；悲劇者，消極的也。〔註44〕

相比於無暇、「劇魔」對悲劇的闡述，馮叔鸞在《嘯虹軒劇談》中對「悲劇」
有過更為詳細的論述：

蓋喜劇與悲劇之分別，在戲中情節之結果而不在戲中情節之苦
樂，是故戲中情節雖備有慘苦而結果乃能團圓富貴即為喜劇，戲中
情節雖花團錦簇而結果乃死亡分散即為悲劇。

……

演悲劇者，不必其能描摹愁苦淒慘之容也。演喜劇者，不必其
善為嬉笑快樂之狀也。唯然故工愁善哭者，不必其不能演喜劇也。
諸笑百出者，不必其不能演悲劇也。蓋喜劇、悲劇之分別，既不在
夫容貌舉止，則凡謂某也善演喜劇、某也善演悲劇者，實至不通之
論也。

證以實例。《家庭恩怨記》悲劇也，而演黃孝先者，必須善摹孺
子承歡、天真爛漫者始為能手；《黃孝子萬里尋親》，喜劇也，而演
孝子者，乃必以哀苦動人為上，此猶就主要角色言也；若以配角論，
則悲劇與喜劇恒兼有歡愉、淒苦兩種人物，故尤不可強分之，謂某
也善演喜劇、某也善演悲劇。

然則演劇者，恒有專擅歡愉或淒苦之一種人物者，將何以區別
之乎，則只可於角色名稱之上加以形容如悲旦、苦生之類，斷不可
以喜劇、悲劇分別角色也。〔註45〕

在馮叔鸞看來，劇情結局為死亡分散之戲便為「悲劇」，而悲劇在舞臺表演時
卻不可過分強調「愁容淒慘之容」。馮叔鸞進一步指出舞臺演出時悲劇中有喜

〔註43〕無瑕《五十步軒劇談——喜劇與悲劇》，《太平洋報》1912年4月7日。
〔註44〕《悲劇與喜劇》，《新劇雜誌》1914年5月第1期。
〔註45〕馮叔鸞《嘯虹軒劇談》〔M〕，中華圖書館，1914年第64頁。

劇的因素，喜劇中也有悲劇的影子，因此若要強行區分悲劇與喜劇，可行的辦法也僅僅是在角色名稱前加上「悲旦」或「苦生」之類的詞語。

從舞臺演出實踐出發所形成的悲劇觀念再回到舞臺實踐時，悲劇在舞臺演出時便更多地依賴於故事人物命運的結局來呈現。刊登於《申報》上的早期話劇演出廣告與演出結束後的劇評文章，其內容雖有對演員的表演、舞臺布景的相關涉及但卻無法指向「悲劇」的深層論述。從這個意義上而言，這些劇目與其說是「悲劇」，其實更傾向於「慘劇」，「劇中人本沒有到非死不可的地步，而作者硬要將他處死」〔註46〕，如《家庭恩怨記》中王重申為明心志而選擇自殺。某種意義上而言，這些劇目的反覆演出造成了觀眾對悲劇的誤解，「悲劇不受歡迎嗎？提起悲劇？一般觀眾總會聯想到一些流血的事情，一個或一對人翁的慘死，他給予我們那種幽淒的印象，驟然間會使我們否定他是不會受觀眾歡迎。」到民鳴社於 1916 年演出《社會鐘》一劇時，其所刊登於《申報》的演出廣告以演員的表演為主：

鐺鐺鐺，鐘聲何為乎響亮？曰：社會黑暗無光，警醒眾生莫作咄咄逼人想。人孰不與社會周旋？既不能脫離社會關係，便不可不看《社會鐘》。看《社會鐘》，惟有看民鳴社之《社會鐘》，不看民鳴社之《社會鐘》，中國便無《社會鐘》可看。即使有人演《社會鐘》，

〔註46〕熊佛西《悲劇》，參見《熊佛西戲劇文集（下）》〔M〕，上海：上海文藝出版社，2000 年第 643 頁。

我說捨民鳴外，演之決不能成其為《社會鐘》。兩主任顧君、鄭君扮
劇中兩兄弟石大、石二，與早已馳名之絳士飾秋蘭者合演，恰恰成
為三絕。絳士於此劇，聲情議論，有口皆碑，固矣！然渠曾言：自
演《社會鐘》以來，搭配得手，從未有如民鳴之稱心如意者。良以
無為所扮者，雖為盜賊，卻是社會逼之使然；其妹其弟，竟因此於
社會上無容足之地；彼欲自新，社會又絕其自新之路，悲憤可知。
此角被無為做盡做絕，說盡說絕，好到萬分！萬分！萬萬分！正秋
所扮者，一片天真，不知人間有裝腔作勢事，處極悲苦之境，而人
皆以呆子嗤之，兄姊以呆子憐之，故其一哭一笑，一言一語，均有
可味；人演此角，但能使人笑，致於悲劇不相宜；彼演此劇，能使
人人哭裏笑，雖憨頭憨腦，一點不礙戲情，所謂聲到情到神到理亦
到，乃亦成為一絕。絳士本好，得二君配，更覺好上加好。所以初
演時，三人一會齊，一句一采，一做一鼓掌，演此最最高尚精深之
大名劇，居然能叫看客無論老少，個個看得明明白白。無怪乎散戲
館時，好好好好之聲，不絕於看客之口，謝幕時掌聲猶四起也。鏡
澄、燕上、憐影、鷗鵠、鏡明等，各有特長，加之布景，亦為自有
《社會鐘》以來所絕無僅有之布法，今晚且有打人落水一幕，愈是
十全十美，諸君乎！諸君乎！觀乎來！觀乎來！〔註47〕

由以上廣告來看，《申報》此時所刊登的《社會鐘》演出廣告文本中幾乎沒有
涉及到悲劇，轉而以演員的表演來招攬顧客，由這則廣告的內容可以推測出真
正意義上的「悲劇」是曲高和寡，並未獲得觀眾極大地歡迎。因此，悲劇要真
正得到觀眾的認可與接受，還有賴於早期話劇從業者的努力。

三、走向生存的悲劇與舞臺表現的成熟

英國戲劇理論家尼柯爾曾說：「悲劇起源於歌曲，並沿著抒情的方向發展
起來。」〔註48〕亞里士多德認為悲劇是借助對人物行為的模仿「引發憐憫和恐
懼」〔註49〕從而使得情感得到宣洩，其模仿的「不僅是一個完整的行動，而且

〔註47〕《申報》1916 年 9 月 17 日。
〔註48〕〔英〕尼柯爾著、徐士瑚譯《西歐戲劇理論》〔M〕，北京：中國戲劇出版社，
　　　　1985 年第 171 頁。
〔註49〕〔古希臘〕亞里士多德（Aristoteles）著、陳中梅譯注《詩學》〔M〕，北京：
　　　　商務印書館，1996 年第 63 頁。

是能引發恐懼和憐憫的事件。」〔註50〕從這個意義上而言，實現情緒的感染是悲劇藝術性的重要體現。五四之後，以觀眾熟悉的日常生活為題材並將其呈現於舞臺成為早期話劇普及「悲劇」觀念的有力的突破口。1923 年，上海實驗劇社演出《幽蘭女士》一劇。該劇在演出廣告中宣稱為「上海從未演出之著名家庭悲劇」：

今日日戲

新舞臺

上海從未演出之著名家庭悲劇

幽蘭女士

上海實驗劇社排演〔註51〕

《幽蘭女士》的演出廣告刊登於 1923 年 7 月 6 日《申報》的第 1 版，並在當日《申報》的第 18 版再次以新聞的形式宣傳該劇將演出：

實驗劇社本星期六演劇

劇名《幽蘭女士》籌款創辦貧民義校

本埠南洋大學、商科大學、滬江大學合組之實驗劇社，現擬籌

辦貧民義務學校，苦無經費，特訂於七月七日下午二時假新舞臺演

劇籌款。劇名《幽蘭女士》，情節離奇，哀樂兼具，券價十元、一元、

〔註50〕〔古希臘〕亞里士多德（Aristoteles）著、陳中梅譯注《詩學》〔M〕，北京：
　　　　商務印書館，1996 年第 83 頁。
〔註51〕《申報》1923 年 7 月 6 日。

五角三種，往觀者可在門受購券。《幽蘭女士》劇內，飾幽蘭者為張
明德女士，飾幽蘭父者為南洋大學本屆畢業生楊訥言君云。〔註52〕
《申報》於第二日繼續在第1版刊登實驗劇社將演出《幽蘭女士》的廣告，並
於當日第12版的廣告版面中再次宣傳此劇，由此可知實驗劇社試圖借助連續
性與重複性的廣告宣傳來招攬觀眾之目的。為突出廣告中所宣傳的「家庭悲
劇」以及「情節離奇」，作者陳大悲在劇中圍繞著丁幽蘭設置了換子、揭秘、
槍殺等情節，甚至在故事結尾安排了丁幽蘭的死亡。如果說「甲寅中興」時期
的「悲劇」情節的設置是為人物尤其是女性人物的死亡做鋪墊，那麼五四之後
的悲劇的情節設置則更多地體現出人物生存的境遇。《幽蘭女士》一劇中，為
突出丁幽蘭所面臨的生存困境，作者將丁幽蘭設置為接受教育的新女性並有
著個人的理想即希望能出國留學，然而卻被迫退學在家等待著被安排的婚姻
──父親將其作為禮物送給軍閥的兒子。劇中，丁幽蘭嘗試過反抗如試圖勸說
繼母支持其理想：

幽蘭：婚姻是終身大事，萬不能強迫的。

李氏：對呀，我就是不願意你老了委屈了你，深怕你老了嚇唬你，
　　　所以親自來問你。……

幽蘭：那麼，我不願意。用不著從長計議。簡直的回絕他們就得啦！

……

幽蘭：我以為現在還在求學的時代，所以對於婚姻問題毫無成見。
　　　如果，爸爸強迫我嫁，我就願意死！〔註53〕

幽蘭的反抗最終是無力的，「我為什麼要做女子？誰叫我做女子的？唉！即使
做了男子，還不是同哥哥一樣的被壓迫？一樣的要氣死嗎？」〔註54〕陳大悲為
增加這種無力感，甚至安排了幽蘭意圖自殺的情節：

幽蘭：你給我快走出去！（推珍兒向房門那邊去。珍兒哭。幽蘭抱
　　　住她大哭。）珍兒！我的好珍兒！我也顧不得你了。噯！你
　　　走吧！

珍兒：小姐，你！

（幽蘭猛力推珍兒下。鎖上房門，從衣袋中摸出鴉片煙一盒，作忍

〔註52〕《申報》1923年7月6日。
〔註53〕陳大悲《幽蘭女士》〔M〕，現代書局，1928年第104頁～105頁。
〔註54〕陳大悲《幽蘭女士》〔M〕，現代書局，1928年第108頁。

痛欲食狀。忽有所感。）〔註55〕

但這一情節的設置遭到了觀眾的質疑：

> 幽蘭的親事，幽蘭亦早已知道的，第五幕裏雖然李氏來勸幽蘭
> 下嫁，但是她口中接二連三的說她自己並不是要強迫她只是勸她。
> 我以為幽蘭要吞煙自盡，僅有上邊所說的兩種原因，而無其近因，
> 並且幽蘭對於鳳崗的事，從從容一步一步的行去很可以見出她的穩
> 健精神，更可以指導斷不至無近因而就要自殺的。這是我對於劇本
> 的頭一個疑問。〔註56〕

觀眾質疑劇中丁幽蘭的自殺缺乏合理性與邏輯性，實際上也在質疑編劇陳大
悲是否是為了「噱頭」而故意安排的這一情節。對此，陳大悲進行了回應：

> 幽蘭不過是一個尋常的女子，並不是甚麼「女英雄」或是「女
> 豪傑」！因為不願以自己的命運為父母底犧牲，當父母底禮物，又
> 因常受後母底暗中虐待，怨氣填胸，而至於謀自殺。〔註57〕

從陳大悲的回應來看，丁幽蘭代表著社會的普通人，並不是英雄或豪傑，普通
人受到打擊或刺激時想過「謀自殺」是合理地。有過「謀自殺」但最終發出「有
志的青年不應當自殺」〔註58〕的青年卻以死亡為命運的終點：

> 幽蘭：（大吐血，痛極的狂喊）爸爸！女兒死得好苦呀！但願——
> 　　　爸爸把女兒犧牲了之後，能夠得到一種覺悟。
>
> 葆元：（皺眉，天良乍一發現）我親愛的女兒！
>
> 幽蘭：我——我——好苦！（指臺左）你看，許許多多受苦的女子
> 　　　全都來接我去啦！
>
> 　　　（倒下，鳳崗抱住她大哭）
>
> 葆元：（以手猛擊自己胸）女兒——我孝順的女兒！是——我爸爸
> 　　　對不起你！（忽咬牙向臺前作獰笑）哈哈！且不要兒女情長，
> 　　　反使我英雄氣短！古人說得好，（高聲慢誦）……「天下無不
> 　　　是的父母！」〔註59〕

〔註55〕陳大悲《幽蘭女士》〔M〕，現代書局，1928 年第 109 頁。

〔註56〕葉風虎《劇評：看了高師〈幽蘭女士〉戲劇後幾個零零碎碎的疑問》，《晨報副刊》1922 年 2 月 13 日。

〔註57〕陳大悲《關於〈幽蘭女士〉劇本的疑問》，《晨報副刊》1922 年 1 月 26 日。

〔註58〕陳大悲《幽蘭女士》〔M〕，現代書局，1928 年第 109 頁。

〔註59〕陳大悲《幽蘭女士》〔M〕，現代書局，1928 年第 119 頁。

即使是在生命的最後一刻，幽蘭希望自己的死能讓父親有所覺悟，然而父親最終以「天下無不是的父母」為自己的行為找到了合理地解釋。這種個人與現實之間的衝突所造成的無力感與理想的破滅，才是讓人無法徹底逃脫的悲劇。正如熊佛西在《我們現在的大悲劇》一文中所認為的悲劇是由於意識或追求遭遇阻礙不能實現時的衝突，「譬如你一心一意想嫁一個多才多藝的丈夫或娶一個如花似玉的媳婦而失敗了，這是一種意志的衝突，這是戲劇，是悲劇。譬如你一心一意積德，而外界的刺激又使你不能如願，這是你自己的意志和你自己的自己相衝突，這是戲劇，是悲劇。又譬如你一心一意想修養你自己成為一個藝術家，假如你又有藝術家天賦的才能，而你的尊大人偏偏要你做個市儈，這是你的意志和你爸爸的意志互相衝突，這是戲，不管你勝或你父敗，這都是悲劇。」〔註60〕代表著新青年的幽蘭試圖為「自我」而反抗，「五四運動的最大成功，第一要算『個人』的發現。從前的人，是為君而存在，為道而存在，為父母而存在，現在的人才曉得為自我而存在了。」〔註61〕但最終卻無法抵抗現實對個人的壓抑，悲劇產生的根源在於現實。《好兒子》中的陸慎卿，極力想滿足家人的需求但最終卻無可避免的走上犯罪道路，《潑婦》中的陳慎之嚮往嬌妻美妾的理想生活最終卻無可避免的破滅，《道義之交》中的易敏生熱心資助朋友反而被朋友落井下石……

　　基於以上的論述，上海實驗劇社所演《幽蘭女士》一劇並不單單是「家庭悲劇」，更是「個人」的悲劇，是成長期試圖奮鬥並改變個人命運的青年人的悲劇。然而，這種「悲劇」的主旨無論是觀眾還是演員都存在區隔。該劇演出結束後，《小時報》在《評實驗劇社的〈幽蘭女士〉》一文中認為該劇演員並沒有將幽蘭的內心世界與精神需求表現出來：

　　　　飾幽蘭的那位女士表情很佳，但是好似初次上舞臺，每每演來
　　是無聊的在臺上打圈子，但我相信有了經驗以後一定能夠去除這種
　　彷徨無措的毛病。不過第一幕在屏後聽父親和繼母的談話的時候似
　　乎不應該那樣的面向著裏呆坐著，沒有一點情表的流露。〔註62〕

要展現人物的內心世界與精神需求，要求演員對劇中人物的性格、思想有深刻的體會並在演出時將全部的情感投入其中以肢體的動作呈現出來，同時也要

〔註60〕熊佛西《我們現在的大悲劇》，《晨報副刊》1926年10月21日。
〔註61〕郁達夫《中國新文學大系·散文集·導言》，參見郁達夫選編《中國新文學大系散文二集 第7集 影印本》〔M〕，上海：上海文藝出版社，1935年第5頁。
〔註62〕《評實驗劇社的〈幽蘭女士〉》，《小時報》1923年7月15日。

求舞臺環境的配合。實際上，觀眾並不在乎舞臺上所演出的是不是悲劇：

> 我們在舞臺上所謂悲劇和喜劇的分別，雖然有過很多的人下過
> 什麼定義之類的東西，可是在觀眾看起來，那完全是隨著所懷著的
> 心情而定的。有的人對世事抱著極端的樂觀主義，他會把嚴肅的人
> 生看成兒戲，而悲歡的人則會對一件極普遍的小事而引起幻滅的悲
> 哀。不過，人類的天性通常很多相同之點，所以結局大抵仍然不會
> 十分逕庭——雖然照大體講起來，蓋不妨有絕端相反的觀念。

> 可是，無論某一個劇本是喜劇、是悲劇，當她上演時，來的觀
> 眾的程度倒占著很重要的地位，要是一班觀眾的程度過於低下時，
> 那他們鑒賞藝術的能力會異常地薄弱，而結果會完全失去戲劇真正
> 的意義，流為僅是一種淺薄的娛樂品。〔註63〕

從此時的閱讀環境來看，大部分觀眾的程度較低，走進劇院觀劇是為了獲得
消遣娛樂。在此種情形下，為讓觀眾獲得感動，悲劇往往著力在題材上做文
章：

> 至於悲劇呢，大抵是以人生和命運的奮鬥來作為題材的。這點
> 比較上容易感動觀眾，因為真實的人生上大抵是失意的。不過，這
> 也只是可以激發一些淺薄的觀者的同情心而已，最多是使觀眾對劇
> 中人的遭遇表示同情，對劇中人的境況表示憐憫。然而，這些同情、
> 這些憐憫，實際上又有何裨益呢？這當然是指一般僅以淒慘的故事
> 來誘落人家的眼淚的劇本而言的，要是探究人生的大問題呢？那就
> 很少有人含真實地瞭解了，觀眾的程度不夠時，那一般所謂的〔沉
> 悶的戲劇〕便因之而產生了。〔註64〕

早期話劇活動家也擔心因觀眾的程度不夠而造成將悲劇看成是「沉悶的戲
劇」，因此借助演出結束後的劇評文章去引導觀眾理解劇目的主旨。《潑婦》一
劇，在演出前就以新聞的形式告知觀眾該劇的主旨，「係描寫新舊家庭之若何
優劣，妾室之宜如何解放，洵警世勵俗極有價值佳構。」〔註65〕戲劇協社演出
《好兒子》一劇後，《申報》在《看了〈好兒子〉以後》一文特意談及了此劇
的主旨：

〔註63〕《申報》1929 年 6 月 6 日。
〔註64〕《申報》1929 年 6 月 6 日。
〔註65〕《申報》1923 年 5 月 4 日。

　　（一）社會的經濟壓迫。在現時經濟制度之外，沒有一點積蓄的人靠著一身精力，辛辛苦苦每月賺到幾十塊錢要贍養一家老小，已經困難到極點。禁不起意外、受了損失，不是輕生就是走到犯罪這條路上。我們試看報紙上的尋人廣告、捉拿逃夥廣告，真不能不令人下一掬同情之淚，究竟這種犯罪的人是好人呢？還是歹人呢？

　　（二）教育的失敗。《好兒子》是一個中學畢業生，照所謂〔資格〕看來，很可以在社會上立足了。不過，近時學校制度依舊是變相的科舉，青年費了很長久的光陰，很困難的工夫，學得些空泛不切日用的書本知識。到了畢業走到社會上來，依舊博得〔不適用〕三個字的頭銜。不但中學如此，大學畢業生，何嘗不如此呢？

　　（三）大人物的假面具。勸好兒子買假鈔票的朋友說：只要你發財之後，隨便些小錢做些慈善事業。好在社會上只崇拜你有錢，不問你的錢是怎麼樣來的。現在的大人物聽著罷。〔註66〕

該文的論述，詳細地向觀眾解釋了造成陸慎卿悲劇的緣由，也試圖喚起觀眾對自我生存境遇的觀照與獲得情感的宣洩。演出結束後的劇評則向觀眾介紹演員的表演與劇中悲劇性人物的塑造，以《好兒子》為例：

　　至則見劇員不僅動作表情已無生硬牽強之弊，且已出神入化，純熟異常。一啟齒，一發音，處處含有美感，且有餘味。能將劇情曲曲傳出，顯者顯，隱者現，絕無過火及矯揉造作之弊，極自然之妙。如應雲衛君勸友代銷假幣，神情及谷劍塵君念〔……硝酸……毒藥……〕及〔唉……慚愧〕，發音之沉痛，確能賺人眼淚不少。〔註67〕

　　谷劍塵君之陸慎卿，帶戲上場，一路愁眉不展，描寫失意人，可謂無微不入。勸妻一場〔你不插戴，難道不能去吃喜酒嗎？有東西戴也是你，沒有東西戴也是你……〕發音婉轉，含有至情，念〔原來女子嫁丈夫都是為享福來的〕則音又變哀怨，妙極妙極；遇妹逼索旅行費，則又換一神情〔小學堂旅什麼行，你不要去呀……〕確能將兄妹間之友愛曲曲傳出；服毒一場，見鏹水瓶，由驚奇而至沉痛，表演尤其佳；回家後，見母與妻吵鬧，即以假鈔見示，說〔我發財啦！你們為來為去都是為了幾個錢，來來來，快來了，一人一

〔註66〕《申報》1924 年 2 月 13 日。
〔註67〕《申報》1924 年 2 月 11 日。

半……〕音沉重而稍亂，所謂乞兒暴富，宜乎語帶神經，洵屬不可
多得之材。〔註68〕

文中將演員的動作、語調一一向觀眾傳達，尤其是重點介紹了谷劍塵如何表演
籠罩在陸慎卿身上的悲哀。由此來看，隨著《幽蘭女士》《好兒子》等劇目的
演出，悲劇從單獨以情節或人物命運的「慘」來感染觀眾逐漸發展到通過合理
地劇情、演員的表演、舞臺布景等來呈現劇中人物在理想與現實之間的衝突，
並在介紹劇中主旨與演員表演的基礎上來試圖讓觀眾去理解劇中人物的「悲」
從而獲得情緒上的宣洩。

　　我，大概和別的觀眾一樣吧，所以喜歡看悲劇，就因為我在他
裏面可以找見我得悲哀，那劇作家，導演者和演員們會把你的心底
裏的創傷、苦悶、鬱悶、難過……不容情地挖出來、再現出來，你
平時沒有機會流出來的眼淚，這時候給引出來，你會感動悲哭後的
輕鬆的快樂，你會嘗到苦的甜味。〔註69〕

真正讓觀眾感受到悲劇所具有的魅力是劇作家曹禺所創作的《雷雨》的演
出。1935 年 12 月，《申報》刊登了《雷雨》將要演出的廣告：

預告本年度驚人的話劇節目
復旦劇社第十九次公演
導演者：歐陽予倩先生
劇作者：曹禺先生
雷雨
四幕悲劇

〔註68〕《申報》1924 年 3 月 5 日。
〔註69〕《申報》1929 年 5 月 13 日。

復旦劇社全體合力演出

統率者：顧仲彝先生

復旦樂隊全體參加演奏

指導者：勒加斯皮先生

劇本：轟動文壇的成功結構

導演：全國知名的戲劇專家

演員：富有經驗的學校劇人

樂隊：久經鍛鍊的音樂團體

有象徵美化新穎動人的裝置

有狂風急雨雷鳴閃電的效果

有暴露現代社會黑暗的劇情

是全體努力認真合作的演出〔註70〕

該廣告刊登於《申報》1935 年 12 月 13 日第 21 版，並與一眾電影廣告相併列。該廣告在設計上較為簡潔，廣告文本將與該劇演出相關的主要信息告知觀眾，包括《雷雨》的劇本、導演、演員、布景、劇情以及舞臺演出效果，等等。此後，《申報》《北洋畫報》等報刊圍繞著《雷雨》的演出相繼刊登與劇本、演員、布景等方面的新聞或劇評文章。《雷雨》的悲劇，廣告中將其界定為「定命論的表現」〔註71〕或「現實命連悲劇。」〔註72〕定命運的悲劇，「差不多有一定的模子。開場的時候大約場面必然淒慘陰鬱，劇中主人翁所住的地方，大概是連白天都沒有人去的地方。光線多半黯淡，天上更醞釀著狂風暴雨。劇情必定是血族通姦，劇中的男女不知不覺犯了亂倫的罪。忽然來一個想不到的人，把事情說各明白，於是全家人歸於破滅。」〔註73〕曹禺在《雷雨》的《序》中也認為《雷雨》是「蠻性的遺留」，是其情感的迫切需要，是體驗到「人類是怎樣可憐的動物，帶著躊躇滿志的心情，彷彿是自己來主宰自己的運命，而時常不是自己來主宰著。」〔註74〕

　　然而，要讓觀眾在劇場中去感知劇中人物所無法擺脫的「定命」的悲劇，故事情節、舞臺布置與演員的表演缺一不可。首先，舞臺演出時注重故事的邏

〔註70〕《申報》1935 年 12 月 13 日。

〔註71〕《申報》1935 年 12 月 14 日。

〔註72〕《申報》1935 年 12 月 19 日。

〔註73〕歐陽予倩《從曹禺的〈雷雨〉談到運命的悲劇》，《民報》1935 年 12 月 13 日。

〔註74〕曹禺《序》，《雷雨》，第 V～VII 頁，文化生活出版社 1936 年。

輯性以及強調人物的典型性。該劇一開場所設置的悶熱的天氣、掉落在地上的電線隱喻了故事中四鳳、周沖的死亡，人物的語言貼合身份，「劇中人的對白，你可以聽他們說些什麼就可以斷定那是誰說的。他不會把大海說的使係以為是周沖說的，他也不會把周萍說的使係以為是周沖說的。這種微妙地方的成功，就是本劇最大的成功。」〔註75〕其次，《雷雨》演出時，演員將自身對角色的理解融入到表演中，「大部分都非常稱職盡力，使這個戲樣加了效果不少。」〔註76〕最後，《雷雨》的舞臺布景設計與劇情十分吻合。對於舞臺氛圍的營造，「尤其是空氣製造得頗好，在抓住了觀眾的情感。」〔註77〕舞臺布景不完全是寫實的，「為增加劇中陰鬱空氣的原故，計劃在第一幕要用大紅椅墊和桌布，另外在 Legs 與 Teaser 上圖繪成烏龍的形象，給人有紫紅特殊感覺。至於舞臺效果，雷電比較容易製造。」〔註78〕至於雨景，「因為要有人從雨中經過，所以必須用真水噴下來。」〔註79〕對於《雷雨》的演出效果，李一認為其所造成的客觀效果（雖然是大膽地推論）是「使人感到一切罪惡都是由於社會組織所促成的，而既成之後，紳士之家因為禮教道德的種種牽制，不得不依舊套著虛偽的面具。」〔註80〕《雷雨》自演出之後，受到觀眾的熱烈歡迎，被認為是近代中國社會與家庭悲劇所共同賦予的意義深刻的話劇劇目。

　　基於以上論述，早期話劇從業者在《申報》刊登悲劇演出廣告時利用廣告的重複與累積效應以及圍繞演出廣告的新聞、劇評之類的文本將這種打破傳統戲劇「大團圓」敘事結局的觀念傳達給觀眾。從《申報》所刊登的演出廣告來看，故事情節、舞臺布置與演員的表演共同構成了悲劇觀念的傳達，「悲劇」從娛樂方式之一種而逐漸成為「哀而不傷」的藝術樣式之一種。

第二節　廣告與寫實主義戲劇觀

　　寫實主義戲劇觀在中國的興起，戲劇史學界認為始於《新青年》派的提倡。新文化運動運動期間，圍繞在《新青年》的知識分子認為要破除傳統戲曲的程

〔註75〕《申報》1935 年 12 月 17 日。
〔註76〕《申報》1935 年 12 月 17 日。
〔註77〕《申報》1935 年 12 月 17 日。
〔註78〕《〈雷雨〉從文字到演出》，《民報》1935 年 12 月 13 日。
〔註79〕《〈雷雨〉從文字到演出》，《民報》1935 年 12 月 13 日。
〔註80〕《申報》1935 年 12 月 17 日。

式化表演的最好方式是借鑒西洋戲劇，尤其是以易卜生為代表的寫實主義。實際上，話劇在萌芽之初就已經嘗試採用寫實主義方法並在演出廣告中有所涉及。某種意義上可以認為，《申報》的演出廣告見證並參與了寫實主義戲劇觀的傳播與普及。

一、演出廣告中的「時事」與「實事」

作為從傳統向現代轉型的早期話劇，在其萌芽階段以對社會現實的關注與呈現而走向觀眾。「時事新戲」、「時事新劇」、「改良新戲」、「改良新劇」、「文明新戲」（在此，統一用「時事新戲」來稱呼）等成為早期話劇演出廣告中常用的表達。以上海新舞臺所演出的時事新戲為例：

《潘烈士投海》：特別勸人強國戲〔註81〕、新排勸人自強改良戲〔註82〕；

《黑籍冤魂》：警世改良新戲〔註83〕；

《波蘭亡國慘》：新排改良時事情節戲〔註84〕；

《妻黨同惡報》：新編廣東實情奇事加景新戲〔註85〕；

《歐戰》：欲知世界大事，欲知列強之外交手段，欲知德奧二國之陰謀，欲知吾國外交失敗之原因，皆不可不看此戲〔註86〕；

　　……

新舞臺所刊登的演出廣告所宣傳的時事新戲，既有改編自社會新近發生的新聞或時事，也有以外國故事為題材。題材上的變革，意味著舞臺演出形式的變革。這體現在無法將劇中人物按照傳統戲曲的生、旦、淨、末、丑來劃分，且劇中人物的服裝也趨於寫實。以新舞臺的演出劇目來看，時事新戲《黑籍冤魂》以勸人戒煙為主題，劇中人物甄守舊、甄弗戒等人的裝束便參照清末中產家庭的裝束即男子著長袍、馬褂、坎肩；演出外國題材的劇目如《波蘭亡國慘》時，以「西洋洋人」+「中國戲曲表演程序」相組合，「新舞臺是以演出西裝戲著名的，個個人都有幾套西裝。」〔註87〕時事新戲的演出，試圖打破傳統戲曲臉譜

〔註81〕《申報》1906 年 9 月 17 日。

〔註82〕《申報》1906 年 10 月 6 日。

〔註83〕《申報》1908 年 6 月 21 日。

〔註84〕《申報》1912 年 3 月 21 日。

〔註85〕《申報》1909 年 3 月 16 日。

〔註86〕《申報》1919 年 9 月 12 日。

〔註87〕歐陽予倩《自我演戲以來》，參見歐陽予倩著《歐陽予倩全集第六卷》〔M〕，上海：上海文藝出版社，1990 年第 82 頁。

化的表演。從事京劇演出的梅蘭芳在觀看完上海舞臺的時事新戲後認為：

> 取材於古代的史實，雖然有些戲的內容是有教育意義的，觀眾看了，也能多少起一點作用。可是，如果直接採取現代的時事，編成新劇，看的人豈不更親切有味？收效或許比老戲更大。〔註88〕

以時事入戲，戲便成為時事形象化的載體，甚至可以說是一種時事化的新聞。這對於習慣了才子佳人、帝王將相故事的觀眾而言，無論是演出題材還是演出形式都是一種全新的體驗。從《申報》所刊登的早期話劇的演出廣告來看，中華民國成立前後，戲劇舞臺上所演出的時事新戲側重於對革命事件、革命過程的呈現或革命人物的重塑，舞臺演出的情節則依據的是現實中革命發生發展的進程。《鄂州血》以摘取武昌革命緊要事件為情節，《廣州血》以黃花崗起義為原型，以「趙聲統軍於江南起至廣州黨人敗散為終」〔註89〕，《女英雄秋瑾》的故事情節為「女士自述志願，學堂演說起至貴福發兵、捕提羅織、受刑、吳女士追悼西湖、弔墓」〔註90〕，整個故事情節按照秋瑾的人生經歷而展開，《江皖革命史》也以「劇中情節貴在處處本諸真人實事，而又取事實之精華」〔註91〕……以展現社會上正在發生的時事的演出活動，為話劇的生長提供了空間。長期流連於新舞臺、大舞臺等觀劇場所的《申報》副刊《自由談》的編輯王鈍根所撰寫的劇評文章記錄了時事新戲的舞臺表演：

> 劉藝舟扮革命志士歌修士孤，激昂慷概，懇切沉痛，發言簡捷清澈，無一語不動人聽。做工節節著勁，無暇可擊，不愧為全劇中第一人也。

> 沈縵雲扮財政大臣，演說一場，調侃腐敗官吏，頗解人頤。惟語言不甚簡捷，〔如所以〕〔不過總而言之〕〔但是一句〕等，附語太多。

> 葉惠鈞平素長於演說，每逢歡迎、追悼等會，常見其登臺演說，以粗淺之言論，宏鉅之聲浪，真摯之狀態，頗能博聽者之拍掌。乃於此劇中扮某黨魁，當眾演說，雖欲調侃營私獲利之黨人，而語音太低、頓異往常，加以滿口不純粹之官話如〔我們這個百姓〕之類，

〔註88〕梅蘭芳《舞臺生活四十年》〔M〕，北京：中國戲劇出版社，1987年第211～212頁。

〔註89〕《申報》1911年7月23日。

〔註90〕《申報》1912年7月12日。

〔註91〕《申報》1912年9月23日。

尤為減色，不如老老實實用上海白之為愈也。

毛韻珂扮栢外相之女栢非亞小姐，纏綿沉痛愛國之情溢於詞色。諫父一場，委曲詳盡而言辭淺易，使臺下庸俗婦女都能瞭解，是尤見啟迪女界之苦心。

潘月樵做工認真，不下劉藝舟，惜所扮為不甚重要之人物，故未能大展所長。

夏月珊扮賣國外相栢爾翻司，言語行動，活畫出一種賣國奴心理。其西裝之自然，亦可為全班冠。

他如夏月潤之扮俄軍官，深得凶忍淫虐氣象。小保成之扮馬夫之子，憨態可掬。周鳳文扮栢外相之第二妾，鄙賤逼真。趙文連扮第三妾，美淑可愛，皆各極其妙，無可訾議。

統觀全劇，以栢外相全家臨刑時歌修士孤到刑場與栢女士訣別一段，最為著勁。一個求死不得的男志士，一個為國而死的女豪傑，慘容相對，淚眼相看，胸中各鬱有國破家亡之痛無處發洩，阿呀，一聲毛髮懍然，臺下觀者莫不雙淚盈盈，欲墮栢女士如許豪傑，而其結果隻手刃一敵國之小馬夫，未免大材小用。

劇名《波蘭亡國慘》，宜完全根據波蘭史乃各人口中所述，皆為中國情形，雖曰：意在警惕中國，然亦何必如此鑿鑿孔。（如今懊老，亦來不及了）懊老二字，係吳下土音，其實不通，當改說懊悔。

第一幕演說場上，諸人之有脫帽者，有欲脫不脫、手執帽猶豫者，此未諳西俗之故，宜加研究。雖然此劇之有功於社會，豈淺鮮哉？安得盡我國中一般爭權奪利之軍官來此一觀，又安得盡我國中一般不肯助餉之守錢奴來此一觀。〔註92〕

鈍根在劇評中以紀實的手法向觀眾描述了新舞臺演出《波蘭亡國慘》時的舞臺表現形式：有演說（體現在劉藝舟所扮演的革命志士歌修士孤）、演員的裝扮講究「神韻」（如夏月潤、小保成等人的扮相深得人物的精髓）、語言通俗（庸俗婦女均能理解），而此劇的演出則讓觀眾「雙淚盈盈」。隨著革命熱潮的退去，早期話劇將注意力聚焦於社會新聞並將其在舞臺上呈現出來。

《凌連生殺娘》：上海城內實事孔家弄血案〔註93〕；

〔註92〕《申報》1912 年 3 月 22 日。
〔註93〕《申報》1919 年 11 月 6 日。

《蔣老五殉情記》：新編最近實事新劇〔註94〕；

《北京新殺案》：此戲乃北京轟動全城之新聞，現在編為新劇，內加城南公園
　　　　　　　遊藝場等，非常熱鬧〔註95〕；

《孟恩遠殺妻》：新編實事新劇〔註96〕；

《蓮英被難記》：新編本地實事警世新劇〔註97〕；

《閻瑞生》：新排連臺實事慘情傑作好戲〔註98〕；

　　……

以上這些刊登於《申報》的演出廣告著重宣傳題材來源的真實，以喚起觀眾對新聞事件的關注為訴求。早期話劇的這種情形，在演出《閻瑞生》一劇時達到極致。1920 年，上海發生銀行職員閻瑞生殺害名妓、謀財害命一案。該案發生後，上海報刊界對此案之報導窮追不捨、細緻入微。以《申報》為例，關於閻瑞生一案的報導新聞有：1920 年 6 月 19 日，《捉拿謀財害命兇手閻瑞生賞格》、《哀告與蓮英有舊者》；6 月 23 日，《謀殺妓女蓮英案中閻瑞生之小像》；6 月 24 日，《謀斃妓女案之昨訊》；6 月 28 日，《謀斃妓女案之昨聞》；7 月 9日，《謀害妓女案近聞》；8 月 9 日，《蓮英案中之閻瑞生移提來滬》；8 月 10日，《研鞫蓮英案中之閻瑞生初紀》；8 月 11 日，《閻瑞生提滬後之昨聞》；8 月12 日，《閻瑞生供出同黨》；8 月 14 日，《蓮英父稟請引渡閻瑞生》；8 月 15 日，《蓮英母延請律師代表》；8 月 17 日，《謀斃蓮英案後日開審》；8 月 20 日，《公共公廨開審謀斃蓮英案》；8 月 21 日，《公共公廨開審謀斃蓮英案》；8 月23 日，《閻瑞生患瘡甚劇》；8 月 24 日，《弔獲蓮英案內之贓物》；8 月 26 日，《蓮英父又請引渡閻瑞生》；8 月 27 日，《公共公廨訊結謀斃蓮英案》；8 月 28日，《閻瑞生吳春芳已解護軍使署》；8 月 29 日，《閻瑞生等解送軍署後消息》；8 月 30 日，《閻瑞生等軍署尚未開訊》；9 月 2 日，《閻瑞生吳春芳軍署尚未開審》；9 月 8 日，《謀斃蓮英案請求歸司法衙門訊辦》；9 月 11 日，《謀斃蓮英案定期開訊》；9 月 14 日，《謀斃蓮英案初訊記》；9 月 15 日，《徵詢謀斃蓮英案之證物》；9 月 17 日，《軍署續訊謀斃蓮英案》；9 月 18 日，《續錄軍署訊蓮英案證詞》；9 月 19 日，《鄧科長察看蓮英案內之汽車》；9 月 21 日，《軍署昨日

〔註94〕《申報》1920 年 5 月 13 日。
〔註95〕《申報》1920 年 8 月 24 日。
〔註96〕《申報》1920 年 11 月 15 日。
〔註97〕《申報》1920 年 11 月 25 日。
〔註98〕《申報》1920 年 12 月 19 日。

未續訊蓮英案》；9月27日，《軍署秘密提訊蓮英案》；9月28日，《軍署調取蓮英被害之證物》；10月2日，《蓮英案尚難定斷》；10月8日，《飭傳蓮英案內之證人》；10月10日，《軍署續訊謀斃蓮英案》；10月12日，《蓮英案訊理終結紀聞》；11月24日，《槍斃閻瑞生吳春芳紀》；11月25日，《補錄謀斃蓮英案之軍署判詞》；11月26日，《補錄謀斃蓮英案之軍署判詞（續）》；11月27日，《補錄謀斃蓮英案之軍署判詞（續）》。借助報紙的報導，該案受到前所未有的關注度，大舞臺、新舞臺、笑舞臺、大世界乾坤大劇場等各大劇場紛紛將此事編演為話劇進行演出。以新舞臺的演出廣告為例。1921年2月19日，新舞臺刊登將演出《閻瑞生》的廣告：

新舞臺十四夜演新排頭本實事新劇

《閻瑞生》

新舞臺為什麼要演《閻瑞生》？

蓮英的案子已成明日黃花，閻瑞生的戲，各舞臺已演不一演，住在上海的人差不多統看過的了。新舞臺為什麼再要來這個（馬後炮）呢？這個問題我恐大家都要疑的。但是，我把本臺籌備這本戲的經過情形說出來，諸君立刻可以恍然大悟。

閻瑞生劫殺蓮英，雖然是本地風光的事，但我們卻不把他當作（投機戲）排演。什麼叫做（投機戲）呢？就是今天出事情明天就演戲，請教，沒有預備工夫，那會演出好戲來？我們為了一本六個人演的（華奶奶之職業）尚且預備了三個足月，何況這本全班登臺

的戲呢？

我們這本戲注重在蓮英死後怎樣捉拿閻瑞生，所以頭本從閻瑞生重墜風塵起至閻瑞生在朱家角跳水逃走完。這一本戲的情節就抵得上兩三天的戲情；而把兩場演不出好處來的（跑馬）和（花園選舉）摒棄不演，所有戲中的事實都由指導本案底蘊的人親口對我們說得，有許多秘聞都是報紙上沒有載過，外人無由探悉的，情節非常曲折有趣，所以我們把他當作偵探戲排演。

我們為了這本戲的布景也大費了手續，各處地方都由布景部主任張聿光君率領幾位畫師去實地寫生，現在特製的有（新一品香）（福欲里）（虹橋麥田）（百多洋行）（過街轉檯）（閻瑞生的家庭）（會樂里妓院）（奇巧夢景）（青浦大水景）（真船上臺　閻瑞生泅水）諸君大概可以相信新舞臺布景略能高一籌

劇中人物的支配，君玉飾蓮英，優游飾閻瑞生，月珊飾西探，月潤飾華探，鳳文飾蓮英之母，文連飾題紅倌，治雲飾老五等，我們為注重偵探情節所以捕探等人物都由好角扮演，其餘許多重要配角都由本臺重份子兼飾。新舞臺向以善演新劇著名，我描摹上海社會尤為拿手，此番在這風頭過去的時候排演閻瑞生，如果沒有一些出人頭地的東西拿出來，怎麼敢輕於嘗試這本戲？〔註99〕

從《申報》所刊登廣告價格來看，位於《時評》欄目之前的廣告價格較高，其次是《時評》欄目之後《專電》欄目之前的廣告。新舞臺將演出《閻瑞生》的廣告位於《時評》欄目之後《專電》欄目之前即當日《申報》第5版（當日共18版）。而從廣告的表現來看，廣告將「青浦大水井」、「真船上臺」、「閻瑞生泅水」等以加粗的字體呈現，由此來強調該劇所具有的真實性。事實上，新舞臺所刊登《閻瑞生》的演出廣告所要強調的核心賣點是該劇根據實事所改編，劇中無論演員的表演還是布景都極力與事件中的人物與發生地相吻合。其中，為保證舞臺演出與實事的一致性，新舞臺派布景主任張聿光去案發現場實地調研後在舞臺上搭建了長三堂子區、小花園福祥里、北新涇麥田等場景，甚至利用其舞臺空間大的優勢將案發時閻瑞生與蓮英所乘坐之汽車搬上了舞臺，極大地滿足了觀眾對案發現場的好奇心。為最大限度地符合閻瑞生的形象，新舞臺選擇汪優游飾演閻瑞生，其原因在於「閻出身學生，汪亦出身學

〔註99〕《申報》1921年2月19日。

生，凡閻所能者，汪無不能。」〔註100〕除身份上的相似性之外，汪優游在演出時也極力按照報刊新聞所披露的案件細節表演，「戲中情節，有閻瑞生遭捕跳水逃逸一幕，汪優游為求逼真起見，臺上布著水景，天天跳水，這戲連演數十場，汪優游受寒太甚，結果患了一場重病，幾乎喪了性命。」〔註101〕從演出時間來看，新舞臺的《閻瑞生》一劇幾乎是在該案終審時編成。劇中的人物、時間、地點、事件均與新聞報導核對無誤，某種程度上就是真實案件的「舞臺化」呈現。

　　從以上論述來看，處於萌芽時期的早期話劇所刊登的演出廣告以對事件的完全還原為賣點贏得了部分觀眾市場，而這種因演出題材的變革帶來的演員表演形式上的變革則有利於突破傳統戲曲的程式化表演。對此情形，梅蘭芳評價這是極大的進步，「時裝戲表演的是現代故事。演員在臺上的動作，應該儘量接近我們日常生活裏的形態，這就不可能像歌舞劇那樣處處把它舞蹈化了。在這個條件之下，京戲演員從小練功的和經常在臺上用的那些舞臺動作，全都學非所用，大有『英雄無用武之地』之勢。」〔註102〕

二、從對事件的還原到強調對生活的「似真」

　　1912 年中華民國成立後，以還原政治事件或革命事件為題材的早期話劇在市場上走向低谷，加之政府對輿論的控制，早期話劇在演出題材上開始轉向世俗的家庭生活，「當專以言論為主的宣傳戲已經吃不開，而袁世凱為著排除異己，布置在各地方的爪牙嫉視新劇並加以壓迫的情形之下，新劇走向演家庭戲，有它客觀的原因。還有就是對於當時的家庭生活和圍繞著家庭的一些人物，演員們比較熟悉，因此就容易演得像。」〔註103〕轉向家庭題材的早期話劇在其演出廣告文本中向觀眾展現充滿狡詐、詭譎的家庭現狀：

《尖嘴姑娘》：描摹家庭口舌紛擾之狀〔註104〕；

《馬介甫》：描摹悍婦之種種，虐待丈夫〔註105〕；

〔註100〕　《評新舞臺之閻瑞生》，《新世界報》民國十年三月五號。
〔註101〕　鄭逸梅《新舞臺之新派戲》，參見《鄭逸梅選集　第 3 卷》〔M〕，哈爾濱：黑龍江人民出版社 1991 年第 117 頁。
〔註102〕　梅蘭芳《舞臺生活四十年》〔M〕，北京：中國戲劇出版社，1987 年第 280 頁。
〔註103〕　歐陽予倩《談文明戲》，參見歐陽予倩著《歐陽予倩全集第六卷》〔M〕，上海：上海文藝出版社，1990 年第 214 頁。
〔註104〕　《申報》1914 年 2 月 20 日。
〔註105〕　《申報》1913 年 11 月 27 日。

《惡家庭》：黑暗家庭狀態，可謂無不畢具，個中情節，最為悲慘〔註106〕；

《金不換》：描摹紈絝子弟，專事冶遊，經幾翻磨折，猛然醒悟〔註107〕；

《龐靜宜》：描摹姑惡，有聲有色，亦諧亦莊，洵家庭劇中最有特色者〔註108〕；

……

諸如此類的措辭，在廣告中不一而足。而廣告對於這些演出劇目的評價基本類似，即強調描摹家庭的「似真性。」實際上，「那一類的家庭變故在中國的封建社會裏並不生疏。在那個時候用一種新的戲劇藝術形式，好像真的生活一樣生動地表演出來，而且有些場面相當動人，就無怪其會受到當時觀眾的歡迎。」〔註109〕因真實地展現了家庭生活之現狀，早期話劇與觀眾達成了一定程度的共鳴。包天笑在《釧影樓回憶錄》中曾談及觀眾觀看《不如歸》時的反應：「有一天，我同一位女友往觀，她看到了第二幕時，已經哭得珠淚盈眶了。」〔註110〕《惡家庭》演至父女相擁哭泣之時，「有三數婦女為之潸潸淚下，頻以手巾拭之。」〔註111〕演員則因對題材的熟悉而在舞臺表演時也更為自然，「新劇從注重言論的類似活報式化妝演講式的表演，引到了反映日常生活，刻畫人物，這是一個進步。」〔註112〕尤其在把握劇中人物細膩情感的基礎上塑造了人物鮮明的個性，「凌憐影的紉珠，汪優游的柔雲，王無恐的蘭蓀，都有特點，都能夠創造出角色的鮮明形象，尤其是汪優游，扮一個大戶之家的、讀過書的、能說會道的、聰明潑辣的尖嘴姑娘，有獨到之處，有些觀眾一連看好幾遍，有的甚至能把臺詞中的警句背下來。」〔註113〕

與力求客觀真實地還原事件過程的題材相比，演員在表演以家庭生活為題材的早期話劇時注重表演的「似真性」。1913年9月14日《申報》在第9版刊登新民社將演出《惡家庭》的廣告：

〔註106〕《申報》1914年6月28日。

〔註107〕《申報》1914年5月12日。

〔註108〕《申報》1914年11月9日。

〔註109〕歐陽予倩《回憶春柳》，參見歐陽予倩著《歐陽予倩全集第六卷》〔M〕，上海：上海文藝出版社，1990年第168頁。

〔註110〕包天笑《釧影樓回憶錄》〔M〕，北京：中國大百科全書出版社，2009年第403頁。

〔註111〕《申報》1913年9月17日。

〔註112〕歐陽予倩《談文明戲》，參見歐陽予倩著《歐陽予倩全集第六卷》〔M〕，上海：上海文藝出版社，1990年第215頁。

〔註113〕歐陽予倩《談文明戲》，參見歐陽予倩著《歐陽予倩全集第六卷》〔M〕，上海：上海文藝出版社，1990年第209頁。

　　世風不古，談起家務皺眉者多。鄭正秋君乃編《惡家庭》新劇十本，由新民社諸同志合演。借劇場為教育場，借藝員為教務員，將家庭中種種惡現狀形容得淋漓盡致。上自老爺太太，下至鴉頭娘姨，形形色色，惟妙惟肖。人人看得來，人人聽得來。看在眼裏，聽在耳裏，記在心裏。一有家務，觸景生情，未有不天良發現者。凡我父老、兄弟、諸姑、姊妹，或長輩不滿意於小輩，或小輩不滿意於長輩，或東家不滿意於用人，或用人不滿意於東家，萬不可不看本社每夜所演之家庭戲。自十四夜起開演《惡家庭》，每夜風雨無阻，每本均有布景，情節另詳說明書。〔註114〕

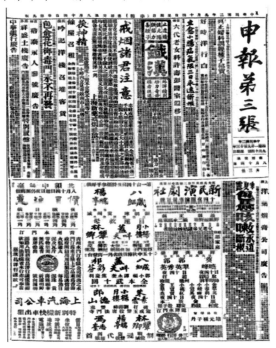

　　《惡家庭》演出廣告極力向觀眾宣傳該劇演員表演的日常化與「似真」性以至於「自老爺太太，下至鴉頭娘姨，形形色色，惟妙惟肖。人人看得來，人人聽得來」。演至三四本之後，《申報》所刊登的王鈍根所撰寫的劇評也極力稱讚演員表演所具有的舞臺真實感，「阿蓮被卜靜丞打死棄屍於野，宜男潛往抱屍痛哭，悲切如真，觀者亦熱淚迸出。……鄭藥風扮小妹，一副老實派，一口浦東白酷肖鄉村少婦，間發一二語，無不令人失笑。」〔註115〕除《惡家庭》之外，

〔註114〕《申報》1913 年 9 月 14 日。
〔註115〕《申報》1913 年 9 月 17 日。

《家庭恩怨記》中，「扮菊仙者，姿僅中人而饒有嫵媚，發癡一場，忽哭忽笑，兩目呆定，酷肖神經病者⋯⋯扮黃之兩家人者，頗能描摹奴隸性質。扮老鴇者真像老鴇。」〔註116〕《馬介甫》中，「雪琴扮悍婦尹氏，手段潑辣，動輒打耳光扯耳朵，摘皮咬肉，無所不至。受其虐者，雖屬演戲，未必不有小痛苦也。」〔註117〕《尖嘴姑娘》中，「張雪琴飾尖嘴姑娘，對於嫂氏百般挑剔，舊家庭中如此女子，正是不少。雪琴熟悉惡俗女子心理，故能形容盡致。」〔註118〕

除演員的表演外，舞臺布景與人物的造型也體現出時代性與「似真」性。「新戲所反應的是當代的生活，當代的人物，用新的戲劇形式，表現著人民切身的社會問題，和人民自己最熟悉的、體會最深的社會生活。」〔註119〕以《馬介甫》為例：下圖是新民社演出《馬介甫》之劇照。劇照截取的是舞臺表演的瞬間，具有直觀性與視覺化的特徵。從這張劇照來看，劇中演員著裝與時人一致，舞臺空間布景也參照中等富裕家庭，力求做到與現實家庭生活相似。《馬介甫》演出結束後，王鈍根在撰寫的劇評中論及劇中人物著裝的問題：

　　　　楊老衣服破爛如此，則萬石之妾及萬鍾夫婦與喜兒等不應過於華
　　美。蓋家政既為悍婦所操，則萬鍾等必無錢製衣。若能於他處得錢自
　　製華服，為何不老父易去破衣，萬鍾等頗孝順，心必不安。〔註120〕

劇評所涉及的人物著裝與演員的表演所依據的是日常生活經驗與邏輯，因此對觀眾而言也是極易產生共鳴的問題。這些演出廣告以及圍繞著演出廣告的

〔註116〕《申報》1912 年 12 月 16 日。
〔註117〕《申報》1913 年 9 月 28 日。
〔註118〕《申報》1913 年 10 月 9 日。
〔註119〕歐陽予倩《談文明戲》，參見歐陽予倩著《歐陽予倩全集第六卷》〔M〕，上海：
　　　　上海文藝出版社，1990 年第 188 頁。
〔註120〕《申報》1913 年 9 月 28 日。

劇評文章表明，「甲寅中興」時期的早期話劇對「似真」美學的追求意味著早期話劇的寫實傾向，「以寫實主義描寫社會上一切之事，採取社會事實，排斥浮動之言論，提倡社會教育為目的。」〔註121〕

三、從「似真」到試圖「純粹寫實」

從《申報》的演出廣告來看，如果將新文化運動之前的早期話劇向觀眾普及的寫實主義的話劇觀念界定為「似真」的話，那麼隨著新文化運動的開展，早期話劇則試圖向真實的人生拓展，希望能在舞臺上構建真實的人生，表現更能關注個體遭遇的現實「困境。」對此，以易卜生為代表的「社會問題劇」被介紹到中國。學者李怡認為這是「開掘中國實際人生問題的基礎上」〔註122〕實現了與觀眾更有價值的對話，將表現人生的現實尤其是人生所遭遇的困境呈現在舞臺上。然而，要將人生所遭遇的現實困境呈現在舞臺上，劇本的創作、演員的表演與觀眾的認可缺一不可。最早嘗試將真實的人生呈現在舞臺上的是《華倫夫人之職業》。《申報》在1920年10月13日、10月14日、10月16日、10月17日的第8版均刊登了上海新舞臺將演出蕭伯納名劇《華倫夫人之職業》的廣告：

新舞臺

開演英國蕭伯納著名劇預告

〔註121〕《申報》1916年8月22日。
〔註122〕李怡《日本藝術資源與近現代中國戲劇的改革》〔J〕，南國學術，2019年（第4期）。

華奶奶之職業

中國舞臺上第一次演西洋劇本

▲就是「華倫夫人之職業」

▲是新世紀最有名的劇本

▲是普天下女子不可不看的戲

我們戲劇界的生活〇素來是在混沌的裏面〇自從聽見人說:「改良戲劇是社會問題」〇「戲劇能表示一國的文化〇又看見許多書報上載的:「西洋演劇家的榮譽〇和「西洋劇本的價值」〇我們始而慚愧〇後來漸漸的醒悟〇想起了（舜亦人也〇予亦人也〇有為者亦若是）的話頭〇我們便不揣愚陋〇發了一個宏誓大願〇定要將近代西洋的著名劇本試演幾種〇「改革思想」和「宣傳文化」的街頭〇我們本不配當〇但是處於現在的世界潮流。這椿事總覺得是我們應負的責任。並且眼前除了我們〇恐怕也沒有肯出來替我們負責任〇所以我們更覺得是義不容辭的了〇今將我們演這本戲的意思說出來〇要請各界指教

（一）劇本的來歷▲英國近代大文豪蕭伯納著的《華倫夫人之職業》新潮二卷一號載潘家洵君（譯本）為宋春舫先生所撰「近代名戲百種」中之一。

（二）這本戲是什麼宗旨？▲戲中的命意〇是推翻舊社會的女子生活〇他把現在女子生活的罪惡〇赤條條地陳露出來〇要教普天下的女子都知道自己人格的重要〇不要去做男子的娛樂品〇這本戲對於現在中國的惡濁社會極有益處〇凡是女子和留心女子問題的人都不能不看〇

（三）改演中國裝的理由▲中國的風俗習慣與西洋大不相同〇西洋的劇本是用西洋社會做材料〇若在中國舞臺上演直譯的西洋劇本〇看客一定是莫明其妙〇所以我們將他變化形色〇改成中國事情〇以便社會容納〇至於劇本的精意和段〇則絲毫不敢更變〇（我們已將改造劇本付印〇不日出版〇）

（四）敬告看戲諸君▲中國十年前就發生新劇〇但是從來沒有完完全全介紹過西洋劇本到舞臺上來〇我們新舞臺忝為中國劇場的先進〇所以足足費了三個月｜一天不間｜的心血〇（老實說我們自

小唱戲以來○從沒有為了一本戲用過這許多腦筋）排成這本名劇○
以貫徹我們提倡新劇的最初主張○不過這是中國破天荒第一次。終
不免有些缺點。要請諸君指教○人人知道新舞臺有許多很賣錢的戲
○但是我們不願自貶身價○立志要多排幾本世界名劇來代替一切無
價值的戲○現在新劇能否受社會容納○尚不可必○而我們情願放棄
權利○作一個劇界革命的前驅○所以決不是絕對的圖利○〔註123〕

《華倫夫人之職業》的演出廣告向觀眾傳達的信息有以下幾點：首先，《華倫
夫人之職業》演出之前的早期話劇均不屬於合格的話劇演出，而此劇的演出希
望能引領早期話劇之潮流即「改革思想」和「宣傳文化」；其次，該劇劇本為
英國文學家蕭伯納所作，劇本乃名劇；第三，《華倫夫人之職業》正式演出之
前，演員所進行的長達三個月的排練向觀眾表明新舞臺對此劇演出的重視程
度。最後，該廣告表明此劇所預設的觀眾——女性觀眾、關心女性問題並提倡
女性解放之人以及關心新劇發展前途之人。實際上，新舞臺試圖借助《華倫夫
人之職業》一劇引導觀眾關注女性尤其是妓女的真實生存狀況，「近來『廢娼』
的聲浪甚高，我們認為要提倡『妓女解放』，非先令妓女知道自己人格的重要
不可，女子能尊重自己的人格，誰還肯去當妓女呢？這本戲於現在中國的惡濁
社會既有益處，並且與中國的風俗人情，亦不人反背，所以我們決計演他。」
〔註124〕首演結束後，新舞臺於 1920 年 10 月 21 日刊登廣告將再次演出該劇：

〔註123〕　《申報》1920 年 10 月 13 日。
〔註124〕　《上海新舞臺宣言（續）》，《時事新報》1920 年 9 月 13 日。

新舞臺

初十夜開演英國蕭伯納名劇

華奶奶之職業

Mrs. Warren's Profession By Bernard Shaw.

諸君什麼有工夫？

請到新舞臺來看一看

▲中國舞臺上第一次開演西洋劇本。

▲就是〔蕭伯納〕的《華倫夫人之職業》。

▲是世界上最有名的戲本。

▲是普天下女子不可不看的戲。

▲是中華民國的國民都應該曉得此戲的價值。

●中國十年前就發生了新劇○但是從來沒有完完全全介紹過西洋劇本到舞臺上來○我們費了許多心血○排成這一本世界名劇○是要貫徹我們提倡新劇的最初主張，實是中國破天荒第一次的大創造○

●這本戲是英國近代大文豪（蕭伯納）的名著○原名《華倫夫人之職業》（新潮二卷一號有中文譯本）

●這本戲東西洋各國的演劇家○通通演過○凡是文明國的國民○沒有一人不知道此戲的價值，凡是中華民國的國民都應該來細心研究這本戲的命意○

●戲中的宗旨，是要推翻從前舊社會的女子生活○教以後的（新女子）是怎樣做的○要教普天下的女子都知道自己（人格）的重要○不要去做男子的娛樂品○這本戲對於現在中國的惡濁社會極有關係○凡是女子與留心女子問題的人都不能不看○

●有人說：〔現在中國看戲人的眼界尚低○新舞臺演這種高尚劇本○恐怕未必有知音的人來賞識〕不過我們決不相信這句話○因為現在新思潮彌漫全國○我們確信這本戲定能在舞臺下得許多知己○

〔註125〕

新舞臺此次所刊登的《華倫夫人之職業》的演出廣告大致延續了前一次的廣告內容，但也在廣告中含蓄地告知觀眾該劇因「高尚」可能會缺少「知己」，然而作者似乎又不甘心如此遂在廣告中表示這本戲在新思潮彌漫全國之際一定

〔註125〕《申報》1920 年 10 月 21 日。

會得到「許多知己。」新舞臺此次僅在 10 月 21 日晚演出《華倫夫人之職業》。
從這兩則廣告文本來看，該劇從一開始試圖以「推翻舊社會的女子生活」與揭
示「女子的罪惡」為宣傳點來號召觀眾走進劇院。從該劇的劇本來看，廣告宣
傳的賣點集中表現在華倫薇薇與華倫夫人二人的對話上：

薇：不錯，你抱定了你的路去走倒好，假使我做了你的母親，我亦
　　許要像你一樣做法；但是我決不會過著一種生活，心裏卻相信
　　另外一種，你實在是個拘泥習俗的女人，現在我要同你分手，
　　就為這個，我應該這樣的，是不是？

華倫夫人：（吃驚）應該把我得錢都丟掉！

薇：不是，應該離開。如果不然，我豈不是各傻子嗎？對不對？

華倫夫人：（含怒）哦，亦罷，如果你說到這上頭，你亦許不錯，但
　　　　　是但願上帝保佑這世界，如果人人都去做正當的事情，現
　　　　　在這地方既然用不著，我還是離開，不要在這裡的好（她
　　　　　轉身向門）

薇：（溫和地）你不要握手嗎？

華倫夫人：（狠狠地瞧了她一回兒，帶著一陣想打她的衝動）不必，
　　　　　謝謝你，再會罷！

微：（照例地一來）再會。（華倫夫人用力把門一關，微微的臉放鬆
　　下來，她那副嚴重的神氣化成一種快活滿足的樣子。她的呼吸
　　半是嗚咽，半是心裏十分舒服的笑。她輕快地走到她的書桌坐
　　位前頭，把電燈推出去，拉過一束紙來，正要用筆蘸墨水的時
　　候，看見了富蘭客・加南特的字條。她隨隨便便地把它拆開，
　　很快地看了一遍，看到有些奇怪句子的地方笑一笑）再會，富
　　芮恩克。（她把字條撕掉，毫不思索地丟在廢紙簍裏，隨後她就
　　埋頭做她的事，不多一會兒就全神貫注在數目字裏頭去了。）

〔註 126〕

劇中華倫夫人如果代表著舊式女性生活的話，那麼華倫薇薇則隱射中國女性
的未來。作為一部以外國戲劇作品改編而成的中國故事，該劇希望能借助寫實
的形式來完成對中國女性生活現狀的表徵，「把現在女子生活的罪惡，赤條條

〔註 126〕蕭伯納著、潘家洵譯《華倫夫人之職業》〔M〕，北京：商務印書館，1923 年
　　　　第 119～120 頁。

地陳露出來。」為了體現廣告中所宣傳的「現在女子生活的罪惡」以及對劇本的尊重，新舞臺演出此劇時花費一千多元製作了全新的布景，演出時也儘量遵照原著，但最終的演出結果卻不盡人意，「等到閉幕的時候，約剩了四分之三底看客。有幾位坐在二三等座裏的看客，是一路罵著一路出去的。」〔註127〕這意味著該劇的演出並未能實現引導關注對女性生存現狀的認同感，也未能獲得對當下「女子生活的罪惡」的真實體驗。

此圖為《華倫夫人之職業》劇照

　　要讓觀眾在觀劇的過程中沉浸於舞臺演出並獲得「真實」的幻覺，不僅依賴舞臺的布景、人物的服裝造型，還需要演員的表演。《華倫夫人之職業》雖然排練了三個月並且製作了精良的舞臺布景，但在演出時仍不免有演員忘記重要臺詞或者不能完整敘述臺詞的情形，演員對整個劇作的精神主旨也未有深刻地領會、對舞臺人物形象的塑造也未進行鑽研。此外，劇中人物間類似演說的對話也不斷破壞著舞臺所創造的真實的幻覺，暴露其敘事行為。實際上，蕭伯納在創作此劇時認為女性的墮落與整個社會運行機制有關，「並不單純的是因為女人的墮落成性或是男性的放蕩無德。」〔註128〕蕭伯納這樣的見解在此時的中國社會，是非常深刻的。然而要將這樣的主旨在舞臺上表現出來，無論是演員還是觀眾都還有一個接受的過程。因此，當新舞臺決定於1920年11月4日晚上第三次演出《華倫夫人之職業》時，其刊登於《申報》的演出廣告則以「男女底愛情」、「寫實主義」為賣點而進行宣傳：

〔註127〕汪優游《優游室劇談》，參見《中國新文學大系・戲劇集》的導言（洪深所執筆）中的引文。

〔註128〕George Bernard Shaw, "Preface toMrs. Warren's Profession" p.231.

華倫夫人之職業

　　新舞臺改成中國裝開演

諸君如果要

▲知道新女子怎樣做法

　　知道舊女子有什麼缺點

　　知道男女底愛情是什麼東西

　　知道西洋劇本底結構

　　知道近代寫實派的文學是什麼

　　研究〔蕭伯納〕底文學者

　　研究女子問題者

　　看純粹的寫實派新劇者

　　看人生的文藝的戲劇者

　　提倡女子職業者

　　運動女子解放者

　　想提高女子底人格者

▲今夜不可不到

　　新舞臺來看一看

華奶奶之職業〔註129〕

該廣告既有籠絡贊成新思想的知識分子也有拉攏市民觀眾的目的，但前兩次演出結果珠玉在前，此次演出結果也可想而知。汪優游雖以極大地熱情投入到

〔註129〕《申報》1920 年 11 月 4 日。

《華倫夫人之職業》一劇，但從這個劇本的排練以及舞臺呈現的效果來看，此劇並未能擺脫「略帶適可的教訓的意味」〔註130〕而成為了非「純粹的寫實主義」話劇，最終因缺乏觀眾的認可而在戲劇藝術市場競爭中失敗。

四、話劇如何在舞臺上完成寫實的表達？

　　《華倫夫人之職業》演出的失敗表明早期話劇雖試圖向寫實性方向發展，但仍缺乏獲得觀眾認可並從中國社會語境出發的寫實主義真精神的作品。與西方寫實主義話劇力圖創造真實的舞臺幻覺與生活其中的真實人物相比，早期話劇中的「寫實」更多的是被用來吸引觀眾走進劇院觀看的噱頭，如前文所述《閻瑞生》一劇演出時所宣傳的「寫實」內容。實際上，新文化運動期間《新青年》知識分子之所以推崇以易卜生為代表的寫實主義，看重的是寫實主義對社會現實的揭示以及干預。閱讀《申報》於1921年前後所刊登的關於「寫實主義」的文章來看，「寫實主義」對此時的知識分子而言有著不可替代的魅力，「寫實主義的文學，最近已見衰歇之象，就世界觀之立點言之，似已不應多為介紹；然就國內文學界情形言之，則寫實主義之真精神與寫實主義之真傑作實未嘗有其一二，故同人以為寫實主義在今日尚有切實介紹之必要。」〔註131〕寫實主義話劇，以「真」為核心，從劇作、表演到舞臺美術、劇場裝置等方面均能體現「無情地真實」，能從生活真實中找到美感。

　　然而，舞臺上的寫實主義話劇是怎樣的？一直從事話劇演出實踐的歐陽予倩認為其不是如鏡中看影般地再現，也不是文明戲所提倡的必須「真菜真荷蘭水上臺，燒紙錠哭親夫之類的」，要「弄得鉅細無遺才算寫實，」〔註132〕而應該是「用敏銳的觀察、整齊的排列、精當的對話，顯出作者的中心思想，描寫的是社會某種生活人物的某種性格，時代的某種精神。」〔註133〕從《申報》所刊登的話劇廣告來看，《貧民慘劇》描寫中國下層社會生活之痛苦」〔註134〕，《趙閻王》描寫近年來軍閥所造的罪惡以及兵士等所過非人的生活」〔註135〕，

〔註130〕蒲伯英《戲劇要如何適應國情》，《戲劇》1卷4期，1921年8月。
〔註131〕《小說月報‧改革宣言》，1921年1月第12卷第1號。
〔註132〕歐陽予倩《戲劇改革之理論與實際》，參見歐陽予倩著《歐陽予倩全集第四卷》〔M〕，上海：上海文藝出版社，1990年第60頁。
〔註133〕歐陽予倩《戲劇改革之理論與實際》，參見歐陽予倩著《歐陽予倩全集第四卷》〔M〕，上海：上海文藝出版社，1990年第60頁。
〔註134〕《申報》1928年9月12日。
〔註135〕《申報》1928年9月12日。

《回家以後》聚焦於普通人面對家庭生活的種種困境……諸如此類的措辭，在廣告中屢見不鮮。真正讓觀眾在劇場中體會到寫實主義美學魅力的是《少奶奶的扇子》的演出。該劇無論是劇本情節的設置、舞臺美術還是演員的表演，都是中國早期話劇史上的標誌性事件。該劇導演洪深在《少奶奶的扇子》劇本的「序錄」中以自然主義對照寫實主義而談及其對寫實主義之理解：

> 最求象真者，有寫實主義與自然主義兩派。自然主義者，乃取天地間之事物，按照其原有之狀態搬演眼前，凡人生之是非苦樂，統由觀者自己識別。著者僅事報告而已。然天下之事物，惡劣者多而優美者少，於是此派遂流於專寫下流，卑鄙、無賴、哀慘、悲觀之事。寫實主義者，乃本個人之見解，將天地間之事物，輒代為詮釋，代加渲染。凡人生之是非苦樂，觀眾所未能瞭解者，至此乃迷途盡指。自然派雖覺塵世可憐，而其敘述事物，務除意氣，不加軒輊。既不甚人之惡，亦不美人之善是也。寫實派滿腔熱血，抱無窮希望，視天下之事物，苟有一善可取，一長足錄者，即樂道之鼓吹之。其敘述者，雖不敢任憑己意，擅改真相，而語氣之間，自有輕重予奪焉。自然派僅實報直書，寫實派則可改善增美（Idealize）。粗譬之：自然派之作品，如半身相片；而寫實派則如油畫面像（此人之或莊或慈，已隱隱圖於其中）。然而兩派主義，本無固定之解釋，當其各趨極端時，雖易辨別，而通常亦無明顯之界線。蓋二者宗旨，均在象真，其手續同為而有選擇之描摹，不過選擇有多少寬嚴之別也。〔註136〕

《序錄》中對寫實主義的闡釋可知，洪深認為「象真」是核心，舞臺演出時則可在事物原有形態的基礎上增加美感，只要「不背乎情理」〔註137〕即可。梳理《申報》所刊登的關於《少奶奶的扇子》的文章來看，該劇無論是演員的表演（如洪深所飾演的劉伯英，言語姿勢，均合身份）還是舞臺布景都極為講究（如「日光」、「夜景」的設置，頗能逼真）。看完此劇之後，茅盾感慨「話劇原來是這樣的！……有立體布景，有道具，有導演，有舞臺監督。」〔註138〕

〔註136〕《〈少奶奶的扇子〉序錄》，《洪深文集（第一卷）》〔M〕，北京：中國戲劇出版社，1957年第459～460頁。

〔註137〕《〈少奶奶的扇子〉序錄》，《洪深文集（第一卷）》〔M〕，北京：中國戲劇出版社，1957年第458頁。

〔註138〕茅盾《文學與政治的交錯——回憶錄（六）》〔J〕，《新文學史料》，1980年第1期。

　　如果說洪深所排演的《少奶奶的扇子》一劇讓觀眾感受到了寫實主義話劇的審美觀與魅力的話，那麼到 20 世紀 30 年《雷雨》的演出則意味著話劇對「寫實主義」觀念的認知走向了方法上的自覺。該劇將人物性格的刻畫與舞臺布景巧妙結合在一起，每一件道俱如一個床頭櫃、一扇窗戶或者一個沙發都與人物有著千絲萬縷的關聯，都推動著劇情的發展。從《雷雨》演出結束後的劇評文章來看，劇中人物的表演受到高度的評價，周樸園、繁漪、周沖等人的表演成為在典型環境下具有高度真實性的人物，在為話劇贏得了極多受眾的同時意味著寫實主義話劇也逐漸走向成熟。

　　作為與寫意性的傳統戲曲的對立面而出現的寫實主義話劇，強調再現真實情境中的真實人物。圍繞著演出廣告以及演出結束後的劇評文章，寫實主義話劇的美學觀念最終在觀眾處獲得認可。隨著 20 世紀 30 年代斯坦尼斯拉夫斯基的寫實主義理論的引進以及話劇從業者的探索，寫實主義話劇最終走向成熟，佔據著中國話劇流派體系的重要位置。

第三節　廣告與西方現代主義戲劇演出

　　處於萌芽與發展階段的早期話劇不僅表現出寫實主義傾向，同時還受到象徵主義、表現主義與未來主義等戲劇思潮的影響。如果說西方戲劇史上這些思潮的出現具有先後順序的話，那麼在中國語境下，這些戲劇思潮是同時進入中國演出舞臺並與中國觀眾發生關聯的。作為商品屬性的廣告媒介既見證了這些思潮在中國是如何被表述的，同時也完成了其最終的銷售目標即向觀眾兜售這些戲劇思潮。至 20 世紀 30 年代，以浪漫主義、未來主義為內容的現代主義戲劇理念最終與寫實主義戲劇理念交互融合，促成了話劇這一藝術形式的最終成熟。

一、廣告與象徵主義戲劇演出

　　1920 年 2 月，《東方雜誌》第 17 卷第 4 期刊登了由宋春舫所撰寫的《近世浪漫主義戲劇之沿革》，該文介紹了象徵主義劇作家梅特林克。此後，《東方雜誌》又相繼刊登了《十九世紀德國文壇代表者——滋德曼及郝卜特曼》《梅特林克評傳》《霍普特曼傳》《霍普特曼的象徵主義作品》《梅特林克的戲劇》《霍普特曼的戲劇》等文章，象徵主義戲劇思潮以及戲劇作品被介紹給中國讀者。將停留在報紙雜誌上的象徵主義劇作家的作品搬上舞臺進行演出，則要追

溯到中西女塾的演劇活動。1919 年 6 月 25 日，《申報》在《本埠新聞》欄目中刊登具有廣告性質的新聞《中西女塾演劇預志》。為擴大影響，《申報》於 1919 年 6 月 30 日以「來件」形式刊登了中西女塾將演出《女子》一劇的消息。此後，中西女塾相繼於 7 月 1 日、7 月 2 日、7 月 3 日《申報》第 1 版的最上部與最下部以「請愛國同胞看愛國戲」為號召刊登了此劇演出的廣告。對於此次演出之情形，《申報》又相繼以新聞的形式進行報導並在《自由談》刊登此次演出的劇照。

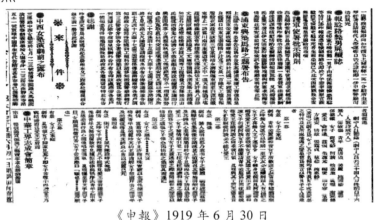

《申報》1919 年 6 月 30 日

《申報》1919 年 7 月 1 日

　　從《申報》所刊登的演出廣告文本的內容來看，《女子》具有明顯的象徵主義色彩：

　　　　無人（張敏錫）青年（黃倩儀）美麗（施美珍）謙和（孫錦織）
　　　女子（程叟齡）阿諛（徐芸生）真理（謝銘錦）愛正（俞梓連）囂張
　　　（朱葆筠）糊塗（徐有容）富翁（言連安）情敵（張愛貞）慈悲（施
　　　惠齡）

　　　（說明）此劇名為〔女子〕，其中名稱均係代表女子或善或惡之特性及其所處境遇之變象，發為預言以警女子之迷途者。〔註139〕

<hr>

〔註139〕《申報》1919 年 7 月 1 日。

象徵主義戲劇借助神話傳說、寓言故事或宗教故事來表現對命運、宇宙或人生的思索，劇中人物是意象化了的某種意義的代表，常用暗示、象徵的手法。《女子》一劇共五幕，該劇中每一角色均象徵女子的一種品格，「全場角色皆係女子所稟賦之一種特性，如美麗謙和模範，嫵媚、嬝娜、良心、慈悲、真理為善，虛榮、利己、饕餮、誇張、耽樂、機詐、任性、阿諛為惡，均足以之發為寓言，指引一般青年女子之出迷途。」〔註140〕繼《女子》演出之後，中西女塾演出了《翠鳥》（又名《青鳥》。相對於《女子》，《青鳥》是中國觀眾更為熟知的象徵主義作品。1921 年 5 月 29 日，《申報》在當日第 1 版刊登了中西女塾將演出《翠鳥》一劇的廣告：

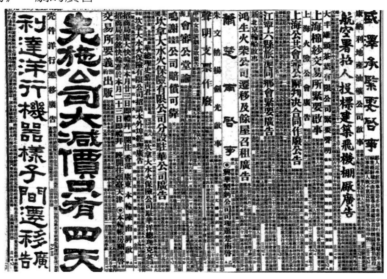

　　　　啟者茲因本校推廣校舍，經費不復。正科四年同人特訂於陽曆六月一二四號三天假博物院路大英戲院演劇，屆期尚祈各界諸公貴臨是幸。開幕時六月一二四號，每晚九時，日戲四號下午三時。劇目《翠鳥》。價目：包廂每位四元，特等每位三元，頭等每位二元，次等每位一元。〔註141〕

　　為幫助觀眾理解該劇，《申報》隨後在廣告式新聞中告知觀眾該劇以翠鳥象徵幸福：

　　　　劇中情節為一貧家伐薪為業，有子女各一，子畜一鴿，甚愛之，鄰女患病，欲得此鴿，斯兒不允。聖誕前夕，二兒同夢，仙人入內，

〔註140〕《申報》1919 年 7 月 2 日。
〔註141〕《申報》1921 年 5 月 29 日。

命往覓翠鳥,給以簪帽寶石,一轉瞬間,室內貓狗水火等物,均幻
化成人,仙人命光為之先導,偏覓翠鳥,遊歷經年,毫無成效,後
將己鴿送給鄰婦,斯鴿忽變翠色,鄰女見之,病遂愈。兩兒亦覺愉
快異常,蓋知真快樂來自犧牲也。〔註142〕

茅盾在《看了中西女塾的〈翠鳥〉以後》一文中認為劇中的青鳥是幸福的象徵,
是人的力量的象徵,「須先自己犧牲然後可得幸福,到光明之路是曲折的,必
須自己奮鬥。」〔註143〕實際上,茅盾於1920年所撰寫的《表象主義的戲曲》
一文中就對《青鳥》的結構大略有過介紹,認為「幸福雖然在過去、現狀、將
來三界找過,卻還不如用一種不自私的行為到自己家裏去找的好。篇中所說那
個替代青鳥——就是幸福——的斑鳩終於飛走,便是比喻幸福這東西不是可
久,不過一瞬。」〔註144〕而其觀劇之後的感受,不能不說其沒有受到廣告的
影響,「真快樂來自犧牲也。」除《青鳥》之外,象徵主義戲劇《沉鐘》由俄
國演劇團在上海演出。該劇為德國象徵主義劇作家霍普德曼之作,以海因里希
因鑄鐘被毀而與仙女發生愛情、後離開仙女回鄉受到鄉人不理解以致最後死
亡的故事象徵了為自我理想而執著的精神。然而,將象徵主義戲劇中所蘊含的
對人生的思索或命運的思考轉化為舞臺表現形式,這是有一定難度的。與寫實
主義戲劇注重對動作的模仿相比,象徵主義戲劇在舞臺呈現上「完全拋棄了自
發的動作」轉而「從自己創造或試圖創造一種形象這一觀念出發」〔註145〕,
以這一形象的表演來「尋找使自己獲得價值的意義。」〔註146〕藤若渠在《梅
德林克的〈青鳥〉及其他》一文中便論及象徵主義戲劇《青鳥》舞臺表現之困
難:

《青鳥》一劇,如果在中國的舞臺上演,有幾層的困難。你說,
振鐸先生見過北京文匯女生排演;我也確信學生排演,有幾分真表
現;因為我前年在上海見過中西女塾演的希臘古劇,聖瑪利亞女生
演的 Arabiannights;他們的表情,很有點可取的地方,而且純用英

〔註142〕《申報》1921年6月2日。

〔註143〕茅盾《看了中西女塾的〈翠鳥〉以後》,載《民國日報·覺悟》1921年6月
10日。

〔註144〕茅盾《表象主義的戲曲》,《時事新報·學燈》1920年1月6日。

〔註145〕〔意〕皮蘭德婁著、呂同六譯《尋找自我》〔M〕,桂林:灕江出版社1989年
版第29頁。

〔註146〕〔意〕皮蘭德婁著、呂同六譯《尋找自我》〔M〕,桂林:灕江出版社1989年
版第29頁。

語，觀者普遍的瞭解，固是萬萬不能，大概指導者是外國人，其人
雖不是專究戲劇，而在本國劇場接觸較多，或者有點戲劇的知識罷
了。《青鳥》一劇，在中國舞臺上試演的困難：舞臺問題、角色問題、
還有最大的觀者的問題。我前次也提起過，所以你說：還是先做蕭
目訥或者加爾司胡司輩的社會劇。的確！的確！〔註147〕

此處談及的舞臺布置、演員表演技巧的不足以及觀眾的理解力都成為象徵主
義戲劇進一步走向觀眾的障礙。田漢曾在信中向郭沫若談及其在日本觀看《青
鳥》之前對演出的擔憂，「此劇腳本從前雖略看過英譯，總不覺得親切有味，
而且什麼麵包哪，火哪，犬，貓，Milk，光，白楊，兔，柳，時間，星，露，……
哪，都要一一擬人，真不知如何演出才好。」〔註148〕雖然，田漢在觀看完《青
鳥》之後受到震撼，「那晚真叫教我長了許多見識，添得許多情緒，發了許多
異想」〔註149〕，但「同坐的日本人都有說『全不懂演些什麼』的。」〔註150〕
同樣的，中西女塾在演出廣告中希望借助情節與布景吸引觀眾觀看《翠鳥》，
「情節甚佳，布景亦頗奇異。」「予於觀影劇時，已竊歎其布景之善，表情之
不易，而今竟見之於紅氍之上，布景與表情復不弱於影劇。」〔註151〕呈現於
舞臺上的象徵主義戲劇，其演出情況如何？借助《申報》所刊登的《翠鳥》與
《沉鐘》的相關演出廣告以及相關的劇評文章能從中瞭解一二。茅盾在《看了
中西女塾的〈翠鳥〉以後》一文中詳細地論述了該劇的演出情形：

第一，先請全劇的化妝和背景照梅德林原本的自己說明對於劇
中各物如火、水、牛乳、麵包等等一一的化妝法都有注明，演時只
要〔照辦〕就是，現在伊們的〔麵包〕穿一件中國箭衣，實在有點
不對，餘如樹林的背景用來用去只有一張也覺得少一點。〔未生者〕
一景的船很好，〔記憶之鄉〕一景的背景太草率，照理應在屋前廊下
坐著梯兒和蜜兒的祖父母呢——不是在樹下的。

〔註147〕滕若渠《梅德林克的〈青鳥〉及其他：給北京王劍三的信》，《戲劇雜誌》1921
年第2期。
〔註148〕田漢《田漢文集第十四卷》〔M〕，石家莊：花山文藝出版社，2000年第153
頁。
〔註149〕田漢《田漢文集第十四卷》〔M〕，石家莊：花山文藝出版社，2000年第153
頁。
〔註150〕田漢《田漢文集第十四卷》〔M〕，石家莊：花山文藝出版社，2000年第154
頁。
〔註151〕《申報》1921年6月6日。

　　第二，電光板太板滯了，不能活動，雖然有一道光射在〔光明〕所到的地方，還有點象徵的意思，但全臺上的電燈光竟不能變換，開幕時是這樣的，閉幕時仍是如此，卻未免掃興；譬如〔夜之宮〕一景便一半吃了背景不好的虧，一半吃了電光的虧，以至毫無精彩了。

　　第三，我們講到各角色的語言和表情。語言上最大的缺點是身份不對和生硬，起梯兒的雖然好像是〔男性〕一點，但語音中舉動仍由〔女性〕的態度，起的祖父更不成，完全沒有老頭了的神氣，總算〔時間〕最勝，但這些都不能苛求，因為女人扮男人，本就是不容易。至於其他的角色，蜜兒總算不差，〔光明〕也好，先前起〔佩靈露仙女〕的也好，只可惜持神杖的姿勢太像羅丹翁的銅器時代一些。〔狗〕太弱，〔貓〕倒卻如其分，也還好。表情是全場一致的不成！最不行的是第一幕第一景，梯兒和蜜兒在床上起來看〔富家兒〕慶聖誕時的表情，他們看到樂處大呼大笑，應是何等的自然？忽而□來了兩人跳了一會，忽而又去看，也應是何等的自然流露的動作，然而演來都如〔死〕的了。〔記憶之鄉〕見祖父母一段以及快樂之土見〔母愛〕的那一段都很著重表情，要表演得出然後好，但不幸都不成！〔註152〕

茅盾的觀後感從化妝背景、光線的布置與演員表演技能三個方面展開，將該劇演出時具有象徵意義的幾點如電光板象徵光明、未來者的布景等提煉出來以供觀眾瞭解，也提出此種類型的劇作中演員表演時需要注意表情與劇情之間的吻合度。而《申報・自由談》中所載劇評文章《翠鳥紅氍記》則更為詳細的向觀眾介紹此劇演出時演員的表演：

　　梯兒為劇中主角，飾者英語流利，舉動活動而發音復微肖男子，誠為愜心貴當之作。見祖父母於祖墓中，曲摹孺慕之態妙到毫顛。其他入夜宮經先天國諸幕，亦能將喜怒哀樂之情隨意發揮，末幕遍撫故物，童呆可喜逼肖。夢後情景似此妙，演真轉盤珠如掌中擎矣。當年梅德林氏編成《翠鳥》後試演於其家，得女郎曰蘭妮，令飾斯角，言語舉止無不神妙。梅氏歡喜讚歎，竟以六十老翁為之顛倒。

〔註152〕茅盾《看了中西女塾的〈翠鳥〉以後》，載《民國日報・覺悟》1921 年 6 月
　　　　10 日。

夫人窺得其情，卒自請離婚使二人結同心填鴛鴦譜焉，騷壇豔話亦足為斯劇談助也。

　　蜜兒一角亦佳，自可與梯兒為配，言動嬌怯，具見小女兒本色。明光一角被白色衣綴小鏡片無數，服飾之美以此為最天上仙姝，猶遜其明麗也。表演亦佳，犬貓糖詼諧可笑，化妝亦入妙；飾水者，兩手飄動以狀水流；飾火者，往來踴跳以狀火耀，俱有意致特真水火對之，當自慚其無此蘊藉耳一笑。縱觀全劇，以先天國一幕，為最有精彩。數十稚兒女環集一臺，令人增青春可戀之想而自恨其老大矣。飾時間老人者，一言一動俱忍刻無情，適足為時間寫照人世間之紅顏易老，玄鬢絲即時間忍刻無情之成績也。此幕中有兩稚子，年約六七齡，玲瓏嬌小，玉雪可念，操英語絕佳，惜別之表情亦婉妙可愛，此殆由仙人脫胎來者，吾滋滋欲知其為誰氏之子也。〔註153〕

相比之下，另一部象徵主義戲劇《沉鐘》在上海演出時則依賴燈光與音響來完成環境的設定，「在長長的舞臺停頓中，樹妖的嚎叫和人的說話聲越來越近。當時這樣的音響效果還是新鮮的事物，令人耳目一新」〔註154〕；在布景上要呈現劇中所設計的介於現實與理想之間的童話色彩空間則要求演員表演要融入環境中，如劇中「第一場有高山、深淵、石頭、山崖、樹木，以及傳說中魔鬼生活的水面。我為演員們準備了一個無法行走的舞臺。我想，『就讓演員爬行或者坐在石頭上，在山崖間跳來跳去，在樹木間保持平衡或者爬樹，就讓演員們鑽到地道，再重新爬上來。這迫使作為演員的他們（包括我在內）去適應演員不習慣的場面調度，不是用傳統上認可的方式去表演，也就是說，不是站在腳燈旁』。」〔註155〕

二、廣告與表現主義戲劇演出

　　洪深認為最早出現在繪畫中的表現主義追求意義而忽略形式，隨後影響到話劇的舞臺形式，「Craig，Reinhardt，Piscator 這些人，（雖因劇本的缺乏，大半仍用舊有的。仿傚人生的，如莎士比亞等的作品，）都曾放膽地使用布景

〔註153〕《申報》1921 年 6 月 6 日。
〔註154〕參見俄國戲劇家斯坦尼斯拉夫斯基參與《沉鐘》後的演出經歷的文集《我的藝術生涯・沉鐘》。
〔註155〕參見俄國戲劇家斯坦尼斯拉夫斯基參與《沉鐘》後的演出經歷的文集《我的藝術生涯・沉鐘》。

光線顏色服裝聲音動作等舞臺工具；（在布景方面，有時只是幾條線幾個角，幾層平臺，幾架梯步，幾幹圓柱，幾座屏風，幾重懸幕，有時甚至全是歪曲的形狀，詭異的色彩）不事模仿，惟欲暗示（依據他們自己所見解的）生活的背景；藉以說明著重象徵劇中人的情感或心理。」〔註156〕舞臺表演的變革最終影響到劇本的創作，洪深指出表現主義在劇本寫作時體現為「故事呢，只是短促支離不連續的片段；對話呢，大部是緊縮吞吐不完全的呼喊；人物呢，均是籠統的典型的代表的，沒有特別各殊的性格，（常時不用姓名，只稱為男子女子醫生警官等等。）取材雖從人生，在開始的時候雖未必不與人生相像；但往往實際的事物，突變為夢幻的；自覺的行為，突變為不自覺的；在一場之內，頃刻之間，現實的可成為不可思議的怪誕，似乎是複雜混亂極了。」〔註157〕西方戲劇史上，寫實主義戲劇發展到自然主義階段後表現為對社會現實生活的完全還原，這讓觀眾感到乏味與粗鄙，而注重挖掘人的內心世界的表現主義戲劇隨後興起，「世界文藝的潮流，已脫去陳腐的羅曼主義與寫實主義，漸漸從象徵主義走到表現主義了。」〔註158〕

　　1928年，《申報》刊登林竹然所寫的《德國之表現派文學》一文詳細地介紹了德國表現主義的起源、發展現狀以及代表作家等，文中借助奧國劇作家HermannBadr提出表現派劇作「是為擺脫外界生活而趨向於內部生活，他們的聽官是為了他們之靈心的聲音，而歸結於人類不僅是世界之回聲，乃是世界之動作。」〔註159〕受表現主義影響的洪深認為表現主義戲劇「只求把握住人生的精要，而毫不介意地忽略了細目了；只望概括人生的各方面各階段，而隨意地轉換了觀點和『感覺的層位』了；為欲使得人生的意義格外明瞭，卻是將人事極度的簡單化了。」〔註160〕實際上，在新文化運動之後，表現主義戲劇思潮就逐漸被介紹給中國的讀者，先後有《德國之表現派戲劇》（1920年，宋春舫）《戲劇上的表現主義運動》（1921年，愈之）《德國表現主義的戲曲》（1921

〔註156〕　洪深《表現主義的戲劇及其作者》，參見洪深著《洪深戲劇論文集》〔M〕，上
　　　　　海：上海書店，1934年第187頁。
〔註157〕　洪深《表現主義的戲劇及其作者》，參見洪深著《洪深戲劇論文集》〔M〕，上
　　　　　海：上海書店，1934年第187頁。
〔註158〕　《申報》1927年11月15日。
〔註159〕　《申報》1928年1月15日。
〔註160〕　洪深《表現主義的戲劇及其作者》，參見洪深著《洪深戲劇論文集》〔M〕，上
　　　　　海：上海書店，1934年第187頁。

年，程裕青譯）《德國的表現主義劇》（1925 年，章克標）《表現主義文學》（1928年，劉大杰）等文。在介紹西方表現主義戲劇思潮的同時，中國文藝界尤其關注被認為是「美國戲劇界的第一人才」〔註161〕的西方表現主義劇作家奧尼爾，《介紹奧尼爾及其著作》（1924 年，胡逸雲）《今日之美國編劇家阿尼爾》（1924年，余上沅）《沃尼爾》（1929 年，張嘉鑄）《劇作家友琴・沃尼爾》（1929 年，查士冀）等文均涉及奧尼爾的概況及其作品。

然而，將表現主義戲劇從紙上轉化為舞臺演出，始於笑舞臺 1923 年所演《趙閣王》一劇。1923 年 2 月 4 日，《申報》在當日第 1 版的上半部位置（此處版面刊登廣告的價格最高）刊登戲劇改進社將演出《趙閣王》的消息：

> 鼓吹裁兵之社會新劇《趙閣王》係戲劇家洪深君所新編。洪君留學美國，專門研究戲劇，深得個中三味，曾在紐約等處登臺奏技備受社會歡迎。前年因華北水災演劇籌賑排演英文《木蘭從軍》，尤著聲譽。此次慨允犧牲色相，現身說法，實為回國後第一次。演員除洪君外，尚有笑舞臺著名藝員李悲世、李天然、秦哈哈及其他社員，至於布景等等，悉仿西式。諸君留心社會問題、贊成鼓吹裁兵或研究戲學者，謹請早臨讚賞是幸。
>
> 地址：假座廣西路笑舞臺
>
> 時間：陽曆二月六號陰曆二十一日晚九點一刻
>
> 票價：一元
>
> 售票處：笑舞臺、孟淵旅館賬房〔註162〕

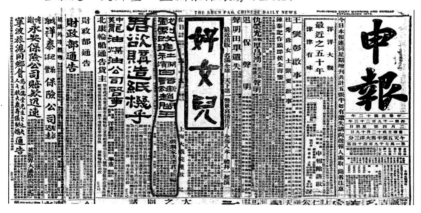

〔註161〕 載《小說月報》第 14 卷第 1 期，1923 年 1 月。1934 年又有梁縝的譯本，中華書局出版。

〔註162〕 《申報》1923 年 2 月 4 日。

廣告在表現形式上特意將「戲劇家洪深君」、「新編」加粗以提醒觀眾注意。從
《申報》所刊登的廣告來看，該劇確定 1923 年 2 月 6 日晚上演出。從 2 月 6 日
的《申報》來看，其所刊登的與《趙閻王》有關的消息便有三則（如下圖所示）。

　　廣告雖強調該劇係「鼓吹裁兵」之作，然而實際上講述的是軍閥隊伍中的
一位普通士兵趙大的故事。劇中「趙閻王」原本是一個樸實的農民，被迫當了
軍閥士兵後，迷失了本性，做盡了壞事，成為「趙閻王」。後來，他從別人那
裏得知營長剋扣了士兵五個月的餉錢用來賭博，經過激烈的內心鬥爭，他打傷
了營長，搶走了餉錢，逃到了森林裏去。因為不識路，加上極度緊張，他迷失
在了林中。往事的幻影像魔鬼一樣纏著他不放，使他陷於瘋狂，最後，他被追
兵打死。從廣告宣傳來看，洪深不僅作為了該劇的編劇更是該劇的演員。在舞
臺演出時，為表現戰爭時兵士的苦況以及戰爭中的姦淫殺掠以及戰爭給人民
帶來的災難，洪深在第三幕「用擬人的方法，向空喊話，表出戰爭的兵士的苦
況」〔註163〕，在第五幕裏則「兼用擬物的方法，表明兵士於戰爭時姦淫殺掠
的情形，人民遭劫的苦況。」〔註164〕以《趙閻王》第二節第五幕為例，該幕
講述的是趙大被一位年老的母親附體而表現出瘋癲狀：

　　　　銅鼓聲如雨點一般，打得甚急。

　趙大：（仍是昏迷不醒）不好了，兵老爺來啦！衝著我們的房子來
　　　　啦！（插手）不！悲劇！這是我的家！我不願意走呀！（乾
　　　　笑）我這麼大年紀，又老又醜，還怕什麼！（催旁人）玉姐
　　　　兒，你，你快跑！快！快跑呀！（吃驚）不行啦，兵老爺都到

<hr />

〔註163〕洪深《現代戲劇導論》，《洪深文集第 4 卷》〔M〕，北京：中國戲劇出版社，
　　　　1959 年第 80 頁。
〔註164〕洪深《現代戲劇導論》，《洪深文集第 4 卷》〔M〕，北京：中國戲劇出版社，
　　　　1959 年第 80 頁。

了門口，跑不出去啦！（著急）玉姐兒快藏起來，藏起來，藏
起來！你還是死了吧！（歇息）年輕的小閨女，長得這樣
美，……（踮腳）快！快……打窗戶裏跳出去！那不是窗戶
麼！（屏息而待）好了，好了，（反而自慰）我得女孩兒總算
保住了……她死啦。（掩面而泣。）

又一陣銅鼓聲。

趙大：兵老爺，你近來要幹什麼？……開箱子幹麼？……咱們窮苦
人家，沒有值錢的東西……（厲聲）把皮襖給我留下！……
兵爺，我不敢！（改口）你把衣服賞給我吧！……只有一件
綢衣，還是做新媳婦的時候，我婆給我的，……別弄髒，藏
著給玉姐兒陪嫁哩。……別拿走！……聽老人家一句話
吧！……六十多歲的人，說話決不會錯呀！……走吧走吧！
財主家裏去，可憐窮人，放過他們吧！幹嘛點火？……不是
要放火！天唷，白煙往上直冒，一下子就穿頂了。……咱們
窮人，礙著你們什麼啦，這樣狠心下毒手啊！……兵爺！沒
有人，鋪底下沒有藏著人！……（陪笑）我就這麼一個小
子……他實在是駭壞啦，這孩子不會害人……饒了他吧……
別打他，那槍把多麼重呀……（發急）別把槍尖指著他，這
個式兒不好……（跪下）求求你，求求你，我跟諸位跪下
啦！……有福有量的兵老爺……還是殺我吧！諸位，別……
（大叫）唷！……唷……唷！……我的孩子也死了！死了！
死……（大笑）好熱呀！……（脫去衣服）火愈燒愈大，也
罷！……火神菩薩收了老婆子去吧！我還要活著幹什麼！
（擁身一跳，倒在地上，亂喊亂滾。）〔註165〕

該幕演出時，洪深需要在兩個人物（趙大與被附身的母親）之間來回切換表演。
實際上，該劇從第二幕演至第八幕，整個舞臺上僅有趙閻王一人。這對「看慣
了傳統戲曲唱念做打和文明戲戲說逗趣的觀眾，對趙大的精神迷狂和一個人
在臺上的大段心理獨白，感到既沉悶又無趣，甚至難以理解。」〔註166〕也許

〔註165〕洪深《洪深文集第1卷〔M〕》，北京：中國戲劇出版社，1957年第91～92頁。
〔註166〕張殷編《中國話劇藝術舞臺演出史綱》〔M〕，武漢：武漢大學出版社，2008
年版第166頁。

出於對演出結果的擔憂，《趙閻王》在演出廣告裏將其與社會時事熱點「裁兵」相結合。然而，這樣的舞臺表現方式在觀眾看來卻「頗不明了，甚至有謂此人係有精神病者。」〔註167〕洪深在十多年以後再次回憶此次演出時說：「記得1922年，我在上海自己表演《趙閻王》。當時各報的劇評者，一致罵我是神經病。《中華新報》的馮叔鸞在副刊上，明提我的名字，再罵我一個月。」〔註168〕洪深對這些批評是不認可的，因為在他看來「凡是好的戲劇，都是能夠很深刻地表現心理的。但是戲劇不能直捷簡單的，如小說一般，說明分析人的心理，必須令劇中人自己言語行動去說明他自己。」〔註169〕要在舞臺上呈現人物的內心世界，則需要借助幻象、夢境以及人物外在的言語行動。

　　也許是由於首演的失敗，《趙閻王》於1929年1月16日由劇藝社再次演出時，《申報》在刊登演出廣告的同時也刊登論及該劇的劇本與舞臺演出表現形式的相關文章。與1923年《申報》所刊登的演出廣告將《趙閻王》與社會熱點「裁兵」結合相比，此次的演出廣告則體現為消息告知：

　　　劇藝社公演話劇

　　《趙閻王》

　　一月十六號在新中央大戲院

　　（時間）：下午三時及晚間九時

　　（券價）一元券每次一百六十張

　　　　　　依號入座其餘一律小洋六角

　　售券處：中央大戲院

　　　　　　新中央大戲院六合影片公司〔註170〕

圍繞該劇演出而刊登的與舞臺表現形式相關的文章極力向觀眾普及其如何利用布景和燈光來表現出驚愕的場面以及演員的表演才能，「為寫軍閥罪惡及兵卒受

<hr />

〔註167〕趙家璧主編，洪深選編《中國新文學大系　戲劇集　第9集　影印本》〔M〕，上海：上海文藝出版社，1935年第62頁。

〔註168〕見《哀紅梅》，洪深1945年作於重慶，未發表，後收進《洪深文集》，北京：中國戲劇出版社1957年版。

〔註169〕孫青紋編《洪深研究專集》〔M〕，杭州：浙江文藝出版社1986年版第67頁。

〔註170〕《申報》1929年1月16日。

環境逼迫，與比較觀念遂致鋌而走險，幻出種種既往之惡因，實為富有彈性之佳作。主要趙閻王者，為洪深君。自第二幕至第七幕，皆只洪君一人說話，洪君為此劇重心，不言可知。洪君之戲劇藝術，早已名聞遐邇，固不必在下饒舌。輔以馬彥祥君之老李、唐玄凡之小馬、楊善鳴之營長、陳沈櫻之婦人、劉奚叔之王狗子，皆屬富有演劇天才者，其珠聯璧合，概可想見。」〔註171〕「趙閻王一角即由洪深自任，為全劇最繁重最吃緊之主角也。故洪深以自己編劇而飾要角，加以天才超人，其表演之出色得未有，尤以松林數幕之表演最有精彩。」〔註172〕1929 年 1 月 18 日《申報》所刊登的《關於〈趙閻王〉》一文則論及《趙閻王》與表現主義戲劇的關係，「我們知道奧尼爾是後期表現主義派，他的劇本裏含有一強有力的人生哲學和濃厚的希臘精神，他的劇本裏充滿著活躍的生命之力。《趙閻王》既是模仿奧尼爾的風格，那自然不免也帶有這種特點，所以劇藝社的廣告上也曾以《趙閻王》是表現主義派的產物為號召的口號。」〔註173〕接下來，文章則介紹了表現主義戲劇《趙閻王》的舞臺表現，「自從第二幕起至第九幕止，統是寫趙大逃入一大森林以後的事，完全偏重在心理方面的描寫，內容的開展大都靠在的過去的夢幻和現在的現實的錯綜上。也可以說完全是由趙大一個人的追憶的情懷而在告訴讀者以淒慘的故事，這的確要靠表現派的利用布景和燈光來陪襯出一個幽秘驚愕的場面。不然，其結果是恐怕會令人感到內容的空虛而覺到被引起憂鬱的心情，這在中國的舞臺上恐怕還是□一次的嘗試。」〔註174〕劇藝社所刊登的這些文章以爭取觀眾為目的，然而《趙閻王》此次演出三天，「售座所得，竟不敷一應費用。」〔註175〕

　　從《趙閻王》的兩次演出情況來看，雖劇社借助廣告極力宣傳該劇演員、表現手法等但其最終的演出結果也表明了在舞臺上演出表現主義戲劇作品被觀眾接受的艱難性，「借用象徵主義的各種象徵、隱喻、暗示手法，強調內心活動、直覺和夢幻，喜歡通過幻覺、夢境，常將人的主觀感覺外部化、戲劇化。」〔註176〕《德國之表現派文學》中認為表現主義戲劇在他國不太容易成功的原

〔註171〕《申報》1929 年 1 月 13 日。

〔註172〕《申報》1929 年 1 月 13 日。

〔註173〕《申報》1929 年 1 月 18 日。

〔註174〕《申報》1929 年 1 月 18 日。

〔註175〕徐碧波《洪深與〈趙閻王〉》，參見顧國華所編《文壇雜憶·全編 1》〔M〕，上海：上海書店，2015 年第 144 頁。

〔註176〕黃愛華《20 世紀中外戲劇比較論稿》〔M〕，杭州：浙江大學出版社，2006 年第 190 頁。

因在於「大約這是因為別處的劇本,多少基於戲院的主旨,而缺乏試驗的精神,在德國則反是,因此乃著成效。」〔註177〕對於以看熱鬧、看故事情節的中國觀眾而言,強調內心感受要求挖掘人物心理的表現主義戲劇形式是沉悶且無聊的,因此必然得不到觀眾的歡迎。表現主義戲劇作品若想演出成功則需適應本土觀眾的閱讀趣味,要考慮「觀眾、時代和上演的地方。」〔註178〕

三、廣告與未來派戲劇表現形式

出現於新文化運動之後的「未來派」一詞初期與繪畫相關聯,「未來派專畫勢力,未謂鄙人有一種感想,法國初起時,係意大利派。」〔註179〕此時的未來派繪畫「尚在試驗階段。」〔註180〕隨後,《申報》中出現「未來派跳舞」、「未來派文學」等表述。而將未來派戲劇介紹到中國,宋春舫當屬先行者。1921年,《申報》在向讀者介紹《東方雜誌》即將出版的內容中有《未來派戲劇四種》一文,這是《申報》所刊登的最早與「未來派戲劇」相關的新聞。該文作者宋春舫認為,「未來派之興,實為反對舊有之藝術,蓋有鑒於意人之沾滯埋想,太為古代文化所束縛,春蠶作繭,解脫無由,反動之來,固其宜也。」〔註181〕此後,宋春舫相繼翻譯未來派戲劇如《換個丈夫罷》《早已過去了》《槍聲》《只有一條狗》等,並嘗試創作了未來派劇木《盲腸炎》。上海繁榮的娛樂文化,為未來派戲劇走向舞臺從而進入話劇市場提供了可能性。1924年1月6日,《申報》在第1版刊登了上海實驗劇社的演出廣告:

〔註177〕《申報》1928年1月15日。
〔註178〕鞏思文《奧尼爾及其戲劇》,《戲劇與人生》第1卷第5期,1935年。
〔註179〕《申報》1921年3月7日。
〔註180〕《申報》1921年11月1日。
〔註181〕宋春舫《現代意大利戲劇之特點》,《東方雜誌》1921年第20號。

　　　　　北四川路橫濱橋中央大會堂今日午後二時有歌劇《葡萄仙子》
　　　白話劇《良心不死》及《換個丈夫罷》三劇公演（門口臨時售券）。
該廣告較為簡單的原因在於《申報》從 1923 年 12 月開始就以新聞的形式告知
觀眾實驗劇社將演出《換個丈夫罷》一劇。而在正式演出前，《申報》已向觀
眾介紹了該劇的劇情：

　　　　一個寡婦，在伊重婚的兩年之內，始終沒有滿意的時候，總是
　　覺得前夫好，天天記著他。果然有一天，死了的人——伊的故夫，
　　從墳裏爬出來，跑到他們家裏來了。

　　　　一個女子、兩個男人，怎樣過活呢？第一個解決的辦法是由女
　　子挑選。但是伊同他們兩人的感情都狠好的，現在只因歇了許多時
　　候，所以好像歡喜故夫一點。於是最後的辦法，只有由伊現在的丈
　　夫去死，但只以兩年為期。兩年後故夫再去死一次，以後總是二人
　　輪流著死活，那麼女子也可以滿意，不至於十分討厭丈夫了。〔註182〕

從以上內容來看，該劇故事大膽，涉及到當時社會上女性根據喜歡選擇丈夫的
敏感話題，「係意國 Marco Dessy 氏編著」〔註183〕，宋春舫翻譯。繼實驗劇社
之後，曉鐘劇社於 1925 年 3 月演出未來派戲劇《？》，「係極短之三幕，純粹
為一理想劇，與已往及現在之新劇迥然不同。」〔註184〕該劇演出結束後，《申
報》刊登了陳景新所寫劇評《觀曉鐘劇社無言劇以後》一文：

　　　　曉鐘劇社之理想無言新劇，為春柳同志馮懊儂君所編。情節大
　　意演一女慕乙憎甲，女父愛甲樸而惡乙滑，僕人則厭甲乙二人。乙
　　固貧，既為盜，女父誤執甲，竊疑焉。全劇共三幕，用意頗深。如
　　第一幕甲男赴女家，遇情敵，氣憤而歸，忘戴帽子，為獲得乙男情
　　書之伏線，極為曲折。第二幕乙男夜間遇竊賊，因赴女家效其所為。
　　第三幕乙行竊，被甲瞥見，二人互毆，甲力弱，被乙推倒，父女咸
　　集，見甲仆地，大失所望。其時父之心中，以為他素常樸實，何以
　　趁夜入人家宅，非奸即盜。而女之心中，以為他本貧窮，覬覦吾家
　　財產，為意中事，此劇即於此結束。蓄意甚深，令觀者自能覺悟，
　　頗有價值。聞此劇為曉鐘劇社第一次表演，已有如此成績，不禁為

〔註182〕《申報》1924 年 1 月 5 日。
〔註183〕《申報》1923 年 12 月 17 日。
〔註184〕《申報》1925 年 3 月 7 日。

新劇前途賀也。〔註185〕

陳景新觀看完此劇後認為該劇「蓄意甚深，令觀者自能覺悟，頗有價值」並盛讚曉鐘劇社演出十分成功。1926 年，曉鐘劇社又演出了由馮懊儂所編寫的未來派戲劇《另外的一幕》和《鐵窗風味》：

> 今日下午八時，假座小西門通俗演講場（少年宣講團）表演《和平之神》《另外的一幕》《？》《鐵窗風味》。售價：四角、六角、一元。〔註186〕

該廣告位於當日《申報》第 1 版，是該版面的最後一則廣告。緊接著，當日《申報》第 17 版、第 22 版則有對此次所演之劇目的介紹。《鐵窗風味》劇情為：

> 為一劇情短而意味長之未來派劇。略謂有一囚，不知犯何罪。禁於石牢，初尚覺怨憤，繼則因窗外之景色漸生興趣。及監禁期滿，仍不思出。既而長官親往釋放，仍堅不欲出獄。因是長官每疑為得神經病所致，實則不願出獄。拋棄塵念者，有極深奧之意義在焉。〔註187〕

《另外的一幕》的劇情為：

> 描寫將來戀愛生活之一段，寫法極新穎，劇情亦短而有餘味。略謂有夫之婦，豔而孝，（孝於欲）有外偶，夫不忌。情夫常公然往來，夫亦不以為奇。一日，夫出外，妻為情夫誘去公園密會。家中僅一癱父一幼女。見之，父能聽見而不能言（啞子），女能言能聽而不知。父泣孫女隨之泣。蓋父之泣，泣媳之虐己而孝外，女之泣則茫然無知之泣，亦苦矣哉。〔註188〕

從《申報》這些圍繞演出廣告而刊登的內容來看，未來派戲劇幕數不多，故事情節的設置極為大膽，可謂天馬行空，「是〔狂人〕的劇本。」〔註189〕《換個丈夫罷》中讓死去的丈夫活轉過來並且可以讓女子自由選擇與故夫或現在的丈夫生活，然而從現實角度而言，「死過去的人，那裏還能活得轉來呢？即使活了轉來，那裏還有膽量再叫人去死呢？妻子被人家占去不算，還有自己一步

〔註185〕《申報》1925 年 3 月 10 日。
〔註186〕《申報》1926 年 7 月 8 日。
〔註187〕《申報》1926 年 7 月 8 日。
〔註188〕《申報》1926 年 7 月 8 日。
〔註189〕宋春舫《宋春舫論劇第 1 集》〔M〕，上海：中華書局，民國 12 年第 185 頁。

一步的爬進棺材裏頭去，世界上除了羲皇上人，那裏還有這種笨伯」〔註190〕；
《鐵窗風味》中因不明原因入獄的囚犯最後卻愛上石牢外的風景即便最後可
以出獄也不願離開，這樣的故事情節在觀眾看來「完全是一種沒理由」〔註191〕
的，哪有囚犯坐牢卻愛上牢房而不願出獄的。其次，未來派戲劇在戲劇語言上
表現為一種「詩性」，常常富含哲理意味或諷刺意味，如《換個丈夫罷》中「寓
意深刻，含有諷刺意味」〔註192〕，《鐵窗風味》有如詩一般的語言，「〔你看那
泉水，流得又溫和又柔軟〕〔那白雲兒一會變支牛一會兒還變個美人兒〕〔那森
森的樹木都是魔鬼〕〔法律到底是什麼東西〕〔要四大皆空，一塵不染才有賞玩
這風景的資格呢〕〔餓了病了，都是身上的事，只要心中不餓，心中不病就是
了〕。」〔註193〕此外，未來派戲劇呈現於舞臺演出時強調布景造型，《鐵窗風
味》中「布景分為三層，第一層壯偉之山石，第二層陰森恐怖之石牢，第三層
則忽為明媚之景色如紅花、綠樹、青山、翠鳥、金蟬即昔陶公之所謂桃花源亦
無以過之」〔註194〕。事實上，一般觀眾對未來派戲劇無論是劇情還是戲劇語
言存在著理解上的困難，未來派戲劇也要求觀眾能自行去領會劇中深意。然
而，未來派戲劇的演出讓上海觀眾看到了在寫實主義、象徵主義戲劇舞臺表演
之外的另一種戲劇演出形式，「不啻為中國戲劇界開一新紀元，對於藝術前途
可多貢獻。」〔註195〕

　　以象徵主義、表現主義與未來主義為代表的現代主義戲劇作品在中國上
演時，《申報》所刊登的演出廣告在完成告知演出基本消息的任務之時也與相
關的新聞、劇評等一起向觀眾介紹這種不同於傳統戲曲舞臺表現形式的話劇
藝術。為讓觀眾接受認可這種戲劇藝術形式，廣告在宣傳時不乏有誇大演出價
值或與時事熱點相結合等行為。而從觀眾的反饋來看，現代主義戲劇作品大多
受到了觀眾的排斥或不理解。然而，到20世紀30年代曹禺的一系列作品中卻
能發現現代主義戲劇的表現形式。因此，這些現代主義戲劇作品無論演出結果
如何，都在無形中在培養著話劇的觀眾市場，也參與了中國現代話劇觀念的形
成與成熟。

〔註190〕《申報》1924年1月5日。
〔註191〕《申報》1924年1月5日。
〔註192〕《申報》1924年1月11日。
〔註193〕《申報》1926年7月8日。
〔註194〕《申報》1926年7月8日。
〔註195〕《申報》1924年1月11日。

第四節　廣告愛美劇：探索理論主張與觀眾需求的平衡

　　作為一種舶來品的藝術，話劇的形成與發展受到西方戲劇藝術的影響。呈現於舞臺上的悲劇、寫實主義或現代主義劇作在演出時，或受到觀眾的歡迎或受到排斥。試圖從中國社會現狀出發而探討話劇實踐的愛美劇運動，因其所具有的實驗性以及對藝術性的追求而決定了其影響力的有限性。然而，從《申報》所刊登的演出廣告來看，話劇從業者也利用廣告來宣傳愛美劇的演出並試圖在理論主張的過程中實現與觀眾需求的平衡。

一、愛美劇的理論資源——小劇場運動

　　在五四新文化運動之前，對比較成規模的早期話劇運動的介紹在《申報》的廣告中並未有過記載，後來被中國現代話劇史命名的「甲寅中興」也是後來的話劇研究者總結提出的。新文化運動之後，《申報》廣告逐漸涉及到對話劇運動的介紹與推廣，尤其是對西方話劇運動的介紹。從《申報》所刊登的內容來看，宋春舫為介紹西方話劇運動之第一人。1919 年 4 月，《申報》刊登的由宋春舫所撰寫的《〈三一〉律》一文向讀者介紹了歐美戲劇創作的「三一律」原則——「時間統一〔Unity of time〕，地點統一〔Unity of Place〕，題義統一〔Unity of Atcion〕之謂也。」〔註196〕此後，宋春舫又相繼向中國讀者介紹了包括戈登・格雷的傀儡劇場、萊因哈特的劇場監督等在內的西方劇場運動。除宋春舫外，徐半梅是在《申報》上撰文介紹西方劇場運動最多之人，主要包括：第一，撰文《民眾劇場》，向讀者介紹歐洲民眾劇場運動。徐半梅認為，「演劇雖為民眾本位之藝術，然亦一種企業組織之故，實由資本家之計算以左右之」，「演劇之費用亦高」〔註197〕，民眾劇場的出現則能改變這種情況。接下來，徐半梅介紹了民眾劇場如何成立、資金來源情況以及劇場票價的設置和演出劇目安排等情況，以邱里黑的市民劇場為案例向讀者介紹民眾劇場對話劇藝術的推動作用。第二，繼提倡「民眾劇場」後，徐半梅又先後在《無形劇場》《戲劇言論界急宜革新》《征服與被征服》《我等之象牙塔》等文中向讀者介紹歐洲的無形劇場運動。徐半梅提出，無形劇場是早期話劇減少商業色彩而提高觀眾審美性的有效途徑，「由是念及歐洲之無形劇場矣，無形劇場以會

〔註196〕《申報》1919 年 4 月 25 日。
〔註197〕《申報》1920 年 7 月 18 日。

員組織研究理想的戲劇，每數月成劇，則試演之戲券酌量贈送，本不望售資之多也，凡商業劇場之有幸無實，故稱無形，求其有實也，此種組織以英法德三國為最多，而英國尤盛。如古拉英之獨立劇場如演劇協會，其最最者也，法國德國有稱自由劇場者，即為此種組織。」〔註 198〕

　　徐半梅介紹的是歐洲的民眾劇場運動與無形劇場，而鄭行巽則在《美國小規模劇場》《美國小規模劇場發展的效果》等文中向讀者介紹美國的小規模劇場運動。鄭行巽在文章中介紹，美國成立小規模劇場最初的目的在於作「新藝術的試驗，是在表演愛美的或文學性質的戲劇」，尤其是在「商業化的劇場經理所視為無利可獲者，是在給與具有非常天才的戲劇家以一種別處所不能得到的表演的機會並且是在給與新從外國考察或研究回來的舞臺布景藝術專家以一種舞臺布景革新運動的實習機會」〔註 199〕，在這些小規模的劇場中，「所演的戲劇多數是些世界著名戲劇家的傑作像俄國契訶夫、英國蕭伯納以及其他名家等。」〔註 200〕小規模劇場對戲劇藝術發展的作用，鄭行巽認為主要體現在這些方面：首先，小規模劇場「已經從一種純為藝術奮鬥以娛觀眾的小機關變成一種有價值的合作組織，取得愛好戲劇藝術的觀眾的合作。」〔註 201〕「一些舞臺布景專家、名家劇本以及甚至於藝術專精的伶人」〔註 202〕開始從職業化的演出轉入對戲劇藝術性的探究。其次，小規模劇場的發展「擴張戲劇表演的領域，到從前戲劇勢力多不能達到的地方去。」〔註 203〕尤其是隨著鐵路運輸的便捷後，「處在鄉間或冷僻地方的人們，因經濟力的限制竟很難得有機會去看戲劇表演」〔註 204〕的地方。從這個意義而言，小規模劇場拓展了觀眾的範圍，培養追求藝術審美的觀眾，進而推動戲劇教育以致培養了民眾劇場的精神。最後，小規模劇場演出時採用的〔演單〕對戲劇發展具有重要的作用。〔演單〕，「就是一些種類的舞臺劇、歌劇等排列在一張單子上，為一個劇團或一個人拿去作為練習或預備表演用的」〔註 205〕，其實〔演單〕更傾向於劇本

〔註 198〕　《申報》1921 年 1 月 20 日。
〔註 199〕　《申報》1927 年 2 月 28 日。
〔註 200〕　《申報》1927 年 2 月 28 日。
〔註 201〕　《申報》1927 年 3 月 1 日。
〔註 202〕　《申報》1927 年 3 月 1 日。
〔註 203〕　《申報》1927 年 3 月 1 日。
〔註 204〕　《申報》1927 年 3 月 1 日。
〔註 205〕　《申報》1927 年 3 月 1 日。

大綱。小規模劇場可以「採取當地的材料編成劇本」〔註206〕，而這些劇本因能反映民眾生活的真面目而受到觀眾的歡迎。〔演單〕（即劇本）成為維持劇場存在的有效方式。

鄭行巽除介紹美國的小規模劇場運動外，也在《平民劇社與柏林戲劇生活》一文中介紹德國的平民劇社。鄭行巽介紹，德國的平民劇社自 1912 年的兩所發展到 1920 年的五所，其票價與座位的設計打破了一貫以來的專制色彩，所演劇目以名家傑作為主；而促成平民劇社發展的重要力量則是觀眾的熱愛，「他們都是以很忠實的態度去欣賞這些世界戲劇文學的傑作之表演，像這種現象在他國是不大容易看見的。」〔註207〕以及公共力量的扶持，「戲劇算是一種最普通的最民眾化的藝術，尤必有賴於公共的扶助才得欣欣向榮。德國〔戲劇的藝術〕並不必要去〔賣〕，用商業的方法去〔賣〕，德國的教育制度就很能以扶持保育它了。」〔註208〕從整個文章內容來看，鄭行巽介紹德國平民劇社的經驗應該是希望為中國話劇的改革提供思路以及培養與之相匹配的觀眾群體。

具有廣泛受眾的《申報》所刊登的文章，更多的是面向一般的讀者。這些刊登於《申報》的與歐美戲劇運動有關的文章在開拓國人眼界的同時也扮演著廣告性質的宣傳作用，為隨後所開展的話劇革新運動培養觀眾。隨著歐美戲劇運動不斷被介紹給中國的觀眾，早期話劇從業者在對其理論吸收改造後發起了符合中國社會環境與觀眾欣賞趣味的早期話劇運動，其中具有代表性的便是愛美劇運動。

二、演出廣告中的愛美劇演出形態

《申報》上最早出現與「愛美劇」有關的新聞是 1923 年 3 月 27 日所刊登的由「有志於新劇之諸青年所組織」〔註209〕的愛美新劇團成立的《愛美新劇團之成立會志》，以及隨後歐陽予倩所任教的南方大學成立愛美新劇社的消息〔註210〕。而《申報》出現的與「愛美劇」有關的演出消息則是 1923 年 5 月 6 日的《戲劇協社今晨排練〈孤軍〉》：

〔註206〕《申報》1927 年 3 月 1 日。
〔註207〕《申報》1927 年 5 月 20 日。
〔註208〕《申報》1927 年 5 月 20 日。
〔註209〕《申報》1923 年 3 月 27 日。
〔註210〕《申報》1923 年 4 月 19 日。

> 《孤軍》一劇，係谷劍塵君所編，《英雄與美人》一劇係陳君大
> 悲所編，《情癡》一劇係該社馬君孟傑所編，此系列二劇演否，尚未
> 決定。聞該社為求人類之真藝術，提倡愛美的真新劇以補助社會教
> 育為宗旨，舞臺表演重用國語，至於化裝完全用油彩，尤為上海愛
> 美劇界之先進。〔註211〕

然而，《申報》在此前的《戲劇學社將演鼓吹裁兵新劇》〔註212〕《戲劇協社復
練〈孤軍〉》〔註213〕等文均涉及向觀眾告知該劇排演之情況但卻未提到「愛
美劇」一詞。當《申報》再次以新聞的形式刊登戲劇協社演出《孤軍》的消
息時將該劇定位為「愛美劇」，應該是有利用「愛美劇」招攬觀眾之目的。何
為「愛美劇」？此新聞中說得極為明確：追求真新劇以補助社會教育為宗旨，
人物表演時用國語即白話，布景化妝用油彩。以「裁兵」為主題的《孤軍》，
「係完全意見派戲劇，其宗旨在運動兵工政策，排斥軍閥。」〔註214〕該劇劇
情如下：

> 一留美學生石某，愛富紳喻某之女，與有婚約。喻本前清道尹，
> 失職已久，生活漸形拮据，乃與其妾商議設一美人計，籠絡該地武
> 官狄某。狄遂入其計中，與喻以位置，狼狽為奸，殘殺同胞，後因
> 事激成罷軍風潮，石亦參與其中，作有秩序之行動，殺狄，沒其產
> 為兵工之用，與女婚焉。〔註215〕

從《申報》的報導來看，《孤軍》於1923年5月27日演出。從唐越石在演出
結束後撰寫的劇評來看，作為「愛美劇」的《孤軍》在演出中演員的表演還是
十分可取的，「縱觀全劇，以飾石師曾之表情最佳」〔註216〕，其次是飾演蕊珠
者，「一笑一哭，極擅天然。」〔註217〕然而，該劇演出時也有不足之處，如飾
演劇中主要角色狄緯之者，「雖配表情太劣，國語猶欠成熟，且染有京劇之惡
習。愛美劇旨趣在革舊維新，沾染舊劇，無謂之舉止，實為愛美劇家所不取。」
〔註218〕演出時，劇中人物臺詞還兼有「喊口號」嫌疑，如「四萬萬的同胞啊！

〔註211〕 《申報》1923年5月6日。
〔註212〕 《申報》1923年3月31日。
〔註213〕 《申報》1923年4月1日。
〔註214〕 《申報》1923年5月22日。
〔註215〕 《申報》1923年3月31日。
〔註216〕 《申報》1924年1月7日。
〔註217〕 《申報》1924年1月7日。
〔註218〕 《申報》1924年1月7日。

你們吃了軍閥的苦，還不醒，到性命危險的時候，刀壓在你的頭上，還不醒嗎？」〔註219〕在唐越石看來，此類臺詞雖有合理性卻「絕不適用於戲劇，因為戲劇中不論包含著那一種主義，都要叫觀眾自去認識，不能把他直接去告訴觀眾。」〔註220〕此文作者唐越石是戲劇協社成員，任布景主任一職並全程參與《孤軍》的排練與演出。因此，唐越石在評述《孤軍》時所體現出來的觀點應該是戲劇協社話劇主張的折射。此後，戲劇協社又演出《終身大事》《潑婦》《少奶奶的扇子》等劇，為「上海愛美劇界之先進。」

除戲劇協社外，辛酉學社也開展愛美劇演出活動。1925 年 5 月 14 日，《申報》其頭版刊登愛美劇《虎去狼來》的公演：

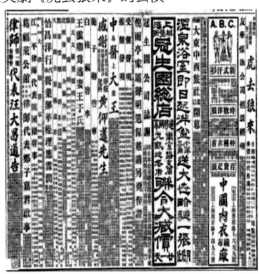

辛酉學社
愛美的劇團
第二次公演

虎去狼來

日　期：陰曆五月十六日（星期六）
　　　　　第一次下午三時、第二次下午八時
地　點：北四川路橫濱橋中央大會堂
券　價：三角、五角
代售處：英大馬路文明書局、棋盤街民智書局、北四川路微微公司、

〔註219〕唐越石《戲劇協社的〈孤軍〉》，《青光》1923 年 6 月。
〔註220〕唐越石《戲劇協社的〈孤軍〉》，《青光》1923 年 6 月。

中央大會堂〔註221〕

　　經過多次排演，在觀眾的要求下《虎去狼來》第二次演出。與《虎去狼來》第一次演出廣告刊登於《申報‧遊藝叢刊》相比，第二次的演出廣告刊登於1925年5月14日《申報》第1版的下半部。此後，《申報》又在5月15日第1版、5月16日第17版刊登該劇演出廣告，由此可見辛酉學社對此次演出的重視。此次公演結束後，沈家驤認為該劇在劇本的結構上雖有優點但演員表演時對劇中人物缺乏感情，有背臺詞之嫌疑，演員在人物形象的塑造上稍顯不足，「華裁縫在得知兒子去軍隊拉夫時之悲急神情稍嫌不足、商議營救方法時表情亦太冷淡」〔註222〕；演出時演員在普通話與方言使用上呈現出矛盾性，「演劇時既用普通話則宜同體用之，在普通話中忽然雜以別地方言，最足使觀眾刺耳」〔註223〕；塑造人物形象時，演員服裝與人物形象不符合，「華媽媽之化裝，殊不似一飽經艱難五十二歲之老媽媽。」〔註224〕

　　圍繞著《孤軍》與《虎去狼來》兩劇演出的劇評文章以舞臺表現為切入口而向觀眾普及愛美劇的理論主張。愛美劇（Amateur），一般譯作「業餘的」、「非專業」的。作為「愛美劇」運動的發起者之一，陳大悲在《愛美的戲劇》中對愛美劇進行了詳細的闡述。首先，他認為「戲劇是種藝術底結晶體。」為保證舞臺演出的順利進行，他提出在舞臺管理方面增設「舞臺監督」，其職責主要是在排練之前「將劇本讀得爛熟」然後再支配「景彩、步位、聲調、動作、化妝、服裝等等的諸項事務。」其次，在舞臺監督之下設置話劇排演的相關部門，分別為負責布景與演出機械事務的布景股主任、保存劇目演出時需要的各種瑣屑用品的保存股主任（即道具師）、負責舞臺燈光設備以及演出用光的電光股主任、作為舞臺監督副手的提示人以及劇目演出中的臨時工作人員如「跑幕的」「換片人」和「電燈工人」。對於提倡愛美的戲劇目的何在？陳大悲認為提倡愛美的戲劇是希望「把戲劇底感化、安慰、一切影響，擴充到職業的戲劇以外，使他成為民眾化。」〔註225〕並希望借助戲劇的改造進而實現社會的改造，「引自己以及民眾去實行個人靈魂的革命。」〔註226〕要

〔註221〕《申報》1925年5月14日。
〔註222〕《申報》1925年5月21日。
〔註223〕《申報》1925年5月21日。
〔註224〕《申報》1925年5月21日。
〔註225〕陳大悲《愛美的戲劇》〔M〕，上海：上海書店出版社，2011年第51頁。
〔註226〕陳大悲《愛美的戲劇》〔M〕，上海：上海書店出版社，2011年第155頁。

「在這烏雲迷蒙的社會裏發一個大霹靂，把這指導社會的愛美的戲劇推擁出來，教戲劇界中一切作惡的妖魔鬼怪自行銷聲匿跡。」〔註227〕其次，陳大悲希望能從「愛美的戲劇中尋出真同志來，引出編劇與演劇新欲望來，養成有鑒賞能力的新觀眾階級來，做將來職業的戲劇底基礎、牆腳、導火線。」〔註228〕將陳大悲的論述與西方劇場運動相比較可知，二者極為相似。實際上，陳大悲在本書《編述底大意》中也表明該書的寫作參考了雪爾敦陳鼎底《劇場新運動》、愛默生泰勒底《愛美的舞臺實施法》、維廉蘭恩佛爾潑底《二十世紀的劇場》〔註229〕等著作。

　　然而，愛美劇對話劇的藝術性的強調卻在偏好娛樂性為主的上海觀眾面前顯得「水土不服」。從《孤軍》與《虎去狼來》的演出廣告與劇評來看，雖然話劇從業者向觀眾介紹愛美劇演出時演員的表演、布景的設計等方面的內容，但觀眾的反饋實際上卻讓人「喜憂參半。」「喜」的是「愛美的」戲劇觀念及其主張終於與觀眾開始接觸，「憂」的是觀眾對其認可度並不高。對以消遣為目的而看戲的觀眾而言，「看戲一向是不大肯用思想去理解。」〔註230〕對於愛美劇的提倡者而言，愛美的戲劇重視精神的創造，不能一味地專用離奇的情節去吸引觀眾，「編排新劇是很困難的事，非具有特殊的思想和知識決不可輕易從事的，哀情戲有難，愛美劇更難，因為愛美劇須含有深刻的描寫和美底襯托。」〔註231〕因此，愛美劇的理論主張與戲劇市場觀眾需求之間的不對等帶來的結果便是愛美劇在整個戲劇市場中處於弱勢，觀眾對愛美劇的態度表現為「不滿意、不信任、看不懂。」〔註232〕

三、廣告宣傳平衡觀眾需求

　　將愛美劇的形態以通俗化的語言表達出來的是天青劇社演出《鐘聲》一劇。1927年6月27日，《申報》刊登了天青劇社演出愛美劇《鐘聲》之廣告：

〔註227〕陳大悲《戲劇指導社會與社會指導戲劇》，《戲劇》1921年第1卷2期第21～25頁。

〔註228〕陳大悲《為什麼我沒有提倡職業的戲劇》，《戲劇》1922年第2卷1期第11～14頁。

〔註229〕參見《愛美的戲劇》中《編述的大意》〔M〕，上海：上海書店出版社，2011年。

〔註230〕《申報》1925年8月1日。

〔註231〕《申報》1928年4月3日。

〔註232〕《申報》1925年8月1日。

六月初一至初四日並請

天青劇社表演愛美劇

《鐘聲》

蝴蝶女士

李萍倩先生及藝界名人登臺

邵醉翁先生編排

劉豁公先生著曲

裘芑香先生譜樂

時間：第一次三時至四時半、新劇四時半至五時半

　　　　第二次新劇四時半至五時半、影戲五時半至七時

　　　　第三次影戲九時一刻至十時三刻、新劇十時三刻至十一時半

價目：日夜一律樓下六角、樓上八角、包廂一元

天青劇社的此則廣告將演員蝴蝶突顯出來並輔以蝴蝶之肖像，可見愛美劇最終要走向觀眾市場依然需要演員號召力的加持。實際上，話劇從業者在《申報》上所刊登的文章在極力普及愛美劇的主張時也儘量與觀眾的娛樂需求相關聯。梳理《申報》所刊登的演劇廣告或新聞消息，「愛美劇」、「愛美戲劇家」等表述不絕如縷。如谷劍塵是「愛美戲劇家」、謝怡德女士「誠愛美劇之後起之秀也」〔註233〕（謝怡德扮演《回家以後》中劉瑪利）、笑舞臺演出獨幕劇時

在廣告宣傳中也談及「愛美劇團」〔註234〕對高尚藝術的追求、神州公司影戲演出影戲《道義之交》時則在觀眾中提及「好幾位著名愛美劇團的分子加入表演」〔註235〕等等。實際上，這些所謂的「愛美戲劇家」有些僅僅參與一次演出活動，如謝怡德僅僅是參與演出了歐陽予倩所編《潑婦》一劇，其後來並未有更多的演劇活動。天青劇社演出《鐘聲》時無論是將蝴蝶女士的名字突顯還是刊登了蝴蝶女士的肖像，都意味著對觀眾趣味的迎合。第二天，天青劇社刊登於《申報》的《鐘聲》演出廣告在表現形式上已有所變化：

請天青劇社表演愛美劇《鐘聲》

裘芭香譜樂　劉豁公著曲　邵醉翁編排　蝴蝶登臺表演

李萍倩等合演　天青音樂團奏樂

內容

幕數：六幕；性質：愛美劇；唱：新編月下曲；白：國語；表：寫真式；

音樂：（新譜）踏沙行、上林村、柳蔭垂釣、清商怨、春風楊柳、霜　　　　天曉角、夕陽宵鼓

聲：蟲聲、獸聲、鐘聲、風聲、禽聲

光：黃昏、黑夜、黎明、月下

附注：詳見戲目欄

該廣告言簡意賅地向觀眾表明天青劇社《鐘聲》乃為愛美劇性質並將該劇之概況介紹給觀眾：幕數為六幕、語言為國語、表演為寫實方式，愛美劇如何進行舞臺布景、燈光如何布置也包含其中。實際上，《申報》在當日的最後一版廣告對《鐘聲》有著更為詳細的介紹：

〔註234〕《申報》1925 年 11 月 15 日。

〔註235〕《申報》1926 年 3 月 18 日。

論新舊劇與《鐘聲》

天青劇社第一劇《鐘聲》，不佞曾一度見其排演，心有所感，爰泛論之。現時中國戲劇，大別為新舊兩派。新派中又有所謂愛美派，而《鐘聲》則又愛美派中之別成蹊徑者。蓋舊劇重唱，有音樂，表演多抽象，新劇重白，無音樂，而易使看客明瞭。茲天青劇社《鐘聲》之作派，頗有特異之點。今分述之。

（一）分幕。舊派分幕，因事敘事，無關緊要之戲，亦一一排演，有類筆記，殊失之太繁。新劇亦犯同病，惟愛美劇斯克免此。《鐘聲》之劇情，苟按事敘演，可延至十餘幕。今只六幕了之，而觀者已瞭如指掌，此分幕之足以勝常也。

（二）背景。舊劇無所謂背景，蓋背景乃總括地、時、及一切劇情之環境而言。試觀舊劇，房屋如此，山林亦如此，更無所謂時間環境。新劇雖較改良，然對於聲也、光也，亦少注意。僅觀《鐘聲》之背景山林茅屋、楊柳池塘、晚靄朝霞、寒月清輝，雜以牧羊聲、遠鐘聲、蛙聲、風聲，極自然界之聲光，使觀者忘其為空幻之舞臺，此背景之別開生面者。

　　（三）臺詞。舊劇白而外，又有唱，唱亦所以代白也，然知者
自知，不知者只聞其哼聲而已。新劇之所以勝於舊劇者，以其有白，
而婦人孺子莫不瞭解。然失之泛，蓋其臺詞，僅演員隨時發揮，甚
有言不中理，胡拉雜湊者，《鐘聲》之臺詞，編有定句，言必中肯，
且全劇六幕，只有白卅餘句。有含蓄，有結構，蓋用文學的手腕，
科學的組織而成者，是臺詞之足以勝常者。

　　（四）表演。舊劇表演多抽象做作，有失乎真，新劇因臺詞浮
泛，表演粗忽，為其短處，惟《鐘聲》臺詞警惕，佐以幽靜之音樂，
表演遂亦因之入木三分矣。

　　（五）音樂。舊劇音樂，聲劇而煩，新劇又太岑寂。《鐘聲》於
表白時，均佐以各種相當之音樂，悲亦悲，喜亦喜，莫不中節。去
煩劇之病，免岑寂之短，愛美劇中之新蹊徑也。

　　總觀以上五端，是斯劇有別乎尋常戲劇而另成一派，是不可無記。

　　至劇情如何，表演如何，非本文所及，當另詳之。〔註236〕

廣告作者沈子香並未有更多的史料介紹，但從其內容而言可以推斷的是其人
要麼是天青劇社成員要麼是愛美劇的忠實粉絲，並對整個戲劇藝術市場十分
熟悉。而該廣告以讀者來稿的形式刊登於《申報》，這與劇社自我宣傳構成了
極好的互證與對話，從而更強調受眾意識。從廣告內容而言，該廣告涉及到《鐘
聲》演出的幕數、背景、臺詞、表演與音樂，並將愛美劇放置於整個戲劇市場
框架中來認識如新劇與舊劇的比較、愛美劇與新劇的比較，因此整個廣告更像
是結合《鐘聲》談論愛美劇觀念的專業性文章。當然，《鐘聲》的演出廣告無
論表現形式如何變化，演員蝴蝶始終佔據著廣告的視覺中心。

　　從《鐘聲》的劇本來看，該劇共六幕，每幕無論是人物還是布景均比較簡
單，如第一幕：

【布景】茅屋一間屋前有池塘以及柳數株

【人物】皇父　黃成　黃蓮貞　周志良

【說明】周志良，附加子，與黃蓮貞善，黃固貧家女，然貌絕慧麗，
　　　　有大家風。周每自校課罷，歸來輒走訪之。聞晚鐘聲乃去，
　　　　習以為常，積久遂生情愛，密誓雙星之約。一日共垂釣於池
　　　　畔，軟語溫存，樂未有艾，意味晚鐘聲催促別去。蓮貞遙望

<hr>

〔註236〕《申報》1927 年 6 月 28 日。

> 疎林目送之，為蓮父聞，老顏輾然。蓋已默認周志良為快婿
> 矣，詎知志良歸去，乃父若母，竟禁之不聽更出，而蓮貞之
> 芳心苦矣。〔註237〕

六幕中第一幕到第五幕的布景均一樣，每一幕的人物在四人以內，這樣的布
景與人物設定在《孤軍》《虎去狼來》等劇作中都能看到。當然，《鐘聲》的
演出廣告無論表現形式如何變化，演員蝴蝶始終佔據著廣告的視覺中心。因
此愛美劇從理論轉化為演出實踐的過程中，觀眾的興趣始終影響其命運走
向。熊佛西認為愛美劇應該是「大多數的人看得懂，大多數的人看得有趣味
的戲劇」〔註238〕且在創作時必須考慮觀眾包括看劇時間、精力與金錢在內的
成本。為此，熊佛西認為愛美劇在創作時要注意三個方面的內容，「第一，劇
本應該短。第二，布景應該少更換。第三，劇中人物應該簡略。」〔註239〕

　　從《申報》所刊登的「愛美劇」的演出廣告來看，話劇從業者雖竭力利用
新聞、劇評等將愛美的戲劇運動推向市場，但從上海的整個大眾文化市場來
看，傳統京戲、評彈以及電影等娛樂方式對愛美劇市場存在著擠壓，甚至有人
感慨，「你看偌大一個上海簡直沒有愛美劇的存在，這不是觀眾還未曾領悟到
愛美劇的旨趣嗎？」〔註240〕作為上海愛美劇運動中的一員，谷劍塵曾於1925
年在《申報》上發表了其對上海愛美劇運動之未來的看法：

> 中國近日之劇場運動始於三五年來之愛美劇家，彼等在社會無
> 多大之勢力，僅為弱者之呼聲故，其影響自微且薄。北京自劇專解
> 散後，不復有新的組織。上海之戲劇協社，雖屢演劇而演員以職業
> 之關係，不過二次。此外之繼起者，果不乏人。但究以化裝演說派
> 之幕表劇為多。辛酉學社自《虎去狼來》表演後，尚未有勇猛之進
> 行，精武體育會亦組織新劇部，且有一中央大會堂與武戲劇協社同
> 有一實驗戲院，在舞臺藝術之實驗上言之較為便利。《山河淚》後正
> 努力改進，雖然欲求戲劇藝術之發展，決非一年僅表演兩三齣劇本
> 之愛美劇團之所獨任之責任。蓋表演之機會，少則一曝十寒，事實
> 上總覺無功可錄也。況愛美的劇社純為〔藝術友誼的結合〕，初未有
> 資本家之贊助與公家之津貼，一劇之籌備，動需時日而置布景，購

〔註237〕綠章《愛美劇：鐘聲》，《戲劇月刊》1928年第1卷第2期。
〔註238〕熊佛西《寫劇原理》〔M〕，上海：中華書局，1933年第10頁。
〔註239〕熊佛西《寫劇原理》〔M〕，上海：中華書局，1933年第18頁。
〔註240〕《申報》1928年4月3日。

買用具又耗鉅資，遂不能不取價於券價以資挹注。凡屬望較苟昧於
趨勢之一般社會，遂以〔貴族化〕□之，其意似是而實非也。〔註241〕
谷劍塵認為在社會上無多大勢力的愛美劇是因為缺乏資金支持而在演出籌
備、布景配置等方面均面臨著困難，其結果是「意似是而實非也。」實際上，
為擴大影響，愛美劇與舊劇、新劇之間並非是完全獨立的，而是可以合作的。
1925 年為聲援五卅工人罷工運動，愛美劇與舊劇家、新劇家在援工遊藝大會
共同演出劇目《國恥的開場》，「劇稿亦由正秋先生著手編訂，定名為《國恥的
開場》，採取林則徐抗英和寧波人偷頭等事實作劇情，並有洪深、歐陽予倩、
汪仲賢諸先生會同京班名角及新劇大家合演。」〔註242〕

　　綜上所述，在愛美劇提倡者看來，「自上海有愛美劇團之組織，一時戲劇
風氣為之一變，從事於此者，均智識階層中人，專究藝術，非藉此為糊口計。
故成績頗可觀，現雖無左右戲劇之能力，然另闢途徑，確已佔有劇界一部分重
要勢力。」〔註243〕愛美劇運動是中國話劇從業者獨立探索話劇現代化的開端。
為讓其理念能深入觀眾，愛美的戲劇最終需要考慮其理論主張與觀眾訴求的
平衡。《申報》所刊登的愛美劇的演出廣告宣傳，扮演著完成這一活動的中介
因素。正是在話劇從業者不斷的努力之下，話劇在觀念上最終走向成熟。

〔註241〕《申報》1925 年 9 月 18 日。
〔註242〕《申報》1925 年 7 月 24 日。
〔註243〕《申報》1925 年 9 月 24 日。

第三章　廣告裏的劇本與劇評

　　以表演形式呈現在舞臺上的話劇，離不開劇本編創與劇評活動。劇本的編創構建話劇演出的情節而成為話劇演出活動的起點，而話劇演出結束後的劇評則為演出的再次進行與藝術的進步提供可供借鑒的意見。圍繞著話劇的演出活動而出現了以編劇與劇評為職業之人。在廣告傳播活動中，編劇家與劇評家有時扮演著「意見領袖」作用，而為爭奪觀眾市場，話劇演出廣告有時會利用編劇家與劇評家的影響力。從這個角度來看，廣告與劇本編創與劇評活動均有著關聯。

第一節　劇本廣告與劇本觀念的普及

　　陳大悲在《愛美的戲劇》中提出「劇場中的生命之源就是劇本，沒有劇本就沒有舞臺，沒有戲場。」〔註1〕洪深在《從中國的新戲說到話劇》中認為話劇由寫劇者、表演者與觀眾三方面合作而成，寫劇者是「將劇中人說的話，客觀的記錄下來。對話不妨是文學的（即選鍊字句），甚至是詩歌的，但是與當時人們所說的話，必須有多少相似，不宜過於奇怪特別，使得聽的人，會注意感覺到，劇中對話，與普通人生所說的話，相去太遠了。」〔註2〕洪深雖未曾像陳大悲那樣直言劇本是劇場的生命，但他將寫劇者放置在話劇的首位來看，

〔註1〕陳大悲《編劇的技術緒言》，參見韓日新編《陳大悲研究資料》〔M〕，北京：中國戲劇出版社，1985年第48頁。

〔註2〕洪深《從中國的新戲說到話劇》，參見孫青紋編《洪深研究專集》〔M〕，杭州：浙江文藝出版社，1986年第176～177頁。

他是極為看重劇本的。此後，洪深在《編劇二十八問》《電影戲劇的編劇方法》等著作中均談及劇本的編創問題。事實上，劇本作為話劇與傳統戲曲相區別的重要特徵，其不斷成熟的過程正是中國話劇成熟的彰顯。

一、演出廣告涉及「腳本」

春陽社所演《黑奴籲天錄》共分十二齣，分別為「送學、索債、規夫、別妻、竊聽、夜遁、落店、索奴、追逃、遇友、取湯、贈別。」〔註3〕該劇的演出，讓觀眾看到了「戲是分幕的。與京班中所演一場一場連續不已的新戲，完全不同。」〔註4〕然而，《黑奴籲天錄》雖向觀眾介紹「分幕」，但處於萌芽期的話劇在演出時則更多地採用「幕表」形式即「沒有劇本只靠一張幕表演戲之謂。編劇的人並不寫出完整的劇本，只根據傳說、筆記或小說之類把故事編排一下，把它分成若干場，每一場按照故事的排列分配一些角色，有時寫明上下場的次序，有時不寫，有時注上按照情節非說不可的臺詞，有時連這個也沒有。排戲的時候，只要把角色分派好，把演員的名字寫在劇中人的下面，大家聚攏來，把戲的情節和上下場的次序說一說，那就編和導的責任都盡了。」〔註5〕以幕表形式演出時，舞臺演出要求演員之間要有極高的配合度。劍嘯曾記載過幕表制的演出過程，「先去尋找或編撰一段故事，但故事得到之後，並不去編製劇本，卻去依照故事去分派角色，角色派定之後，大家略略地把這段故事相互研究一下，由導演人（當時並無導演之名，因為其地位和導演相近，以此稱之）去寫一張提綱，此後便是正式出演了。在正式出演的時候，導演人在後臺把著一張提綱去做總指揮，遇到該某個角色出場的時候，便依照預定的故事臨時信口去謅，到了實在謅不出來的時候，偷偷地向司幕人丟一個眼色，司幕人便迅速閉下了幕。第一幕如此，第二幕也如此，直至故事完畢，戲也就該結束了。」〔註6〕

「分幕」雖根據中國傳統戲曲的分場方法進行但卻成為界定早期話劇形態的重要外在特徵。從《申報》所登早期話劇的演出廣告中來看，早期話劇演出時「分幕」較多，一般情況下為八九幕，有時則能達到二三十幕。《家庭恩

〔註3〕《申報》1907 年 11 月 1 日。
〔註4〕徐半梅《話劇創時期回憶錄》〔M〕，北京：中國戲劇出版社，1957 年第 19 頁。
〔註5〕歐陽予倩《談文明戲》，參見歐陽予倩著《歐陽予倩全集第六卷》〔M〕，上海：
上海文藝出版社，1990 年第 220 頁。
〔註6〕劍嘯《中國的話劇》，《劇學月刊》第二卷第 7、8 期合刊，1933 年 8 月。

怨記》為七幕，《社會鐘》有十幕，《新茶花》有十幕，民鳴社所演出《西太后》則有三十二幕。早期話劇採用幕表形式演出，一方面滿足了觀眾對故事情節的完整性與新奇性的需求，「大抵觀新劇者，既無歌曲可聽，則專以情節為尚，每每一覽之後，即不願再觀，於是每星期中，必須有一兩本新編之劇，」〔註7〕另一方面卻也造成了演出的無序性與隨意性。演出時，有些演員臨上臺演出前只知道故事大概甚至有時連演員自己也不知道舞臺上演出的是什麼，「我剛進來的時候一點不知道今天晚上演什麼，可是剛才這場，居然不壞，臺底下還是吃。」〔註8〕從這樣的情形來看，早期話劇在演出規範與提高藝術性方面還有很長的路要走。

除「分幕」外，《申報》所刊登演出廣告文本中也涉及到「腳本」。《偏心公婆》，「本社家庭戲腳本，均出名人手筆，每演一劇，必斟酌盡善，使各藝員各肖人家口吻，無論嬌憨戀直接，悲慘悍潑諸技，雜流純正，偏頗類，能面面俱到，備受座客歡迎。」〔註9〕《惡家庭》，「新編腳本。」〔註10〕《家庭恩怨記》，「是劇腳本為陸鏡若所編」〔註11〕，「春柳好腳本，為社會最信用。」〔註12〕《金屋恨》，「新編現實家庭情態，無微不至而結構完密，逐幕皆特具之精彩，腳本既佳，益以春柳演員之藝術可稱雙美。」〔註13〕《未了緣》，「布局之奇，為新劇中見所未見而腳本之設想新穎，情節之悲歡離合，超乎尋常之劇萬萬矣。」〔註14〕這些廣告對腳本的介紹以誇讚或由名人所編，其目的是配合劇目演出活動。然而這些廣告中的「腳本」實際也在無意識地培養觀眾對「腳本」的認知，比如《金屋恨》中便向觀眾告知好的腳本應該是細節充分、結構完整且每幕都有精彩。

如果說《申報》演出廣告對腳本的介紹較為簡略，那麼演出結束後承當廣告作用的劇評則更進一步向觀眾介紹劇目演出所依據的腳本。以春柳劇場所演《社會鐘》為例。該劇演出結束後，馮叔鸞在劇評中談及了春柳社演出此劇

〔註 7〕馮叔鸞《嘯虹軒劇話》，載《遊戲雜誌》1915 年第 18 期。
〔註 8〕歐陽予倩《談文明戲》，參見歐陽予倩著《歐陽予倩全集第六卷》〔M〕，上海：
　　　　上海文藝出版社，1990 年第 220 頁。
〔註 9〕《申報》1913 年 12 月 22 日。
〔註10〕《申報》1913 年 9 月 26 日。
〔註11〕《申報》1914 年 6 月 21 日。
〔註12〕《申報》1915 年 4 月 12 日。
〔註13〕《申報》1914 年 9 月 14 日。
〔註14〕《申報》1914 年 10 月 15 日。

時所採用的腳本與日本新派劇腳本的不同：

> 是夜所演本同志會所譯之本，於第一幕前增石家移家一幕而毫
> 無情節，第四幕之前又加入秋蘭、石二投寺及王中將之夫人與劉姨
> 太太晤談兩幕，亦無甚必要之情節。第五第六兩幕，卻並成一幕，
> 遂令石大郎欲回。顧弱妹癡弟鄉人不肯等情節，減色不少，而石大
> 郎之掙脫繩縛為無因矣。凡一劇之腳本經若干心血構造而成，決不
> 容輕易更改，致有點金成鐵之譏也。〔註 15〕

馮叔鸞認為春柳社演出《社會鐘》時所增加的情節與原腳本相比，是「無甚必
要之情節」，而演出時將第五幕與第六幕合成一幕的做法也減少了故事原本的
邏輯性，最後則提出腳本是「若干心血而成」，所以不能輕易更改，簡短地話
語向觀眾表明腳本的重要性。春柳社演出《不如歸》結束後，《申報》刊登了
讀者「木公」的來稿文章。在文章中，作者首先談及的便是腳本，「是劇大致
均按原書情節編演，而能摘其精華，去其渣滓，以故各幕演來，均能一氣貫注，
恰到好處。既無牽強支離，亦少畫蛇添足等弊。」〔註 16〕新民劇社演出《不如
歸》之後，觀眾「浙東布衣」在《申報》所刊登的文章中稱讚《不如歸》的腳
本，「是劇共九幕，腳本之細膩，情節之周密，凡一舉一動一言一語極有骨子，
自始至終毫無缺點。」〔註 17〕馮叔鸞在談及《不如歸》一劇時也肯定了該劇腳
本的優良性，「新劇純是文學演藝的性質，故其腳本之結構必求立意新奇而虛
實互用。每劇雖不出四五幕而前因後果，種種變遷及一一曲折細微之處，皆能
現出，方為佳作。」〔註 18〕該劇本共七幕，「全書若干文字，其所描寫者，除
金城乃父而外，其餘曾有一人一事為劇中所遺漏否？腳本之結構至此，真不愧
為能手，真不愧稱傑作也。」〔註 19〕

這些圍繞著演出廣告的劇評文章在談及腳本時多為稱讚語氣，而這些對
腳本的稱讚也向觀眾宣傳良好腳本的標準——立意新奇結構合理且為舞臺演
出之依據。在這些觀點的長期侵淫之下，早期話劇提倡腳本編創與重視腳本的
作用。馮叔鸞認為腳本是舞臺演出的唯一要素：

> 腳本者，劇中唯一之要素也，演員其次之，布景服裝又其次之。

〔註 15〕 馮叔鸞《新民社之〈社會鐘〉》，《俳優雜誌》1914 年第 1 期。
〔註 16〕 《申報》1914 年 5 月 10 日。
〔註 17〕 《申報》1915 年 2 月 1 日。
〔註 18〕 馮叔鸞《新劇佳作〈不如歸〉》，《遊戲雜誌》1915 年第 18 期。
〔註 19〕 馮叔鸞《新劇佳作〈不如歸〉》，《遊戲雜誌》1915 年第 18 期。

欲明其所以然，則不可不知登場之人，實為傀儡，而其語意動作，乃被動的，而非主動的，機械的，而非天然的。

演劇人當遵行惟謹，是故演劇者為傀儡，腳本實為此傀儡之線索。能提此線索，以運用此傀儡而使之語言動作者，厥為腳本之著作家。

輿論至此，則腳本之重要可知而著作腳本之不易更可知。

鳳昔醉認為腳本規定了演員的表演並保證了舞臺演出的效果〔註20〕：

若讀腳本，則情節了然，關係明晰，雖不能盡善無憾，亦不致漏洞百出，此讀腳本之利一也；

若讀腳本，則言論既可先事預備，表情亦能早為研究，即登臺獻藝，自然從容不迫，體貼入微矣。此讀腳本之利二也；

若讀腳本，即所以是這明劇中之身份，當發之言論，而不越出範圍，此讀腳本之利三也；

若讀腳本，則劇中之國名時代，即可明，言論白口亦有標準矣，此讀腳本之利四也；

若讀腳本，則白口次序，有條不紊，正角既無由搶口，配角亦得依次發言矣，此讀腳本之利五也。〔註21〕

春柳社之所以能為觀眾提供高質量的演出「沒有長篇的議論，沒有突出的噱頭，演出形象始終比較整齊合理的」〔註22〕重要原因在於「春柳尤重熟讀腳本，一字之微，寓意綿遠，識者稱焉。」〔註23〕且嚴格按照劇本內容演出，「有『準綱準詞』不允許演員在臺上不依照劇本自由發揮。」〔註24〕

從《申報》所刊登的演出廣告中來看，1916 年後腳本（劇本）成為劇社演出廣告的宣傳賣點。民鳴社 1916 年 8 月 16 日刊登於《申報》的廣告中便以「第一劇場、第一人才、第一彩景、第一劇本」〔註25〕號召觀眾觀看民鳴劇社

〔註20〕昔醉《鞠部叢刊·劇學論壇》，上海交通大學讀書館，1918 年第 67 頁。
〔註21〕馮叔鸞《戲學講義》，《戲學雜誌》1914 年第 12 期。
〔註22〕歐陽予倩《回憶春柳》，參見歐陽予倩著《歐陽予倩全集第六卷》〔M〕，上海：上海文藝出版社，1990 年第 167 頁。
〔註23〕《申報》1914 年 9 月 21 日。
〔註24〕歐陽予倩《談文明戲》，參見歐陽予倩著《歐陽予倩全集第六卷》〔M〕，上海：上海文藝出版社，1990 年第 195 頁。
〔註25〕《申報》1916 年 8 月 16 日。

之演出。普化女子演藝團在宣傳本社團演出之特色時便將其特色歸納為：「（腳本）——（演員）——（布景）——（演劇）。」〔註26〕笑舞臺宣傳《饅頭庵》一劇時列出的五種特色，腳本居於首，「一、腳本配合之精美，二、美妙新鮮之歌舞，三、有兩個小生拼唱做，四、有客串老生登臺，五、有電光布景予倩空中歌舞。」〔註27〕鳴新社演出《果報錄》時，其演出廣告中首先提及的便是劇本，「本社演此劇有三大特色：一劇本之編纂詳盡，劇意之含蓄有趣；一角色之支配得當，恰如身份；三布景之特置。」〔註28〕到笑舞臺演出《老五殉情記》一劇時，其廣告中已有「簡直有了腳本了，所以無論如何演不壞的。說話做工，一搭一檔，都有一定，好在細膩精深的心曲，都在淺顯的情節裏表出，使得看客從心眼裏歡喜出來」〔註29〕的表述。

《申報》1916 年 8 月 16 日所刊登的民鳴社廣告

鳴新社演出《果報錄》的廣告

二、廣告宣傳編劇家

　　隨著早期話劇進入繁榮的「甲寅中興」時期，早期話劇便在其演出廣告中宣傳從事編劇職責之人。春柳劇場演出《家庭恩怨記》的廣告中有「是劇腳本

〔註26〕《申報》1914 年 8 月 5 日。
〔註27〕《申報》1917 年 1 月 1 日。
〔註28〕《申報》1918 年 5 月 30 日。
〔註29〕《申報》1920 年 9 月 4 日。

為陸鏡若所編」〔註30〕之語；新劇同志會演出《尖嘴姑娘》的廣告中向觀眾宣傳此劇為鄭正秋所編，「新劇大家鄭正秋特編」〔註31〕；春柳社演出《秋海棠》時，廣告中有「歐陽予倩新編怨情新劇」、「為歐陽予倩君生平第一佳作」〔註32〕之語；民鳴社於 1916 年 8 月 16 日刊登於《申報》的廣告將劇本編劇顧無為作為宣傳點，「第一劇場，第一人才，第一彩景，第一劇本」，「最高尚最優價值之劇本，出自社會教育家顧無為先生及編演名人鄭正秋先生之手筆居多，兩先生皆本社編演主任，故中外人士莫不異口同聲稱譽。本社為產生高尚劇本之賢母，本社邀以美譽，實有無上之光榮，敢不自勉，精益求精，以答者之雅誼。除兩主任外，並延請名人編輯古今中外名劇，以供邦人評鑒，倘蒙賜教，尤所歡迎」〔註33〕；戲劇協社演出《潑婦》的廣告中向觀眾宣傳此劇為歐陽予倩所編，等等。除將編劇之人告知觀眾之外，《申報》所刊登的廣告有時會對某編劇家進行詳細的介紹。許嘯天加入民鳴社之後，民鳴社的演劇廣告中便有對其從事腳本編劇履歷的介紹：

民鳴新劇社
大放光彩

<hr>

〔註30〕《申報》1914 年 6 月 21 日。
〔註31〕《申報》1913 年 10 月 3 日。
〔註32〕《申報》1914 年 9 月 26 日。
〔註33〕《申報》1916 年 8 月 16 日。

　　大劇本學家

許嘯天

　　特請在本社擔任編撰新劇腳本之預告

　　上海第一次舉行新劇，舞臺上即有許君之足跡。垂十年來，手植劇團以十計，手編劇本以百計，其劇本發刊於滬上《小說月報》《民立》《天鐸》《時事》並江浙、燕粵各報者，莫不紙貴洛陽，傳誦一時。其間，如《血淚碑》《美人心》《公子無緣》（即《孽海冤禽》）《弱女救父》（即《媛媛殺強盜》）等劇，演諸大江南北，更屬膾炙人口、譽滿天下。前為浙人函電，固邀而去滬，今以組織劇院道出滬上。經本社員陶天演君，以公義私情一再請求，已承慨允以駐滬，期內為本社擔任編撰劇本，名家傑構，不日，實演本社。為諸君賀眼福幸，諸君注意特此預告。〔註34〕

從廣告的設計來看，「許嘯天」三個字以加大加粗的形式呈現且佔據該廣告的據對視覺中心，可見許嘯天此時在戲劇市場具有一定的觀眾號召力。洪深自美國歸來加入戲劇改進社排演白話劇《趙閻王》，《趙閻王》的演出廣告中也有洪深的編劇經歷的介紹：

　　鼓吹裁兵之社會新劇《趙閻王》係戲劇家洪深君所新編，洪君留學美國，專門研究戲劇，深得個中三味，曾在紐約等處登臺奏技備受社會歡迎。前年因華北水災演劇籌賑排演英文《木蘭從軍》，尤著聲譽。此次慨允犧牲色相，現身說法，實為回國後第一次。〔註35〕

　　洪深為留美學生，於戲劇研究甚深，嘗在美排演《木蘭從軍》，極得彼邦人士之贊許。近慨中國新劇藝術之幼稚，乃發起戲劇協社，為我國愛美的新劇中第一人。〔註36〕

演出廣告對許嘯天、洪深編劇履歷的介紹不排除劇社想利用其聲譽招攬顧客以獲取商業利潤的嫌疑，但事實上帶來的結果是讓觀眾對劇作家這一職業的瞭解。從中西方戲劇發展歷程來看，劇作家處於整個戲劇活動的核心地位，是戲劇精神與戲劇人物、語言的創造者。從話劇演出流程來看，劇作家所編創的劇本為戲劇演出活動提供了最初的藍本，也為演員的表演提供了可供參照的

〔註34〕《申報》1914 年 2 月 1 日。
〔註35〕《申報》1923 年 2 月 4 日。
〔註36〕《申報》1925 年 5 月 21 日。

文本。對於從事編劇之人，劍雲在《新劇平議》中將其劃分為四種：

> 對於從事編劇之人，大概可以分為四種。第一種為無戲劇經驗
> 之文學編劇家，第二種為信手胡謅之無聊編劇家，第三種為專門編
> 劇家，第四種為臨時編劇家，也屬於第一種者。所用之布景只可作
> 小說觀，而不能實現諸舞臺之上。如繡閣一間，其窗外為一花園。
> 園中某處，又紅樓一角，適對此窗，一男一女，乃表示無限之愛情。
> 姑不論無偌大之舞臺，布兩套之背景；即有之，窗外之園、之屋、
> 之人，看客已不克見，遑論表情哉？至其所作之問答，大都文詞艱
> 深，不合白話之旨，而又言多做少，易起看客厭倦之心。故此項腳
> 本，讀之固引人入勝；而演之則殊多扞格也。屬於第二種者，但知
> 拾人牙慧，依樣葫蘆，三言兩語，便成一幕，每齣多至二三十幕，
> 一日可塗表數張，即成新劇數本。既無情節，何論價值？復自忘讜
> 陋，託人介紹，大登其報，大吹其牛，自命編劇大家，云有腳本數
> 十齣，待價而沽。不料無人過問。嗚呼，此等人真無聊極矣。然而
> 我甚服其顏之厚，皮之老，膽之大，量之宏也。屬於第三種者，其
> 學問經驗，自高人一等，而太醇小疵，亦所不免，且乏攝人之魄力，
> 即閉幕時無甚精彩是也。且猶有憾者：凡有人來之前，其主人必坐
> 而恭候一若有先知之明，按之情理，頗為不合，能去此弊斯佳。屬
> 於第四種，雖日偶一為之，而不數數觀之佳構，往往飽人眼福，此
> 由徵求腳本而得，則信夫重賞之下，必有勇夫也。惟新劇以文明為
> 貴，託夢扮鬼一切迷信之舉，最好刪而不用，始無污點可覓。〔註37〕

文中將從事編劇之人劃分為四種，然而劍雲認為這四種從事編劇之人卻都是
不合格之人，因而在文章結尾號召培養合格的編劇家。根據劍雲的分類以及
《申報》的演劇廣告，筆者認為從事早期話劇編劇之人可以分為這四類：

第一類是以包天笑為代表的通俗文學作家。歐陽予倩在《回憶春柳》中
曾談及新民社所演出的許多劇目都是根據包天笑的小說所改編的，「像《空谷
蘭》《梅花落》是根據包天笑翻譯的英國（？）流行小說改編的。」〔註38〕《申
報》所刊登的演出廣告也印證歐陽予倩的說法。《梅花落》的廣告中寫到，該

〔註37〕劍雲《新劇平議》，《繁華雜誌》1915 年第 5 期。
〔註38〕歐陽予倩《回憶春柳》，參見歐陽予倩著《歐陽予倩全集第六卷》〔M〕，上海：
上海文藝出版社，1990 年第 200 頁。

劇為「吳門天笑生君傑作，情節之奇妙，結構之縝密」〔註39〕；《玉雪留痕》的廣告語中有「本社特請包天笑先生新編」、「情節之奇妙，實為人意想不到」〔註40〕；《空谷蘭》的廣告語「《空谷蘭》係一部最著名的小說，出自時報記者包天笑先生手筆」〔註41〕；《意中緣》為廣告語「包天笑先生新編」、「編者係包君天笑，字斟句酌，頗費心機，先生本文壇健將，編劇名人，而是劇尤為得意之佳作。」〔註42〕從《申報》所刊登的演出廣告來看，將文學改編為劇本的情形十分常見。將處於正統知識觀之外的說部小說改編為劇本的情形則較為常見。

《恒　娘》：世界上最難形容者莫過於家庭現狀，而家庭現狀之最難形容者莫過於夫婦妻妾之間。《聊齋》一書大半談家庭而不及國事，尤好談閨房中瑣屑之事，形容入細，筆下有甚，取其事實變為劇本，往往趣味甚濃，引人入勝。即如《恒娘》一劇，情節之佳為全書第一。本社前曾演過，看得人家搖頭頓足，鼓掌如雷。茲因華洋商界名人來函，煩請准於今晚在謀得利重演此劇。〔註43〕

《癡公子》：即《聊齋誌異》之《小翠》，自排為新劇，又名《癡兒福》。劇中情節莊諧雜出，趣味深遠，為新劇中最玲瓏剔透之佳作。歷演於滬上及他各埠，無不受極端之歡迎。〔註44〕

《馴　悍》：是劇情節大略採取《聊齋誌異·馬介甫》一則而成，意主勸懲、意求新穎，惟與原文頗有特異之處，用易今名以示別一。〔註45〕

《武　松》：《水滸》是第一部好小說，武松是第一個大好漢。凡愛看小說者，莫不愛看《水滸傳》，而看《水滸傳》者，更莫不愛慕武松之為。本社因是特編為劇，歷演於滬，備受社會歡迎。今年以來各界紛紛來函，要求重演一次。〔註46〕

《西廂記》：《西廂》為才子書之一，早已膾炙人口。各劇場屢排此劇，卒以種種困難未果，即前崑曲亦未盡善。本社排演此劇煞費苦心，其中

〔註39〕《申報》1914 年 3 月 1 日。
〔註40〕《申報》1914 年 6 月 4 日。
〔註41〕《申報》1914 年 11 月 6 日。
〔註42〕《申報》1915 年 12 月 20 日。
〔註43〕《申報》1913 年 10 月 27 日。
〔註44〕《申報》1913 年 12 月 8 日。
〔註45〕《申報》1914 年 4 月 23 日。
〔註46〕《申報》1915 年 3 月 29 日。

人物以查天影之張君瑞、子美之鶯鶯、雙宜之紅娘，為一時無比。
尤以本社名生鍾笑吾串是劇之催老夫人，為個中特色之特色。此
劇始終，本社敢自信為幕幕有精彩，觀者於觀劇後方信言之非謬
矣。〔註47〕

……

義華在《六年來海上新劇大事記》一文中記載，「初，海上新劇大半取材於筆
記，而《聊齋誌異》一書取材尤多。」〔註48〕從演出劇目來看，新民社根據《聊
齋誌異》排演了《馬介甫》《胡四娘》《恒娘》《小翠》，民鳴社則根據《聊齋誌
異》演出了《癡公子》《邵女》《馬介甫》等。《聊齋誌異》之外，《鴛鴦劍》《風
月寶鑒》等早期話劇劇目則是根據《紅樓夢》而改編。事實上，這些改編為劇
本的說部本就極受讀者的喜愛。包天笑就曾談及其年幼時愛看小說，「幾部中
國舊小說，如《三國演義》《水滸傳》《東周列國》之類，卻翻來翻去，看過幾
遍。後來還看了《聊齋誌異》《閱微堂筆記》這些專談鬼狐的作品。」〔註49〕
除說部之外，言情小說也是劇本的來源之一。李涵秋的小說《並頭蓮》《廣陵
潮》等便被改編為劇本而由笑舞臺演出，前文曾談及的包天笑所翻譯的《梅花
落》《空谷蘭》等也被改編為劇本演出。胡適在上海求學時所閱讀的報刊小說
中，哀情小說《雙淚碑》最為風行。讀者為書中人物的命運牽腸掛肚，「余讀
此，余心碎，余腸斷，余膽戰，余淚枯，余腦筋覺有萬千之刺激，余魂已飄飄，
若離余之軀殼。」〔註50〕將這些本就受到讀者歡迎的小說改編為劇目進行演
出，極易收穫小說的「粉絲」走進劇場觀看，「愛讀小說者，無不愛觀戲劇。
良以感人最深者，莫若此也。」〔註51〕而這些通俗文學家也深諳觀眾心理，因
此《申報》所刊登的演劇廣告多以其名氣來招攬顧客。

　　第二類是以陸鏡若、汪優游、鄭正秋、顧無為、歐陽予倩、洪深等為代表
的有舞臺演出經驗的編劇家。這些早期話劇從業者結合自身舞臺演出經驗完
成了腳本的編寫。從《申報》所刊登的演劇廣告來看，陸鏡若所編之腳本主要
有《家庭恩怨記》《姊妹花》《禍水》等。汪優游改編了蕭伯納的《華倫夫人之

〔註47〕《申報》1914 年 9 月 20 日。
〔註48〕義華《六年來海上新劇大事記》，《鞠部叢刊》1922 年。
〔註49〕包天笑《釧影樓回憶錄》上冊〔M〕，北京：中國大百科全書出版社，2009 年
　　　　第 129 頁。
〔註50〕《時報》1907 年 7 月 28 日。
〔註51〕笠民《劇場月報》，1914 年第 1 期第 1 卷第 27～29 頁。

職業》並於新舞臺演出，隨後又編演《好兒子》等。歐陽予倩則先後自編自演《秋海棠》《潑婦》等劇，洪深也自編自導《趙閻王》《少奶奶的扇子》《第二夢》等。

　　第三類是以馮叔鸞（即馬二先生）、王鈍根等為代表的具有劇評寫作經驗之人所編創的劇目。《申報》既刊登馮叔鸞所撰寫的劇評文章，也有其客串劇目演出的廣告，也有其所編之劇的廣告。如新民新劇社 1913 年 12 月 3 日演出《鴛鴦劍》的廣告中便寫到：「此劇為馬二先生所編」〔註52〕；1913 年 12 月 10 日演出《夏金桂》的廣告有「再懇馬二先生編排夏金桂新劇」〔註53〕之語；如此等等。實際上馮叔鸞所編寫的劇目題材廣泛。從《申報》的演劇廣告來看，其既有根據《紅樓夢》而創作的《鴛鴦劍》《夏金桂》《夏金桂自焚記》《風月寶鑒》等，也有根據時事而編的時事新劇如《陳七奶奶》《女顧問大鬧春醒居》，甚至還編有趣劇《愛情之試驗》，等等。而其中馮叔鸞將所編《陳七奶奶》一劇的腳本轉讓並在《申報》上發表聲明，「拙著《陳七奶奶》新劇腳本一種，曾在春柳劇場演過數次。茲由倩記商請將此腳本興行權讓脫，情面難卻，業已允許。嗣後無論何處，非經倩記允許，不得重演此劇。恐未周知，特此登報聲明。」〔註54〕由此可知，劇本版權意識已經有所萌芽。同樣的，作為《申報·自由談》編輯的王鈍根在撰劇評之時也會進行戲劇編創，其先後為民鳴社編創《流民圖》〔註55〕《白巾緣》〔註56〕等。

　　第四類是以許嘯天、張冥飛為代表的專門編劇家。《申報》的演劇廣告表明，許嘯天先後所編之劇有《虞美人》《三笑紅樓夢》《公子無緣》《四百五十兆磅》《白茶花》《憐我憐卿》等等。許嘯天所編之劇，類型多樣，既有歷史新劇，也有愛情新戲以及時事新劇等。與許嘯天同為專門編劇家的還有張冥飛，根據《申報》的廣告統計，張冥飛所編的劇本有 20 種左右，如《雙淚碑》《官場現形記之——陶子堯》《秦廷七》，等等。

　　演出廣告中所涉及的這些劇本編創之人如鄭正秋、陸鏡若、歐陽予倩等大多兼具西方文化與東方文化且熟諳觀眾心理，他們所進行的腳本編創活動一定程度上彌補了腳本的缺乏並試圖構建劇本編創的範式。包天笑根據外國小

〔註52〕《申報》1913 年 12 月 3 日。

〔註53〕《申報》1913 年 12 月 10 日。

〔註54〕《申報》1915 年 1 月 27 日。

〔註55〕《申報》1914 年 8 月 14 日。

〔註56〕《申報》1914 年 7 月 13 日。

說而改編的劇本《空谷蘭》情節奇妙，結構縝密，劇中設置了許多的巧合且「夫妻母子間感情的描寫有動人之處，合乎當時一般小市民的胃口。」〔註57〕而到其創作劇本《燕支井》時已開始嘗試依靠人物之間的對話來完成情節的敘述，如第三幕借用太監與光緒皇帝之間的對話交待了宮廷內外的矛盾：

> 太監甲：這兩天外面鬧得好厲害。奴婢聽說今天有兩個洋人，坐轎
> 　　　　子在東單牌樓經過，被一個旗丁用槍打死了。說是端王啟
> 　　　　秀出有告示，令各兵丁如有碰見洋鬼子的，立刻殺斃，他
> 　　　　們才敢下手。聽說今天所殺的兩個洋人中，有一個還是德
> 　　　　國的公使，他們怎肯干休嗎？
>
> 光緒皇帝：罷了，罷了。這一番不知鬧到什麼地步。大概大清國的
> 　　　　　氣數也盡了，還記得明朝崇禎帝說的『君非亡國之君，臣
> 　　　　　乃亡國之臣』，此刻可又應在咱們的身上，真是一報還一
> 　　　　　報咧。〔註58〕

兩人的對話也隱隱透露出光緒皇帝軟弱的性格，等到第七幕時，光緒皇帝這種軟弱的性格體現的淋漓盡致：

> 光緒皇帝：好了，小崔兒，撤去了吧，被人瞧見了不雅。（行至井旁）
> 　　　　　珍妃，你別報怨我。我當時日睹你死，不能營救。你可知
> 　　　　　道老佛爺的性情嗎？我那時候，還有一毫權力和他們爭
> 　　　　　嗎？我是一個孤苦無援的人。你在日有時還和我強出頭，
> 　　　　　不顧自己冒險取禍。第一回替我求恩，身被圈禁，第二回
> 　　　　　你勸我留京，觸了老佛爺的怒，以致身受慘死，撇下我受
> 　　　　　此淒涼。啊呀，珍妃啊！
>
> （帝大哭，小太監在旁勸解。）
>
> 小太監：萬歲爺聖躬保重，別過於傷心了。珍貴妃是已過去的人，
> 　　　　不能復活。萬歲爺倘然過於悲傷，有損聖體。珍貴妃在冥
> 　　　　冥之中，反要不安了。
>
> 光緒皇帝：小崔兒，我想人生悲慘之景，無過於我了，我若能和珍
> 　　　　　妃一般，也就完事了。如今他們擁我做了皇帝，其實是個

〔註57〕歐陽予倩《談文明戲》，參見歐陽予倩著《歐陽予倩全集第六卷》〔M〕，上海：
　　　　上海文藝出版社，1990年第209頁。
〔註58〕包天笑《燕支井》，《中國早期話劇選》〔M〕，北京：中國戲劇出版社，1989年
　　　　第625頁。

> 傀儡，而且內憂外患，交相煎迫，要是珍妃在日，他是個
> 聰明人兒，雖然未必有裨朝政，但是很有見到之處，不想
> 他又遭此慘禍死了！〔註59〕

而在情節的設置上，包天笑在劇中安排了私下相會、逃亡等，從這個意義上而言，《燕支井》無論是在人物的塑造還是劇情的完整性上都體現出較高的水平。然而，《申報》演劇廣告中所提及的這些編劇家在整個早期話劇市場中所佔比例不高，大多數的演出仍然表現出隨意性與隨機性。因此，造就合格的編劇之人「是今日中國新戲劇建設運動中的先決問題。」〔註60〕

三、劇本集出版廣告與劇本徵集廣告

與小說相比，劇本要求故事需在規定的時間與空間內進行，高度集中卻又不空洞抽象。這意味著「劇本是最難運用的一種文學形式，其所以難是因為劇本要求每個劇中人物用自己的語言和行動來表現自己的特徵，而不用作者提示。」〔註61〕然而，「劇本文學為中國從來所無。」〔註62〕因此，劍雲認為若想讓讀者知道何為合格的劇本，「宜多翻譯外國劇本以為模範，然後試行仿製，不必故為艱深，貴能以淺顯之文字發揮優美之理想，無論其為歌曲、為科白，均以用白話，省去駢儷之句為宜。蓋求人之易於領解為效速也。惟格式做法，必須認定暇當專論之。」〔註63〕從這個角度來看，《申報》先後刊登了西方劇作家易卜生、蕭伯納、王爾德等人所創作的劇本出版廣告。1923年，《申報》所刊登的商務印書館將出售的新書廣告中便有由金本基、袁弼合翻譯的蕭伯納三篇劇本的《不快意的戲劇》：

> 金本基、袁弼合譯，此書即英國現代大戲劇家蕭伯納所著的
> Unpleasant Playa，內容中包括戲劇三篇：（一）華倫夫人之職業（二）
> 好述者（三）鰥夫之室，蕭伯納的文章，極瀟灑雋逸之致，譯文能
> 與之相稱。〔註64〕

〔註59〕包天笑《燕支井》，《中國早期話劇選》〔M〕，北京：中國戲劇出版社，1989年第649～650頁。
〔註60〕陳大悲《編劇的技術·緒言》，參見韓日新編《陳大悲研究資料》〔M〕，北京：中國戲劇出版社，1985年第48頁。
〔註61〕高爾基《高爾基文學論文選》〔M〕，北京：人民文學出版社，1960年第243頁。
〔註62〕劍雲《戲劇改良論》，《鞠部叢刊》，交通圖書館，1922年第120頁。
〔註63〕劍雲《戲劇改良論》，《鞠部叢刊》，交通圖書館，1922年第120頁。
〔註64〕《申報》1923年6月16日。

徐公美在《戲劇短論》中收錄易卜生所編劇本七篇：

（一）易卜生《約翰‧亨利克傳略》，周建侯譯

（二）易卜生名劇之一《傀儡家庭》，周建侯譯

（三）易卜生名劇之二《群鬼》，周建侯譯

（四）易卜生名劇之三《民眾之敵》

（五）易卜生名劇之四《建築師》，陶錢梅譯

（六）易卜生名劇之五《海之夫人》，龔漱滄譯

（七）易卜生名劇之六《社會底柱石》，陶錢梅譯〔註65〕

除向讀者介紹國外劇作家的劇本之外，中國本土編劇家所編創的劇本也被集結為劇本專著出版。《申報》在 1914 年 6 月 28 日第四版的廣告中就刊登了新劇小說社將出版備受觀眾歡迎的《惡家庭》《家庭恩怨記》《新茶花》劇本的出版廣告。〔註66〕中華美術館在 1914 年 6 月 28 日的廣告中稱欲將春柳社、新民社與民鳴社所演之劇本集結出版：

> 海上新劇團體至今日為極盛。然一團體之成立，劇本、人才兩難偏廢，否即難免於失敗。其能挺然貝持久之資格者，要惟春柳、新民、民鳴三家。三家之人材既眾，復能致意劇本。每值新作，座客常滿，盛名之來，夫豈偶然哉？本社特薈萃三家著名劇本，為之繪圖立說，著為單行本。愛觀新劇者，不可不人手一編。故□新劇圖說，可以使未觀劇者，不啻身入劇場；將觀劇者臨場，可資印證；已觀劇者，事後藉為參考。〔註67〕

〔註65〕　《申報》1926 年 8 月 31 日。

〔註66〕　《申報》1914 年 6 月 28 日。

〔註67〕　《申報》1914 年 6 月 28 日。

這則廣告將劇本作為劇社／劇團存在的基石。從其廣告內容來看，《新劇圖說》第一卷則將觀眾歡迎的劇本均收錄其中，分別為《社會鐘》《芳草怨》《不如歸》《寶石鐲》《怨偶》《家庭恩怨記》《義僕》《猛回頭》《姊妹花》《愛欲海》。而所收錄的這些劇本又為其繪圖，這不僅為觀眾理解演出提供可參考的依據也為演員在舞臺上的表演提供了可借鑒的範式。范石渠「擇現在最著名之新劇」如《空谷蘭》《恨海》《肉券》《馬介甫》《梅花落》等劇本收錄至《新劇攷》，「每劇先攷其本事，次列幕表並逐幕為之說明。凡劇中人物、布景、劇情、劇旨皆纖悉靡遺」〔註68〕，這不僅為「愛觀新劇與研究新劇者」提供劇本、舞臺演出資料也為演員進行表演提供依據。

　　將這些經過舞臺演出實踐論證並受到觀眾歡迎的劇本集結成冊並予以出版，這既是對劇本編創者的鼓勵也是對劇目的宣傳，無形中也向整個話劇市場普及劇本。1925 年 11 月 3 日，「曼君」利用《申報》向讀者介紹了「今將創作劇本之可以實演者」：

　　　　一隻馬蜂、親愛的丈夫（丁西林編）

　　　　閣人底孝道、道義之交（蒲伯英編）

　　　　聶熒（郭沫若編）

　　　　英雄與美人、良心、虎去狼來、維持風化、愛國賊、父親的兒子（陳大悲編）

　　　　趙閻王（洪深編）

　　　　歡迎會（成仿吾編）

　　　　咖啡店之一夜（田漢編）

　　　　母親、月下、雨中人（徐半梅編）

　　　　好兒子（汪仲賢編）

　　　　潑婦、回家以後（歐陽予倩編）

　　　　青春的悲哀、新聞記者（熊佛西編）

　　　　棄婦、可憐閨裏月、山河淚（侯曜編）

　　　　孤軍（谷劍塵編）

　　　　惜春賦（徐葆炎編）

　　　　農家（李樸園編）

　　　　青春的夢（張聞天編）

〔註68〕《申報》1914 年 7 月 13 日。

　　紅玫瑰（李鴻梁編）

　　寶珠小姐（孫景章編）〔註69〕

　　《申報》廣告除宣傳國內外的優秀劇本外，其所刊登的劇本徵集廣告也是擴大劇本影響力的有效手段。民興社、中國影片製造股份有限公司、大東亞公司、商務印書館、戲劇協社等都曾借助《申報》而刊登腳本徵集廣告。1914年7月23日，《申報》刊登了民興社的劇本徵求廣告：

> 　　上海新劇已稱極盛，新劇人才亦如過江名士，多於鯽矣。本社之設，乃欲超出尋常，獨樹一幟，羅致國中最高等人物組織一美滿完全之新劇社。社員無時下習氣，演劇皆有功世道。現在□意籌備，擬定於陽曆九月間開幕，除聘定當代著名文學家、小說家、新劇家數人編製劇本外，更求遠近文豪惠賜劇本以匡不逮。本社謹訂投稿並例如左：一來稿須裝訂成冊，先畫劇名，次總說明書，次幕目，每幕下注明布景、次登場人物表，次本幕說明並須規定主要之說白；一來稿後幅請注明通信□倬或不用便即寄還；一本社酬勞，投稿者分二等辦法，頭等每齣奉酬二十元，二等十元，三等五元，劇本極長者，特別加酬，均由本社定之；一來稿須寄申報館二十七號信箱。〔註70〕

　　《申報》所刊登的民興社劇本徵集廣告從1914年7月23日到1914年8月27日，其廣告表現形式為以上這兩種。從實際效果來看，該廣告更傾向於是民興社開幕演出前的預熱廣告。此次劇本徵集情況到底如何不得而知，但民興社自開幕後所演劇目「劇本悉出名人手筆」因而「將來成績或有

〔註69〕《申報》1925年11月15日。

〔註70〕《申報》1914年7月23日。

可觀。」〔註71〕民興社的劇本徵集廣告無意中向觀眾傳播了劇本編創的範式：總說明書、幕目、布景以及主要的說白。洪深在《申報》為中國影片製造股份有限公司代擬的「徵求影戲腳本」廣告中明確告知讀者腳本徵集的標準：「本公司以普及教育，表示國風為主旨，腳本取捨標準如左：（甲）誨淫的不錄（乙）誨盜的不錄（丙）專演人類劣性的不錄（丁）暴國風之短的不錄（戊）演外國故事的不錄（已）表情迂腐的不錄（庚）不近人情的不錄（辛）專演神怪的不錄。」〔註72〕商務印書館所刊登的腳本徵集廣告中所制定的標準是「（一）內容給以教育、歷史、社會、滑稽四種為最歡迎（二）必須中國事實，適合中國人心理及環境（三）畫幕中之布景、角色、情節均宜分類述明，字幕中之說明、插白、特寫均宜另行書寫。」〔註73〕1923 年 1 月 31 日，戲劇協社在《申報》刊登了腳本徵集廣告：

> 陸家浜職工教育館聯合本外埠人士、從事演劇戲劇教育同志，
> 組織戲劇協社。籌備已有月餘，劇團及個人加入擔任演劇者，日益
> 增多。其臨時職員，已於上星期舉定，分科辦事，第一次委員討論
> 會於日前舉行，商議進行手續，先從徵集腳本支配演員入手，除通
> 告各社友著述各種合於表演之腳本，交社審查，認為基本腳本外，
> 若外界著作家對於該社腳本有所供獻，亦甚歡迎。〔註74〕

這些腳本徵集廣告以豐厚的獎金來吸引讀者加入劇本的編創隊伍。民興社的腳本徵集廣告中寫到「一本社酬勞，投稿者分三等辦法，頭等每齣奉酬二十元，二等十元，三等五元，劇本極長者，特別加酬」〔註75〕；商務印書館在腳本徵集廣告中向讀者表明「錄取者，最優酬洋五十元，至少五元。」〔註76〕而這些腳本徵集廣告中所羅列的徵稿要求則是普及腳本觀念與寫作範式的最有效的途徑。

四、編劇理論著作出版廣告

　　《申報》除刊登劇本選集廣告、劇本徵集廣告外，也刊登從編劇家自身

〔註71〕《申報》1914 年 9 月 21 日。
〔註72〕《申報》1922 年 6 月 12 日。
〔註73〕《申報》1922 年 9 月 24 日。
〔註74〕《申報》1923 年 1 月 31 日。
〔註75〕《申報》1914 年 7 月 23 日。
〔註76〕《申報》1922 年 9 月 24 日。

創作經驗出發論及編劇經驗的文章，這些文章兼具專業性與娛樂性，推動劇本編創理論的系統化。首先，從比較藝術的視角出發論及劇本的編創問題。徐公美所撰寫的《編劇術》從小說與劇本之間的異同性出發論及劇本如何編創的問題：

　　　　（一）劇本是須搬上臺去表演的，小說是給一個人在書房裏或樹蔭下去讀的；

　　　　（二）劇本是須受時間上底限制，頁數和字數不可過於冗長，小說則不妨多全數萬言；

　　　　（三）劇本是偏於客觀的，小說則不妨帶主觀的色彩；

　　　　（四）劇本上的辭句須用國語以便說得順口，小說上的辭句不妨用各地的方言或歐化的句法；

　　　　（五）劇本是須受空間的限制，小說則可以把書中人送到海角天涯或神仙鄉去。〔註77〕

早期話劇的很多劇本是由小說改編而來，但若長期下來則易造成小說與劇本相混淆。徐公美在闡述劇本與小說的不同之後認為「善編劇本的未必能編小說，善編小說的未必能編劇本。」〔註78〕那麼，理想的劇本是怎樣的？徐公美進一步指出理想劇本所包括的條件：

　　　　（甲）主旨

　　　　（乙）劇情

　　　　（一）須包含戰爭（個人與個人的戰爭）而且要十分明顯的戰爭的目的，在觀眾要值得加一番思索的；

　　　　（二）要有一個大危機，由各種小危機組合成的；

　　　　（三）這種戰爭須由情緒的經驗中發出能夠引起觀眾底興趣的；

　　　　（四）劇中主人翁須處於左右為難的地位，令人替他著急。

〔註79〕

徐公美所列出的內容指向於劇本創作的戲劇性，「包含在人們日常生活之中的某些本質矛盾，這種同人和他者的潛在對立關係，是一個隨同時間的流逝在現

〔註77〕《申報》1925年10月29日。
〔註78〕徐公美《編劇術》，《申報》1925年10月29日。
〔註79〕徐公美《編劇術》，《申報》1925年10月29日。

實人生之中逐漸表面化、在強烈的緊張感中偏向一方，從而達到解決矛盾的一連串過程。」〔註80〕《編劇術》此後被收錄於《戲劇短論》並出版：

　　　　這本書是公美先生研究現代戲劇的成績，內容包含戲劇論文二十餘篇。凡是編劇與演劇的常識和一些研究現代□所必需知道的問題，著者都一一地表達出來。當現在正在提倡愛美劇和十分缺乏戲劇智識的我國，這部書都可算是極合需要的了。末附近代劇大觀六篇，凡易卜生的著作及其思想，都詳細地在這裡介紹著。〔註81〕

其次，借助其他的學科理論來論述劇本的編創。《申報》刊登了馮懊儂所撰寫的探討心理刺激與編劇活動關係的《編劇與心理學》一文。在該文中，馮懊儂首先談及刺激與人類注意力變化的情況：

　　　　無意注意活動之法（一）關係刺激之大小強弱，刺激強者易惹起注意，弱者較難。然弱小而使人生特別之感者，亦惹起注意。譬如劇中多人徐步而進，忽一人突出眾前，飛奔而去，其初雖屬有意注意。然對於眾人，其一人之突出，由無意而注意，則此之注意，由於一人突出之刺激，然後發生也（二）關係刺激之性質，凡與吾人以快感，或對其人之趣味有密切關係者，均易引起注意。如劇中人之快樂舞蹈，觀眾為之喜；愛情濃密，觀眾為之妒是也（三）與生人有屬害關係者，易動注意，如惡賊殺人，觀之不覺怒髮衝冠（四）關係刺激之變化，引起注意。如劇情平淡，忽入鬧市，或戰爭劇烈，忽現青山綠水之美景是也。

〔註80〕〔日〕河竹登志夫著；陳秋峰、楊國華譯《戲劇概論》〔M〕，北京：中國戲劇
　　　　出版社，1983 年第 55 頁。
〔註81〕《申報》1926 年 9 月 4 日。

　　　　刺激之新奇，為無意注意之第一要件。然過於新奇，與吾人智
　　識無關或離社會情形太遠，有時失卻觀眾注意之效力，猶如無機械
　　學識者，雖遇最新奇之發明機會，會漠然無所動於其衷矣，以其與
　　過去之經驗毫無接觸，故不能引起注意也。〔註82〕

接著，馮懊儂提出劇本編創時要利用心理聯想來完成劇中情節的設置：

　　　　有意注意則較諸無意注意之純任自然為事者大異，其時恒伴一
　　種努力之感，如察微物、究結果，其努力之狀，人所同感，雖覺厭
　　倦，仍自振奮，編劇者必當於此為適當之準備。準備之治，第一在
　　感覺機關之調節，第二在喚起相聯之觀念，例如劇中人忽取一利刃，
　　作憤怒狀，觀眾當取刃之初，由精神刺激而注意，以調節感覺機關。
　　及既見怒目搏人狀，乃知其欲殺人，而為聯想之觀念，成一種想像，
　　為有意之注意。

　　　　但有意注意或不僅限於相聯已發現之事實，乃成相聯之觀念。
　　有時事實上僅有一因，其結果如何全在想像之中。觀眾以此起因，
　　而聯想及於將來未現或終不現之果，又表演一種動作，而能使觀眾
　　一望而聯想反溯，瞭然於其已往所經歷之出身、學問、智識、品性、
　　家庭社會之狀況，皆須由編劇者之腦汁組織就緒，然後由排練者完
　　成之也。〔註83〕

　　結合編劇家自身創作經驗的文章為讀者呈現出具有可操作性的編劇方
法，一些更具有理論性的關於編劇理論的專著也出現在《申報》上。谷劍塵所
著《劇本的登場》刊登於1925年12月5日《申報》第1版：

〔註82〕《申報》1925年12月17日。
〔註83〕《申報》1925年12月17日。

　　　　近日各地學校劇團在舞臺公演之劇本戲，每犯生吞活剝之弊。
其故由於經驗未深，不諳劇本登場應經之手續。本書著者谷劍塵君
為南方著名愛美劇家，以其經驗學識而著是書，自比捽拾故籍、強
湊成篇者較切實用。全書八章計四萬餘言，詳述紙上劇本至舞臺再
現之重要手續。凡關選角、對讀、排演、扮演、發揮及發音術、化
妝術、後臺管理、呼吸官能之體操等，多所發明。劇社、劇人、排
演主任、舞臺監督、批評家、鑒賞家，均宜手置一冊，及時瀏覽，
以資考鏡。

　　谷劍塵所著《劇本的登場》包括「（一）劇本的登場（二）戲劇的領袖（三）
演員的支配（四）劇章研究和角色之性質與關係之揭示（五）對讀與發音官能
（六）排演述要（七）戲劇的預備日（八）上場之先與下場之後」〔註84〕，因
其實用性較強，初次出版就發行兩千冊。光華書局於 1929 年出版由洪深、田
漢、朱襄丞所編著的《新世紀戲劇叢書》：

　　　　本叢書由戲劇運動協會洪深、田漢、朱襄丞編輯，注重在戲劇的
創作和理論。在中國，戲劇是最落後的，非但未曾有過什麼運動，即
真正的戲劇亦不狠多見。本叢書編輯的目的，一方面要使讀者對於戲
劇有更明確的瞭解，使他們有真正的認識；一方面是希望戲劇運動能
藉此增加些實力，使戲劇在中國開一個新局面（書名另告）〔註85〕
《申報》所刊登的這些與劇本編創相關的內容極力宣傳劇社所採用的劇本以
及利用廣告徵集腳本以試圖向觀眾宣傳劇本的用處，「在物的條件不完備的中

〔註84〕《申報》1926 年 5 月 13 日。
〔註85〕《申報》1929 年 1 月 11 日。

國，言劇藝仍宜以〔好的劇本〕為先決條件」，而「〔好的劇本〕自然是最能體現民眾最大最深的苦悶與期待的而又最適於舞臺上的〔新樣式〕的表現的。」〔註86〕為了擴大編劇隊伍與培養編劇人才，腳本／劇本的編創也成為話劇學校教育的重要科目。朱雙雲、歐陽予倩等於1916年發起的星綺演劇學校的課程設置中就有腳本的創作，「科目：腳本、劇史、小說及腳本之研究與做法、世界文藝思潮、中國音樂及舊劇、西洋音樂及跳舞、化妝術、審美學、美辭學、心理學等」〔註87〕；陳大悲和蒲伯英於1922年冬組織的北京人藝戲劇專門學校也開設如《編劇術》《劇本實習》之類的劇本編創的課程。然而，劇本編創的原則與範式推廣仍是一個漫長的過程。從《申報》所刊登的腳本徵集廣告來看，這些廣告雖極力強調腳本編創要注重教育性且不可涉及「誨淫誨盜」之內容，同時強調對劇本的審查，然而一些劇社／劇團所刊登的演出廣告中卻又涉及到「誨淫誨盜」之劇目。由這也可知道，腳本的接受與普遍採用仍是一個漫長的過程。

第二節　作為廣告補充的劇評寫作

　　艾布拉姆斯在《鏡與燈：浪漫主義理論和批評傳統》一文中認為任何文藝批評都是在世界、作品、藝術家、觀賞者這四個方面展開〔註88〕，處於萌芽時期的早期話劇劇評寫作也未曾脫離這四個方面。話劇受到時間與空間的限制，因此舞臺演出呈現出一次性與即時性特徵，這意味著觀眾只能在固定的時間與空間內（即劇場內）完成話劇的賞析。即使進入劇院體驗話劇的演出魅力，但由於與舞臺演員之間存在的距離以及欣賞能力的限制，觀眾也許並不能領會劇中主旨。這種情況不利於處於萌芽時期的早期話劇爭奪觀眾市場。從這個角度而言，劇評承當了廣告的功能，扮演著引領觀眾欣賞趣味以及爭奪觀眾市場的作用。

一、對演出廣告補充的劇評

　　從《申報》所登載的劇評來看，劇評所涉及的內容就是對演劇廣告的補充

〔註86〕《申報》1929年5月27日。
〔註87〕《申報》1916年10月14日。
〔註88〕參見（美）艾布拉姆斯（Abrams，M.H.）著、酈雅牛等譯《鏡與燈：浪漫主義文論及批評傳統》〔M〕，北京：北京大學出版社，1989年版。

與深化。以新民社所演出《惡家庭》為例。1913 年 9 月 14 日，《申報》刊登
新民社將演出《惡家庭》廣告：

> 世風不古，談起家務皺眉者多。鄭正秋君乃編《惡家庭》新劇
> 十本，由新民社諸同志合演，借劇場為教育場，借藝員為教務員，
> 將家庭中種種惡現狀形容淋漓盡致，上自老爺太太，下至鴉頭娘姨，
> 形形色色，惟妙惟肖，人人看得來，人人聽得來，看在眼裏，聽在
> 耳裏，記在心裏，一有家務，觸景生情，未有不天良發現者。凡我
> 父老兄弟、諸姑姊妹，或長輩不滿於小輩，或小輩不滿意於長輩，
> 或東家不滿意用人，或用人不滿意於東家，萬不可不看本社每夜所
> 演之家庭戲。自十四夜起開演《惡家庭》，每夜風雨無阻，每本均有
> 布景情節另詳說明書。〔註89〕

此後，《申報》所刊登的《惡家庭》演出廣告則十分簡略。1913 年 9 月 15 日，
「嫁得呆丈夫，又遇惡公婆」；1913 年 9 月 16 日，「鴉頭奶娘方守逸，卜母
閔氏又遭殃」；1913 年 9 月 17 日，「薄命女子三探監，無告丫鬟苦投江」；
1913 年 9 月 18 日，「同甘苦到底配鴛鴦，勢力人終究做叫花」。新民社所刊
登《惡家庭》的第一則演出廣告內容十分具體，既涉及演員的表演「惟妙惟
肖」，又涉及該劇演出之主題即「將家庭中種種惡現狀形容淋漓盡致」。然而，
該廣告由於篇幅的限制卻也無法更為詳細地涉及每一位演員的表演。圍繞
《惡家庭》演出結束後的劇評則是對演劇廣告的補充與完善。從《申報》所
刊登的劇評來看，9 月 17 日《申報》所刊登的王鈍根的劇評便涉及 9 月 15
日晚演員的表演：

> 十五夜新民演劇社演三四本《惡家庭》，較前更見進步。阿蓮被
> 卜靜丞打死棄屍於野，宜男潛往抱屍痛哭，悲切如真，觀者亦熱淚
> 迸出，不能自己。吾於是歡新劇之感人，勝於舊劇萬倍。而小雅、
> 幼雅兩昆仲之做工認真，亦良足多也。鄭藥風扮小妹，一副老實派，
> 一口浦東白酷肖鄉村少婦。間發一二語，無不令人發笑。病僧之阿
> □亦佳，楚鶴扮靜丞，不下於藥風。惟清風扮懷仁，稍遜於楚鶴。
> 靜鶴扮黃老老，野遇阿蓮，驚喜之狀，尚能體貼得出。父女相抱而
> 哭，使觀者油然起骨肉之感，有三數婦女為之潸潸淚下，頻以手巾
> 拭之，若不欲人見其哭者。其實，此等□正見至性流露，得天獨厚

〔註89〕《申報》1913 年 9 月 14 日。

也。阿蓮述別後事未竟，即被小妹訟師打岔，黃老老之全神遂移注於訟師以致阿蓮續述至被打棄屍時，黃老老反淡然以咈咈應之，未能摹出十分驚痛憐惜神氣，是為靜鶴之稍不經意處。詠馥之口齒伶俐，實為全班之魁，若笑吾則不及矣。

9月19日，《申報》刊登了王鈍根所撰寫的涉及9月17日《惡家庭》演出的劇評：

　　　　十七夜，新民社演七八本《惡家庭》，愁雲慘霧，幾於無幕不苦。是夜，以某君扮演之燒火媽媽最為出色，幾句極粗極贛之江北話，卻有至理。坐客無不鼓掌稱善。黃老老忠厚長者，竟致□死於獄，觀者深為抱憾。幼雅之阿蓮探監時，抱父痛哭，哀戚如真，余嘗謂幼雅善哭，若某君之二寶，則不如矣。

　　　　曾懷仁等既捕，包訟師、朱鄉老、黃老老三人牽之入縣署。某室（布景似係客廳），懷仁出函授，當差者持入呈現官，旋出語懷仁，謂：「家老爺當照函辦理。」懷仁等去，即有獄吏引訟師等三人入獄，乃閉幕。此幕太短而無味，且滋疑實可以省去。蓋未經審訊，斷不能收監。且有訟師在，豈肯無一言之爭執？縣官欲放人，人罪何難，立刻訊供，屈打成招，然後收監可也。然函託、訊供等事，不必實做，只須於後幕，懷仁口中表出足矣！吾故謂〔投函〕一幕，不如省去較為簡淨，未識藥風以為何如。

　　　　小妹探監訟師，向之啼哭且謂「我死之後，願汝等來收屍骨」。此種沒氣力語，成竹在胸之訟師，必不肯出，似宜刪去。

9月20日，《申報》刊登了王鈍根所撰寫的9月18日《惡家庭》九十本的劇評：

　　　　十八夜，新民演劇社演九十本《惡家庭》，是為全劇之結果。善者得好結果，不善者，得惡結果，勸誡社會之功，亦於是乎收！吾故謂觀前八本者，不可不觀此二本，觀此二本而不惻然動容瞿然警悟者，其人必為木石而後可。

　　　　是夜做工亦為全劇之冠，無處不著勁，無人不認真，一言一動，均有至理，靜心體察之，自能見其傳神之妙在至微極細間，非粗心浮氣者所能效顰也。

　　　　卜母聞靜丞入獄，不稱快而反泣，言下不勝痛惜之意。即此可

見世界上只有薄待父母之子女，斷無不愛子女之父母。

宜男出外遇訟師，言父已出獄。問在何處曰，「在途為丐」。宜男泣問，「可真是我的爹爹嗎」？此劇真有情理。虧幼雅體貼得出，若不先問此一句，便說〔請你領我去見爹爹〕即直率無味矣！

靜丞抱宜男，泣曰〔我不想身死之前還能見我兒子一面，我死也瞑目了〕。此語直將痛悔之意、骨肉之情一齊表出。藥風理想比人精深，於此可見。

訟師、卜母等在朱鄉老家聚會時，小妹倡議為宜男阿蓮撮合。阿蓮紅暈於頰，低首抿唇，轉身避立人後，以手弄衣，雙□欲開，兀自忍笑不住，蓋其私願得賞心花怒開，不能自禁也。此等寫情處，豈復俗手所能造！靜丞歸來，卜母等群起呼之，獨阿蓮只上前助宜男相扶而不稱，蓋其胸中忖量：舊稱既不適用，新稱又難出口，直令靜丞先呼之曰〔阿蓮阿蓮〕於是不得不還稱矣！乃羞答答稱之曰〔爹爹〕。吾觀至此，直令我愛煞小雅。

靜丞歸來，長跪於地。卜母閔氏望之而哭，心中千言萬語說不出來。想起他的從前罪惡，恨不得痛罵一頓；又見他受盡苦惱，一身是病，滿口追悔又不忍罵他，此等處演得真有分寸。

靜丞被捕，家中大亂。懷仁欲與新梅捲逃，錢媽欲將家產三股均分，燒火媽媽躍出又欲分而為四，大鬧大吵，不分尊卑。貪官污吏家破人亡時，確有此種景象。

阿慧小妹扶起老子進以茶，老子病態龍鍾，心中大慰，曰〔我如今有了兒子，媳婦茶也有得吃了，病也好了許多〕。此兩語令老年人聞之，當為酸鼻。

惟宜男於第一幕眼已張開而眼疾漸愈之言，直至後數幕表明則第一幕之張目。幼雅似失檢。

小妹稱漁翁為老先生，宜改稱老伯伯，七八本中之稱守監禁子，亦宜改正。靜丞見撫臺時只穿光長衫，恐不合即謂倉促不及，衣冠亦宜罩一大褂。

漁翁屢屢自言，看破紅塵，易使人厭。

欽差訊靜丞時有言曰〔你的心比本欽差還要黑了〕。意雖滑稽實失體統。

前清□捐局總辦例須道班，靜丞既仗前丈人勢力得為□捐局總辦，則前乾丈人必為撫臺而非道臺矣。劇中多稱道臺，不若仍如第一二本中之稱撫臺為合。

或問扮卜靜丞者本為楚鶴，何以至末二本忽易為藥風？面貌不同，令觀者幾疑化子為另有一人。余謂此固不免缺憾，惟亦頗有用意。蓋楚鶴只能為富貴浮薄得意驕人之靜丞，而不能為貧病潦倒痛悔前非之靜丞。末幕精神全在靜丞錐心泣血，天良發現數語。藥風肯為其難，正見藥風不弱。

或問靜丞如許大罪乃只監禁三年，得無太輕？余謂此正作者苦心處。蓋以卜母之慈善，不應無子。閔氏之賢孝，不應無夫。故速其歸期以慰卜母閔氏之盼念。然以靜丞之作孽太重又不宜長壽，故使回家即死。想作者幾費躊躇，乃有如此結束。他如錢媽之爛舌而死，懷仁之爛心而死，新梅之患梅瘡而死，燒火媽媽之患豬癲而死，無不罰當其罪。又若訟師無後而蓉花為其義女，阿蓮無父而鄉老為其義父，隨手結束，雖似刻畫，然就中下社會心理不得不如此，觀者但當顧其戲情可也。

王鈍根在劇評文章中詳述演員在每一幕的表演，甚至具體到演員表演的細節，如「宜男出外遇訟師，言父已出獄，問在何處？曰『在途為丐。』宜男泣問『可真是我的爹爹嗎？』此句真有情理。虧幼雅體貼得出。若不先問此一句，便說『請你領我去見爹爹，』即直率無味矣。」〔註90〕當然，王鈍根在劇評中也指出演員表演的不當之處，如「小妹探監訟師，向之啼哭且謂『我死之後，願汝等來收屍骨』。此種沒氣力語，成竹在胸之訟師，必不肯出，似宜刪去。」除《惡家庭》之外，《馬介甫》《家庭恩怨記》《恨海》等劇演出結束後所刊登於《申報》的劇評文章均體現為對演出廣告的補充，如《馬介甫》廣告中寫到：

《馬介甫》一戲，雙宜之尹氏，描摹悍婦之種種，虐待丈夫，真無微不至，子青之馬介甫，麗生之楊萬石，皆拿手之作，以本舞臺新制布景，支配得宜，愈覺分外出色，至情節之變幻離奇，尤令人莫測，而尹氏卒不得善終，誠家庭間好戲也。〔註91〕

〔註90〕《申報》1913 年 9 月 20 日。
〔註91〕《申報》1913 年 11 月 29 日。

《馬介甫》的演出廣告以演員的表演、舞臺的布景與情節為宣傳賣點,演出結束後的劇評文章也圍繞著演員的表演、情節的設計而展開,語言簡略通俗易懂且直指劇評內容的核心。

從《申報》所刊登的劇評時間來看,王鈍根所撰寫的《惡家庭》劇評差不多是在一天之內完成的。其中,《申報》9 月 19 日刊登的《惡家庭》劇評是新民社 9 月 17 日晚所演內容,9 月 20 日的劇評則是關於 9 月 18 日晚所演的內容,而此時新民社所演《惡家庭》還未完結。與演出同步刊登的劇評講究時效性,讀者可以在《申報》同一天報紙的不同版面閱讀到某劇的演出廣告與劇評文章(如《申報》1913 年 9 月 28 日的第 12 版刊登了新民社將演出《馬介甫》的廣告,在同一天的第 13 版就刊登了由王鈍根所撰寫的《馬介甫》的劇評),劇評的內容又涉及到演員的表演、舞臺布景等,閱讀劇評就如同觀看演出。可以認為劇評與廣告共同完成對劇目演出活動的宣傳以吸引有經濟能力之人成為早期話劇的觀眾,而因經濟原因或時間原因而無法走進劇院觀劇之人則可以從劇評文章中感受早期話劇在演員表演、舞臺布景上的魅力,從而潛在的擴大觀眾群體。

二、面向大眾的劇評

《申報》所刊登的劇評內容涉及正在演出的劇目且講究時效性,而傳統意義上的劇評寫作關注戲曲文本在情感上的表達以及敘事的表現形式和表達效果,往往是戲曲愛好者之間的活動因而時效性不強。與傳統戲曲點評所呈現出的私人化寫作不同,《申報》所刊登的劇評呈現出大眾化寫作的傾向。

首先,與傳統戲曲點評以日記、筆記形式存在相比,《申報》所刊登的這些早期話劇劇評構成了報紙版面內容之一,如《劇談》《戲評》《劇評》等欄目。這些劇評欄目均以刊登各大劇社／劇團之正在演出的劇目為內容,共同服務於報刊時效性的理念。其次,劇評寫作的大眾化傾向還體現在其對觀眾閱讀興趣與閱讀習慣的迎合。汪優游在《各埠觀劇人之心理不同》一文介紹寧紹、汴梁、安徽以及鎮江等地觀眾觀劇時的訴求,其中寧紹人喜歡每日都看新戲而「安徽各埠喜歡愛情新戲」,「南京鎮江人酷愛滑稽戲。」〔註92〕《現代話劇》在 20 世紀 30 年代所刊登的一組觀眾來信,成為研究觀眾話劇觀看心態的重要史料:

〔註92〕朱雙雲《新劇史》〔M〕,新劇小說社,1914 年第 149 頁。

　　我的看話劇的目的，就是為了娛樂，我覺得話劇這樣東西，看看還嘸啥，沒有文明戲的胡鬧、沒有京戲鑼鼓喧天的吵人，他是一本正經的演戲，演得使我認為好的時候，我還會拍一陣手捧捧場。我還覺著話劇的好處，就是像真有這回事不像做戲，所以使人看了覺著比其他的戲真實，親切。〔註93〕

　　最初，我愛看京戲，後來我愛看電影，如今，我又愛看話劇了，其實，我是不偏不倚，都要看，因為我生平最大的嗜好就是看戲。我覺著，京戲有京戲的好處，電影有電影的好處，話劇有話劇的好處。然而要叫我說出他有什麼好處，我又說不出。大概京戲好聽，電影好看，現代話劇有完美的燈光，有偉大的布景，深刻的演技，比較電影更好看。〔註94〕

因觀眾對觀看話劇時不同心理的訴求，劇評寫作時也必然考慮觀眾的訴求。而演員的表演則是最能喚起觀眾興趣的內容，這也就是為何《申報》上所刊登的劇評大多以演員的表演為主。此外，劇評寫作時也體現著社會大眾對某些問題的認知。新劇同志會於 1912 年 4 月 19 日晚演出《家庭恩怨記》之後，《申報》於 1912 年 4 月 22 日刊登了鳳昔醉所撰寫的劇評。在論及劇中人物小桃紅時，鳳昔醉寫到：

　　蘇新起伯強之妾小桃紅，舉點輕薄，言笑風騷，頗合小老婆身份。與伯強對白一場，騷態百出，又自盡一場，惶悚無措，演得均好。末謂〔我今惡貫滿盈，自知罪不可逃，而我亦無顏以見吾女同胞，且女同胞亦不必我容，故我雖死亦無所憾〕數句言得有情有理，四座掌聲不絕，惟嗓子太低，一大憾事。

鳳昔醉認為劇中人物小桃紅「舉點輕薄，言笑風騷」，更認為小桃紅在末幕的自述即不能見容於社會，演得極好。然而，《家庭恩怨記》第一幕就從鴇母對小桃紅的評價來塑造了小桃紅的形象，「她現今念著小李，跟前就把很好的幾幫客人得罪了，不肯安安順順地做生意呀！」〔註95〕隨後，腳本更以小桃紅出場為李簡齋蓋被子這一細節來強化小桃紅的感情：

　　小桃紅：（正欲坐下時，見李睡在炕上，對巧擺擺手，止她莫驚了

〔註93〕黃家樹《觀眾意見》，《現代話劇》，1937 年第 1 卷第 1 期。
〔註94〕沙飛《觀眾意見》，《現代話劇》1937 年第 1 卷第 1 期。
〔註95〕王衛民編《早期話劇選》〔M〕，北京：中國戲劇出版社，1989 年第 185 頁。

　　李）他說今天不來的，怎麼這會兒來的呢，躺在風口裏，

　　別著了涼。阿巧，先別忙著這些，快去拿條毯子給他蓋上

　　吧！〔註96〕

這一幕中的小桃紅並非如鳳昔醉所認為的「舉止輕薄，言笑風騷」，鳳昔醉在
劇評中對小桃紅這一人物形象的論述既是其個人對女性的看法（在《解散女子
新劇社感言》中，鳳昔醉認為家庭才是女性的天地）也是整個社會對中華民國
成立後女性問題討論的體現（此時中華民國雖已建立但卻不意味著女性社會
地位的改變。在大多數民眾的認知裏，女性的天職就是成為賢妻良母。）

三、報刊主筆進入劇評寫作隊伍

　　傳統戲曲評論以文人的自我賞析為主，即便有所交流也在朋友之間。隨著
《申報》副刊《自由談》的創刊，其所刊登的劇評文章增多。梳理《申報》所
刊登的劇評文章，觀眾的來信、文化名人與報刊主筆共同構成此時劇評寫作的
隊伍。然而，具有報刊從業經歷的王鈍根、丁悚、包天笑、周瘦鵑等人所撰寫
的劇評卻佔有極大地比重。1911 年到 1918 年期間，王鈍根在《申報》發表的
劇評有 30 餘篇，周瘦鵑則不少於 15 篇。《申報》的欄目《戲文》《劇考》《劇
談》《戲考》等成為刊登劇評的陣地，「國人嗜劇者日多，久之有所得。以其意
見發為評論，揭之報紙，評劇家之名以立。」〔註97〕包天笑在《釧影樓回憶錄》
中憶及其劇評寫作的經歷：

　　那時，時報上新添了一個副刊，喚作《餘興》（其時尚無副刊這
　　個名稱，申、新兩大報紙，有一個附張，專載省大吏的奏摺的），這
　　餘興中，什麼詩詞歌曲、筆記雜錄、遊戲文章、詼諧小品，以及劇
　　話、戲考，都薈萃其中。

　　這些關於戲劇文字，別報都不刊登，只有時報常常登載，徐卓
　　呆卻常在「餘興」中投稿。卓呆和我是同鄉老友，為了要給春柳社
　　揄揚宣傳，所以偕同鏡若來看我了。……

　　春柳社所演的新劇，（那時還沒有話劇這個名稱），我差不多都
　　已看過。每一新劇的演出，必邀往觀，不需買票，簡直是看白戲。
　　但享了權利，也要盡義務，至少寫一個劇評捧捧場，那是必要的，

〔註96〕王衛民編《早期話劇選》〔M〕，北京：中國戲劇出版社，1989 年第 187 頁。
〔註97〕劍雲《三難論》，參見周劍雲編《鞠部叢刊》（上編），上海交通圖書館，1918
　　　　年第 14 頁。

　　那而且是很有效力的。這些劇目，現在我已記不起來了。〔註98〕
從包天笑的經歷可以推測出，這些報刊主筆撰寫劇評除自身愛好戲劇之外更
為重要的原因則是為了給劇社作宣傳。前文所論及王鈍根為新民社所演《惡
家庭》撰寫劇評，很重要的原因在於王鈍根與鄭正秋兩人是極好地朋友關係。
報刊主筆深諳觀眾心理與媒介寫作規律，以「新聞家之眼光爭趨重於文藝界」
〔註99〕的劇評強調內容的「紀實性」即以舞臺演出的嗓音、說白、做工為主，
「著筆並不精透。」〔註100〕報刊主筆如何完成劇評的寫作？包天笑所翻譯的
小說《　個新聞記者》為研究者呈現了一二：

　　　　那個劇場中，另外設立著個新聞記者席。尋常的小劇場，新聞
　　記者席的地位也小。這是一個大劇場，而且是一齣名劇初次舉行，
　　又是名伶登臺，所以記者席上都坐滿了。我當然是編輯長給了我的
　　券，憑著券上的號碼，找到記者席的坐位。這記者席中，當然都是
　　各新聞社裏的人。我初入那個新聞社，編輯部裏的許多人都沒有認
　　得，也許有自己新聞社的人，也許有別家新聞社的人。我想經了許
　　久，漸漸兒可以多認得了。卻見我的鄰座有一個紳士校樣的人，攜
　　了他的一位美麗的夫人，神氣非常高貴。那位紳士好像是對於戲劇，
　　很有研究，很有經驗的。他起初一心注意於幕間的行動，後來頻頻
　　發出一種議論。他發議論，自然是向他坐在旁邊的夫人發的，可是
　　他夫人不甚注意到他對戲劇的討論上。這位先生，便不自覺地對於
　　我們的觀眾，發表他的意見，允其是以為我們是個新聞記者吧！但
　　是他所議論的，我以為頗中肯□，和我的意見竟然一致。我想今天
　　回去作劇評時，我很可以採取這位紳士的意見，因為他的見解，很
　　為正確，和我見解，正是不相上下。我一路回到社裏來。我想對於
　　新興行的名劇，當然要批評一下子，以藝術家的眼光，對於此劇，
　　作如何的觀念。我那時便換了一個批評，把那位紳士的意見，參以
　　大半，這是我在本社第一次為演藝作評論，到此時印象還很深咧！
　　這個評論約摸佔了報上有一格地位。明天，我到新聞社裏，聽聽同

〔註98〕包天笑《釧影樓回憶錄》〔M〕，北京：中國大百科全書出版社，2009 年第 309
　　　　頁。
〔註99〕馬二先生《關于伶界大王》，參見周劍雲編《鞠部叢刊》（上編），上海交通圖
　　　　書館，1918 年第 21 頁。
〔註100〕辻武雄《中國戲曲》〔M〕，北京：順天時報社，1925 年第 384 頁。

社對於我劇評的輿論如何。這時，編輯部裏漸漸的人都來了。只見
一個人排□而入，仔細一看，便是昨天晚上劇場中鄰座的人物，大
呼到「今朝報上所登的劇評，是何人所做的？」我聽了這話，不知
吉凶，胸前只是悸□。我想：不要是第一回做劇評出了什麼毛病或
者是得罪了什麼人嗎？那時新聞社的經理，也在旁邊，我正熱心要
聽他如何答覆。他便說「這是我們新請來的某君所做的，你瞧做得
還對嗎？」那人道「這是一位新進的評劇家嗎？請來談談，請來談
談。」五分鐘間，把我紹介給這位先生。原來他是我們新聞社裏的
社主兼主筆。他見了我，說你的劇評完全和我的見解相同，卻比我
還要精闢。〔註101〕

包天笑雖為翻譯國外的小說但實際上也呈現了劇院與報刊之間的關聯以及報
刊記者劇評撰寫的過程。首先，劇院需要報刊記者的宣傳，因此劇院演劇會為
記者預留一定的座位並贈票於報館主編。其次，小說中的記者因第一次作演技
評論，其自身並不具備豐富的戲劇知識，因此其劇評的寫作參考了鄰座觀眾的
意見。應該說，文中的記者撰寫劇評的模式是報界編輯進行劇評寫作的常態，
「大報紙劇評每在可有可無之列，間有一二家，偶一載之。率為敷衍應酬之作。
至於小報紙，則更足有令人失驚者。主筆先生強半受傭於新劇館為繕寫員。姑
勿論其觀劇之眼光如何，評劇之學力如何，第此輩在劇館中之位置，尚在演員
之下，而仰劇館主人及一般管事者之鼻息以為生活。」〔註102〕此種情形發展
到極致，造成的結果是劇評寫作呈現出「千篇一律，妄事褒貶，謬誤百出，執
筆者或竟未涖劇場，即使在座觀眾亦屬隻字不辨，皮黃不分，於是以目代耳，
將坊間出售之戲考及千人所作之評論，大抄特抄，以誤傳誤」〔註103〕之情形。

四、劇評不是廣告

當劇評成為引導觀眾趣味的形式之一時，其也就成為廣告形式之一種。當
廣告利用劇評家的影響力來宣傳劇目演出時，劇評家也就成為了廣告的符號。
民鳴社演出《不如歸》時，在其廣告宣傳中便提及了劇評家馬二先生，「讀馬
二先生劇評，愈見絳士之康國英，確非他人所能學步，勉強而行之，必成東施
效顰。況且無為飾趙金城，剛柔相濟，正合軍人身份，言論頗多特長，亦非一

〔註101〕《申報》1928 年 11 月 7 日。
〔註102〕馬二《新劇不進步之原因》，《遊戲雜誌》，1914 年第 9 期第 1～4 頁。
〔註103〕清河釣徒《廣告式的劇評之無聊》，《雅閣集》1925 年第 1 期。

味柔弱之單薄少年可比。」〔註104〕春柳劇場演出《家庭恩怨記》時，廣告中特意強調劇評家馬二先生（即馮叔鸞）將參演的消息：

　　　春柳劇場特請著名客串馬二先生

　　　劇評家馬二先生，學術風采久為滬人士所傾倒，本劇場開幕伊始，特挽至友商請客串，已蒙允許，擇於陰曆三月二十一日即陽曆四月十六號起登臺，凡愛觀馬二先生新劇者，屆時請即聯袂偕臨可也。〔註105〕

笑舞臺演出《金環鐵證》時，其演出廣告也借助劇評家之影響，「陳優優先生，為近代評劇界之泰斗，新劇界之健將，」「研究戲學者，聞先生之名而未見先生其人者，讀先生之劇評而未見先生之劇者，屆時幸各早臨。」〔註106〕當呈現出「廣告」傾向之時，劇評必然有失公允，「專為心悅之演員捧場，不問其藝術之優劣，一味讚揚以博演員之歡心」，更有甚者，「一般無廉恥之評劇者，常以肉麻文章狂捧其所愛之坤伶而冀獲非分之報酬。」〔註107〕姚民哀在《評劇家之派別》一文中將從事劇評分為評劇派、評伶派、遊戲派、廣告派、野心派。而在五類中，姚民哀認為以廣告派人數最多。這是因為廣告派為「捧角派之別動隊，專捧一人者或兩三人合捧一人者，其文字驟觀之，似介乎評劇評伶之間，明辨之則，無論評判何伶，研究何劇，必將所捧之人設法嵌入其經營結構，殆如往日八股中截搭之做法。」〔註108〕

　　然而，劇評並不是廣告。「做廣告，必說自己好。故無論其戲之如何平淡，出諸廣告者之曰，必曰『淡而有味』，必曰『高尚對應當如是』；無論其人之若何醜陋，出諸廣告者之口，必曰『秀而不露』，必曰『蘊媚於骨』。」〔註109〕劇評的寫作應該以藝術性為標準。劇評家「預備為舞臺上演的那齣戲作批評時，先應當把自己從聽眾所樂處的情網中解放出來，精確銳利的眼光透進劇本與演作底骨子去，探出他們底有力處與弱點來，然後很謹慎很忠實的下自以為最公正的批評。」〔註110〕劇評與廣告應該是兩件事，「劇評是劇評家代表觀劇

〔註104〕《申報》1916 年 10 月 12 日。
〔註105〕《申報》1914 年 4 月 16 日。
〔註106〕《申報》1916 年 6 月 30 日。
〔註107〕《申報》1925 年 2 月 4 日。
〔註108〕姚民哀《評劇家之派別》，《紅雜誌》1922 年第 44 期、45 期。
〔註109〕《申報》1916 年 9 月 10 日。
〔註110〕陳大悲《關於劇評的我見》，《晨報副鐫》1922 年 2 月 23 日。

界對戲劇而發的批評，戲院廣告是戲院主人對於自己院裏各種優點的宣示。劇評與戲院廣告全然是兩件事，當然不能合而為一。」〔註111〕可實際上，當劇評刊登於以《申報》為代表的大眾報刊之時，劇評與廣告卻又無法分開。洪深在《報紙上的劇評》一文中寫到：

> 我們的回答是，報紙的職責是報告新聞與介紹新的事務。一齣新戲或一部新的影片，也是一個新的貨物，和一種新打字機一種新電燈泡，性質差不多。報紙應該忠實地報告給讀者，某處商店裏或某處戲院裏出賣的是那一種貨色。

> 有人也曾主張過報紙做些報告的工作就是了，何必從事批評呢？我們的回答是，報告和批評，有時是不能分開的。譬如以蕭伯納所著的 The Intelligent Woman's Guide To Socialisrm and Capitalism 為例。他把書中社會主義解釋做〔一切人應有同樣的收入〕，這和一般人所瞭解的，太是差異了。如果僅僅摘取書中的議論，報告給讀者，而不是從書本以外採取別人的說法，來和蕭伯納的主張相比較，讀者又何能準確地明白蕭伯納到底所說的是什麼用意呢！比較，以及從書本以外取材料，就是批評的手段了。〔註112〕

依據洪深的看法，報紙的職責是向觀眾宣傳介紹一種新的事務如一齣新戲，然而介紹新的劇目時卻免不了用周邊的材料來予以說明，結果卻與批評結合到一起了。將洪深的看法推衍開來，報紙上所刊登廣告就必然帶有劇評的特徵。實際上，《申報》所刊登的大多數劇目的演出廣告的確是簡短地劇評。前文所論及的《惡家庭》演出廣告中「借劇場為教育場，借藝員為教務員」、「形形色色，惟妙惟肖」等表達以及《馬介甫》的演出廣告所用「悍婦之種種」、「無微不至」、「新制布景，支配得宜」等詞語則是評論的體現。

五、構建從劇本出發的評論範式

這些刊登於《申報》的劇評文章雖未能擺脫圍繞著演員表演的廣告傾向，卻也呈現出從劇本／腳本出發來展開評論的趨勢。新劇同志會演出《家庭恩怨記》後，新民社、民鳴社等劇社也先後演出此劇。《申報》則多次刊登與其有關的劇評：如 1912 年 12 月 16 日，《申報》刊登了王鈍根所寫的《紀新劇

〔註111〕陳大悲《劇評與戲院廣告》，《晨報副刊》1921 年 11 月 14 日。
〔註112〕洪深《報紙上的劇評》，《報學季刊》第一卷第三期，1935 年 3 月 29 日。

同志會演〈家庭恩怨記〉》；1913 年 10 月 5 日，《申報》的《劇談》欄目刊登了丁悚所撰寫的劇評；1913 年 11 月 2 日，《申報》的《劇談》欄目刊登丁悚所撰寫的《家庭恩怨記》的劇評；1913 年 12 月 30 日，《申報》刊登丁悚所寫《民鳴社之〈家庭恩怨記〉》；1914 年 9 月 6 日，《申報》刊登丁悚所寫《評春柳之〈家庭恩怨記〉》；1914 年 9 月 12 日，《申報》刊登筠霄所寫《余之春柳社〈家庭恩怨記〉評》；1914 年 9 月 22 日，《申報》刊登冥飛所寫《駁筠霄之〈家庭恩怨記〉》，等等。其中，丁悚均觀看過由春柳劇場、新民社與民鳴社的演出，因而其劇評的撰寫會涉及到腳本，「劇中情節與他處稍有軒輊，聞此腳本本係彼社所獨有，他家悉效尤者，然否不得而知以。予觀之，有數幕誠較他家愜心，□理純熟圓滿，此編劇者之細心獨到，與夫演劇者之認真從事，有以致之也。」〔註 113〕筠霄在《余之春柳社〈家庭恩怨記〉評》中也從腳本出發展開評論：

> 余旅居滬上久聞新劇之美，然迄未一往。前月杪友人拉往春柳
> 社觀劇，入座則所演者《家庭恩怨記》也，私心頗不以為，可意欲
> 者有所獻替，卒卒未執筆。（昨晨）閱《申報》丁君劇評，頗足啟
> 予，然予所欲論者，腳本耳。去角之不合宜，當新劇初行之時，人
> 才缺乏，在所難免，固未可一一求全責備也。此劇本事全襲申生驪
> 姬故事而改頭換面出之，如伯良之自重申，意謂更一申生也，□中
> 一幕梅仙對重申泣訴家庭之苦，重申婉譬以驪姬故事為解。自戕一
> 幕，梅仙勸其往外國遊學，重申云背父私逃必為外人所笑，即檀弓
> 申生□狐突語也。凡此諸點，不惟襲其意兼襲其辭，用意雖佳，究
> 嫌板滯。且觀者胸中先有一真正之申生，在必不為此奪形易貌之申
> 生所動，就使扮演者以十二分精神為之，終不能不因腳本之敷衍而
> 減其聲價也。夫腳本之作，或數典微實加以潤色，或□空虛擬自出
> 心裁其道不一，要以即景即情鬱鬱獨造為貴，如此，劇之塗抹敷衍，
> 固不得為完全腳本而乃風行一時，且籍籍推為傑作，是誠臣恐之所
> 不解也。〔註 114〕

從劇本出發來撰寫劇評，這也意味著一種新的劇評寫作範式的萌芽。周劍雲在《戲劇改良論》中提出「吾所謂正當劇評者，必根據劇本、根據人情事理

〔註 113〕《申報》1914 年 9 月 6 日。
〔註 114〕《申報》1914 年 9 月 12 日。

以立論。」〔註115〕歐陽予倩在《予之戲劇改良觀》一文中也提出劇評的寫作
應依託腳本展開，「今日之所謂劇評者，大抵於技術之談多不完全。其對于伶
人，非以好惡為毀譽，則視交情為轉移；劇本一層，在所不問；而人情事理，
亦置諸腦後。自某某諸名士使詩歌以妮近花旦後，海上多傚之作；文人惡習殊
不足道，亦評劇界之蟊賊也。吾所謂正當之劇評者，必根據劇本根據人情事理
以立論。」〔註116〕徐半梅在《戲劇言論界急宜革新》一文中提出劇評寫作要
將劇本放置在第一位，「評角色不如評劇本，與目的較近，且人之評人直接技
術（如臺上演藝），其公平心愛實較弱於評人間接技術（如劇本等著作）。蓋觀
客與俳優間往往有一種感情作用，足以掩沒其公平心也。」〔註117〕

　　怎樣的劇評才是合格的？萊辛在《漢堡劇評·預告》中提出「能夠準確
無誤地區分每一場演出的得失，哪些應由作者負責，哪些應由演員負責。」
〔註118〕熊佛西在《論劇評》中指出要完成此種劇評的寫作就「必須懂劇本，
必須懂表演，懂背景，懂音樂，懂跳舞雕刻建築以及其他一切與戲劇有關係的
藝術。」〔註119〕實際上，《申報》自新文化運動後所刊登的劇評文章已開始關
注話劇藝術的舞臺形式。以《虎去狼來》為例。辛酉學社於 1925 年 5 月第二
次公演了《虎去狼來》，沈家驪在演出結束後撰寫了劇評：

　　　　《虎去狼來》劇本編製之如何，先我而言者已多，不再贅始，
　　就當日聞見分條瑣屑而言之。

　　　　（一）演劇時既用普通話則宜通體用之，在普通話中忽然雜以
　　別地方言，最足使觀眾刺耳；

　　　　（二）劇本中既令華裁縫一再申言為湖南人，所謂姑且的假定
　　是也，則華裁縫對於此姑且假定中之表演，應用忠實之態度，即不
　　能用普通話。蓋普通話即京語，對於其一再聲述之湖南人，總覺不
　　合；縱謂非普通話不足使觀眾完全領會，則亦何妨於普通話中，雜
　　以湖南語音，例如湖南語多鼻音，則多用鼻音，亦可以稍為表示；

〔註115〕周劍雲《戲劇改良論》，參見周劍雲編《鞠部叢刊》，上海交通圖書館，1922
　　　　年第 120 頁。
〔註116〕歐陽予倩《吾之戲劇改良觀》，參見歐陽予倩著《歐陽予倩全集第五卷》〔M〕，
　　　　上海：上海文藝出版社，1990 年第 2 頁。
〔註117〕《申報》1921 年 2 月 21 日。
〔註118〕萊辛（G.E.Lessing）著、張黎譯《漢堡劇評·預告》〔M〕，上海：上海譯文
　　　　出版社，1981 年第 3 頁。
〔註119〕熊佛西《論劇評》〔N〕，《晨報副刊》1927 年 3 月 26 日。

（三）演員之對於劇本能抱忠實之態度，自是佳事，背劇本如背
書，未免乏味，蓋白話劇之精神，全在發音之高低抑揚，以達其情感，
《虎去狼來》全體演員中犯此病者甚多，宜留意改革之。〔註120〕

沈家驤在劇評中並未涉及演員的姓名，從劇評篇幅上也並未強調某一演員的表演，而更多的從劇本出發指出演員舞臺表演的失實之處如對人物的理解程度不夠以及「背劇本如背書」帶來的乏味感。除《虎去狼來》之外，歐陽予倩所編《潑婦》演出後，鄭鷓鴣認為全劇「大體不差，演員臺詞純熟，舉動安詳，以現代演讀腳本戲者相較，允推此戲最佳」，但若想「今後之藝術再欲求其進步」之需，該劇演出結束後應在演員的臺詞、表演等方面進行總結，即「（甲）臺詞有無遺漏（乙）國語是否純熟（丙）表情可否周到（丁）動作適度與否。」〔註121〕從這些劇評文章來看，合格的劇評應該是「一方面灌輸戲劇知識於閱者，一方面監督伶人之藝術。」〔註122〕

為更好的普及從劇本出發撰寫劇評的範式，報刊也刊登劇評徵集廣告以吸引受眾參與。《戲劇週報》徵集劇評時要求作者對戲劇素有研究但又「不限於某一種主張，某一派意見」之人為撰述員，並「絕對尊重作者言論自由，以期達到提倡藝術之效果，改良戲劇之宏願。」〔註123〕《戲劇月刊》要求劇評寫作應「以對戲學有深切之研究論斷精確為主。」〔註124〕然而，這些劇評徵集要求並未擺脫廣告的思維，卻也潛移默化地影響著觀眾對話劇的認識，即話劇不是限於某一「角兒」的表演而是一種綜合性藝術，應該為其建立藝術性的標準。

《申報》所刊登的演出廣告對編劇家與劇評家的宣傳，更多地由於劇社／劇團需要編劇家與劇評家的聲譽來擴大影響，這其中不乏有誇大之嫌疑但也無形地向觀眾普及了與演出有關的兩個職業。在話劇演出活動中，編劇家、演劇家與劇評缺一不可，正如谷劍塵所言，「演劇家非能獨立存在者也，必須其他階級之輔助者，有二曰編劇家曰批評家。前者乃所以助演劇家之成功，後者乃以完演劇家之成功。換言之，演劇家固具有舞臺之經驗與表現力，苟乏著名

〔註120〕　《申報》1925 年 5 月 21 日。
〔註121〕　《申報》1923 年 12 月 11 日。
〔註122〕　劍雲《三難論》，參見周劍雲編《鞠部叢刊》（上編），上海交通圖書館，1918 年第 14 頁。
〔註123〕　《申報》1922 年 8 月 24 日。
〔註124〕　《申報》1929 年 8 月 22 日。

之編劇家，出其優美而合於藝術正規之劇本，付與排演，演劇家必無從致用，而出演以後乃無抱有莊嚴之態度，敏銳之眼光，正確之觀念者為之指引，亦無由完其成。故戲劇之欲永久的存在，此三階級遂必須合作之局而有鼎足對峙之勢。」〔註125〕

〔註125〕《申報》1925 年 8 月 23 日。

第四章　廣告推動早期話劇舞臺
　　　　觀念的成熟

　　與小說、詩歌、散文等文學體裁相比，話劇須依託於演員在舞臺上表演。
這意味著話劇不僅要講究文學性，還須注重劇場性。正如田漢所言，「有文學
性而無舞臺性，或有舞臺性而無文學性，同樣地不是穩固的、有含蓄的戲劇。」
〔註1〕汪仲賢在《戲劇‧隨便談》中強調話劇應重視舞臺表演，「提倡純粹新劇
的人不能說不多了，但是翻開那些關於戲劇的新著出來一看，不是說某劇的主
義怎樣新鮮，便是說某劇的思想怎樣高超，絕對沒有人提起過某劇的表演方法
是怎樣的。換言之，止有紙面上的戲劇的理論而無舞臺上的戲劇的實際；多偏
於 Drama 的文章而絕對沒有 Theatre 的。這樣做下去，則中國將來止有紙面上
的戲劇，永不會有舞臺上的戲劇；最後的結果恐怕要與只填曲牌名不會譜工尺
的詞曲家一樣。」〔註2〕如果話劇的文學性集中在劇本的話，那麼話劇的舞臺
性則混合著「演員的身材和相貌、角色的動作編排與組合、姿勢和手勢、面具、
服裝、道具、舞臺的大小和形式、布景、燈光等。」〔註3〕與純粹的案頭劇相
比，話劇的舞臺性能讓觀眾獲得與閱讀劇本同樣地感動。作為一種綜合性的藝
術形態，早期話劇自春陽社的演出開始就探索包括舞臺形象、戲劇語言、舞臺
布景在內的舞臺觀念。承載著信息傳播功能的廣告，成為早期話劇向觀眾普及
話劇舞臺觀念的有力手段和重要推動力。

〔註1〕田漢《近代戲劇文學及其社會背景》，參見《田漢全集第十四卷》〔M〕，石家
　　　莊：花山文藝出版社，2000 年第 244 頁。
〔註2〕汪仲賢《隨便談》，《戲劇》第 1 期第 3 卷。
〔註3〕此說見於布拉格的結構主義理論。

第一節　廣告與早期話劇的舞臺形象

　　從文學文本到舞臺文本，話劇以其具有感染力的人物形象影響觀眾，反映社會的豐富內容以及揭示一定社會的本質。人物形象成為了話劇演出的核心，貝克認為一部戲的永久價值在於人物塑造，韋爾特則將戲劇人物看作是一切好戲的根源，也是劇作家與觀眾溝通的思想通道。歐陽予倩將演劇看成是身體的藝術，郁達夫在《戲劇論》中認為作為綜合藝術的戲劇在其表現上，「不得不受種種限制」，「不得不依賴優伶」〔註4〕的表演。處於從傳統戲曲向現話劇過渡階段的早期話劇，人物形象與傳統戲曲的區別最為明顯。早期話劇所塑造的一系列人物形象借助廣告宣傳逐漸被觀眾所熟知，話劇也逐漸形成了人物形象創作與表演方式的系統性理論。

一、演劇廣告裏的人物形象

　　春陽社演出《黑奴籲天錄》後，徐半梅在《話劇創始期回憶錄》中寫到：

　　　　登場人物，全穿新制西裝，似乎比汪笑儂的《火裏罪人》所穿雜湊的舊西裝來的好些。不過劇題雖稱《黑奴籲天錄》，而臺上出現的男女老幼黑奴，各個都是白面孔。因為這班演員，大半是小白臉，抱出風頭主義，誰都不肯把臉上塗黑，連王鐘聲自己，也扮了一個白皮膚的黑奴。他因為第一次與觀眾見面，要把自己的面貌介紹一下；如果塗黑了，誰能認識他？於是大家只好不顧劇情，演成了《白奴籲天錄》，真使觀眾莫名其妙。〔註5〕

與小說借助大量的文字來描述人物形象相比，基於演員表演所塑造的話劇人物形象更富於真實感、立體感與活動感，因而觀眾的記憶也更為深刻。徐半梅的回憶印證了舞臺人物形象的重要性，而早期話劇的演出廣告則會宣傳演員的表演。《黑籍冤魂》的演出廣告向觀眾宣傳此劇「演出吃煙人種種苦況」〔註6〕，尤其是劇中所插入的「勸好戒煙一段，描摹吃煙時之醜態，妻孥交謫；戒除後之得意，親友歡迎」〔註7〕；《明末遺恨》的演出廣告則寫到：「其寫庸相之誤人，奸黨之賣國，外戚之營私罔利，勇士之慷慨激昂，烈女之報仇雪恨，

〔註4〕郁達夫《戲劇論》〔M〕，商務印書館，1926年第2頁。
〔註5〕徐半梅《話劇創始期回憶錄》〔M〕，北京：中國戲劇出版社，1957年第18頁。
〔註6〕《申報》1908年6月22日。
〔註7〕《申報》1908年6月21日。

莫不繪影繪聲雜肖」〔註8〕。《黑籍冤魂》中為體現廣告中所說的「吃煙人種種苦況」以及警醒世人之目的而成功塑造了因吸食鴉片而從大少爺淪為街頭乞丐的甄弗戒這一人物形象。當甄弗戒為清末中產階級的少爺時，甄守舊、甄弗戒嚴格按照人物的身份裝扮，男子皆穿長袍、馬褂、坎肩、圓口布鞋。而當甄弗戒淪為乞丐後，其著裝已為乞丐裝束，「身上背了蒲包當衣服，手裏拿了要飯的籃，要飯的棒，一步一顛的走來。」〔註9〕

此圖為第一場奉爹娘命抽煙弄假成真〔註10〕

此圖為甄弗戒不同時期的裝束

該劇演出結束後，觀眾對夏月珊扮演的甄弗戒印象深刻，「在《黑籍冤魂》裏，潘月樵扮老太爺，描寫當時的富翁故意叫兒子抽鴉片煙，以為用一根煙槍拴住他就可以保住萬貫家財的守財奴心理。夏月珊扮大少爺，從翩翩少年變成鳩形鵠面的煙鬼，一直墮落到最後拉黃包車為生，並且發現坐車的妓女竟是自己親生的女兒。曾伯稼失聲痛哭地在舞臺宣傳了吸鴉片的害處，對當時的社會有很大的影響。」〔註11〕借助夏月珊塑造的甄弗戒，《黑籍冤魂》將抽煙人的苦況真真實實地呈現在舞臺上，「對戒煙運動起到了良好的作用。」〔註12〕

早期話劇進入「甲寅中興」的繁榮時期後，為了增強劇社／劇團在市場的競爭力，《申報》所刊登的演出廣告往往以簡潔的語言向觀眾宣傳劇中的人物形象：

〔註8〕《申報》1910年3月20日。

〔註9〕傅謹主編、谷曙光副主編、谷曙光本卷主編《京劇歷史文獻彙編 清代卷9圖錄上》〔M〕，南京：鳳凰出版社，2011年第642頁。

〔註10〕傅謹主編、谷曙光副主編、谷曙光本卷主編《京劇歷史文獻彙編 清代卷9圖錄上》〔M〕，南京：鳳凰出版社，2011年第581頁。

〔註11〕梅蘭芳《戲劇界參加辛亥革命的幾件事》〔J〕，《戲劇報》1961年第C6期。

〔註12〕轉引自北京市藝術研究所、上海藝術研究所編著《中國京劇史（上）》〔M〕，北京：中國戲劇出版社，2005年第345頁。

《惡 家 庭》：上自老爺太太，下至鴨頭娘姨，形形色色，惟妙惟肖，人人看
　　　　　　得來聽得來，看在眼裏，停在耳裏，記在心裏，一有家務，觸
　　　　　　景生情。〔註13〕

《偏心公婆》：本社家庭戲腳本均出名人手筆，每演一劇必斟酌盡善使各藝員
　　　　　　各肖家人口吻，無論嬌憨戇直，悲慘悍潑，諸技雜流，純正偏
　　　　　　頗類能面面俱到，備受座客歡迎。〔註14〕

《馬 介 甫》：《馬介甫》一戲，雙宜之尹氏，描摹悍婦之種種，虐待丈夫，真
　　　　　　無微不至。〔註15〕

《空 谷 蘭》：以子美飾演細珠，天影飾蘭蓀，一對小兒女演來有聲有色，再
　　　　　　佐以機靈周到之劍魂飾柔雪，天真爛熳之幼雅飾良諓，本社敢
　　　　　　謂此劇已至登峰造極之境，此劇布景亦較前新豔。〔註16〕

《尖嘴姑娘》：劇中描摹家庭口舌紛擾之狀，可謂出神入化。本社屢次排演，
　　　　　　早已膾炙人口，惜於髮妻財一層以乏相當角色，未能演得十分
　　　　　　透徹。茲得張君則鳴，描摹髮妻財情形必能無微不至，加以黃
　　　　　　幼雅去唐子固之子天真爛熳，尤為可人。〔註17〕

　　　……

　　對劇中人物形象的描述構成了演出廣告文本的主要內容，而這些演出廣
告文本所描述的劇中人物形象如老爺、太太、悍婦、小兒女等大多為稱讚語
氣，雖有誇張之嫌疑但可以推測出劇社／劇團對早期話劇舞臺人物塑造的觀
念，即強調與日常生活的接近性，「演出來不但淺顯而婦孺皆知，且頗多興
味。」〔註18〕為塑造好劇中的人物形象，早期話劇的演員極力探索舞臺人物的
表演方法。歐陽予倩為演出《芳草怨》中的老太婆，「拿著劇本自己揣摩，一
來我就想起三個模範老太太：一個是我的祖母，一個是外祖母，一個是舅婆。
當時我把這三位老太太的聲音笑貌默想出來，三者合而為一，便成了《芳草怨》
裏的那個老太太。我祖母和氣迎祥而威壓內蘊；外祖母坐著挺直著腰板凜然不

〔註13〕《申報》1913 年 9 月 14 日。
〔註14〕《申報》1913 年 12 月 22 日。
〔註15〕《申報》1913 年 11 月 27 日。
〔註16〕《申報》1914 年 10 月 6 日。
〔註17〕《申報》1914 年 2 月 20 日。
〔註18〕歐陽予倩《談文明戲》，參見歐陽予倩著《歐陽予倩全集第六卷》〔M〕，上海：
　　　　上海文藝出版社，1990 年第 200 頁。

可犯，而即之也溫；舅婆便慈祥溫淑端莊而謙抑下人。我對於這些或用動作或用語調都應用上了，結果大家都很滿意。」〔註19〕汪優游為演好劇中的老太太，便用嘴唇包住牙齒練習說話且無時無刻不進行練習。當然，早期話劇所塑造的舞臺人物不乏有誇張、模式化的印跡（如演員演至高興處就大放厥詞而不顧劇情需要），但卻是以幾副行頭、幾套劇目演遍大江南北的傳統戲曲所沒有的表演形式。從演出廣告宣傳到舞臺演出，早期話劇嘗試從日常生活出發「創造出許多鮮明的人物形象：中上家庭的老爺、太太、姨太太、少爺、少奶奶、丫頭、男女傭人；妓女、流氓、巡捕；買辦、小商人、攤販、城市貧民——賣花的、倒馬桶的、掃街的；三教九流人物——和尚、道士、醫生、卜卦算命的、三姑六婆；男女學生、私塾的先生等等」〔註20〕，體現出樸素的「寫實主義」傾向。

　　為讓觀眾接受早期話劇所塑造的人物形象，《申報》所刊登的劇評文章也極力評述演員所塑造的舞臺人物。在此，以《申報》所刊登的《馬介甫》之廣告與劇評來論述早期話劇舞臺人物形象的探索。《馬介甫》又名《河東獅》，是許伏民取材小說《聊齋》而編寫的新劇，主要為新民社所演出。該劇講述一婦人兇悍成性，其家人都不堪其苦，馬介甫得知後為婦人的丈夫出謀劃策，終於將悍婦馴服的故事。該劇在「甲寅中興」時期多次上演，新民社未與民鳴社合併之前演出 15 次，民鳴社在 1913 年 11 月到 1917 年 1 月期間一共演出了 16 次。《申報》最早刊登《馬介甫》的演出廣告是在 1912 年 5 月 22 日：

〔註19〕歐陽予倩《自我演戲以來》，參見歐陽予倩著《歐陽予倩全集第六卷》〔M〕，上海：上海文藝出版社，1990 年第 44 頁。
〔註20〕歐陽予倩《談文明戲》，參見歐陽予倩著《歐陽予倩全集第六卷》〔M〕，上海：上海文藝出版社，1990 年第 214 頁。

　　天知派新劇　吳一笑　張利聲　王無恐　汪優游　任天知　陳大悲
　曹微笑　范天聲　陳鏡花　蕭天呆　　新劇馬介甫〔註21〕

此則演出廣告僅告知觀眾該劇將演出但對於情節以及劇中人物並未有更多的
涉及。該演出廣告表明《馬介甫》的此次演出為週三白天即日戲，而從劇社演
出安排可知日戲的觀眾相比於夜戲則較少。《申報》第二次刊登《馬介甫》的
演出廣告是 1913 年 9 月 21 日（具體廣告表現如下圖）：

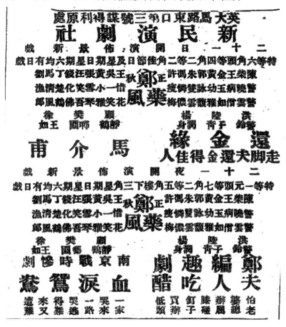

此次由新民劇社所演《馬介甫》為日戲，廣告中涉及了該劇社主要演員卻對《馬
介甫》一劇本身的消息涉及不多。五天後，《申報》再次刊登《馬介甫》演出
廣告不僅向觀眾告知該劇調整為夜戲，也開始利用劇中人物進行宣傳，「怕老
婆良友絕交，欺翁姑屠夫鄙棄。」〔註22〕此後，劇中「悍婦」成為《馬介甫》
的演出廣告的宣傳賣點：「描摹悍婦之種種，虐待丈夫，真無微不至」（《申報》
1913 年 11 月 27 日），「尹氏之兇悍潑辣，令人髮指；萬石之懦弱無能，可憐
可笑；介甫俠肝義膽，肅然可敬；喜兒之純孝天真，足以風世萬鍾」（《申報》
1914 年 3 月 17 日）。除演出廣告之外的劇評在涉及該劇演員的表演時也重點
談及劇中「悍婦」。1913 年 9 月 28 日《申報》在副刊《自由談》上刊登了由
王鈍根所撰寫的劇評：

〔註21〕《申報》1912 年 5 月 22 日。
〔註22〕《申報》1913 年 9 月 26 日。

　　二十六夜新民社演《馬介甫》，形容悍婦敗家可謂淋漓盡致，雪琴扮悍婦氏，手段潑辣，動輒打耳光，扯耳朵，摘皮咬肉，無所不至，受其虐者，雖屬演戲，未必不有小痛苦也！厥後再嫁販牛者，受江北婆毒打，天道好還，閱者稱快！然江北婆打悍婦之耳光亦皆真耳光非假耳光，致雪琴口中吐出牙血，做工如此認真，極矣！張則鳴扮怕婆者，楊萬石嬉皮涎臉，膏肩諂笑，言語舉動，活盡出一個沒志氣男子。服丈夫再造丸後居然持刀敢殺悍婦，豈知悍婦未殺，藥性旋退，跪老婆之故態依然，此等處頗覺滑稽可喜。

　　宗祿之馬介甫，氣概昂藏，頗合身份，至裝鬼嚇悍婦，本不應直告白，萬石後乃表白（予恐汝等因此迷信故相告云云）此等處補得好極，藥風之楊萬石羞憤鬱勃之氣能於眉目間見之殺嫂投井使觀者又愛又惜又痛。

　　馬清風之販牛奴，炫弄銀圓，至堪發□與尹氏弔膀一場直把下流社會醜態和盤托出，清風善演下流人，此劇方為配手。

　　瘦梅之楊老，優雅之喜兒均平正無疵。民新家人，亦能從旁時作一二不平語，所以襯出萬石之庸懦不同於無理取鬧。予嘗謂新民社所演之戲，無閒角於此，可見惟朗圖之，發不能於面上露出驚喜恐懼狀態，是為稍遜耳。

　　楊老衣服破爛如此，則萬石之妾及萬鍾夫婦與喜兒等不應過於華美，蓋家政既為悍婦所操，則萬鍾等必無錢製衣，若能於他處得錢自製華服，何一為老父易去破衣，萬鍾等頗孝順，心必不安且萬鍾等苟手中有錢，必能偕父另居他處，自度安分日子，又何致忍受虐待，困守不去，致釀日後種種慘禍耶！此等處藥風宜注意之。

　　新民社開幕，來觀者日漸增多，是可見良好之新劇固為有目者所共賞也！吾望此後坐客更倍於今，則正秋不致虧折無已，而新劇之旗幟亦可永永飄揚於海上矣！

王鈍根所寫的劇評集中於演員所塑造的人物形象，涉及演員的表演、服裝與人物性格的吻合度，高度評價了張雪琴飾演的悍婦「手段潑辣」、許瘦梅飾演的楊老「衣服破爛」、宗祿飾演的馬介甫「氣概軒昂，頗合身份」。在論及劇中這些人物之時，王鈍根又對張雪琴所扮演的悍婦著墨較多。大約半個月後即1913年10月14日，《申報·自由談》刊登的丁悚所撰寫《馬介甫》之劇評稱讚演

員張雙宜所演之「悍婦」,「以昨演者論之,張則鳴之楊萬石最為出色,張雙宜
之尹氏亦甚稱職,許瘦梅之楊老、王惜花之弟婦俱好。」〔註23〕1913 年 10 月
27 日,丁悚在《申報·自由談》所發表的劇評重點談論演員表演的不足:

> 子青飾介甫,態度從容,神采翩翩,做工與言語咸不即不離,
> 殊為得體。則鳴飾萬石,其好處有目共賞,實不能以言語形容。石
> 癡之萬鍾,余甚不取,蓋石癡飾丑角則能勝任,其餘非所宜也。楊
> 萬鍾為瘦梅所飾,昨以靜鶴扮演,亦不亞瘦梅,故尚可觀。惜花之
> 楊妾,寒梅之弟婦,並皆佳妙,無疵可擊。雙宜之尹氏,雖屬認真,
> 然每多過火處,嗣後,冀雙宜自以改之。化佛之伶人甚佳,途遇介
> 甫,表述自京來此,乃為改良新戲云云,措詞甚合。〔註24〕

丁悚在劇評中指出演員表演的不足,但其劇評的核心仍圍繞著演員所塑造的
人物。民鳴社演出《馬介甫》後,《申報·自由談》於 1913 年 12 月 3 日所刊
登的署名「慧劍」的來稿既指出演員表演的可稱道之處也指出其表演的不足:

> 劇為《馬介甫》,飾楊萬石,詼諧百出;飾萬石妻者,熊蓉悍婦,
> 無微不至;介甫者,微嫌火氣;馬介甫之友,裝鬼夜入萬石妻房時,
> 突如其來使觀者模糊不知其究從何處而入。劇中演進門出門隨意,
> 走一若無門而又無門檻者,新民社之演滑稽劇,如誰先死,等於進
> 門出門處演得無微不至是民鳴社之不及新民處後宜留意。〔註25〕

從王鈍根到「慧劍」所撰寫的劇評對演員的表演既有稱讚也有批評,但演員的
表演一直是劇評的核心。實際上,為突出廣告中所說「悍婦種種,無微不至」,
演員雪琴所扮演的尹氏被丈夫打耳光時為力求真實而採用真打,以至於「口中
吐出牙血。」

　　同樣地,《申報》所刊登的《家庭恩怨記》《珍珠塔》《惡家庭》等劇評文
章也涉及劇中人物形象的塑造,如《家庭恩怨記》中扮演菊仙之演員演出發癡
一幕時,「忽哭忽笑,兩目呆定,酷肖神經病者『我的哥哥那裏去了』,令人聞
之酸鼻」〔註26〕,而扮演老鴇者則「真像老鴇。」〔註27〕鈍根認為《惡家庭》
演至阿蓮被卜靜丞打死棄屍荒野一幕時,「宜男潛往抱屍痛哭聲悲切,如真觀

〔註23〕《申報》1913 年 10 月 14 日。
〔註24〕《申報》1913 年 10 月 27 日。
〔註25〕《申報》1913 年 12 月 3 日。
〔註26〕《申報》1912 年 12 月 16 日。
〔註27〕《申報》1912 年 12 月 16 日。

者亦熱淚迸出。」〔註28〕以日常生活為基礎而進行舞臺人物形象塑造的早期話劇，其「感人勝於舊劇萬倍」〔註29〕，因而也影響著社會對於早期話劇的接受程度。《申報・自由談》在1913年12月30日所登署名為「遠生」的文章中寫到，「蓋從前之所謂新戲，直似人不人鬼不鬼、中不中西不西，任一種社會皆與無關涉。今則卻能描寫一種社會，但此社會卻純然一上海，且純然以上海之婦女為中心也，由此可謂孟晉但大膽。」〔註30〕

二、廣告宣傳早期話劇表演人才

根據觀眾的欣賞趣味而宣傳劇中人物的形象，廣告參與並推動了早期話劇演員的「明星化」。從《申報》的演出廣告來看，演員處於其廣告宣傳的核心。「著名新劇家」、「盛極一時」、「新劇先進」、「傑出會員」、「第一老生」、「泰斗小生」等成為廣告宣傳文本的常用詞語，甚至出現用同一詞語來定位不同的演員，如陳大悲被界定為「第一悲旦」、「悲旦泰斗」，馮子和也用「第一悲旦」，凌憐影也被稱為「第一悲旦」。朱雙雲在《新劇史》中將早期話劇從業演員分為生類與旦類，其中「生類」又分為「莊嚴派」、「激烈派」、「寒酸派」、「瀟灑派」、「風流派」、「迂腐派」、「龍鍾派」、「滑稽派」，「旦類」則有「驚豔派」、「閨閣派」、「嬌憨派」、「花騷派」、「豪爽派」、「潑辣派」〔註31〕。演出廣告試圖借助演員的影響力促使觀眾走進劇場觀劇，雖不乏有誇張之嫌疑但事實上也為從事早期話劇演出之人開拓廣闊的市場，如朱雙雲將汪優游歸於「生類」的「瀟灑」即「翩翩年少，彬彬儒雅，吐屬雋而不俚，舉止放而不兆。」〔註32〕《申報》所刊登的演出廣告也將汪優游宣傳為「第一生旦」〔註33〕、「第一名旦」〔註34〕、「新劇界獨一無二小生兼花旦」〔註35〕，可實際上汪優游是「生、旦、老旦，正派、反派，喜劇、悲劇都能演，而且都演得好。」〔註36〕在汪優游看來，「演劇家的本領，不在博觀眾的掌聲；更不在博

〔註28〕《申報》1913年9月17日。
〔註29〕《申報》1913年9月17日。
〔註30〕《申報》1913年12月30日。
〔註31〕朱雙雲《新劇史》〔M〕，新劇小說社，1914年第103～104頁。
〔註32〕朱雙雲《新劇史》〔M〕，新劇小說社，1914年第103頁。
〔註33〕《申報》1915年4月12日。
〔註34〕《申報》1915年9月9日。
〔註35〕《申報》1918年5月1日。
〔註36〕歐陽予倩《談文明戲》，參見歐陽予倩著《歐陽予倩全集第六卷》〔M〕，上海：上海文藝出版社，1990年第214頁。

觀眾的笑聲，掌聲如雷和笑聲不絕的戲劇，未必就是好戲劇，說話能引人發
笑，或開口便能使觀眾鼓掌的演劇家，未必就是有本領的演劇家。那麼演劇
家應當怎樣呢？就是無論臺下有千萬觀眾，要教他們聲息全無，要使千萬道
視線，全神貫注在你一人身上，要使所有觀眾排除自己的雜念，一心一意地
迎受你一個人的聲浪，這樣才是有真本領的演劇家。這就是把千萬人的心理，
融合為一，融合在演劇家一個人身上，臺上所演的事態，就是演劇家眼前自
己所遭遇的事實。自己沒動感情，觀眾的感情是動不起來的。」〔註37〕的確，
汪優游在塑造人物形象時力求在揣摩劇中人物形象的基礎將自身投入到情境
中以實現與劇中人物的共鳴，如扮演《兒女英雄傳》之夫人時，「舉止談吐無
懈可擊」〔註38〕，扮演《風月寶鑒》中王熙鳳則「口蜜腹劍，伶牙俐齒，確類
一個潑辣貨，兩番挑引賈瑞，裝腔作勢，半推半就，描摹恰到好處。」〔註39〕
後來，汪優游在《閻瑞生》一劇扮演閻瑞生，為力求表演之真實，演至閻瑞生
遭捕跳水逃逸一幕時，天天跳水乃至為此差點喪命。與汪優游一樣，朱雙雲在
賑災演劇時為力求逼真，「渾身塗黑，穿著七穿八洞的單薄衣服」，「朱君為求
逼真起見，竟伏在臺口，拿起一枝洋蠟燭來，推在嘴裏，連啃帶嚼的吞了一枝
下肚。」〔註40〕王無能為扮演好道士，「就真的請道士來做一次道場，花錢向
他們學會了念咒、敲擊法器，所以他們一上臺，觀眾一看就發出驚異的笑聲說：
『真像真像！』」〔註41〕

以汪優游、朱雙雲為代表的演員通過自身的演出實踐活動來探索塑造人
物形象的方式意味著早期話劇構建表演理論的自覺。對於早期話劇如何完成
舞臺表演，馮叔鸞在《嘯虹軒劇談》中以舊戲為參照對象進行闡述：

> 演舊劇者，有身段、架子、臺容、臺步之說，皆所謂姿勢也，
> 其在新劇亦然。某戲某人某幕某時應在某處應有若何之舉動，此實
> 一至要之問題也。簡而言之，即演新劇者第一須要知在臺上時所應
> 立之地點。舊劇之身段等，似難而不難，以其有一定也，所謂工拙
> 者，舉止動作靈敏與呆笨之分耳，若夫新劇則不然隨機而變，不能

〔註37〕鄭逸梅《清末民初文壇軼事》〔M〕，上海：學林出版社，1987年第306頁。
〔註38〕《申報》1914年4月1日。
〔註39〕《申報》1914年4月6日。
〔註40〕汪優游《我的俳優生活》，《社會月報》1934年第1卷第2期。
〔註41〕歐陽予倩《談文明戲》，參見歐陽予倩著《歐陽予倩全集第六卷》〔M〕，上海：
　　　　上海文藝出版社，1990年第214頁。

夠執成見，然必與戲情符合，與配戲者照應，與表情上明瞭。〔註42〕
與演舊戲相比，馮叔鸞認為話劇表演無固定程序，演員要做到與戲情相配合地隨機應變。而話劇演員在表演時「一舉一動乃得合於理法，一笑一哭，皆足以砧見藝術之高下」〔註43〕，因此為給話劇演員在表演上以具體之指導，馮叔鸞提供了數條表演定理：

演劇人不能對臺下人說話；

演劇人之出入必依劇情之規定；

演劇人之服裝必逐幕更易；

演劇人不得同時發言論；

演劇人不得以不合情理之服飾及動作博人笑噱；〔註44〕

具體到某一劇目演出時，馮叔鸞提出新劇表情術理論以供有志於新劇的演員學習：

（甲）表情與時代之關係。表情與時代之關係，第一在交接上之禮貌，清代服裝而鞠躬握手不可也；第二在言談中之名詞，演古代劇而滿嘴和文名詞不可也。此二端，近今新劇家犯之者，十常八九。

（乙）表情與身份之關係。演劇人須能周知上中下三級社會中人之性情狀態，並須能粗悉三教九流之大概狀況，始足以因應不窮。若執一不變演上等社會中人而有蠢陋舉止、粗鄙的言論或演下等人而舉止文雅、言談典雋即覺其格格不入，無一是處矣。

（丙）表情與服裝之關係。古裝闊大，西裝窄小，清代服裝常有彬彬之容，軍裝佩刀必帶趄趄之概，如何而能使寬衣博袖不致拖泥帶水，窄衣小袖不致躍躍如猴，必平時研究有素，臨場乃能舉止自如也。

（丁）表情與意思之關係。悔恨必頓足，大樂必拍手，是則點頭，否則搖首，罵人必拍案或干指思索必俯視而搔首，此皆常人之恒態，亦即劇中表情所不可不知者也。

（戊）表情與劇情之關係。表情不佳則，劇情必因而減色，故表情佳者，劇之精彩必百倍。表情之要有四，一不可不明瞭，不明

〔註42〕 馮叔鸞《嘯虹軒劇談·戲之三要素》，中華圖書館，1914 年第 30 頁。
〔註43〕 馮叔鸞《戲學講義》，《遊戲雜誌》1915 年第 12 期第 114 頁。
〔註44〕 馮叔鸞《戲學講義》，《遊戲雜誌》1915 年第 12 期第 113 頁。

瞭則無生氣；二不可不熨貼，不熨帖則覺其生硬刺目；三不可不於
緊要節目中加意體會；四不可不於閉幕時注意使觀者留一有餘而不
盡之意味。

　　（己）表情與動作之關係。坐應如何，立應如何，臥應如何，
步應如何，姿勢是矣。而地位應在何處，怯場者往往以背向臺下；
不知地位者往往立身於牆隅，甚至叩首者燊臀以向看客，對語者乃
遊目及於包廂，此皆不明劇中表情之理法者也。〔註45〕

馮叔鸞所列舉的表演方法如「悔恨必頓足，大樂必拍手」不乏有機械之處，但
這些具有系統性的基於生活基礎的表演方法對處於萌芽期的早期話劇而言是
十分必要的。在梅蘭芳看來，「時裝戲表演的是現代故事，演員在臺上的動作，
應該儘量接近我們日常生活的形態」〔註46〕，即從日常生活形態出發完成舞臺
形象的塑造。

　　從戲劇史的論述來看，五四期間的話劇以對文明戲的否定而展開論述，這
種否定又集中在演出情節、舞臺人物形象的塑造等方面。不可否認的是，處於
文明戲階段的早期話劇在舞臺人物形象的塑造時有著不能辯駁的缺點。《繁華
雜誌》（1914年）中曾刊文論及新劇演出時所鬧出的種種笑話：

　　　　新劇每每未經排練即貿然開演。某日余在某社後臺參觀，是時
　　所演之秋瑾將開幕。飾秋瑾者愁眉不展，絮絮向懸幕表者叩問說白
　　如何，表情如何。其人答曰：你隨便說說，隨便做做可也。而值臺
　　者催迫頻仍，飾秋瑾者忽曰：哎呦，這個秋瑾是男的還是女的？余
　　聞之肚腸幾乎笑斷。

　　　　劇幕將開之前，一聲叫鞭，但見幕內人頭亂晃，東奔西竄甚至
　　有一進一出撞個滿懷者或觸碰桌椅因之傾跌者。此情此景酷似一群
　　小叫花搶食羹飯，噫與其臨渴掘井，曷弗未雨綢繆？新劇之幕內如
　　是，欲免貽笑大方也得乎？

　　　　新劇與服裝一道似欠斟酌。演西裝劇中之伯爵等人，大率服裝
　　太陋且污，領短褂直類馬夫；而時裝劇中之婢僕，每御滿身綢緞耀
　　人目光以視主人之衣敝縕袍黯然無色者瞠乎？其遠彼只圖出一己之
　　鋒芒，不顧戲情之相襯與否，殊不值識者一笑也。

〔註45〕馮叔鸞《戲學講義》，《遊戲雜誌》1915年第12期第116頁。
〔註46〕梅蘭芳《舞臺生活四十年》〔M〕，北京：中國戲劇出版社，1961年第70頁。

　　　　前日，余到某劇社觀劇，進場時闃座闃其無人，迨散場時觀客
亦僅十餘人耳。市井切口謂舊戲園及聽書場賣座不盛者曰五臺山（諧
音）以五支柱子只坐三個人也，此則做戲人多餘看戲人矣。戲情雖
詼諧可喜然對之笑口難開，余欲無言。〔註47〕

　　　　某社串演某劇，其布景適兩旁無門，客來倒茶。飾僕役者不能
進內乃乃剝開中間彩布之裂縫，挨身攢入。其時但聞臺下笑喊曰：
攢狗洞攢狗洞。〔註48〕

即使有著種種不足，但正是由於話劇在表演方式上的更新，「新劇從只注重言
論的類似活報式化妝演講式的表演，引到了反映日常生活，刻畫人物」，最終
新劇「作為一個新型的劇種肯定下來了。」〔註49〕

三、如何塑造典型的舞臺人物形象

　　隨著五四新文化運動的展開，話劇所塑造的舞臺形象突破於家庭而涉及
到社會的學生、女性、農村青年、貧民、士兵等各個階層。呈現於話劇演出廣
告文本的人物形象也更為多樣：《幽蘭女士》中的丁幽蘭為富商之家的女學生，
《獲虎之夜》中的黃大傻為農村貧困青年、《咖啡店之一夜》中的白秋英為咖
啡店之侍女，《趙閻王》中的士兵趙大，等等。正如上文馮叔鸞所總結的不同
階層的人，其神態、情形、穿著均有不同，而這對話劇演員在表演上提出了更
高的要求。以《獲虎之夜》為例。從《申報》所登廣告來看，田漢的《獲虎之
夜》於1925年上演。演出廣告中並未過多提及劇中情節及人物，但《申報》
在演出結束後卻刊登了演員黃志尚所撰寫的《演〈獲虎之夜〉以後》一文，文
中談及其是如何塑造舞臺人物黃大傻的：

　　　　演員的責任不僅是要注意自己的說話和表情，同時還應注意
旁人的說話和動作，以引起自己的動作，免得旁人的表演，自己便
呆呆的。這些事情不是劇本家所能描寫得完全，因他只描寫劇中最
主要的一根曲線，旁邊的動作卻是演員的責任。這種旁邊的動作，
西人叫做 Byplay。這次《獲虎之夜》的演員，大概都能順到如談
虎時，黃氏之微笑，何大哥的驚慌的樣子，及黃大傻說話時旁人的

〔註47〕《新劇界笑話種種》，《繁華雜誌》1915年第5期第257～258頁。
〔註48〕錢香如《新劇界笑話種種》，《繁華雜誌》1914年第4期第240頁。
〔註49〕歐陽予倩《談文明戲》，參見歐陽予倩著《歐陽予倩全集第六卷》〔M〕，上海：
　　　　上海文藝出版社，1990年第214頁。

感歎和落淚咳嗽時之灌水，這不僅可免劇本的單調，並能使他十分連貫。說到這裡，我又要佩服田先生做劇本的藝術，能描寫這樣一件複雜的事情，牽連不斷並且全劇波瀾起伏，在別的劇本中是不多有的。

　　現在要討論我自己的一段表演。有人批評我在說那斷長話的時候，似乎忘記了我實在的回答。我是忘記了痛，但我得忘記了痛，與平常人演戲到說話的時候便忘說了，表情是兩樣的。因我覺得我那時自然會忘記痛，我這種見解不是毫無根據。我會舉出歷史上一件事情作幫助，就是關公割臂時一定要下棋，因為割臂時不是不通，也不是他不怕痛，是把他痛的時候的心注意到棋上去了，所以不覺得痛，不然我想他也會要喊「哎呦」。還有一件洋故事，就是有一個演說家（實在有那一個人，我記不起他的名字）到一個地方去演說，在路上忽然被手槍把手臂打傷了，因為不好誤人時刻忍痛跑去，著力的演說幾個鐘頭，誰也不知他受了傷，剛剛演完一步路還不曾走便倒下了。因為有這些根據，所以我敢是那樣演。一到我說完之後，我雖沒有真的受傷，也覺得腿上痛要呻吟起來，這與說話時忘記表情的有別，這另一種更心理作用即如我演的時候一點也不覺得冷，剛剛演完跑到火盆邊去，反而大抖大戰起來，也是給我忘記痛的表演的一件實據。〔註50〕

從劇本到舞臺演出，話劇實現了從文學文本到舞臺文本的二度創作，而這個創作過程則是由演員來完成的。《獲虎之夜》一劇中，黃大傻一出場就是受傷的狀態：

　　（蓮姑攜白布和棉花一卷登場，就黃大傻側坐。替他洗去血跡繃裏傷處。少年略轉側，微帶呻吟之聲。）

　　蓮姑：（細聲直呼少年）黃大哥，黃大哥！

　　黃大傻：（從呻吟聲中隱約吐出一種痛苦的答聲）唔。

　　李東陽：壺裏的水開了，快灌點開水。

　　（黃氏沖一碗開水，俟略冷，端到黃大傻身邊。祖母拿支筷子挑開他的口，徐徐灌下。）

　　李東陽：好了，肚裏裏有點轉動了。

―――――――――――――――

〔註50〕《申報》1926 年 1 月 5 日。

　　祖母：咳，這也是一種星數。

　　蓮姑：（微呼之）黃大哥，黃大哥。

　　黃大傻：（聲音略大）唔。噯喲。

　　祖母：可憐的孩子，這一陣子他痛暈了呢。

　　黃大傻：（聲音中夾雜著夢囈）噯喲，蓮姑娘，痛啊。

　　魏黃氏：這孩子這樣痛，還沒有忘記蓮兒呢！〔註51〕

要完成劇本中所描寫的黃大傻從受傷中醒轉過來時微帶呻吟之聲、呻吟中又帶有一點痛苦以及醒轉過來後聲音高低的變化等，這要求演員要不斷去揣摩角色，「我們演員們，不僅應該練習說話，練習吐詞，而且應該學習如何思維。善於合理地在舞臺上思想——不等於只知道需要表達角色的哪些思想活動。」〔註52〕黃志尚從其對劇本的理解以及其演劇的經驗來處理了劇本的相關細節，從夢中囈語的神態到逐漸醒轉過來的這一轉變以及與蓮姑訴說衷情時語氣、語調上均稍顯衰弱，當蓮姑向父親、母親、祖母表明要與黃大傻共度一生之時，此處雖未有黃大傻之臺詞但黃志尚則也注意其表演，注意與旁人動作、表情、說白的配合，「形象的思維活動，不僅當演員自己講話時，能夠在腦海中輕鬆地閃現出來，而且在同臺演員說獨白的時候，也能在腦海中輕鬆地閃現出來。」〔註53〕與劇評家從旁觀者視角出發的評點相比，從演員視角出發論及演員對角色的理解以及表演方式對觀眾而言更具有說服力，而這對早期話劇廣告宣傳而言是有創造性的。

　　《趙閻王》中的趙大也同樣如此。劇中趙大一出場，便是一個多年混跡於軍隊的老兵形象：

　　　　右首的門，猛地開了，走進一個人來；身上穿的灰色軍服，又舊又髒；褂子上的紐扣，有好幾個早已脫落；腿上也無繫布，只散著腳管；一雙老棉鞋，當差的日子久了，前面有點開口。他彎著腰，聳著肩，滿臉都有紋路，鬢邊微微灰白。他沒精沒采。很是疲倦；雖只四十來歲的人，然而世上的風波，經得多了，看起來卻像五十

〔註51〕《獲虎之夜》，《田漢全集第一卷》〔M〕，石家莊：花山文藝出版社，2000 年第 199 頁。

〔註52〕吉里葉夫等著、工文等譯《論演員的自我感覺——戲劇理論譯文集第六輯》〔M〕，北京：中國戲劇出版社，1958 年第 72 頁。

〔註53〕吉里葉夫等著、王文等譯《論演員的自我感覺——戲劇理論譯文集第六輯》〔M〕，北京：中國戲劇出版社，1958 年第 72 頁。

出外。〔註54〕

此處乃洪深劇本中對趙大的形象描寫，而要讓這個舞臺形象更具有說服力與感染力則需要演員的進一步創造。

> 洪君之趙閻王開幕後數語即知其為曾經研究演劇者，第一幕中之表情當以對悲世說，營長之種種信任及如何「良心」、「神知道」，且說且做，表示一種兵士在壓迫之下中心可為盡善。及後遇見營長時，狀態忽然整衣忽閉門，一種不安之狀甚佳。〔註55〕

《趙閻王》中趙大作為長期混跡於軍隊之人，因此洪深在表演時張口閉口都是「他媽的」、「王八羔子」之類的髒話，與人交流時的世故與狡黠則是其生活環境影響的結果。當趙閻王進入森林之後，為了表現人物的瘋癲狀態，洪深「在臺上時而大聲疾呼，時而痛哭流涕，時而對天懺悔，細膩又充分地表現出了〔人類的意志的衝突以及獸性的一面〕。」〔註56〕因此，有著多重身份的洪深在《趙閻王》一劇中更多體現出演員的身份，其也成為演出廣告宣傳的重要元素，如1929年1月13日的演出廣告《戲劇協社即將公演話劇〈趙閻王〉》中，「趙閻王一角即由洪深自任，為全劇最繁重最吃緊之主角也，故洪深以自己編劇而飾要角，加以天才超人，其表演之出色，得未曾有，尤以松林數幕之表演最有精彩。」〔註57〕1929年1月16日，戲劇協社所刊登的演出廣告中寫到：「只有今天劇藝社公演話劇，洪深登臺表演《趙閻王》。」〔註58〕與1923年《申報》所刊登《趙閻王》的演出廣告強調洪深的編劇身份（「此劇為洪深君所編」〔註59〕）相比，1926年後《趙閻王》的演出廣告則更強調洪深的演員屬性。洪深的表演讓同樣身為演員的歐陽予倩看完此劇後感慨「洪深真了不起！」〔註60〕

從《獲虎之夜》《趙閻王》兩劇演員的表演來看，因受寫實主義思潮的影響，新文化運動期間及以後的話劇在塑造舞臺人物時強調演員表演的真實性

〔註54〕洪深《趙閻王》，《東方雜誌》第20卷第1期。
〔註55〕《申報》1923年2月6日。
〔註56〕瞿史公《劇壇外史·回國後初演〈趙閻王〉》，《中國藝壇畫報》1939年第63期第1頁。
〔註57〕《申報》1929年1月23日。
〔註58〕《申報》1929年1月26日。
〔註59〕《申報》1923年2月2日。
〔註60〕瞿史公《劇壇外史·回國後初演〈趙閻王〉》，《中國藝壇畫報》1939年第63期第1頁。

與人物的典型性。洪深認為與小說、詩歌這些以文字為載體的藝術形式相比，戲劇給觀眾以直觀性、形象性，「因為在臺上，他可以遇見許多人，和他每日所遇見的一樣。這些人談說著，行動著：並且在談說行動裏，隱隱地、潛意識地告訴旁觀者，他們是怎樣的人，有些什麼心思、什麼情感、正在經歷著什麼困難、所待解決的是什麼問題。戲劇是這樣刺激觀眾的視覺與聽覺的；劇中故事的展開，處處須是視覺化、聽覺化了的。」〔註61〕演員的任務便是根據劇本所規定之內容並利用其身體的表演去刺激觀眾的視覺與聽覺。

　　也許是受到西方專門的戲劇表演訓練的緣故，在洪深看來，演員既利用身體進行表演，那就必須要瞭解自己的身體。具體而言，洪深認為要成為一個合格的演員首先要在日常生活中訓練自己的身體如發音器官、身體肌肉間的協調配合，要達到「能伸縮隨意，使得他能夠把自己的身體，整個地或局部地隨意可以用力或放鬆；使得他能夠集中氣力在某一部分，或從某一部分完全抽取氣力——是的，放鬆與抽去氣力，乃是演員是否能自己作主的試驗與表徵——一個演員能夠做出劇本中規定他應做的一切，且能每項都做得勝任，沒有偶然，不須碰機會，不是時好時歹，不是沒有把握，而能處處由自己作主，一切經過選擇與計劃，這就是表演的術。」〔註62〕第二，洪深提出演員應觀察生活，既「要學習一個自然人的動作」並且將其「做得自然、簡潔、美觀，」〔註63〕同時還要對「那屬於某一職業或某一特別生活狀態的人的動作，平時即須隨處隨時觀察留意，而在有表演的必要時，更須扼要的抓住幾點，仿傚得純熟、可信而『內行』。」〔註64〕第三，不同情緒下人的動作不同，演員須體會各種情緒以及學會不同情境下如何用身體來表達情緒以及對情緒的控制。具體到演出時，演員不應有刻板的、簡單的情緒表達而應該根據劇情所需，「能準確地、有條理層次」〔註65〕的完成。演員要學會去駕馭情緒，處理好表演與

〔註61〕《電影戲劇表演術》，參見中國戲劇家協會編《洪深文集第三卷》〔M〕，北京：中國戲劇出版社，1959 年第 181 頁。

〔註62〕《電影戲劇表演術》，參見中國戲劇家協會編《洪深文集第三卷》〔M〕，北京：中國戲劇出版社，1959 年第 192 頁。

〔註63〕《電影戲劇表演術》，參見中國戲劇家協會編《洪深文集第三卷》〔M〕，北京：中國戲劇出版社，1959 年第 195 頁。

〔註64〕《電影戲劇表演術》，參見中國戲劇家協會編《洪深文集第三卷》〔M〕，北京：中國戲劇出版社，1959 年第 195 頁。

〔註65〕《電影戲劇表演術》，參見中國戲劇家協會編《洪深文集第三卷》〔M〕，北京：中國戲劇出版社，1959 年第 201 頁。

情感真實之間的問題。練習排演時情感越真越好，臺上表演時情感最好為半真半假，而在那些偉大的且十分動人的表演時刻，情緒則處於「能管束」和「不能管束」的臨界點上。第四，洪深提出調動聲音來進行表演。聲音具有表情，聲調的高低、語句的重複、長短、變音等均能表達出不同的情緒，「聲音永遠是表現演員自己的思想和情緒的，欲求聲音的表現能夠真實而動人，演員須能將劇中人的思想與情緒，完全弄成自己的思想與情緒。」〔註66〕最後，洪深在談及演員在舞臺上塑造人物時，建議演員將自身的閱歷與劇中情節、人物相融合，「將他自己閱歷所有，而為劇中所無，但並不與劇本規定相衝突的種種事實，酌量地引用過來，搬移過來，使得他所扮演的角色在思想情緒生活方面，更加完備，更加豐富。」〔註67〕表演之前，演員要熟悉舞臺人物，一定要認真排練且不斷修正排演中的不足。洪深在此以英國著名演員聽到妻子突然去世時的反應卻將其反應「啊」認為可以放置於排演《Othello》（即《奧賽羅》）時演員使用「啊」的語氣。演員每一次的排練都「要用力」〔註68〕，實際到舞臺上呈現給觀眾的演出之時，演員則鎮靜且保存好體力，並且要與其他演員相配合即「注意傾聽臺上別人的表演。」〔註69〕最後，洪深提出演員表演的「術」還要做到的是誠懇，「誠懇高於一切。」〔註70〕

　　基於西方的表演理論以及演出實踐的探索，洪深系統地總結了演員塑造舞臺人物形象的原則與方法，在表演《趙閻王》中趙大進進入松林後因「靈肉交戰所起的模糊的神志，來表現他以前種種的回憶，並懺悔他以前做兵士時候所作的非人的行為」〔註71〕時，洪深在幾種不同的情緒下自如的切換其表演：怒斥王狗子、眼見士兵欺負王三姐、女兒玉姐之死等。具體的表演心得，洪深後來並沒有記錄但從評論中來看，《趙閻王》一劇雖然在一般觀眾處來看，趙

〔註66〕《電影戲劇表演術》，參見中國戲劇家協會編《洪深文集第三卷》〔M〕，北京：中國戲劇出版社，1959年第237頁。

〔註67〕《電影戲劇表演術》，參見中國戲劇家協會編《洪深文集第三卷》〔M〕，北京：中國戲劇出版社，1959年第255頁。

〔註68〕《電影戲劇表演術》，參見中國戲劇家協會編《洪深文集第三卷》〔M〕，北京：中國戲劇出版社，1959年第257頁。

〔註69〕《電影戲劇表演術》，參見中國戲劇家協會編《洪深文集第三卷》〔M〕，北京：中國戲劇出版社，1959年第259頁。

〔註70〕《電影戲劇表演術》，參見中國戲劇家協會編《洪深文集第三卷》〔M〕，北京：中國戲劇出版社，1959年第259頁。

〔註71〕趙家璧主編，洪深選編《中國新文學大系 戲劇集 第9集 影印本》〔M〕，上海：上海文藝出版社，1935年第61頁。

閻王「係有精神病者」，但在一些劇評家眼裏，洪深將人民所遭受的劫難、兵士於戰爭時姦淫殺掠情形細緻的表現了出來，「更兼那血淚化的對話、哀訴，一字、一句，都直打入人家心坎。」〔註72〕

　　從春陽社演出《黑奴籲天錄》開始到洪深演出《趙閻王》，舞臺上塑造的人物形象越來越豐富。這些豐富的人物形象成為劇社／劇團演出廣告的重要宣傳內容，以實現號召觀眾走進劇場觀看演出的目的。劇院／劇社在利用舞臺所塑造的典型人物形象吸引觀眾獲得盈利之時也促成了表演理論的成熟。

第二節　從噱頭到藝術：廣告宣傳與女性演員

　　處於萌芽期的早期話劇，其廣告文本對劇中人物形象的宣傳間接促進了早期話劇表演藝術的成熟，也將話劇演員的另一重要群體即女性演員推向觀眾。父系社會中的女性，其活動以維護男性的地位和權威為目的，女性不被允准進入戲園觀戲，也幾乎未曾有女性從事演劇的職業。若劇目表演有女性角色時，採用的方法便是由男性來扮演女子，整個戲曲行業遂漸形成了以男性為主的慣例，女性被排除出演劇以及觀劇的行列。

一、廣告宣傳中初涉女子演劇

　　20世紀初，上海、天津等地出現了一種專以女伶為演員的「髦兒戲」，即「年幼女伶，蓄有髮髻，作男子冠服，顯得格外時髦」〔註73〕，女子從事演劇初見端倪。《申報》所刊登的早期話劇演出廣告中最早涉及女性演劇消息的是1909年1月25日由丹鳳茶園在當日第7版右下角刊登了一則消息：

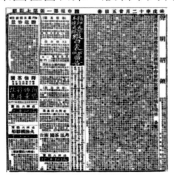

〔註72〕趙家璧主編，洪深選編《中國新文學大系　戲劇集　第9集　影印本》〔M〕，上海：上海文藝出版社，1935年第61頁。

〔註73〕姚公鶴《上海閒話》〔M〕，商務印書館1915年版。

丹鳳茶園〔註74〕

仿照津京男女合演改良新戲，贈送特別油畫新景

丹鳳茶園在 1909 年 1 月 16 日的廣告文本就已涉及「男女合演」，只不過因廣告篇幅在重點介紹新奇布景而處於被忽略的地位，「本園除男女名角合演之餘，再煩該藝師贈送影鏡數頁以助諸君，新正豪興，亦可增智力而廣見聞，覆文明而堅團體。」〔註75〕加之整個廣告在當日《申報》版面並未凸顯出來，因此觀眾極有可能對「男女名角合演」關注不夠。而其在 1 月 25 日的廣告中則特意強調其將仿照京津男女合演改良新戲，公開表明其演出有女性演員，並同時在《申報》上連續刊登 11 天（即從 1909 年 1 月 25 日到 1909 年 2 月 4 日止）這既有提前預熱的作用，也有試探整個社會反應的目的。追溯這則廣告，實際的情況是上海道臺聽聞北京與天津有「男女合演」之戲班時，上海的租界章程中就明確提出「示禁茶園戲館，不得男女合演，准其專設坤劇館禁淫戲。」〔註 76〕丹鳳茶園以男女合演形式進行演劇活動不出意外地受到了官方的禁止。《新聞報》在 1909 年 1 月 29 日刊登《照請諭禁男女合演戲劇》：

滬道觀察查悉公共租界丹鳳戲園，新歲以來有男女優伶混雜登臺，合演戲劇事情，殊與風化有關，因照會領袖領事傳諭禁止。

第二天即 1909 年 1 月 30，《申報》也刊登了官府請禁男女合演之舉動：

請禁男女合演之惡習

公共公廨寶獻員稟陳滬道云：竊上海五方雜處，男女之際苟稍弛防閑不但於社會風俗攸關，亦且於地方治安有礙。乃租界北路丹鳳茶園竟公然有男女合演之事，雖名為分劇演唱，然經卑廨調閱戲單，其配角之中實係男女混雜、傷風化而敗治安，莫此為甚，亟應嚴行禁止。除函致工部局及總巡外理合稟，乞憲臺照會領袖領事，轉飭捕房迅行禁止。

隨後，英美工部局向丹鳳茶園正式通知要求其禁止男女合演：

工部局禁止男女合演

英美工部局對於丹鳳髦兒戲館男女合串一事因華人意見均謂有傷風化，故本屆集議時已命書記員知照該戲館停止演唱。〔註77〕

〔註74〕《申報》1909 年 1 月 25 日。
〔註75〕《申報》1909 年 1 月 16 日。
〔註76〕《申報》1905 年 9 月 16 日。
〔註77〕《申報》1909 年 2 月 19 日。

丹鳳茶園此舉在整個演劇行業中並未產生大的水花，僅僅屬於曇花一現。然而，陳伯熙認為：「光緒末年，大新街丹鳳戲園領得男女合班照會，從事開演，此實為上海男女伶合演之濫觴」〔註78〕，尤其是女子從事演劇職業。1912年9月12日，《申報》副刊《自由談·劇談》刊登了《女伶之發達》一文：

> 滬上之有髦兒戲、豫省之有馬班，均為女伶發生之細池。雖然髦兒戲不過以名妓客串，僅有文場而無武戲，馬班則係歌妓於馬上演之而已，要皆以妓兼優，尚不得謂完全之女伶。自漢錢髦兒戲園中有王家班、高家班出以武場見長，頗負時春。未幾，而滬上髦兒戲園中亦以武場競勝於舞臺，而女伶之資格乃於是乎完備，以上諸說大都為女伶由來之歷史也。嗣以女伶繁衍盛行於津沽，始有男女合演之作俑。今之關外三省暨燕京等處舞臺之有男女合演者，莫不由津沽輸入文明耳。是以，名伶之產著燕京為佳，女伶之產著津沽為多，惟其產著既繁，流行較盛，而巾幗伶界，不乏傑出之英才矣！如郭少娥、翁梅倩之文老生，陳長庚之武老生，金玉梅花、四寶、林黛玉之花旦，林鳳仙之武旦，均為滬上女伶中鼎鼎大名者也；更有如恩曉峰、小蘭英之文老生，趙紫雲之武老生，王克琴、杜雲卿之花旦，皆為津沽女伶中矯矯不群者也；余如梁月樓、明月珠之文老生，小菊處之武老生，小紫合之正旦，馬翠仙、花寶卿之花旦，金桂英之刀馬旦，郭秀英之正淨，小滿堂之文丑，又為□陽女伶中名噪一時者也。然則，女伶之或以聲著或以藝工者，均能各專一門，以擅所長，從此脂粉隊裏亦傳優孟之衣冠，為伶界放一異彩，誠藝林之佳話也。〔註79〕

該文作者極力為女子演劇搖旗吶喊，在列舉滬上著名女伶的基礎上認為在聲音與藝工方面出眾之女子能「為伶界放一異彩。」

除有識之士的呼籲外，女性進入演劇行業也是整個時代變遷下政治訴求的體現。辛亥革命時期，以沈佩貞、秋瑾為代表的女性投身了革命。中華民國成立後，有識之士極力鼓吹女性解放以及女子演劇，「如云女子不能演劇，猶言孫、黃不能革命，則女子必能演劇；且有男劇，又有女劇，二個對峙，則開

〔註78〕陳伯熙《上海軼事大觀·上海男女伶合演之歷史》〔M〕，上海書店出版社，2000年第485頁。
〔註79〕《申報》1912年9月12日。

通社會之功力更大。」〔註80〕事實上，女子從事演劇成為女性參與政治、走進社會公共空間的路徑。朱雙雲《新劇史》中記載，女子演劇最早出現於1912年夏天，「女子演劇，前未之聞；有之，自女子參政會始。女子參政會以籌會費起見，爰擇會員中之利口者，習為新劇，於五月間就張園開演，計三日，獲資甚巨。」〔註81〕《申報》所刊登的女子演劇新聞也印證了朱雙雲的記載：1912年2月成立的以研究女子教育促其進行為宗旨的女子教育研究會於1912年6月6日刊登消息，表明因經費困難遂借演劇籌集經費。此外，以推廣女子教育為宗旨的女校也因經費問題而採用演劇方式來籌集經費，如吳興城北女學因經費不足特假大舞臺演劇一天，所得經費除開銷外均作本校經費使用〔註82〕。

女子演劇興起的另一個重要原因則在於早期話劇市場的激烈競爭。到1914年，上海「已開者、未開者、開而復歇者大小不下三十餘社，每社以五十人計算已有新劇家一千五百人，此不過上海一隅耳。」〔註83〕馮叔鸞先生也有類似記錄：「今之新劇團立於海上者不下二十，團之人數自二三十以迄於六七十，統而計之所謂新劇家者殆不下千人，人數至千又多斯文之士。」〔註84〕眾多的新劇團體帶來演出的繁榮，但也加劇了劇團之間的競爭。為在演出市場獲得贏利，除了演出題材的創新之外，宣傳女性演員是爭奪市場的有效手段。

二、作為廣告噱頭的女性演員

最早在《申報》大肆宣傳女性演劇廣告的是第一女子新劇社。1914年7月9日，第一女子新劇社在《申報》第9版刊登演出廣告將在英租界圓明園路外國戲館演出三大新劇《情海劫》《紅拂淚》《俠義緣》。實際上，《申報》當日同一版面還刊登有張園演出女子新劇《女新郎》《錯鴛鴦》的廣告以及普化女子新劇團將在亨白花園演劇的消息。因此為擴大聲勢營造宣傳效果，第一女子新劇社在廣告中列出了該劇社的全體成員73人，而這些成員均為女性，「本社社員七十餘人，皆係讀書明理之士，由本社教員切實教練半年之久，三夜中一律登場。所演各劇，宗旨純正，情節離奇，悲歡離合，有出人

〔註80〕《本城新聞，新劇團歡迎誌盛》，載《河南實業日報》1913年2月15日。
〔註81〕朱雙雲《新劇史·春秋》，新劇小說社，1914年第57頁。
〔註82〕《申報》1912年9月11日。
〔註83〕劍雲《海上新劇界一年來之現象》，《繁華雜誌》1914年第2期第223頁。
〔註84〕馬二先生《新劇不進步之原因》，《遊戲雜誌》1914年第9期第106頁。

意外者。至各演員化裝又經名手教授，應有盡有，形容畢肖，亦大有異於他家之草率從事者。」〔註85〕

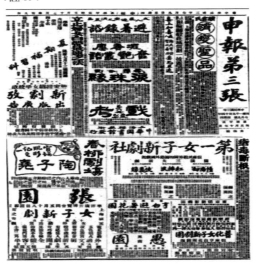

第一女子新劇社此次演出獲得了成功，振公在《女子新劇團之過去歷史》中記載了第一女子新劇社演出的盛況：「最早發現者，在上海英租界圓明園路之愛提西劇場，連演三夜。所演之劇，不外乎寫情諸作。當時滬人士之眼光，以為破題兒第一遭，不可不捷足先登，一睹為快。於是紅男綠女，聯袂偕來，黃童白叟，接踵而至，一時愛提西劇場之外，車水馬龍，往來如織；愛提西劇場之內，人山人海，萬頭相昂，幾如山陰道上應接不暇。」〔註86〕參與此次演出的林如心、謝桐影此後在早期話劇界極富盛名。其中，林如心本閩侯世家女，為神州女學之高材生，因有志於新劇而投身其中。對林如心而言，從籍籍無名到極具票房號召力僅僅不到兩個月時間。1914 年，《申報》中便寫到：「上海新劇中興，女子新劇接踵而起如悲旦林如心、小生謝桐影，實執女子新劇界之牛耳。」〔註87〕在歌舞臺演出時，「滬濱人士觀過林謝君等之藝者，莫不傾倒。」〔註88〕而到小舞臺所刊登的演出廣告時，林如心被列為該劇場的九大特色之一：

　　（一）論角色則有悲旦林如心之超群軼倫；

　　（二）名生則有朱天紅之莊諧並用及黃惠芬之莊嚴靜穆；

〔註85〕《申報》1914 年 7 月 9 日。
〔註86〕振公《女子新劇團之過去歷史》，《戲劇叢報》1915 年第 1 期。
〔註87〕《申報》1914 年 10 月 4 日。
〔註88〕《申報》1914 年 10 月 4 日。

（三）小生則有蕭天虬之溫文爾雅；

（四）其餘角色均是上選之才；

（五）舞臺雅小，觀聽合宜；

（六）劇本高尚，布景新奇；

（七）價目從廉以及普及；

（八）招待殷勤，座位寬敞；

（九）地點適中，交通利便。〔註89〕

小舞臺將林如心列為九大特色之首，可見其所具有的觀眾號召力。1915 年笑舞臺演出《俠義緣》時，林如心的名字已經居於笑舞臺廣告宣傳的核心位置並且用加大加粗的字體突顯出來，廣告中甚至將其譽為「女劇界之泰斗第一悲旦」：

　　大家翹首盼望之中華笑舞臺，今日開幕。大家拍手歡迎之悲旦林如心，今夜登臺。演未演過之好戲，布未布過之美景，聚精會神，推陳出新，非惟使觀者賞心悅目，籍以發揚本舞臺之第一牛耳。《俠義緣》一劇，本諸《血蓑衣》小說改編，情節高尚，俠義可風，此最有價值之新劇，非平常女子所能演。本舞臺人才濟濟，故敢一試，愛觀高尚新劇者，盍來一觀《俠義緣》，則知言之非虛，佳座無多，大家請早。〔註90〕

〔註89〕《申報》1915 年 4 月 8 日。
〔註90〕《申報》1915 年 10 月 16 日。

廣告將林如心所演《俠義緣》定位為「非平常女子所能演」之高尚劇，不免有誇張之嫌疑，但事實上林如心在舞臺演出中，其「表演動作自成一家」，「以表情說白見長又擅長音律，刻徵引商，彌見精絕」〔註91〕，「說高尚話，做悲情戲，獨如心無所不能，且更能以女子細膩心體貼新戲情，常常惹得人喜一回，愁一回。」〔註92〕有演出技能，又有各大報刊雜誌如《好白相》、《新劇小說》所登演出劇照的加持，林如心被「多數新劇家異口同聲謂第一無雙」〔註93〕，甚至被譽為「最優女子新劇家」「第一悲旦」或「女子之泰斗」。筆者認為在以林如心為代表的女性演員走入市場的過程中，廣告的宣傳有著不可忽視的作用。

借助廣告，女性演員走上戲劇演出的舞臺，但社會對於女性從事演劇活動仍頗多爭議。江蘇省教育會請上海道尹請禁女子新劇團的公文中寫到：

> 近今海上新劇頗見萌芽而亦良莠雜出，惟潮流所及乃有女子新劇者，其流弊至不可勝數，而關係於女學前途及社會風紀者尤深，茲取略陳其一二。
>
> 關係於女學之前途也。今之提倡女子新劇者，以文明為面目、以自由為標幟，又號稱為女學界人。而究其內容，則暗娼醜業萃集其中，以此號召而志節薄弱或女學校初讀一二年之生，頗有被誘入社者，父母不能約束，家長不能勸勉（聞上海有薛大塊頭者，前曾在某女校肄業，專引誘青年女學生，以彼之所居為待合所，今亦奔走於各女劇社）為墮落之階梯，作狂蕩之媒介，至可悲歟。
>
> 關係於社會風紀也。此輩女子蕩檢逾行，無事不可為有，截愛作男子裝者，有作種種奇詭之服者，所演之劇，既無文人敢為之提倡，則猥褻淺陋，不可注目；或描摹娼家，狐媚之風或效下等婦女，肆潑之習，將如道德風紀之謂？何今海上一隅，所謂女子新劇社者，已有五六處以各處夜花園為演習之地，並聞有倡男女新劇合演者，此風一開，吾國禮教掃地以盡。〔註94〕

1914年9月21日，江蘇省教育會又在《申報》上刊登《查禁女子演劇之催促》一文：

〔註91〕徐恥痕《中國影戲大觀》（珍藏版）〔M〕，北京：東方出版社，2015 年第 107 頁。
〔註92〕《申報》1916 年 6 月 21 日。
〔註93〕《申報》1916 年 6 月 21 日。
〔註94〕《申報》1914 年 8 月 17 日。

> 江蘇省教育會前以上海女子新劇團林立，風化攸關，函請滬海
> 道尹設法查禁。當經楊道尹飭行英法兩公廨，上海縣知事、淞滬警
> 察廳一體查禁在案。茲楊道尹以迄，已多日未據將查禁情形呈報且
> 訪。聞尚有女子新劇團，預備於舊曆中秋開演，現正從事練習。甚
> 有男女合演者，昨又嚴催查禁，以端風化並著即日呈報云。〔註95〕

　　除官方的禁令與限制外，同以演劇為職業的男性演員從中國傳統的社會
分工角度出發認為女性應該將其精力放置於家庭內，「勉為賢母、為賢婦，
此女子之天職」，從事演劇活動「必欲捨本逐末，若此舉之必不可已耶」，若
女性從事演劇，「將來不學無術之女子勢必以新劇家之頭銜，敗壞女界之道
德。是則非但不能裨益社會，抑且大好之女界名譽、新劇界名譽，俱將盡付
流水，為世人所不齒。」〔註96〕此外，也有人從藝術角度指出女性演劇的不
合理之處：

> 即以新劇論，男子化妝作女子，其形體、神情俱見支絀；今以
> 女子化妝作男子，單獨演劇，猶可勉強支持。若女子單獨演劇更有
> 較男子困難者：以聲帶論，男子効女子寬者使窄固難，若女子効男
> 子窄者使寬更難；以體格論，男子効女子即稍高大亦無甚礙目，若
> 女子効男子，步履蹣跚，肢體柔軟，身材短小，演者在在困難觀者
> 處處覺其萎靡。〔註97〕

　　雖然受到種種限制與反對，但女性從事演劇活動卻仍不斷地出現在各大
報刊所刊登的演出廣告中。普化女子新劇社、愛華女子新劇社、慈善女子新劇
社、坤一女子新劇社、培德女子新劇社、競華女子新劇社等紛紛成立並演出劇
目。為吸引女性從事演劇，《申報》先後刊登了女子新劇社〔註98〕、第一女子
新劇社〔註99〕、坤華女子新劇社〔註100〕、星綺演劇學校〔註101〕的招生廣告並
以優厚的薪酬來吸引女性加入其中，如第一女子新劇社在徵求人才的廣告中
表示「一經錄取，即當從優發給車馬費」：

〔註95〕《申報》1914 年 9 月 21 日。
〔註96〕風昔醉《解散女子新劇社感言》，《繁華雜誌》1914 年第 1 期。
〔註97〕嘯天《論女子新劇廣義》，《新劇雜誌》1914 年第 1 期。
〔註98〕《申報》1914 年 2 月 16 日。
〔註99〕《申報》1914 年 6 月 17 日。
〔註100〕《申報》1914 年 10 月 2 日。
〔註101〕《申報》1916 年 10 月 14 日。

　　　本劇社自今正開辦以來，為完全提倡乎新劇起見，不急於營業，
不苟且取才。累經登報招生先後入社者不下二百餘人。本社一再甄
別，合格留社者得四十餘人。是本社之認真，將事人所共鑒。茲已
租定啟氏劇場准於陽曆八月初一日開幕，一方面加緊練習以期完美。
惟是本社所聘教員既眾，所編劇本亦多，社中重要人物往往不敷支
配。為擴充計，因特通告徵求特才。凡能擔任劇中重要人物、普通
學識有高尚志趣者，請於陰曆本月二十日以內來社報名。一經本社
錄取，即當從優發給車馬費以示特意。〔註102〕

星綺演劇學校則在招生廣告中宣稱畢業後將獲得高額薪水：

　　　欲月得三四百元之薪金乎！欲為最高尚之社會教育家乎！欲
也，請到我星綺演劇學校來，學而習之，畢業後便可得三四百元
矣！〔註103〕

　　然而，從市場角度而言女子的演劇活動被視為「賣座之釣餌。」〔註104〕
鄭正秋指出「大凡一本戲要是沒有女人的關係，就難得看客的歡迎。」〔註105〕
朱雙雲在《初期話劇史料》中認為在當時演劇行業中，女性是具有觀眾號召力
的，「在當時，那男女合演四個字，確有一種號召力，因為這是上海不可多見
的，所以一時吃香，不過那時得不到好的女演員，藝術上還不能使觀眾十分滿
意。」〔註106〕蘇石癡因看到男女合演所具有的市場號召力而成立民興社：

〔註102〕《申報》1914 年 8 月 8 日。

〔註103〕《申報》1916 年 10 月 14 日。

〔註104〕《論男女合演》，《申報》1914 年 9 月 20 日。

〔註105〕鄭正秋《中國影戲的取材問題》，《明星特刊・小朋友號》1925 年第 2 期，第
　　　　5～6 頁。

〔註106〕徐半梅《話劇創時期回憶錄》〔M〕，北京：中國戲劇出版社，1957 年第 60 頁。

敦請著名南北新劇大家男女合演

　　本社假座法界歌舞臺原址為劇場，並敦請著名南北男女各界新

劇大家、東京名師置備活動布景，應有盡有，精益求精，開滬上未

有之奇觀，聚天下英才於一室，准八月朔修理整齊，即行開幕，先

此布告〔註107〕

實際上，民興社的男女合演只不過是招攬觀眾的手段，「然而這種合演制度，
並不是他們借鑒了藝術上的需要，僅僅是一種投機，借女演員作招牌而已。」
〔註108〕因此，從廣告的商業屬性與觀眾的觀劇心理角度而言，女性成為劇院
演出廣告宣傳的內容是二者合謀的結果。

三、廣告宣傳女性表演的藝術性

　　真正讓觀眾感到女性演員對演劇藝術的意義是在新文化運動之後。1923
年，上海實驗劇社將演出由陳大悲所編《幽蘭女士》一劇，其演出廣告中便向
觀眾宣傳「預備男女合演」〔註109〕，但最終演出時卻以女性演員完成。其中，
張明德女士飾演丁幽蘭，黎明暉女士飾演丁葆元，劉靜芳女士飾演幽蘭的僕人
珍兒，「往觀者多上流社會人士，兩劇表演尚有佳處」〔註110〕，「劉女士之表
情，活潑而深刻，為全劇之冠。」〔註111〕女性演員的表演技藝受到觀眾的肯
定，而這利於整個社會接受女性從事演劇的行為。

　　徹底從藝術角度宣傳女性演劇活動的是《少奶奶的扇子》。1924 年 5 月 2
日，《申報》登出戲劇協社將演出《少奶奶的扇子》的廣告：

　　　　職工教育館內戲劇協社表演《少奶奶的扇子》

　　　　（地點）小西門陸家浜中華職業學校內職工教育館●地址圖印

券後面

　　　　（售券處）省教育會●申報館●時事新報館●留美同學會●中

華職業學校

〔註107〕《申報》1914 年 8 月 28 日。

〔註108〕劍嘯《中國的話劇》，《劇學月刊》1933 年第 2 卷第 7、8 期合刊（「話劇專
　　　　號」）。

〔註109〕《申報》1923 年 6 月 19 日。

〔註110〕《申報》1923 年 7 月 9 日。

〔註111〕《實驗劇社表演「幽蘭女士」之兩明星》，《時事圖畫週刊》1923 年第 1
　　　　頁。

日期	券價
五月四日星期日下午準二時開演	入場券每張小洋三角 （每次券數限五百張）
五月十日晚準八時開演	一元券百張依號入座 其他每券小洋三角
五月十一日下午準二時開演	每券小洋三角
五月十七日晚準八時開演	一元券百張依號入座 其他每券小洋三角
五月十八日下午準二時開演	每券一律小洋三角

五月十日十七日星期六北來車輛以券憑免查捐照〔註112〕

該廣告位於1924年5月2日第1版，廣告僅僅向觀眾告知劇名、演出地點、演出時間與演出票價、購票地點等消息。從《申報》所刊登的消息來看，該劇早在這則演出廣告之前，就已借助新聞向觀眾宣傳此劇將以男女合演的形式呈現。1924年3月14日的《申報》所刊登《少奶奶的扇子》的演出新聞便已經向觀眾提及此劇演出將有女演員加入：

> 戲劇協社本年度首次公演改排洪深君所改譯之英國名戲《少奶奶的扇子》（曾載本報）。茲悉該社事務部已將派定扮演該劇之男女劇員單發出，並定於後日（十六日）午後兩時在該社舉行《少奶奶的扇子》之劇員會議，討論排演上之進行方針。該劇所派定之劇員，除前公演《潑婦》及《好兒子》者，俱分別擔任要角外，尚有數位新女社員加入。〔註113〕

該廣告對戲劇協社將有女演員加入《少奶奶的扇子》一事在用語上體現出較為客觀的態度，消息中也並未如「甲寅中興」時期那樣刻意強調女演員。1924年5月4日午後二時，該劇正式演出。此劇是洪深根據王爾德的名劇《溫德米爾夫人的扇子》所改譯的，並將目光聚焦在女性與家庭身上：溫德米爾夫人懷疑自己的丈夫與名聲不好的厄琳太太關係曖昧，她在嫉恨交加的情況離家私奔到愛慕她的花花公子達林頓公爵家裏。厄琳太太知道後立刻趕過去勸告她回到丈夫的身邊。但溫德米爾夫人不聽勸告且言語間不斷嘲諷但最終還是被厄琳太太所感動決定放棄私奔回到丈夫的身邊。而此時溫德米爾夫人的丈夫正好來到了達林頓公爵的房間，情急之下溫德米爾夫人慌忙躲藏卻將扇子遺忘

〔註112〕《申報》1924年5月2日。
〔註113〕《申報》1924年3月14日。

在了沙發上。危機情況下，厄琳太太挺身而出謊稱扇子是她偷來的，原來厄琳太太是溫德米爾夫人的親生母親，為了讓女兒不要重蹈她年輕時的悲劇犧牲了自己的名聲最後決定永遠離開倫敦。根據《申報》上的劇評來看，《少奶奶的扇子》一劇的劇中人及演員表（以發言先後為順序）：

高同…………孫少安

徐少奶奶……王毓清

劉伯英………洪深

菊花…………陳焄

陳太太………朱鬤

陳秀英………朱嶽

師爺…………張仁壽

徐子明………谷劍塵

李不魯………陳憲謨

朱太太………王毓靜

何小姐………潘經玉

王昭…………楊聲初

王太太………賀儀昭

吳八大人……王梨雲

張亦公………應雲衛

魏小姐………高璞

金女士………錢劍秋

從這劇中人物表來看，參與此次演出的女性演員有王毓清、王毓靜、錢劍秋、潘經玉、朱鬤等。首演結束後，各大報刊紛紛刊登與此次演出有關的劇評文章，如瘦鵑撰寫的《介紹名劇〈少奶奶的扇子〉》，馬二先生撰寫的《評〈少奶奶的扇子〉》《對於〈少奶奶的扇子〉之意見》，清波《我看了〈少奶奶的扇子〉》等。這些劇評文章中，女性演員的表演成為其重要的內容。1924 年 5 月 8 日的《評戲劇社〈少奶奶的扇子〉》一文中，作者首先就談論了女性演員的表演：

> 是劇演員支配得當。王毓清之少奶奶，天真活潑，人格高尚，
> 嫉惡如仇，又且為嫉惡之故而幾墮入阱中，演來有聲有色，描摹入
> 情入理；錢劍秋女士之金女士，寫墮落後懺悔之女子，因憤世而玩
> 世，因良心而救人，天性之愛，時時流露，第三幕念〔天下做娘的

心是一樣的〕（因金女士與少奶奶為母女）賺人眼淚不少；朱黌女士之陳太太活現出一付自負正派，好管閒事之長舌婦，一顰一笑，俱有文章。〔註114〕

在這篇文章中，作者認為演員配合得當，女性演員的表演是極為出彩的。如果說這篇劇評還比較簡略的話，那麼《申報》在5月13日所刊登的劇評文章則對女性演員的表演進行大大的讚揚：

> 劇中主角則為王毓清所飾之徐少奶奶，錢劍秋之金女士及洪深之劉伯英，表情細膩，熨帖入微，態度言語絲毫不苟，恰似劇中人身份，誠非易易。茲試分言之。
>
> 王毓清去徐少奶奶，雲鬢蓮步，倩影亭亭，桃李姿容，描裝映麗。第二幕與劉伯英二人表白心事一節，伯英自道愛情，奶奶自承薄命，相憐相愛，稍慰其癡心。至伯英求婚約逃時，則又凜若冰霜，神聖不可侵犯，言語婉轉，態度自然，恰到好處；第三幕私逃一節，一念之差，幾乎墮落，繼又自撫身世，孤弱飄零，不如歸去。演來神魂咀喪，茫無所歸，意懶心灰，恨怨備至，玉容憔悴，恰似劇中人，使觀者動容，誠不易得。
>
> 錢劍秋去金女士，明眸皓齒，玉潤珠圓，表情蓁仿，尤為特長。飾一墮落女子，天良發現，意氣感觸，傷慨懷慚，恰似身世淒涼人。第三幕旅店勸女歸家時，述墮落之苦，刺刺長言，使觀者下淚。嗚呼！開慧眼而誤是非，斷癡情而證因果，苦海茫茫，回頭是岸，天下墮落女子，其亦一聆金女士之誠意忠言乎。
>
> 洪深去劉伯英，翩翩風度，玉立亭亭，表情極佳。第二幕與少奶奶論愛情時，言語姿勢，均合身份，求婚時見終難果肯，極有情莫屬貽恨終身之慨。別行，行時斜視少奶奶，又不勝其離緒者，東勞西燕，再會無期，苦海茫茫，誕登何日。彼情場失意人，不知其心幾許碎也，洪深去此，情表逼真。
>
> 朱嶽去陳素雲，〔是媽媽〕三字，婉和動聽。母親問時，粉面含羞，霞烘兩頰，似小兒女極欲表其心事者，旋則低發作態，凝睇典思，表情極佳。
>
> 陳憲謨去李不魯，應雲衛去張亦公，言語滑稽，足解人頤。戲

吳八大人一節，語極輕薄，此劇為其聲色不少。

朱鶯去陳太太，描摹一多口多事之婦人，亦能稱職。

谷劍塵去徐子明，表情甚佳，言語亦甚落落，惜態度不甚自然耳。

其餘如王梨雲之吳八大人，高璞之魏小姐，張仁壽之師爺，潘經玉之何小姐，賀儀昭之王太太，孫少安之高同及陳煮之菊花，均能稱職。至於去王昭之楊聲初亦甚佳，倘能耐悉心考求，則更為全劇聲色不少，寄語聲初，祈好自為之。〔註115〕

該文中，作者花費大量的筆墨談及王毓清與錢劍秋的表演，王毓清所飾演的少奶奶在每一幕中的表情、語氣、動作皆跟隨劇情需要而變換，塑造人物令「觀者動容」，而錢劍秋所飾演金女士「表情極佳」，其表演符合墮落女子之形象。兩位女演員所飾演的母女二人在心理、動作、姿態上惟妙惟肖，受到一致好評。實際上，《少奶奶的扇子》的演出「轟動全滬，開新劇未有的局面。」〔註116〕歐陽予倩在《劇本彙刊》的《序》中寫到：

自洪君入社實行男女合演，計所排演者為《終身大事》《潑婦》《好兒子》《少奶奶的扇子》共四劇。自演《少奶奶的扇子》後，新劇男女合演之必要漸能為人所信而吾社之試驗亦相當之成績。蓋以為當行則行之不疑，知其可信則信之不疑，各竭其才，始終以之吾輩之責也。〔註117〕

洪深認為，用男子扮演劇中女角色，「混身不舒服。」〔註118〕加入戲劇協社後，其採用對比的方式演出《潑婦》與《終身大事》來讓劇社同仁親身感受男子扮演女子與女子扮演女子在演出效果上的差異。其中，「《潑婦》一劇的女角完全用男人來扮演，參加的人有陳憲謨、谷劍塵和我。《終身大事》由錢劍秋、王毓清、王毓靜參加，完全用男女合演，並且排在同場演出。」〔註119〕兩相對

〔註115〕《申報》1924 年 5 月 13 日。

〔註116〕谷劍塵《劇本彙刊第二集·序》，見上海戲劇協社編輯《劇本匯叢》（第二集）〔M〕，上海：上海商務印書館，1928 年第 3 頁。

〔註117〕歐陽予倩《劇本匯叢第一集·序》，見上海戲劇協社編輯《劇本匯叢》（第一集第 2 版）〔M〕，上海：上海商務印書館，1935 年。

〔註118〕洪深《戲劇協社片斷》，參見「中國話劇運動五十年史料集」編輯委員會編輯《中國話劇運動五十年史料（第 1 輯）》〔M〕，北京：中國戲劇出版社，1958 年第 110 頁。

〔註119〕應雲衛《回憶上海戲劇協社》，參見「中國話劇運動五十年史料集」編輯委員

比之下,「一般觀眾先看了男女合演,覺得很自然,再看男人扮女人,窄尖了嗓子,扭扭捏捏,沒有一個舉動,不覺得可笑;於是哄堂不絕。這個笑,是比較叫演員難堪的。而戲劇協社的男扮女裝,就被這一笑笑得『壽終正寢』了。」〔註120〕洪深以自身之實踐行動在戲劇協社內部推行男女合演,但若想讓社會從藝術效果上來接受女性演劇以及男女合演,則須借助大眾媒介,廣告便是方式之一。《少奶奶的扇子》演出結束後,報刊上所刊登的劇評文章無異於廣告宣傳。在這些廣告宣傳中,其著力點又集中在兩位女性演員王毓清與錢劍秋所塑造的舞臺人物形象,誇讚她們的演出技藝。受到廣泛關注的兩位女性演員在此時屬於時代的先行者,承擔著引領潮流與榜樣的作用,而她們在舞臺上的表演則意味著話劇觀念終將變革。

與那些將女性演劇作為招攬顧客的手段相比,《幽蘭女士》《少奶奶的扇子》等劇為女性演員以及男女合演提供了藝術上的合法性,也構建了處於形成中的話劇觀念的內容。宋春舫認為男女合演是「中國白話劇從浪漫派時代到寫實時代的關鍵。英國現代戲曲大家 Masefield 批評莎士比亞戲劇的時候,曾經說過『當時劇中演旦角的都是童子……總覺得有點不滿意。』這個打不破,中國戲曲程度的幼稚同莎士比亞時代永遠無甚差別了!」〔註121〕從這個意義上而言,男女合演不僅成為貫徹話劇寫實觀念的關鍵,也被認為是提高藝術性的必要條件,「話劇中絕不能容許男扮女裝,女扮男裝(但老婦人有時可用男角扮),所以要使話劇的藝術水準提高,非屬行男女合演不可。我們僅可以用制度或方法來杜絕此中的流弊,絕不可因噎廢食。」〔註122〕

第三節　廣告與舞臺布景

徐半梅在回憶春陽社演出《黑奴籲天錄》時提到此次演出令人印象深刻之處除了演出採用分幕方式外,其次就是「臺上是用布景的。一般觀眾,一向在

會編輯《中國話劇運動五十年史料(第 1 輯)》〔M〕,北京:中國戲劇出版社,1958 年第 3 頁。

〔註120〕 洪深《戲劇協社片斷》,參見「中國話劇運動五十年史料集」編輯委員會編輯《中國話劇運動五十年史料(第 1 輯)》〔M〕,北京:中國戲劇出版社,1958 年第 111 頁。

〔註121〕 宋春舫《宋春舫論劇(第 3 版)》〔M〕,上海:中華書局,1930 年第 283～284 頁。

〔註122〕 《雲南省立昆華藝術師範學校校刊》,1936 年第 1 期第 68 頁。

舊戲院中，除了《洛陽橋》《斗牛宮》等燈彩戲有些彩頭外，這確是初次看見，而且蘭心的燈光，配置極好，當然使臺下人驚歎不止。」〔註123〕因布景變換而獲得感官刺激，成為早期話劇留給觀眾的一個深刻印象。在戲劇市場中，早期話劇不僅要面對來自傳統戲曲對觀眾的爭奪，還要與劇社同行之間競爭，因此利用布景來吸引觀眾以佔領市場成為劇院的經營策略。早期話劇的演出廣告在宣傳時會對布景有所涉及，劇目演出結束後的劇評文章也會論及布景。演出廣告對布景的宣傳使得早期話劇將布景的觀念傳達給觀眾並在這個過程中培養中國觀眾從「聽戲」到「看戲」的觀劇習慣。

一、廣告文本初涉布景

作為一種綜合性的藝術，話劇在舞臺演出時不僅依賴演員的表演，舞臺布景與裝置也會影響演出的效果。自春陽社演出《黑奴籲天錄》之後，「一班開舊戲院的人，倒大受刺激，促使他們要從事改革了。所以王鐘聲自己並未得到好處，倒提醒了大家。那些開戲院的人，雖大半是伶界中人，而他們的改革卻不是從戲劇的本身入手，竟著手在外觀，具體的辦法，便是改築新式舞臺，在京劇中添用布景。資本小的，做不到改造舞臺，便單單實行了添用布景。」〔註124〕此後，以新舞臺、文明戲大舞臺、新劇場為代表的一批新式劇院湧現，舞臺布景則成為這些新式劇院進行廣告宣傳的內容。其中，「新舞臺的結構，這個建築通過日本和支那和西洋這三國的工程師的協商，擇取各國劇場結構優點而設計，從起工花了三年才竣工。內部結構是舞臺六間（引用者注：約10.9米），清國的劇場從來沒有轉檯，唯一新舞臺具備。我們改良從前沒有背景的舞臺」〔註125〕；文明大舞臺「形式均照泰西劇場建築，規模宏壯，內容美備」〔註126〕；新劇場「在法界大馬路卜鄰里口仿照英法仿照英法京建築大戲園一所，轉檯靈巧，裝飾華麗，益聘請頭等藝員蘇廣全新行頭，泰西油畫真真蓋世無雙。」〔註127〕

〔註123〕徐半梅《話劇創始期回憶錄》〔M〕，北京：中國戲劇出版社，1957年第19頁。

〔註124〕徐半梅《話劇創始期回憶錄》〔M〕，北京：中國戲劇出版社，1957年第20頁。

〔註125〕（日）清潭生《跟清國演員夏月潤談話》，《演藝畫報》12／13號，1909年11月、12月。

〔註126〕《申報》1909年12月18日。

〔註127〕《申報》1909年12月23日。

　　與傳統戲曲演出場所相比，新式劇院的舞臺設計體現出現代性。以新舞臺為例。新舞臺的舞臺設計採用了歐洲最流行的鏡框式結構，整個舞臺呈半月形且向觀眾席伸出，將舞臺的表演區域設定在舞臺兩側的臺柱線內，只留有觀眾席的一面，其華麗程度雖不及歐西著名戲園而建築之堅固有過之而無不及。在布景裝置上，新舞臺在參照歐洲、日本戲院的燈光布景後採用了上海當時最新的電燈裝置系統並借鑒了日本的舞臺換景方式即在舞臺下面安裝了一架大機械轉盤以轉動舞臺改變布景來配合劇情的需要，「按日本的轉檯，本來用於迅速調換布景，往臺上正反面都搭了布景，譬如止面甲景，背面乙景，到正面的戲一完，舞臺就轉過來，甲景便變成乙景了。」〔註128〕實際上，新舞臺的布景多樣，不僅能在舞臺上完成騎馬、開汽車等行為甚至可以製造出下雪的效果，而新舞臺的演出廣告文本大多涉及舞臺布景。以下是筆者對新舞臺在1909年與1910年正月刊登於《申報》上的演出廣告的整理：

新舞臺1909年正月〔註129〕演出廣告

時　間	日　戲	夜　戲
正月初四 （1月25日）	新添奇彩旗幟三本鐵公雞	加布景　三娘教子 新添花園奇景　推頭义麻雀
正月初五 （1月26日）	接連新戲四本鐵公雞	加景山林火景　火燒連營寨 荒郊鬼景　紫霞宮 海上實景新戲和尚打野雞
正月初六 （1月27日）	五本鐵公雞	新增絕妙布景四戲迷傳
正月初七 （1月28日）		新排海上改良勸人布景全本 新戲黑籍冤魂
正月初八 （1月29日）	重排文武藝員旗幟真軍器械接連 第八本鐵公雞	新排杭州文明新戲全本 惠興女士
正月初九 （1月30日）	新排文武藝員旗幟真軍器械簇新 奇彩七本鐵公雞	新排海上改良新戲 大少爺拉東洋車
1月31日 新正月初十	重排文武超等藝員奇彩新戲八本 鐵公雞	新添布景天雷報 滿臺水景三國志

〔註128〕徐半梅《話劇創時期回憶錄》〔M〕，北京：中國戲劇出版社，1957年第20頁。
〔註129〕說明：筆者在此統計的新舞臺正月的演出時間是從正月初四到正月二十。正月俗稱「財神月」，是一年之始且集中了一年的重要節日，也是戲劇界非常重視的演出時間段。

正月十一 （2月1日）		新增鬼景布彩全本陰陽河 花園景　採花戲主 滿臺雪景　（南）天門
正月十二 （2月2日）	新排奇案勸人新戲 全本狗養人	花園布景浣花溪
正月十三 （2月3日）	新排連臺新戲　特煩文武超等藝 員合串　抱牌位做親	新排頭本布景新戲潘烈士投海 布彩景目連救母 接連二本布景奇彩潘烈士投海
正月十四 （2月4日）		新排文武超等藝員奇景換新 全本新戲　佛門點元 劉逆造反　大戰四川
正月十五 （2月5日）	新排改良見義勇為實情新戲（上 海林咸卿）	新排加景換新文明新戲 沉香牀 妓女假從良
正月十六 （2月6日）	奇彩新戲全本女界英雄	新排文武奇彩電光布景新戲 捉拿康八
正月十七 （2月7日）	加添奇彩特別水景 花蝴蝶 滿臺雪景南天門	新排超等藝員加景電光布彩新戲 誰知雌雄 男不男女不女
正月十八 （2月8日）	新排異樣奇彩畫圖特別新戲 希奇古怪只好剪辮子	新排文明自強新戲 黃勳伯義勇無雙 隨戲加景八大槌　王佐斷臂 說陸文龍
正月十九 （2月9日）	劇中添加新詞及五色電光	加景城郭布彩全本白門樓 新排奇景幽邃山林布彩第二本 捉拿康八
正月二十 （2月10日）	異景奇彩五面枷三十六友	新排加景新戲前本玉堂春 接連異樣布彩後本玉堂春

新舞臺 1910 年正月〔註130〕演出情況

時　　間	日　　戲	夜　　戲
正月初四 （2月13日）	新排北京故事情節全本新戲（杜 十娘）怒沉百寶箱	特煩全班藝員新排加彩新戲 （全本接財神）

〔註130〕說明：筆者在此統計的新舞臺正月的演出時間是從正月初四到正月二十。

正月初五 2月14日	特煩著名藝員合演全本新排新劇家定主婆出租	新排餘杭奇冤新戲（蔚大蒜） 新排海上奇彩水火布景 接財神
正月初六 2月15日	新排聊齋故事情節全本新戲大男尋父	新添異樣水景電彩黃浦布景 （全本接財神）
正月初七 2月16日		改良戲新湖蕩船 新制歐美裝飾 各種軍械軍隊旗帳 前後都新戲二十世紀新茶花
正月初八 2月17日	新添畫彩城郭山景戰皖城 割髮代首 新排中國諷勸迷心改良情節 新戲全本愚婦退賊	改良新戲 賣橄欖 新排海上勸人新戲推義麻雀
正月初九 2月18日	新排海上劇任順福殺人放火案	新排姑蘇奇案全本新戲刑律改良 新排海上浦灘十景新戲電影燈戲 全本接財神
2月19日 正月初十	新排北京故事情節全本新戲 窮花富葉	新排時事勸人自強 全本新戲黑籍冤魂
正月十一 2月20日		改良新劇爬垃圾 新排廣東奇案加換滿臺奇彩妻黨同惡報
正月十二 2月21日	新排杭州女界放腳白樂惠興女士	新制黃浦景十布彩 全本接財神
正月十三 （2月22日）	新排故事情節全本新戲好難姻緣	新制黃浦十景布彩 接財神
正月十四 （2月23日）		新排斗牛宮 翻新式雙轉舞臺 與別不同 新制各種奇彩雜耍電景燈彩新排斗牛宮巧式雙轉舞臺
正月十五 （2月24日）	新排杭州情節新戲賣油郎獨佔花魁	新制奇巧異彩五彩電景雙轉舞臺 善遊斗牛宮
正月十六 （2月25日）	新排維揚故事情節改良新戲全本沉香床	新排各種奇幻雜耍新彩雙轉舞臺 善遊斗牛宮
正月十七 （2月26日）	特煩改良情節奇聞全本改良新戲家主婆出租	新排廣東奇案加景新戲 蓮花禪庵 妻黨同惡報 新制異樣燈景幻術雜耍雙轉舞臺 善遊斗牛宮

正月十八 （2月27日）	特煩文武全班著名藝員合演新排大宋故事情節加彩全本新戲　前後本楊家將	新排北京情節新戲 杜十娘沉百寶箱 改良新劇賣青炭 新制巧紮燈彩電光布景雙轉舞臺善遊斗牛宮
正月十九 （2月28日）	新排海上奇案新□新良□　龍華寺	改良新劇蕩湖船 新排海上浦灘十景新戲電影燈戲全本接財神
正月二十 （3月1日）	新排故事情節新戲釣金龜張義得寶 新排國朝平逆新劇新添軍裝器械三本鐵公雞	新排杭州故事新戲 金扇子和尚會審 新制各種黃浦十景接財神

　　從以上兩個表格的內容來看，布景是新舞臺進行演出宣傳時不可或缺的元素。從《申報》所刊登的廣告來看，與同時期的戲園相比，新舞臺的布景種類更為豐富。以 1909 年《申報》所刊登的《刑律改良》一劇的演出廣告為例：

新舞臺 1909 年演出《刑律改良》的廣告

時　　間	廣告宣傳語
1909 年 2 月 13 日	新添異樣電光特別布景《刑律改良》
1909 年 3 月 6 日	新排加彩奇景改良新戲全本《刑律改良》
1909 年 4 月 14 日	新排改良驚人奇彩全本《刑律改良》
1909 年 5 月 2 日	新排姑蘇奇案新戲全本《刑律改良》
1909 年 5 月 23 日	新排姑蘇實情奇案加彩新劇《刑律改良》
1909 年 6 月 22 日	新排姑蘇改良新戲全本《刑律改良》
1909 年 7 月 27 日	新添異樣奇彩異景新劇全本《刑律改良》
1909 年 8 月 28 日	新排姑蘇情節奇案全本《刑律改良》
1909 年 10 月 20 日	新排姑蘇奇案情節新戲《刑律改良》
1909 年 12 月 4 日	新排姑蘇奇案全本戲《刑律改良》

丹鳳茶園 1909 年演出《刑律改良》的廣告

時　　間	廣告宣傳語
1909 年 5 月 22 日	特別新戲《刑律改良》
	特請京都新到超等文武名角恩曉峰初四夜演特別新戲《刑律改良》

1909 年 6 月 2 日	特請京都新到超等文武名角恩曉峰十五夜煩演特別新戲《刑律改良》
1909 年 6 月 13 日	特請京都新到超等文武名角恩曉峰　念六夜演《刑律改良》
1909 年 6 月 26 日	小桂雲　恩曉峰　白蘭花　賽春奎　洪秀奎　李奎官重排新戲《刑律改良》

天仙茶園 1909 年演出《刑律改良》的廣告

時　　間	廣告宣傳語
1909 年 2 月 18 日	津商煩演接連臺布景新戲《刑律改良》
1909 年 3 月 30 日	重排連臺特別改良布景新戲《刑律改良》

春桂茶園 1909 年演出《刑律改良》的廣告

時　　間	廣告宣傳語
1909 年 6 月 27 日	靈芝花　小桂枝　布景《刑律改良》

此外，梳理《申報》1908 年 11 月至 12 月新舞臺所刊登的演出廣告，其廣告文本所涉及的布景種類還包括以下這些：

1. 電光雪景

1908 年 11 月 1 日，夜戲（全本）《回荊州》「電光布景」。

1908 年 11 月 3 日，夜戲《南天門》「滿臺雪景」。

1908 年 11 月 15 日，夜戲《天門走雪》「滿台山水雪景」。

1908 年 12 月 26 日，夜戲《走雪山》「飛雪山景」。

2. 電光花園景

1908 年 11 月 4 日，夜戲《釵釧計》「電光特別花園景」。

3. 電光山景

1908 年 11 月 12 日，夜戲（八大鎚）《王左斷臂》「新添電光山景戰鬥」。

4. 布彩景

1908 年 12 月 14 日，夜戲《南北和》「新排改良加景布彩全本新戲」。

1908 年 12 月 18 日，夜戲（全本）《窮花富葉》「隨戲加景特別西法布彩」。

1908 年 12 月 19 日，夜戲（全本）《刑律改良》「隨戲加景西法布彩」。

1908 年 12 月 26 日，夜戲《左公吃人肉》「特別加彩景　戰圖畫彩」。

1908 年 12 月 29 日，夜戲《誰知雌雄》「新軮加彩特別電光布彩繪境」。

1908 年 12 月 31 日，夜戲《三本女君子》「隨添西法奇彩布景」。

借助廣告宣傳，新舞臺在演出時的布景效果提升了其在社會上的知名度。時人撰文稱「滬上之建築舞臺劇中加入布景自新舞臺始。初開鑼時，座客震於戲情之新穎，點綴之奇妙，眾口喧騰，趨之若鶩。每一齣新劇出，肩摩轂擊，戶限為穿，後至者俱以閉門羹相待。初演《新茶花》時，甚至有夕照未沉而客已滿座者，其賣座備極一時之盛。」〔註 131〕

二、以布景作為廣告賣點

《申報》所刊登的演出廣告文本中除涉及到劇名、演員信息外，舞臺演出所涉及到的布景也成為重要的內容。《黑奴籲天錄》《鄂州血》《家庭恩怨記》《惡家庭》《西太后》《蒙古風雲》等劇目演出廣告均有對布景的描述。春陽社演出《黑奴籲天錄》時，其演出廣告對舞臺布景的描述為「園林山水，風雪景致，惟妙惟肖，恍如身入畫中。」〔註 132〕《鄂州血》的演出廣告寫到此劇演出「按劇布景隨時更換，如火燒都署，搶奪槍械庫，炮擊工廠，轟打兵輪，血戰蛇山，智破蔭軍，圍攻金陵，夜襲天保，克取鍾山，水陸大戰，一切景彩，簇新靈巧，形容逼肖，全臺均用真火真水，肉薄血飛，一一現出，使觀者心驚動魄，不啻身在戰場間也。」〔註 133〕《西太后》的演出廣告則表明此劇「由布景家熊君松泉繪皇宮、皇室、金鑾殿、圓明園、熱河行宮、山巔叢林、炮臺兵輪、真水真火、種種輝煌璀璨之布景，尤以南京地方即繪南京形式布景、北京地方即繪北京形式布景，五光十色，如身歷真境。」〔註 134〕時事新劇《蒙古風雲》在演出廣告中宣稱該劇布景新奇，「布景火車站、鐵路、佛堂、金殿，色色全俱，其中尤特色者賽奔馬匹，滿臺飛跑，漠北風景，宛然在目。」〔註 135〕

美輪美奐的舞臺布景讓觀眾大飽眼福，成為早期話劇吸引觀眾走進劇場的手段，同時也讓觀眾體驗到了話劇舞臺布景對演出的優越性。新舞臺在演出《黑籍冤魂》時，劇中採用布彩畫景，如第一場《奉爹娘命抽煙 弄假成真》中人物所處的活動空間是甄弗戒的家裏，因此在舞臺布景上採用的是當時社

〔註 131〕 《申報》1913 年 3 月 13 日。
〔註 132〕 《申報》1907 年 11 月 1 日。
〔註 133〕 《申報》1912 年 1 月 18 日。
〔註 134〕 《申報》1914 年 9 月 26 日。
〔註 135〕 《申報》1913 年 3 月 1 日。

會上典型的客廳陳設：正面是中堂花鳥圖，兩旁貼有對聯，左右兩壁側面的懸木框內鑲大理石的掛屏；舞臺的正中間為八仙桌，桌上置之一鍾，八仙桌兩旁為太師椅；而在其第二十場《要拉野雞 自己倒給堂倌拉》﹝註 136﹞其故事情節發生在大馬路上，甄弗戒遇到楊花想抓住她不料自己卻被堂倌抓住要求還洋錢，為了營造出真實感便用整塊幕布表現上海一條馬路的一角，有樓房、各種商店的鋪面房以及根據透視效果所繪製的電車軌道、電線甚至有行駛中的電車等。《家庭恩怨記》第一幕的布景是：妓院，中式紅木房間，有炕塌。從劇照來看，小桃紅之房間依照時下妓女的房間擺設而布置，採用硬紙片三面圍成臥室，考慮到小桃紅之身份、經濟收入而在硬紙片上畫出窗簾、欄杆等內景擺設。

圖為歐陽予倩所扮演《家庭恩怨記》之小桃紅

演出廣告重點宣傳劇目演出的布景，更多地是出於招攬顧客之目的。春陽社演出《黑奴籲天錄》時，演員的表演雖有諸多問題但舞臺布景則讓觀眾感到新奇。春柳社在湖南長沙演出《家庭恩怨記》時，場地雖簡陋但「有情有節有布景，比舊戲容易懂得多。開演的時候，真是人山人海，擠得兩條街水泄不通。」﹝註 137﹞玄郎在《申報》所刊登的文章《論改良舊劇》中就曾談及布景對早期話劇觀眾的吸引力，「滬上改良新戲，新舞臺倡之於前，大舞臺、新新舞臺、第一臺以及各坤班群起和之，然新劇既少唱工，衣飾又不壯觀，瞻惟賴布景之點綴以炫耀人目耳。」﹝註 138﹞從某種角度而言，劇社／劇團的布景改革乃是商業追求的結果。拋開高深的戲劇主旨而從舞臺布景出發，強調舞臺演出帶給

﹝註 136﹞張庚、黃菊盛主編《中國近代文學大系·戲劇卷》〔M〕，上海：上海書店出版社，1996 年第 701 頁。

﹝註 137﹞歐陽予倩《自我演戲以來》，參見歐陽予倩著《歐陽予倩全集第六卷》〔M〕，上海：上海文藝出版社，1990 年第 33 頁。

﹝註 138﹞《申報》1913 年 1 月 7 日。

觀眾的視覺刺激，《濟公活佛》的廣告宣傳將其推向頂峰。新舞臺在演出《活佛濟公》時利用燈光、火采而創作了精巧的機關布景，如幾百斤重的布景雄雞；活佛可以騰雲駕霧；新娘走進轎子中突然變成和尚；也有根據傳說設計的龍；從天上飛下來的飛來峰以及天河中的瑤池、層出不窮的天國等，利用現代科技手段而將想像中的場景呈現在觀眾面前，「使觀眾看得又興奮、又緊張，走出戲院還議論不休。」〔註 139〕然而，《活佛濟公》因過分強調舞臺布景的視覺效果而遭致批評。宋春舫在《改良中國戲劇》中提到：「現在上海最時髦的戲是《濟公活佛》，北京最受歡迎的是《上元夫人》，請問這種神權萬能的劇本還夠不上歐洲十六七時代的戲曲，對於社會哪裏會發生什麼善良的效果呢？」〔註 140〕秦瘦鷗在《新舞臺與「濟公活佛」》中回憶到：就戲論戲，當年新舞臺所演的《濟公活佛》在思想上是存在著不少糟粕和缺點的。但對於劇院而言，「排演幾種稍合情理的戲，反而沒有胡鬧的戲賣錢，我們很想勉力使戲劇進步，演幾種較高的戲，無奈看客不要看。」〔註 141〕

三、劇評引導觀眾關注布景的藝術性

左拉認為「戲劇是借助物質手段來表現生活的，歷來都用布景來描寫環境」，環境也是戲劇存在的條件之一，因而需要「由布景師根據劇作家的提示，製作出盡可能確實的畫面。」〔註 142〕與傳統戲曲「衣飾用具無一擬古式且永遠不可更變」相比，早期話劇「用布景是要使觀者們明白劇情和一切環境的表示，所以布景是戲劇上不可缺少的東西、美之表現。」〔註 143〕因此，如何實現舞臺布景與敘事相配合，這成為此後話劇構建舞臺美學的內容之一。真正實現舞臺布景與劇情敘事相配合的是戲劇協社所演出的《少奶奶的扇子》。《少奶奶的扇子》於 1924 年 5 月 4 日首演，演出之前的廣告宣傳中便已有對布景的說明，「添置電光數排，『日光』、『夜景』頗能逼真。」〔註 144〕首演結束後的劇評文章也涉及該劇的布景。錢冷雲在《評戲劇社〈少奶奶的扇子〉》一文中

〔註 139〕秦瘦鷗《新舞臺與「濟公活佛」》，《上海灘》1987 年第 7 期。

〔註 140〕宋春舫《宋春舫論劇（第 3 版）》〔M〕，上海：中華書局，1930 年第 276 頁。

〔註 141〕趙家璧主編，洪深編選《中國新文學大系 戲劇集 第 9 集 影印本》〔M〕，上海：上海文藝出版社，1935 年第 26 頁。

〔註 142〕左拉《自然主義與戲劇舞臺》，參見朱虹編譯《外國現代劇作家論劇作》〔M〕，北京：中國社會科學出版社，1982 年第 13～14 頁。

〔註 143〕潘醉美《布景與劇情之關係》，《申報》1925 年 9 月 15 日。

〔註 144〕《申報》1924 年 4 月 6 日。

便稱讚該劇的布景：

> 戲劇協社自製布景，此次《少奶奶的扇子》劇中所製布景，不
> 僅吻合劇情且極盡『美』之一字，色彩調和猶其餘事。第一幕陳太
> 太叫其女秀雲到走廊觀太陽落山，夕陽反照，設景之真，洵屬難能。
> 第二幕及第三幕之晚景、月光以及室外風景依約可見，無呆板笨拙
> 之斧鑿痕，非於光學用功，曷克辦此。旅館布景為斜三角形，在我
> 國舞臺上為不經見者，若門若窗，均用真物，絕不踏畫片充數之弊，
> 置身其中，焉知其為舞臺上之假設耶！第二幕跳舞會則懸以彩紙，
> 掛以紗燈焉。〔註145〕

演出時設計的「夜景」極為罕見，尤其為增加此劇可看性的（夕陽反照）與（晚
景）「尤為華麗可觀。」〔註146〕從錢冷雲的文章來看，《少奶奶的扇子》第一
幕與第二幕的布景設計極為巧妙。1924年7月1日的劇評也印證了這一點：

> 第一幕是下午時候，徐子明家內的布景。室中陳設書桌椅臺，
> 布置井然，甚似上等家庭，有一沙發朝外陳列，似覺面向牆壁，因
> 演員須坐在椅上，有種種表情，假使朝內，則觀劇者只可看背後形，
> 故如此陳列。房內出入有數門，左門通外，右門通內，如有自外來
> 者或進內者，不言已喻，矯正舊劇場有上下馬門的呆例。
>
> 第二幕是黃昏的時候，徐宅開跳舞會的情形。所請諸客，陸續
> 進來，室中掛紗燈、結綵帶，甚熱鬧；中間簾內，通內花園望進去，
> 依稀晚涼天氣，夕陽反照的時間，此種布景，舞臺罕見。
>
> 第三幕夜半時候，旅館內夜色沉沉。隔房燈光暗淡，房外通路，
> 左通右達，像真旅館；少奶奶私奔至此，自開電燈，舞臺上電燈開
> 關裝在布景上，我前未之見，雖小事而覺新穎也。
>
> 第四幕是次日早晨，徐子明家庭布景。與第一幕不相上下，劇
> 中所談的話、所演的情形，都不脫晨間情節，雖是重複，不覺萋厭。
> 〔註147〕

作為演出廣告補充的劇評承擔著廣告的功能，《申報》所刊登的劇評有意
引導觀眾關注舞臺演出的布景，嘗試引導觀眾對話劇演出布景的認識由獵奇

〔註145〕《申報》1924年5月8日。
〔註146〕《申報》1924年5月8日。
〔註147〕《申報》1924年7月1日。

轉向藝術即布景應該是為劇情服務的，是作為劇情內容的重要構成，而劇中夜景的布置，「前所未見」。實驗社演出《月明之夜》時，布月夜景「務求盡善盡美」〔註 148〕，「天然一幅畫圖，映以青色電光」〔註 149〕，戲劇協社所演《回家以後》中也有夜景布置。由田漢所編《獲虎之夜》一劇，因故事發生在晚上，所以演出時對布景技術尤其是布夜景有著極高的要求。該劇在藝術大學演出之後，葉鼎落談及此次觀看之感受時特意強調了此次演出的布景是值得稱道的：

> 這劇的劇本我已看過幾遍，實現在舞臺上的時候也早在第二師範看見了一次，其中驚人的動作極少，對話很長，可以失敗的地步很多，再加上布景不能充分辦到，更難造成那種壓住觀眾的空氣。而他們這次催促的籌備中，憑看一張白布、一盆炭火，竟自始至終使全場不發一聲，有時竟不敢輕輕咳嗽，這種成功完全越出我們意料之外，所以更不能使我發現他們不到之處，只感到他美滿的地方。因此我這些話不是批評，可以說是讚美。

> 這幕劇全部的成功，當首推光之構成。自開幕至閉幕，全場電燈熄滅，只讓臺上一盆熊熊炭火把劇中人物的面部表情及動作的角度掩映襯托出來，使觀眾精神鎮靜，全力貫注舞臺上的舉動聲調。同時舞臺上一片晚上的山村獵戶人家火房裏的情調，整的顯露在觀眾之前，這是統一全劇的地方，最得力的地方，配置得最適當的一點。〔註 150〕

與前文《獲虎之夜》的劇評文章關注演員的表演相比，此文著力於《獲虎之夜》的布景，尤其是舞臺上的一盆炭火將劇中人物的面部表情與動作襯托出來，「觀眾精神鎮靜」且「全力貫注舞臺上的舉動聲調」，甚至不惜讚美這是全劇「最得力的地方。」其實，自新文化運動之後，話劇主張寫實地反映人生，主張取消話劇與生活之間的區別甚至認為應該是被「搬上舞臺的『一段生活』。」〔註 151〕「從人生的真源去認識人，按照事實去描寫真象，在舞臺上轉譯自然，重現人生。因此就不允許有任何傾向性，也不能憑主觀想像去發

〔註 148〕 《申報》1924 年 6 月 22 日。

〔註 149〕 《申報》1924 年 7 月 7 日。

〔註 150〕 葉鼎落《看〈獲虎之夜〉之後》，《申報》1926 年 1 月 5 日。

〔註 151〕 《演劇中的自然主義》，參見吳光耀所著《西方演劇史論稿》〔M〕，北京：中國戲劇出版社，1989 年第 227 頁。

明典型，要做到所謂『不偏不倚』。因此也就要拋棄想像、理想，回到自然和
人，以具體代表抽象，以分析代替塑造。」〔註 152〕舞臺布景將「人物周圍的
自然環境及其變化如實地呈現在觀眾眼前，從而創造出一個虛構的生活空
間。」〔註 153〕田漢在《獲虎之夜》第一幕就通過布景為觀眾設置了故事發生
的時間與地點：

> 魏福生家的「火房」（即鄉下人飯後的休息室，客人來時的應接
> 室內，冬夜一家人圍爐向火處）
> 〔開幕時魏福生坐爐旁吸水煙。其母老態龍鍾坐在草圍椅上吸旱煙。
> 福生之妻正在泡茶。蓮姑，十八九歲，山家裝束而不演其美，將泡
> 好的茶用盤子托著先奉其祖母，次奉其父，然後走出「火房」送給
> 她家的傭工們。魏福生目送其女出去，對其妻低語。〔註 154〕

舞臺演出時，「火房」以一盆燃燒的炭火表示，這樣的布景為觀眾構建了
鄉村人魏福生所擁有的溫馨的家庭生活以及劇中蓮姑的形象。溫馨的生活場
景與人物的悲劇形成了強烈的對比，突出《獲虎之夜》反映現實、批判社會的
力量。事實上，「外在的、物質的真實最容易惹人注意；它一眼就能看到，一
下子就能抓住，……。我們的這種藝術真實在當時更多是外部的，這就是對象、
家具、服裝、道具、舞臺燈光、音響、演員外部形象及其外在形體生活等等的
真實。」〔註 155〕布景為故事提供情境、提示觀眾故事發生的時間與地點，也
為演員的表演提供依託、引導觀眾理解劇中的人物與主旨。演出中的舞臺布景
包括舞臺的畫景、燈光以及人物的造型。畫景用以提供故事之環境與背景，「室
內景多用硬片搭建在舞臺後部或側翼，臺底的天幕則用於展現遠方的景物，常
以幻燈片打上去，有時也用圖畫作背景。……一定的布景和道具組合起來，就
構成了一個有形有色的戲劇環境。」〔註 156〕舞臺燈光則用來指明時間、氣候

〔註 152〕《演劇中的自然主義》，參見吳光耀所著《西方演劇史論稿》〔M〕，北京：中
　　　　國戲劇出版社，1989 年第 227 頁。
〔註 153〕董健、馬俊山《戲劇藝術十五講》〔M〕，北京：北京大學出版社，2012 年第
　　　　192 頁。
〔註 154〕田漢《獲虎之夜》，《田漢全集第一卷》〔M〕，石家莊：花山文藝出版社，2000
　　　　年第 219 頁。
〔註 155〕斯坦尼斯拉夫斯基《我的藝術生活》〔M〕，北京：中國電影出版社，1958 年
　　　　第 306 頁～308 頁。
〔註 156〕董健、馬俊山《戲劇藝術十五講》〔M〕，北京：北京大學出版社，2012 年第
　　　　192 頁。

或天氣情況，跟隨劇情發展而渲染劇情氛圍，「臺上的布景、器具，演員身上穿的服裝，全副畫圖的空氣，如果沒有燈光的顏色去烘染襯托，增減變化，它們一定是全無生氣，呆板笨拙。」〔註157〕余上沅以北京人藝劇專演出陳大悲所編《英雄與美人》一劇來論述因不同的環境而要求燈光強弱之變化：

> 譬如「人藝劇專」演的《英雄與美人》，末幕的日出景，就非有強弱變化不可。日未出之前，黎命的光是一種光，日之初升，日輪的紅光和照在人與物上的光，另是一種光，日再高升，日輪的紅色與照出的陽光便又不同了。日輪與陽光的變化，在光度機上去逐漸改動就夠了，並不十分費事。如果日輪始終是一樣的紅，陽光始終是一樣的亮，那就不自然了（不過演員當頭的光又不能用暖光。因為那幾個人不久都要死的。我以為這幕與其用日出景，不如改用日落景，在象徵方面，心理作用方面，都似乎好得多。此外這齣戲各幕用的燈光要改良的地方還不少，此處不能多說了）。〔註158〕

燈光種類的增加與燈光系統的完善讓舞臺布景更趨於成熟，極大拓展舞臺空間的虛構性。布景也成為評價一劇演出好壞的標準之一，《鐘聲》《第二夢》《葡萄仙子》等劇目演出廣告也有與劇情相關的布景內容，這意味著即使是從藝術角度出發的布景也是演出「賣點」之一。實際上，對舞臺布景的極端重視容易造成舞臺布景脫離劇情而讓觀眾看戲的時候帶著兩幅眼鏡，「一幅看布景，一幅看演員。」〔註159〕

早期話劇演出廣告文本對布景的強調有意引導觀眾在觀劇時注意布景，增加戲劇的可看性。與劇情配合的布景則為演員創造了特定的表演環境，演員在特定環境中的表演也影響著話劇的藝術感染力。隨著話劇布景的逐漸完善以及與劇情越來越緊密的配合，「布景不但要像真，更須有美術思想，能夠引起觀眾美的感覺」〔註160〕，中國的早期話劇逐漸改變著觀眾的欣賞習慣，實現了由「聽戲」向「看戲」的轉變。在這個過程中，廣告的作用不容小覷。

〔註157〕余上沅《舞臺燈光的顏色》，《余上沅戲劇論文集》〔M〕，武漢：長江文藝出版社，1986年第91頁。
〔註158〕余上沅《舞臺燈光的顏色》，《余上沅戲劇論文集》〔M〕，武漢：長江文藝出版社，1986年第92頁。
〔註159〕余上沅《舞臺燈光的顏色》，《余上沅戲劇論文集》〔M〕，武漢：長江文藝出版社，1986年第95頁。
〔註160〕《申報》1927年7月4日。

第四節　廣告與話劇演出場所的轉向

　　早期話劇的演出廣告文本不僅有對演員、布景的描述，也告知觀眾劇目演出的地點與時間。與中國傳統戲曲的演出地點集中在茶園、堂會、露天劇場相比，早期話劇的演出地點更為多樣性，不僅會在傳統戲曲的演出場所演出也會在現代劇場、學校遊藝會、公園或者遊藝場所演出。隨著戲劇行業之間的競爭，早期話劇開始利用現代劇場設施、優質的服務來吸引觀眾。廣告為劇院的這些變革提供了宣傳的平臺，縮短了現代化劇場被觀眾接受的距離與時間，促成了觀眾與劇場現代化的轉向。

一、《申報》廣告裏的話劇演出場所

　　春陽社在演出《黑奴籲天錄》的廣告中向觀眾告知此次演出「假座圓明園路外國戲園開演」〔註161〕，該戲院即為蘭心戲院。作為近代上海最好的劇場，「其院內整設甚為精緻。樓座兩層，座椅方便，戲臺之後，地位廣大。」「臺角之下坐場的聲音效果非常好，在當時的上海劇場中無出其右者。」〔註162〕蘭心戲院的聲、光、電、色為觀眾帶來的視覺上的享受，讓觀眾感受到了近代劇院的魅力。實際上，從《申報》的演出廣告來看，處於過渡階段的早期話劇，其演出場所也具有多樣性。

　　首先，現代劇場以蘭心劇院為代表。《申報》的廣告認為「在以前甚至是現在的上海，蘭心戲院總可以算是最完善的現代式的劇場了。」〔註163〕謀得利劇場在其開幕廣告中寫到，「本戲館，新造成；自西式，真鮮豔，極雅緻；閏二月，十二號，演頭天，到進入，一月餘。看的人，西人多華人少；演戲者，美國人，男和女，幾十人；做戲好，大姐姐，十五六，年紀輕；加洋琴，甚合音；無禮拜，雨不阻，逐日有，禮拜六，換新戲，八點鐘，開大門，來買票，定號椅，九點鐘，準開演，戲目價，洋二元，一元半，洋八角，洋六角，看包廂，坐五人，洋十元，十二點，止停演。」〔註164〕位於上海北四川蚧江路口的上海大戲院，其開幕預告介紹本戲院「係仿歐美之形式」，交通方便，「汽車、馬車可以直達」，聲、光、電等為「歐洲定造，光線充足」以至於「鬚眉欲動、

〔註161〕　《申報》1907 年 11 月 1 日。
〔註162〕　盧向東編《中國現代劇場的演進——從大舞臺到大劇院》〔M〕，北京：中國建築工業出版社，2009 年第 16 頁。
〔註163〕　《申報》1928 年 12 月 22 日。
〔註164〕　《申報》1909 年 5 月 6 日。

毫髮悉見。」〔註 165〕此外，中央大會堂、新舞臺、新劇場大戲園、歌舞臺等演出場所均具有現代劇場之特點。

其次，作為演出場所的改良茶園。《申報》廣告文本所涉及的以茶園為代表的演出場所主要有天仙茶園、春仙茶園、丹桂茶園等。朱雙雲《新劇史》中記載，「丹桂之《潘烈士投海》《惠興女士》，春仙之《瓜種蘭因》《武士魂》等並受社會歡迎。」〔註 166〕

第三，具有演出性質的私家花園。《申報》演出廣告所涉及的花園性質的演出場所主要有張園、愚園、亨白花園等。其中影響最大的是張園，根據《上海話劇志》中記載來看，張園所進行的早期話劇演出情況如下：

1907 年 2 月 13 日～3 月 13 日，任天知和金應谷組建益友會，假座張園（即味純園）演出，並邀開明演劇會助演，演出收入 300 元，全部用於賑災。1908 年 2 月 12 日～21 日，春陽社假座張園演出 7 天，由於入不敷出而宣告解散。1908 年 5 月，通鑒學校假座張園演出《張汶祥刺馬》7 天。1908 年 7 月21 日，錢紹芬創立的達社於滬南舉行賑災演出。其後，舉行賑災演出的還有金應谷創立的慈善會演於張園。1909 年 6 月 28 日～7 月 7 日，上海聯合演劇會在張園演出 1 天，劇目為《金田波》，「真槍相鬥，輿論甚美」。1910 年 7 月7 日～20 日，王鐘聲自京返滬，和陸鏡若、徐半梅創立文藝新劇場，在張園演出 3 星期，劇目有《愛海波》《猛回頭》《上海鐘》《愛國血》《徐錫麟》等。1910年 8 月 5 日～9 月 3 日，汪處廬創立廣濟社演出於張園，以售票所得戲資購買藥品救濟貧病者。1911 年 11 月 21 日～12 月 19 日，南京光復後，上海各界在張園舉行「東南光復紀念大會。會上演出新劇《黃金赤血》《共和萬歲》等。1912 年 4 月 17～5 月 16 日，新劇同志會成立。是月於張園演出陸的代表作《家庭恩怨記》。1912 年 5 月，江皖水災，上海各界人士在張園舉行賑災演出。青年會和進化團部分成員臨時組成哀鳴劇團，共演劇 7 天。1912 年 7 月 28 日，許里珍創立醒社，應某商團之請，於張園演出《鐵血健兒》和《謀產奇談》。

第四，具有娛樂性質的遊藝場也有早期話劇的演出活動。《上海鱗爪》記載：

現在之新劇，久已作為遊戲場中的附屬品，其地位早和一班雜耍相埒。要看新劇，也只有到遊戲場中去。從前出過風頭的紅角兒

〔註 165〕《申報》1917 年 5 月 14 日。
〔註 166〕朱雙雲《新劇史》〔M〕，新劇小說社，1914 年第 39 頁。

除掉改業以外（現在電影界鉅子鄭正秋，雜耍健將易方朔、張冶兒，以及藝術家歐陽予倩，小說家徐卓呆等都唱過新劇的），也只好屈身進遊戲場混飯了。〔註167〕

朱雙雲在《初期職業話劇史料》中回憶到：

為了生活所逼，到了一九一六年即民五丙辰之冬，有一部分民鳴社老社員，首先到新世界去了。兩年以後，先施樂園，永安天韻樓、大世界、繡雲天、小世界等，先後開業，一般劇人，為了遊戲場的生活，比較安定，紛紛去挖生意。〔註168〕

從《申報》的演出廣告來看，新世界曾組織女子新劇社演出早期話劇，繡雲天遊藝場、勸業場等均有早期話劇的演出活動，而從 1917 年到 1930 年《申報》演出廣告中所涉及到的比較有名的遊樂場中的有：天外天振亞女子新劇社、繡雲天培德女子文明新劇，新世界愛華社女子新劇、文明新劇場，大世界優美社文明新劇、競社文明戲、導社文明新劇、勸業場明德社女子文明戲、競化社文明新劇、小世界陶社文明新戲、永安花園天韻樓萃芳團新劇、柳社新劇，等等〔註169〕。

最後，學校所舉辦的遊藝會也成為早期話劇的演出場所。從《申報》的演出新聞來看，城東女學、震旦大學、城西女校、北京大學等各大高校均組織遊藝大會，演出話劇則是遊藝會的活動內容之一，如北京大學在舉行遊藝會期間就演出了話劇《不如歸》《新村正》〔註170〕，立群女學遊藝會期間演出《棠棣之華》〔註171〕，等等。

二、廣告聚焦劇場的現代設施

作為演出場所的劇場能「把一個民族所擁有的全部社會和藝術的文明、千百年不斷努力而獲得的成就，在幾小時的演出中表現出來，它對不同年齡、不同性別、不同地位的人都有一種非常的吸引力，它一向是富於聰明才智的民族所喜愛的娛樂。」〔註172〕早期話劇的演出廣告文本所涉及的現代劇場的內容

〔註167〕郁慕俠《上海鱗爪》〔M〕，上海：上海書店出版社，1998 年第 137 頁。
〔註168〕朱雙雲《初期職業話劇史料》〔M〕，上海：獨立出版社，1942 年第 42 頁。
〔註169〕王鳳霞《文明戲考論》〔M〕，廣州：廣東高等教育出版社，2011 年第 51 頁。
〔註170〕《申報》1919 年 4 月 23 日。
〔註171〕《申報》1923 年 5 月 8 日。
〔註172〕（德）奧‧維‧史雷格爾《戲劇性與其他》，《古典文藝理論譯叢》第 11 輯，北京：人民文學出版社，1996 年第 240 頁。

除在上文所論及的舞臺布景、燈光之外，還會對現代劇場的服務進行宣傳。新舞臺在其開市廣告中寫到「屆期午後一點鐘，由南市總董及振市公司各董事在新舞臺分送入場券，恭請上海道蔡觀察文武各憲及學報各界諸君子蒞園觀劇，共贊落成以誌盛與，並由本園恭備茶點款待來賓，兩點鐘開演四點鐘告止。」〔註173〕從招攬觀眾的目的出發，新舞臺實行與傳統戲園所不同的服務，「看客之視線，辦事人及茶房之招待亦極周到。男女異廁，女廁之布置亦極精美，有女茶房琯理之。凡未納十六鋪內車捐之馬車洋車可直抵園門。」〔註174〕與新舞臺所不同，南洋歌舞臺在其廣告中向觀眾宣傳其劇場空氣衛生情況，「至於屋宇軒敞，空氣流通兼備電氣風扇，適合衛生尤其餘事」〔註175〕；1909年開業的謀得利劇場則在廣告中宣稱劇場環境極為雅致、劇目演出固定，「自西式，真鮮豔，極雅致」，「無禮拜，雨不阻，逐日有，禮拜六，換新戲，八點鐘，開大門，來買票，定號椅，九點鐘，準開演，戲目價，洋二元，一元半，洋八角，洋六角，看包廂，坐五人，洋十元，十二點，止停演。」〔註176〕1923年，愛西地戲院進行改革，將原有的幕布改為鋼幕，演戲時「可將臺後之機輪一搖，則鋼幕自能上升，如臺上遇火患時，可將機鈕一擲，則鋼幕即能下垂，可使火燎不致蔓及座客，此鋼幕計重英？三？半，合中國五千九百斤，為中國戲院中破天荒獨有之設備，新制之背景，都二十種，凡花園、樓梯、大廳、書房等，皆與實者無異，其配色合宜，布景之入理，是非我國戲園所易及云。」〔註177〕此外，為方便顧客預定座位、諮詢演出信息等，《申報》自1909年之後所刊登的演出廣告已經涉及戲園的電話，如群仙茶園安裝電話後便在廣告中寫到，「新裝電話一千三百零三號。」〔註178〕

　　劇場是舞臺布景、演員與觀眾交流與溝通的場所，也是話劇演出活動的場所。《申報》所刊登的早期話劇演出廣告對劇場服務的宣傳不能排除有招攬顧客的嫌疑，但事實上也促進了劇場的現代轉型。海上漱石生在《上海戲園變遷志》中記載了上海新式劇場在座位上的改革，「正廳不設小方桌，盡排客椅，樓上不設包廂，層疊皆為劇座。座位乃增出無數，故向時一戲園僅能容數百人

〔註173〕　《申報》1908年10月26日。
〔註174〕　《上海著名之商場：新舞臺（附圖）》，《圖畫日報》1910年第12頁。
〔註175〕　《申報》1910年7月30日。
〔註176〕　《申報》1909年5月6日。
〔註177〕　《愛地西戲院改造後明晚開幕設備精緻……尤以避火鋼幕為特色》，《申報》
　　　　　　1923年1月23日。
〔註178〕　《申報》1909年12月10日。

千人者，今則竟可容二三千人，可謂深得改良效果。」〔註179〕除增加座椅外，新式劇場因舞臺改為半月形而帶來觀眾觀劇視野的變革，「戲臺前半作半月式，並無臺柱，以免障礙視線，建築殊為合度，樓上下之觀劇座，地勢作扁圓形，且座位愈後愈高，盡改從前舊式戲園，稍後者不能遙視之患。」〔註180〕現代劇場所開展的這些變革，事實上卻給觀眾帶來了全新的觀劇體驗。梅蘭芳在《舞臺生活四十年》中記錄其到上海新式劇場的觀演體驗，「我初踏上這陌生的戲館的臺毯，看到這種半圓形的新式舞臺，跟那種照例兩根柱子擋住觀眾視線的舊式四方形的戲臺比一比，新的是光明舒敞，好的條件太多了，舊的又哪能跟它相提並論呢？」〔註181〕

三、廣告告知觀眾「日戲」與「夜戲」演出制度

自煤氣燈出現在上海租界，意味著夜戲開始出現在上海的戲園。而隨著上海城市建設的完善以及娛樂業的發達，夜戲演出成為常態。新舞臺成立之初，日間與夜間均有演劇活動。兩個星期後，新舞臺在《申報》上發布廣告，宣布其將日戲演出改為每週三、週六和週日演出，夜戲則每晚均有。

> 新舞臺日戲改章廣告
>
> 敝園自開演以來，辱荷諸君光寵，日夜惠臨，樂忭無似。惟諸藝員昕夕從事，終覺勞疲難支，且演技之精神，專注於日間必不能兼顧於夜。設或不善其事，反負惠顧雅意。茲經同人集議：自禮拜一起即本月十六日，日戲改為逢禮拜三、禮拜六、禮拜日開演，夜戲仍逐夕不停；而日間之戲，亦復布景煥彩，眾著名藝員一齊登臺，與夜間毫無區別，以符敝園宗旨。似此變通辦法，既可使演技同人有時間休息，而日間亦加景換彩，不致有所偏枯，且不至精神渙散，使觀者興味更佳。是則是敝園改良之苦心當亦，顧曲諸君所許可者也。特此廣告，即希亮察為幸。計開日戲價目：大餐間每位大洋一元，特別包廂每位大洋六角，頭等正廳每位大洋四角，三層樓包廂每位大洋三角，二等正廳每位大洋二角，三等座每位大洋一角。
>
> 本園同人敬啟〔註182〕

〔註179〕海上漱石生《上海戲園變遷志（三）》，《戲劇月報》1928 年第 1 卷第 3 期。
〔註180〕海上漱石生《上海戲園變遷志（三）》，《戲劇月報》1928 年第 1 卷第 3 期。
〔註181〕梅蘭芳《舞臺生活四十年》〔M〕，北京：中國戲劇出版社，1987 年第 132 頁。
〔註182〕《申報》1908 年 11 月 9 日。

以一周七天為單位，戲院基本上是七天夜戲，三天日戲（即週三、週六、週日），而在黃金時間段如正月則是七天夜戲和七天日戲。日戲的演出時間一般集中在中午 12 點前後到下午 5 點前後，夜戲的演出時間則集中在下午 6 點前後到夜間 12 點前後。一般而言，夜戲的票價高於日戲，查詢《申報》1913 年 1 月 8 日的演出廣告，大舞臺當日所演夜戲票價為「頭等正廳六角，特別包廂八角，二等正廳三角，三層樓四角」〔註183〕，對比位於同一廣告版面的丹桂茶園，其「日戲正廳一角」，群仙茶園「日戲正廳一角。」〔註184〕兩年後的 1915 年 1 月 6 日的演出廣告，民興社當日所演「日戲包廂特別均售二角，夜戲有減價券者，坐特別包廂收洋四角，特別正廳收洋三角」〔註185〕。事實上，夜戲演出的收入是劇院的主要收入，據估計能占 70%以上。夜戲以週六和週日的演出收入最好，週一和週五最差。而週六和週日兩晚的演出收入又以週六最好。其中，在週六晚上演出是名角的最愛，既可以保證賣座又可以獲得好彩頭。而若是名角在週五演出，則代表著戲院經理既希望利用名角之聲譽來打破頹市又希望為週六、週日晚上的演出預熱。海上漱石生在《上海戲園變遷志》對上海戲園所進行的日戲與夜戲演出有過詳實的記載：

> 各戲園演戲之鐘點，日戲晝長時，約十二點半鐘開鑼，五點鐘止。晝短時，十二點鐘即開鑼，四點半鐘止。夜戲則無論夜長夜短，開鑼俱在七時左右，止則皆在一點鐘前。然當租界工部局未限鐘點之先，夜戲時或演至二點餘鐘，此為清同治間事。旋經工部局以為時過晏，限定十二點鐘為止。各戲園以散場太早，所排之戲不及演全，殊礙營業，商請展緩，始以一點鐘為限，遲干處罰。故舞臺今皆確守，不敢有違。日戲昔時各家演唱，嗣以觀者白天乏暇，生涯不能起色，乃改為星期三、六及星期日，每禮拜只演三天。今則星期三概已不演，星期六亦有輟演之家，惟星期日一律開演。如遇端午、中秋等陰曆節日及陽曆元旦、國慶節等，亦俱添演日戲。陰曆新年，則自元旦亦迄元宵，歷來皆有日戲，售座較盛平時。惟昔年遇國忌日，必須停演，故正月初三、初七、初十、十一、十四等日皆為忌辰，晝間不能演劇。自民國肇興，清社遞復，始將此項禁令

〔註183〕《申報》1913 年 1 月 8 日。
〔註184〕《申報》1913 年 1 月 8 日。
〔註185〕《申報》1915 年 1 月 16 日。

打倒，每日得自由演劇矣。〔註186〕

四、作為現代劇場服務規範的《劇場應須改良之要點》

《劇場應須改良之要點》一文以連載的形式刊登於《申報》，整個連載從1923 年 6 月 29 日到 7 月 21 日止，時間接近於一個月。該文所談及的劇場改良涉及面之多，內容之詳細，筆者認為這是建立與新式劇場相匹配的服務制度的綱領性文件。

（一）廢除案目制

中國的戲園裏實行案目負責制。案目與戲院經理是合作關係，負責票務經營、領座等服務類事項，然因觀眾去到戲院之時多數由案目領座，因此存在著案目把持座位、「貧嫌富愛」之嫌疑，申報在 1923 年所刊登的《劇場應須改良之要點》中認為劇場採用案目招待制實際上表明劇場管理的無能：

> 就上海之劇場而論，均採用案目招待制，此實劇場無管理能力之表示。蓋案目之招待，看客多數為其個人營業，與劇場中之關係反形見少。如甲客為某案目之戶頭，當然得有相當優待；乙客無相熟之案目，始終不願赴該劇場，恐無良好之座位也。而案目之所以能對甲客招待周到者，其有三項惡劣之希望存在：一可挾制劇場主，二可多得不應有報酬，三逢節逢歲可硬派秋風票，增其私欲。此種惡劣之希望，既為案目所具，則萬一甲客不能如案目之所欲，則甲客亦將與乙客相同。如是，劇場所受之損失何如？〔註187〕

緊隨著案目制度而來的弊端是茶房辱客事件的發生：

> 因看客多數由案目領座，不領座者，大多不願投案目所欲之看客，亦不願隨便給茶房不應得之酬金。故如由茶房領座而復不泡茶者，無不茶房之侮辱，甚至出口惡罵，然看客為息事計，只得置之不理，而劇場與看客之感情，因之大壞。〔註188〕

1930 年，《梨園公報》就刊登了一位市民與親戚在上海戲園看戲時受到案目騷擾之事件：

> 余牛馬式之家長焉，終歲碌碌，無非為妻兒輩策劃衣食住問題，

〔註186〕海上漱石生《上海戲園變遷志（六）》，《戲劇月報》1928 年第 1 卷第 6 期。
〔註187〕《申報》1923 年 6 月 29 日。
〔註188〕《申報》1923 年 6 月 30 日。

絕鮮除晷，涉足娛樂場所，致歌臺舞榭之分上，向不問聞。上星期
有長者自梓鄉來滬，長者已臻耆年，欲瀏覽娛樂場所，因與議定遊
樂場、電影院、某舞臺每出遊一次，藉以慰暮年人也。第一日遊某
遊藝場，耗小洋六枚，見百戲雜陳雅俗共俱，老人頗樂之，因價廉
而遊暢快也。次日觀電影於某院，費銀二角，老人以見所未見，尚
覺歡喜異常。第三日觀劇於某舞臺，座資僅二角，竊喜較電影院尤
廉也，詎知不數句〇間，茶資也（余雖卻之，因茶役呶呶不已，可厭
甚，故受之），水果也，踏足凳也，較昨遊所在，煩瑣多矣。及終
場，是晚所費，座資一元余，小帳一角余，茶資四角，水果碟一元
八角，踏足凳二角，綜計三元九角四分矣。（中略，吾鄰座有水果，
因價未滿若輩欲壑故，彼竟破口辱罵，幸客為斯文之輩，未與之較，
不待終場而去，余意斯人，受此刺激，至少必存一今後觀劇寧往他
處之想也，下略）我不知經營劇場者，此種事有所聞否，梨園公報
為劇界中人所創，故特以所遇撰文投之，以冀經營劇場者有所整頓
焉。〔註189〕

案目除會讓觀眾感到「騷擾」外，還會讓觀眾覺得有「嫌貧愛富」之嫌。案目
往往會為富人或者大主顧預留比較好的位置而讓一般觀眾「遠遠望之」，然而
若是到演出的淡季，案目們又百般討好這些一般觀眾，「遇到戲館生意好時，
他們是興高采烈，得意揚揚，對於一些生主顧上門，就有點愛理不理的樣子，
碰著生意清淡，他們立刻又換了一副臉子，對待顧客也就顯得溫和客氣，非常
遷就。」〔註190〕而新舞臺自開市始便廢除「案目」制而實行賣票制。根據其
在1908年10月26日在《申報》上所刊登的《新舞臺開市廣告》可知，新舞
臺所售票價與戲院中座位的位置密切相關：

日戲大餐間一元，二層樓特別包廂六角，正廳四角，三層樓頭
等包廂四角，三層樓高位二角，三等椅位一角，童票照等次減半，
僕票五十文；夜戲大餐間一元五角，二層樓特別包廂一元，正廳八
角，三層樓頭等包廂八角，三層樓高位四角，三等椅位二角，童票
照等次減半，僕票五十文，一律統歸大洋小洋照市貼水。〔註191〕

〔註189〕《敬告劇場經營者》，《梨園公報》1930年7月5日。
〔註190〕梅蘭芳《舞臺生活四十年》〔M〕，北京：中國戲劇出版社，1987年第144頁。
〔註191〕《申報》1908年10月26日。

新舞臺雖試圖擺脫案目對劇場經營的影響，但最終卻不得不重啟案目。因此，對於取代案目制之後的劇場管理也是劇場所要解決的問題。《劇場應須改革之要點》一文提出由管理員代替案目的設想：

> 然在初廢案目制之時，不妨稍緩廢除定座，惟亦應改良案目，經手定座之方法。當依號碼之多少，作為先後之分別：設如甲首先定四座，則劇場當為之留一號至四號之座位，乙定一座則為之留五號座位。若甲第二次復定二座，則此時只得以五六兩號給甲，無論如何，不能使看客自己指定。此種管理方法本非空談所能，故劇場中當訓練管理員數人。此項管理員至少接受過高校教育，品行端正，其所負之責任即管理劇場中之招待，如有侮辱看客及不按定章辦事者，當指示或訓誡。管理員之下，則設招待，專為招待看客如入場領座等事。與案目之職務不同，亦須粗通文字，品行端正，買票有一定地點，不必由招待代為之，秩序既佳，而於劇場方面之經濟，亦決不發生妨礙也。〔註192〕

1924年，《申報》刊登了署名「無名女士」改革案目的建議，「一座位應由觀客自擇，勿任案目橫行把持，此為最惡之習。既賣座則得錢，即賣何以擇主顧？而案目一味把持託詞，已為他人訂去名譽觀客爭執不已。此中或與案目有利益之關係，然園主何不厚給案目工薪，事隨營業之狀況而分給紅利，營業貴誠實，何不取正當辦法二令案目上下其手，與觀客為難，果真確為他人訂去之坐位，應於票上加以號碼以為憑證或按圖榜示於外以免爭執。」〔註193〕

實際的情況是，案目制度的存在與文明戲市場競爭有著密切的關係。假若沒有案目，一家戲院無異於自取滅亡，意味著將大片的潛在市場拱手讓人。因此，除非整個市場競爭體制發生變化，否則案目將一直存在。

（二）現代劇場的服務準則

隨著新式劇場的成立，建立與這些劇場相配套的服務準則不僅是出於各劇場競爭的需要，也是整個戲劇市場發展的趨勢。1923年6月29日到7月21日，《申報》分十八次連載了《劇場應改良之要點》一文，文中涉及到劇場應該改良的方方面面，包括劇場的管理制度、戲單的調整以及劇場的衛生建設等，筆者認為這是現代劇場服務體制的理論探索。

〔註192〕《申報》1923年7月2日。
〔註193〕《中國戲園應革之惡習》，《申報》1924年1月18日。

第一，規範劇場中服務人員的行為。

　　劇場中的服務人員包括劇場管理員、招待人員、茶房、執役者、零食售賣者等，《劇場應改良之要點》一文提出要規範這些人員的行為。首先，劇場管理人員須著統一服裝：

　　　　現時之值場人有數家則穿一長衫，有則竟隨身衣服，然一種污穢不整齊之形狀，實處處使人生厭。故服裝當取對襟式，用雙排銅紐及褲紐，須由後臺管事隨時監察，衣服亦須勤為洗刷。次為值場人所站之地位，照現時所站者，則東衝西撞，不顧著客人之視線，隨意阻礙，有時竟二人對談，完全不稍自覺，大為可笑。故此種值場人所站之地位，當以後臺為妥。蓋總之，臺上只有演劇者可登臺，捨此之外絕對不可加入。〔註194〕

劇場中各種執役者在服裝上也有所要求：

　　　　各種執役者之服式，雖關於管理上切需商定，然在多數劇場均未設備。即使各種執役定有服式，而不注意者居多，甚至一至夏令赤膊者亦有，大為可惡，故劇場不論是否供給執役者之衣服，然對於服式當加以注意，有礙衛生及形狀惡劣者，須嚴行約束，此雖絕小之事然因關係看客之興趣，則非可忽視之也。〔註195〕

其次，這些服務人員在工作期間需要嚴格執行工作章程，工作之時嚴格禁止吸煙、飲茶、談笑等。

　　　　值場人員所站之地位，照現時所站者，則東衝西撞，不顧著客之視線，隨意阻礙，有時竟二人對談，完全不稍自覺，大為可笑。故此種值場人所站之地位，當以後臺為妥，蓋總之臺上，只有演劇者可登，捨此之外，絕對不可加入。今則有時竟售臺座，只知圖利不知其他，實為極謬之事。值場人雖站在後臺，而對於其職務完全不生妨礙，設如《捉放曹》中李伯奢所坐之凳，既排就後，即可退入後臺。在起先試驗，總覺過於麻煩。然稍過時日，則亦能成為自然。他若值場人在工作時吸煙、飲茶、談笑，則非嚴加禁止不可，其餘如值場人之個人清潔、主任其事者，亦當加以注意，弗因其事小而忽略之。〔註196〕

〔註194〕《申報》1923年7月16日。
〔註195〕《申報》1923年7月20日。
〔註196〕《申報》1923年7月16日。

「昔時各戲園所雇之茶房，因泡茶不取茶資，並無額外進款，故園主不收押櫃，且須按名發給工食。領座者得資較厚，司茶者次之，打雜者又次之。另有跑差二名，專司請客及叫局之役，園中備有爛紅紙之客票局票，由客書就後按址往尋。請客之程途較遠者，得向主任略索車資，叫局則每一妓有叫差錢六十三文，由應局之妓，於月終核給。」〔註197〕為杜絕茶房「辱客」行為的發生，劇場應規定茶資的價格與服務等：

> 革除每客一碗之茶，欲泡者易以茶壺，每壺收小洋一角，於是充茶房者，乃有押櫃，而各人皆穿號衣，規模為之大備。所有手巾小帳，因其煩擾看客，一律不取分文，客皆稱便。惟請客票及局票，園中不復設備，只能由客邀與偕來，局看及洋人戲資，自此與各客同，不再增收二角，以照待遇之工，且無起碼邊廂等名目，而易之以特等頭等二等三等之程，是為滬上戲園革新之始。〔註198〕

第二，規範劇場演出活動等事宜。

演劇活動是劇場的核心工作，因此《劇場應須改良之要點》一文也規定了與戲劇演出相關的章程（或建議）。首先，作者認為應該改革戲單。

> 現時之劇場，戲單真所謂有名無實，印刷既不清楚，排列又不醒目，無關係之人名，則佔去全紙十分之八；有關係之戲名，則反居極少地位。故戲單之紙張，不妨較現時通行者略小，排列法則改成與新劇戲單相仿，設如劇名《空城計》，則排於此劇之首，次此將此劇說明列下，再次則將劇中人及扮演人列入，每齣均須加入說明，俾看客增多一層興趣。所費之金錢，決不致較現時為貴。若印刷精美，不妨招人登各項有商品價值之廣告，亦可津貼不少。〔註199〕

演出之時，劇場黑板通告本晚所演之劇，因此應規範劇場黑板的書寫。

> 黑板之書寫，本係極易之事。然現時劇場，多數因只演本戲，復加以只在姓名上注意，故漸致於廣告之意味差離日遠。今之所須改良者，當注意劇名；其次則為演者之姓名。不論黑板彩板，每塊以四英尺長、二十英尺闊為宜，能用淡青色蓮花書黑字最佳，惟須暗光。四尺中以三十寸書劇名，其餘則書重要之演員，設如劇名《捉

〔註197〕　海上漱石生《上海戲園變遷志（三）》，《戲劇月刊》1928 年第 1 卷第 3 期。
〔註198〕　海上漱石生《上海戲園變遷志（三）》，《戲劇月刊》1928 年第 1 卷第 3 期。
〔註199〕　《申報》1923 年 7 月 3 日。

放曹》，則先將捉放曹在三十寸中書就，演者為張甲、李乙、王丙，
則在十八寸中書張甲、旁注飾陳宮，李乙、旁注飾曹操，王丙、旁
注飾李伯奢，此劇重要只此三人，故捨此以外，均無將姓名及所飾
角色列出之必要。蓋此劇中之家人，豬（人飾者）均與劇中關係絕
少，則扮演者亦無記名之必要，決無飾豬者與飾陳宮者有同等聲望
者也。書寫之改良如此，次則為懸掛之方法及地位。普通懸掛，除
劇場門口尚無不妥外，劇場內之懸掛，則當離地十英尺，地位在戲
以二旁。在板之上，當加裝電燈，外罩玻璃，如太平門之燈相仿。
在燈之玻璃上，即書第一齣第二齣，俾看客易於區別。設遇碼子更
換，則只須將板更換，則看客亦不致誤會也。〔註200〕

其次，調整演戲時間與時長。若「時間既多，則居留劇場之時間必久，中間又
無休息，故若看一夕戲則次日身體上、精神上所得之疲乏必甚，即無論劇場如
何舒服，空氣如何流通，劇情如何新穎，角色如何高妙，然欲在五六小時內使
人不疲者，此可決其為絕少之事。」〔註201〕因此，《劇場應須改良之要點》中
認為應該調整演戲的時間，增加觀眾休息的時間：

欲改良劇場之時間，當改少每次之戲碼。現下各劇場之碼子，
若非本戲，則平均在十齣左右，費去五小時至六小時。故第一即當
將每次所有碼子改為四齣，至多不過六齣。時間分配亦當因碼子短
少而更改。設如日戲開演，普通均在十二時一刻開鑼，五時一刻停
鑼，費時太久（雖滬上看戲者必少自開鑼看起者，然此種自鳴高雅
實已失去看戲聽戲之目的，故仍以自開鑼起計算），故日戲當改自一
時半起，演至三時，休息三十分鐘，自三十一分起，至五時停鑼。
夜戲則不妨稍為加長，每晚八時起，至九時半休息，休息三十分鐘，
自十時起，至十二時停鑼。〔註202〕

最後，在演出題材上進行創新，演劇應與社會改良相結合：

劇已選定，然後再修正其劇情，如結構中之矛盾、沉悶、費解、
誨淫、神怪等謬點，完全削去或加以修改，復將詞句中之有弊病者，
亦同一加以修改。總之最低之限度，務使足以表演歷史上之事實，

〔註200〕《申報》1923 年 7 月 14 日。
〔註201〕《申報》1923 年 7 月 4 日。
〔註202〕《申報》1923 年 7 月 4 日。

從事實上再影響於看戲者。至於看戲者發生如何功效，須視劇場。
若已經改正劇中之謬點後，劇場或演者所負之責任較輕。否則，劇
場演不良之戲劇，當然須負種種責任。故改良劇情，社會只利於督
促地位。至於著手改良，則確係劇場應須自動之事，此實一極顯明
之證據也。〔註203〕

第三，改善整個劇場的衛生條件。良好的劇場衛生有助於觀劇的愉悅感。然而
傳統劇場的衛生情況卻頗為堪憂：

在未述改良方法之前，當先明其不衛生之原因。大小便處之污
穢不潔，在劇場當負多數之責，然亦不能完全以之相責。在看客中
之無公德心者，亦有使其污穢處。其不潔原因，首為建築上之不合
宜。地位配置既不注意與座位之距離，更無補救方法，即成有自來
水細漬管可以減少小便池臭味，然器具不精損壞，亦不加修理；大
便池則更忽視之，故污穢不潔，當亦見著。手巾之污穢，則以一劇
場之大，而至多之預備二百方，輪流不絕，除以熱水潷之使熱外，
從未入鍋煮之，試問安得不有酸氣？座位之旁，則灰塵堆積累累，
每日雖不致完全不加掃除，然督察者無管理方法，執役者則無非敷
衍了事。座位之外，四周甬道、太平門及不常通行之處，則無用之
器具、執役者之鋪蓋行李、以及種種有入垃圾桶資格者，四周咸是。
冬令已覺可厭，夏日更如何？小販及水果攤所有求售之物，多半因
抬高價格故銷售不易，因之腐爛走味者必多，棄之當然無如是慷慨，
故只得不顧發生何種穢氣，至多減削價目，將尚請看戲者購去也。
〔註204〕

有著令人堪憂的衛生條件，那麼如何改良？其具體方案如下：

首先，劇場中設置大小便處，「每日至少須沖洗二次，夏日更須加勤」，「每
日須置樟腦丸，每四點鐘當澆臭藥水一次」〔註205〕以減少臭味。然有一些戲
園因建築簡陋，「便溺處糞穢淋漓，令人不可向邇之慨。女廁所併不設備，只
包廂盡頭之後面屋內，有淨桶二，任婦女自往尋覓。若至容積已滿，無人為之
傾滌，婦女皆望然去之。」〔註206〕因此，為考慮到女性觀眾的需求，一些劇

〔註203〕《申報》1923年7月6日。
〔註204〕《申報》1923年7月7日。
〔註205〕《申報》1923年7月8日。
〔註206〕海上漱石生《上海戲園變遷志（二）》，《戲劇月刊》1928年第1卷第2期。

場修建了女廁所，實行男女異廁，男女廁所設備整潔。而女廁的布置亦十分精美，由女茶房琯理打掃，「雖女廁所中女賓入內須犒值廁所者以微資，然以利便之故，亦俱不吝解囊。」〔註207〕汪仲賢在《歌場冶史》中曾描寫過：張先生笑道：「你在戲館裏當一個茶房，哪裏就會發財嗎？」老闆道：「嘿，那時候我們夫妻兩個，我做茶房，她看馬桶間，工錢雖然沒有幾個，外快卻很多。……女廁所的女客比男客更闊。……。」〔註208〕

其次，每日沖洗地板，保持劇場衛生。每日「只須雇傭八人上午共同沖洗地板及門窗、欄杆」，「下午則每人洗座一百只。」〔註209〕

最後，保證劇場所售賣的零食、小吃新鮮健康，對劇場所用之茶壺消毒。

> 劇場之主人或主任劇場者，當下一決心，力為設法。第一當注意其來源是否係新鮮之品，設如瓜果，則須令其向正式之水果商處批售，不准貪利，向劣等小販處轉購……
>
> 此外尚有茶壺之清潔，不可不加以注意。現時劇場中之茶壺，黃灰色之茶泥塗滿四周，恐胃薄弱者見之，必將作嘔。在劇場中既收看客之錢，非惟不能使看客解渴，且使其生厭。故首當犧牲現有之茶壺，另採易洗濯者，每日必用極熱之水，勤為沖洗。茶杯則亦如是，茶葉之收藏，亦須力為注意。〔註210〕

第四，調整劇場座位，增加舒適度。

改善劇場衛生之後，若要觀眾獲得更好的觀劇體驗，文中則提出應該調整劇場之座位，「凡我人在決定赴劇場之先，必有十分濃厚之興趣，蓋預想進劇場時之如何美觀，入座時之座位如何暢快舒服。」〔註211〕而具體的方法則如下：

> 座位之改良，確較已前所述諸問題為難。蓋此種改良，本須在未曾建築前加以計劃，及至已經告成，只能就不合式中加以改良。第一則須將現在之座位，至少移後六尺至八尺，俾視線不致過高。其次則座位當內高外低，微向臺口斜設，則後面之客，不因此而受阻礙。至於座位之寬暢，固改良非易，然坐褥之改為柔軟，則尚非

〔註207〕 海上漱石生《上海戲園變遷志（三）》，《戲劇月刊》1928年第1卷第3期。
〔註208〕 汪仲賢《歌場冶·楔子》〔M〕，瀋陽：春風文藝出版社，1997年第5頁。
〔註209〕 《申報》1923年7月11日。
〔註210〕 《申報》1923年7月10日。
〔註211〕 《申報》1923年7月12日。

　　難事。座位當以釘定之式樣為佳，活動背椅方凳，均有極不便處，
　　且多添座之爭論。包廂及月樓等，亦須一律用釘定式之座位，較為
　　整齊，每座後面所設之置茶處，最為可惡，能除去則佳；否則既不
　　雅觀，又易損污衣服，實改良座位第一步須注意者也。〔註212〕

《劇場應須改良之要點》一文還提及劇場改良方面所需要注意的一些細微之
處：如劇場中鑼鼓的使用以及鑼鼓人員的位置，戲劇演出進行過程中當設法阻
止看客談話；演出時若需要更換布景則可配以音樂來免去後臺之聲浪而使看
客增加觀看的興趣。借助廣告宣傳，早期話劇在向觀眾普及新式演出場所的同
時也將現代劇場服務體制推向觀眾，當現代劇場被觀眾接受時話劇觀念也潛
移默化地被觀眾接受，從而縮短了話劇觀念被觀眾接受的時間與距離。

〔註212〕《申報》1923 年 7 月 12 日。

結　語

　　鄭振鐸認為要展開對具有綜合性的話劇觀念的研究，至少要有一部《戲劇史》，一部《戲劇概論》，一部《演劇史》，一部《中國舞臺之構造與觀眾》〔註1〕等才能完成。圍繞著文本展開的話劇觀念，存在於劇作家如田漢、郭沫若、曹禺等人的劇本創作中。然而，話劇與小說詩歌散文相比，其觀念的形成與傳播離不開劇本與演出實踐、演出實踐與觀眾期待以及社會環境。接受美學家姚斯認為「一部文學作品，即便它以嶄新的面目出現，也不可能在信息真空中以絕對新的姿態展示自身。但它卻可以通過預告、公開的或隱蔽的信號、熟悉的特點或隱蔽的暗示，預先為讀者提示一種特殊的接受。它喚醒以往閱讀的記憶，將讀者帶入一種特定的情感態度中，隨之開始喚起『中間與終結』的期待，於是這種期待便在閱讀過程中根據這類文本的流派和風格的特殊規則被完整地保持下去，或被改變、重新定向，或諷刺性地獲得實現。」〔註2〕然而，相對於小說詩歌散文而言，話劇要獲得觀眾的接受卻表現得更為複雜，這是因為話劇演出的一次性決定了觀眾無法反覆對其「閱讀」。即便是觀眾進入劇院後觀看現場演出，也容易受到群體傾向性的影響而喪失個人獨立的審美判斷。

　　長久以來的話劇研究，更多地著眼於從啟蒙與救亡的話語出發且局限於對劇本審美性或劇作家創作觀念的研究。但實際的情況是，話劇自其萌芽以來就未停留在劇本上而是極為強調觀眾，重視觀眾的反饋。觀眾的反饋事實上也

〔註1〕鄭振鐸《研究中國文學的新途徑》，《鄭振鐸文集（第6卷）》〔M〕，北京：人民文學出版社，1985年第279頁。

〔註2〕（德）H.R.姚斯，（美）R.C.霍拉勃著、周寧、金元浦譯，《接受美學與接受理論》〔M〕，瀋陽：遼寧人民出版社，1987年第29頁。

影響著劇作家的創作走向，汪優游在《華倫夫人之職業》演出失敗後與陳大悲、歐陽予倩、宋春舫等人組織了以「提倡藝術的新劇為宗旨」的民眾戲劇社，創作劇本《好兒子》。可以說，話劇在觀眾的觀看、討論中獲得其發展所需要的社會經濟基礎並為劇作家的創作提供反思的基礎，「沒有觀眾就沒有話劇」。正是基於話劇對觀眾的需求，廣告扮演了劇社／劇團與觀眾溝通的中介。劇社／劇團在演出廣告文本中向觀眾介紹劇目演出的基本信息以及可供觀看的「賣點」，觀眾則在閱讀廣告時決定是否走進劇院觀看。從廣告視野出發探討話劇觀念的構建與傳播，這意味著話劇在其萌芽、發展與成熟的過程中並不僅僅停留劇本或話劇從業者的口號中而是表現出極強的觀眾指向性，是一個與社會政治、市場經濟、大眾趣味相關聯的動態的發展過程。《申報》因其所處的地理位置、報刊的獨特性、廣泛的讀者群體以及所刊登的話劇廣告的豐富性，而成為窺探處於早期階段的話劇發生、發展概況的窗口。因此，本文選擇自 1907 年春柳社演出《巴黎茶花女遺事》到 1928 年洪深對話劇的正式命名期間《申報》所刊登的與話劇有關的廣告為研究對象，試圖探究廣告再話劇的萌芽、觀念的探索以及最終確立的道路上是如何進行媒介表徵以及影響觀念構建的。

首先，廣告體現了話劇與社會政治環境的糾纏。《勸誡報館與審核劇本》《通令查禁演唱侮辱清室新戲》《整頓新編戲劇之章程》《上海市教育局審查戲曲規則》等條例的頒布折射出政治意識形態對話劇創作與傳播的影響，對話劇的查禁與禁演行為則表明話劇在其發展過程中所受到的官方權力的干擾。然而，《申報》所刊登的演出廣告既折射出政治權力對話劇觀念形成的影響，卻也為其提供了對抗權力的途徑。面對官方的查禁，處於早期階段的話劇利用廣告宣傳劇目演出的公益性、政治性等完成與官方意識的對抗並將其啟蒙民眾、傳播新思想等目的傳遞給觀眾，可以說是「越禁越演」。

其次，在觀眾不斷追求娛樂形式變革基礎上，廣告宣傳西方劇目演出的同時將西方戲劇思潮介紹給觀眾，為話劇觀念的確立提供藝術資源。西方劇目的演出最終可以追溯到 19 世紀末的外國僑民聚居的總會（即俱樂部），此後演出逐漸開放，教會學校、謀得利劇場、笑舞臺等均有西方戲劇演出活動。然而，西方的戲劇在演出時因與中國觀眾之間存在著文化、閱讀趣味上的距離而呈現出一定的區隔。《申報》所刊登的演出廣告則擔當了溝通文化的「平臺」，無論是對悲劇作品、寫實主義戲劇作品還是現代主義戲劇作品的舞臺表現形式、演員表演等的介紹，都為觀眾的欣賞理解提供了藝術上的指導，也為觀眾的討

論提供了話題與熱度。當然，《申報》的演劇廣告不乏對西方的悲劇、寫實主義與現代主義戲劇作品的誇大與改寫，而觀眾對這些劇作的演出或認可或拒絕的結果則推動了話劇從業者在符合觀眾趣味的基礎上完成對西方戲劇劇目演出的改造。從這個角度而言，愛美劇是西方戲劇運動影響下而發生的以探尋話劇獨立性的運動。《申報》演劇廣告將愛美劇的理論主張在觀眾走進劇院之前反覆言說，並以具體劇目的演出進行宣傳，廣告成為了話劇獨立性運動的見證者。

　　第三，廣告為話劇爭奪市場以及美學觀念的形成提供了半臺。從《申報》所刊登的話劇演出廣告所佔據的版面位置、版面的大小以及廣告的數量來看，處於早期階段的話劇既面臨著與傳統京戲、評彈等藝術爭奪觀眾市場，也面臨著與新興的電影藝術爭奪觀眾市場。為爭奪觀眾市場，早期話劇不僅將受到觀眾歡迎的評彈、傳奇等作品改編為劇目也將外國文學、社會時事新聞等改編為劇目，並在廣告中大肆宣傳。廣告在幫助早期話劇爭奪觀眾市場的過程中，也將早期話劇的劇本主張與舞臺觀念傳遞給觀眾。具體而言，早期話劇在廣告宣傳時無意識的強調了劇本的重要性。劇本被認為是話劇的生命，然而劇本在中國是從來就未曾有過的事務。為此，演出廣告不僅向觀眾介紹即將演出的劇目有劇本，且劇本是由名人編寫，試圖借助名人效應或將名人符號化以吸引觀眾的興趣。除此之外，演劇廣告文本大肆宣傳話劇舞臺人物形象的塑造、女性演員、舞臺布景以及現代劇場服務等以吸引觀眾。在早期話劇逐漸走向市場的過程中，演出廣告為資本服務因而在劇本創作與舞臺呈現時會有迎合市場的傾向，即便是嚴肅的啟蒙與革命也作為吸引觀眾的重要「賣點」。然而，話劇在經歷「甲寅中興」時期的繁榮後快速衰落則意味著純粹的商業化追求將面臨的結局。

　　以塑造「新國民」為目標而出現的話劇在啟蒙精英眼裏承擔著開啟民智的任務，在觀眾看來則是消費娛樂的方式之一。事實上，正是消費市場對話劇演出的需求促進了話劇的生產與發展，這也是為何《申報》所刊登的演出廣告以家庭題材為主的原因，這也是為何官方屢禁「淫戲」而「淫戲」不止的原因所在。話劇在走向大眾化的過程必然要平衡精英與觀眾的需求，面臨來自藝術與商業的糾纏。20 世紀 30 年代，由曹禺所編劇的《雷雨》的演出被認為是話劇劇本創作、舞臺藝術走向成熟的象徵。然而，《雷雨》的演出卻收到了觀眾的歡迎與理論界的質疑兩種不同的聲音，這印證了精英與觀眾、藝術與啟蒙在話

劇觀念構建過程中所發揮的不同影響。

　　《申報》所刊登的演劇廣告如同一面包羅萬象的鏡子，它將劇作家、演劇家、觀劇者與評劇者等連接在一起，為研究者呈現了處於早期階段的話劇創作的社會語境與接受語境。同時，作為大眾媒介的廣告業以自身的方式介為話劇觀念的傳播提供平臺，將自身構建為話劇生態的一個環節。走過百年來的話劇進入 21 世紀後，所面臨的最大挑戰就是觀眾的流失。為與電視、電影等爭奪觀眾，話劇依然嘗試各種努力與革新如建立高校話劇團體、高雅藝術進校園、話劇愛好者組織的演出活動、實驗性質的話劇演出活動，等等。實際上，話劇在今天所面臨的生存困境又何嘗不是其處於早期階段情形的一次復現。從歷史出發，回到歷史的現場來探討話劇觀念的確立也是理解當下的一種途徑。

參考書目

一、報刊雜誌

1.《申報》影印版

2.《新劇雜誌》

3.《繁華雜誌》

4.《遊戲雜誌》

5.《戲劇叢報》

6.《鞠部叢刊》

7.《劇場月報》

8.《二十世紀大舞臺》

9.《俳優雜誌》

10.《春柳雜誌》

二、論著

1. 朱雙雲《新劇史》〔M〕，新劇小說社，1914 年。

2. 姚公鶴《上海閒話》〔M〕，商務印書館 1915 年版。

3. 宋春舫《宋春舫論劇第 1 集》〔M〕，上海：中華書局，民國 12 年。

4. 上海戲劇協社編輯《劇本彙刊》，商務印書館，1928 年。

5. 熊佛西《寫劇原理》〔M〕，上海：中華書局，1933 年版。

6. 趙家璧主編，洪深選編《中國新文學大系 戲劇集 第 9 集 影印本》〔M〕，上海：上海文藝出版社，1935 年。

7. 向培良《中國戲劇概評》〔M〕，上海泰東圖書館，1929 年。

8. 朱雙雲《初期職業話劇史料》〔M〕，上海：獨立出版社，1942 年。

9. 王瑤《中國新文學史稿》〔M〕，開明書店，1951 年。

10. 戈公振《中國報學史》〔M〕，北京：生活·讀書·新知三聯書店，1955 年。

11. 徐半梅《話劇創始期回憶錄》〔M〕，北京：中國戲劇出版社，1957 年。

12. 洪深《洪深文集》〔M〕，北京：中國戲劇出版社，1957 年。

13. 《中國話劇運動五十年史料》〔M〕，北京：中國戲劇出版社，1958 年。

14. 中國戲劇家協會編《洪深文集第三卷》〔M〕，北京：中國戲劇出版社，1959
年。

15. 弗雷德里克·詹姆遜《快感：文化與政治》〔M〕，北京：中國社會科學出
版社，1983 年。

16. （日）河竹登志夫著；陳秋峰、楊國華譯《戲劇概論》〔M〕，北京：中國
戲劇出版社，1983 年。

17. 〔英〕尼柯爾（Nicoll，A.）《西歐戲劇理論》〔M〕，徐士瑚譯，北京：中
國戲劇出版社，1985 年。

18. 韓日新編《陳大悲研究資料》〔M〕，北京：中國戲劇出版社，1985 年。

19. 張德彝《隨使英俄記》〔M〕，鍾叔河主編，楊向群、鄔琨責任編輯，長沙：
嶽麓書社，1986 年。

20. 《余上沅戲劇論文集》〔M〕，武漢：長江文藝出版社，1986 年。

21. 孫青紋編《洪深研究專集》〔M〕，杭州：浙江文藝出版社，1986 年。

22. 王衛民編《中國早期話劇選》〔M〕，北京：中國戲劇出版社，1989 年。

23. 董建、陳白塵主編《中國現代戲劇史稿》〔M〕，北京：中國戲劇出版社，
1989 年。

24. 吳光耀《西方演劇史論稿》〔M〕，北京：中國戲劇出版社，1989 年。

25. 歐陽予倩《歐陽予倩全集》〔M〕，上海：上海文藝出版社，1990 年。

26. 田本相主編《中國現代比較戲劇史》〔M〕，北京：文化藝術出版社，1993
年版。

27. 曹聚仁《上海春秋》〔M〕，上海：上海人民出版社，1996 年版。

28. 張庚、黃菊盛主編《中國近代文學大系·戲劇集1》〔M〕，上海：上海書
店出版社，1996 年。

29. 韓順平、宗永建主編《現代廣告學》〔M〕，成都：電子科技大學出版社，1998 年版。

30. 錢理群、溫儒敏、吳福輝著《中國現代文學三十年》〔M〕，北京：北京大學出版社，1998 年。

31. 郁慕俠《上海鱗爪》〔M〕，上海：上海書店出版社，1998 年第 137 頁。

32. 田漢著、董健等編《田漢全集》〔M〕，石家莊：花山文藝出版社，2000 年。

33. 馬歇爾・麥克盧漢《理解媒介——論人的延伸》〔M〕，商務印書館，2000 年版。

34. 《熊佛西戲劇文集》〔M〕，上海：上海文藝出版社，2000 年。

35. 王朝蓬、王紅《商品廣告基礎》〔M〕，北京：高等教育出版社，2001 年。

36. 〔加〕馬歇爾・麥克盧漢《理解媒介》〔M〕，北京：商務印書館，2001 年。

37. 上海話劇志編纂委員會編《上海話劇志》〔M〕，上海：百家出版社，2002 年。

38. 童慶炳主編《文學理論教程（修訂二版）》〔M〕，北京：高等教育出版社，2004 年。

39. 董健、馬俊山《戲劇藝術十五講》〔M〕，北京：北京大學出版社，2004 年。

40. 道格拉斯・凱爾納《媒介文化——介於現代與後現代之間的文化研究、認同性與政治》〔M〕，北京：尚務印書館，2004 年。

41. 陳培愛《廣告學概論》〔M〕，高等教育出版社，2004 年。

42. 阿爾・里斯、勞拉・里斯《公關第一，廣告第二》〔M〕，羅漢、虞琦譯，上海：上海人民出版社，2004 年。

43. 伯瑞（JohnB.Bury）著，範祥燾譯：《進步的觀念》〔M〕，上海：上海三聯書店，2005 年。

44. 黃愛華《20 世紀中外戲劇比較論稿》〔M〕，杭州：浙江大學出版社，2006 年。

45. 韓叢耀《圖像：一種後符號學的再發現》〔M〕，南京：南京大學出版社，2008 年。

46. 張殷編《中國話劇藝術舞臺演出史綱》，武漢：武漢大學出版社 2008 年版。

47. 金觀濤、劉青峰《觀念史研究：中國現代重要政治術語的形成》〔M〕，北京：法律出版社，2009 年。

48. 包天笑《釧影樓回憶錄》〔M〕，北京：中國大百科全書出版社，2009 年。

49. 盧向東《中國現代劇場的演進——從大舞臺到大劇院》〔M〕，北京：中國建築工業出版社，2009 年。

50. 陳大悲《愛美的戲劇》〔M〕，上海：上海書店出版社，2011 年。

51. 王鳳霞《文明戲考論》〔M〕，廣州：廣東高等教育出版社，2011 年。

52. 傅謹主編、谷曙光副主編、谷曙光本卷主編《京劇歷史文獻彙編 清代卷 9 圖錄上》〔M〕，南京：鳳凰出版社，2011 年。

53. 董健、馬俊山《戲劇藝術十五講》〔M〕，北京：北京大學出版社，2012 年。

54. 上海圖書館編《近代中文第一報〈申報〉》〔M〕，上海：上海科技出版社，2013 年。

55. 李怡主編《詞語的歷史與思想的嬗變——追問中國現代文學的批評概念》〔M〕，成都：四川出版集團巴蜀書社，2013 年。

56. 〔德〕沃爾夫岡·弗里茨·豪哥著、董璐譯《商品美學批判》〔M〕，北京：北京大學出版社，2013 年。

57. 於嘉茵《民國戲劇：守望》〔M〕，北京：東方出版社，2013 年。

58. 揚·阿斯曼著，金壽福、黃曉晨譯《文化記憶》〔M〕，北京：北京大學出版社，2015 年。

59. 潘微微《從〈申報〉廣告看中國近代小說運動》〔M〕，上海：東方出版社中心，2015 年。

60. （日）瀨戶宏著、陳凌虹譯《中國話劇成立史研究》〔M〕，廈門：廈門大學出版社，2015 年。

61. 鄭正秋《新劇考證百出》〔M〕，北京：學苑出版社，2016 年。

62. 田本相主編《中國話劇藝術史》〔M〕，南京：江蘇鳳凰教育出版社，2016 年。

63. 劉子凌《話劇行動與話語實踐——二十世紀三十年代中國話劇史片論》〔M〕，北京：人民出版社，2016 年。

64. 張仲民《種瓜得豆：清末民初閱讀文化與接受政治》〔M〕，北京：社會科學文獻出版社，2016 年。

65. 許昉婷《戲裏戲外：中國現代話劇觀念的艱難抉擇》〔M〕，廈門：廈門大學出版社，2016 年。

66. 陳堅、盤劍《20 世紀中國話劇的文化闡釋》〔M〕，杭州：浙江大學出版社，2017 年。

67. 尹詩《海派話劇研究（1928～1957）》〔M〕，北京：中國社會科學出版社，2018 年。

三、學位論文

1. 田根勝《近代戲劇的傳承與開拓》，華東師範大學學位論文，2003 年。

2. 田美麗《中國現代戲劇原型闡釋》，華中師範大學學位論文，2003 年。

3. 宋寶珍《論中國話劇的審美現代性》，中國藝術研究院學位論文，2003 年。

4. 章池《中國悲劇觀念的生成與流變》，蘇州大學學位論文，2005 年。

5. 耿祥偉《晚清民國戲劇期刊研究》，復旦大學學位論文，2010 年。

6. 趙海霞《1872～1919 年近代報刊劇評研究》，復旦大學學位論文，2011 年。

7. 林存秀《城市之聲——文明戲與 20 世紀初上海都市文化》，華東師範大學學位論文，2011 年。

8. 王雪葵《意義與聲音：1930 年中國話劇創作研究》，南京大學學位論文，2012 年。

9. 於琦《二十世紀前期（1904～1949）戲曲期刊與戲曲理論批評》，中國藝術研究院學位論文，2013 年。

10. 賢驥清《民國時期上海劇場研究（1912～1949）》，上海戲劇學院學位論文，2014 年。

11. 鄭瀟《上海法租界傳媒審查制度（1919～1943）》，上海大學學位論文，2015 年。

12. 趙丹榮《清末民初都市戲曲人文生態研究》，山西師範大學學位論文，2018 年。

四、論文

1. 張健鐘《劇院建設和大眾傳播探討》，《戲劇報》，1988.01。

2. 田本相《論中國現代話劇的現實主義及其流變》，《文學評論》1993.05。

3. 焦尚志《五四新文化運動與現代戲劇觀念的確立》，《戲劇（中央戲劇學院學報）》，1995 年 1 月。

4. 許建平《二十世紀中國古典小說戲曲研究的回顧與前瞻》，《河北師院學報（社會科學版）》，1997 第 3 期。

5. 張健《論中國話劇史上的藝術戲劇運動》，《江漢論壇》，1999.04。

6. 傅謹《20 世紀中國戲劇史的對象與方法——兼與〈中國現代戲劇史稿〉商榷》，《戲劇藝術》，2001.06。

7. 姚小歐、陳波《〈申報〉的戲曲廣告與早期海派京劇》，《現代傳播》，2004.02。

8. 姚小鷗、陳波《〈申報〉與近代上海劇場》，《鄭州大學（哲學社會科學版）》，2004.04。

9. 王長順《〈申報〉對近代文學的影響》，《渭南師範學院學報》，2005.11。

10. 馬俊山《現代傳媒與話劇文體的發生》，《江海學刊》，2006.01。

11. 田根勝《近代報刊與近代戲劇》，《長江大學學報（社會科學版）》，2006.06。

12. 胡寧容《說說「話劇」這個名稱——兼及從「愛美劇」到「話劇」》，《戲劇（中央戲劇學院學報）》，2007.03。

13. 林存秀《如何文明？怎樣現代？——以「文明戲」為中心的民初上海都市文化探析》，《都市文化與都市生活——上海、紐約都市文化國際學術研討會論文集》，2008.06。

14. 陳留生《語言變革與中國現代戲劇的初期形態》，《江蘇社會科學》，2009.07。

15. 孫柏《光緒初年〈申報〉的戲劇論說——現代戲劇觀念形成的考察之一種》，《文化藝術研究》，2009.07。

16. 張福海《晚清戲劇改良思潮的形成及其演變》，《中華戲曲》，2009 年 6 月。

17. 袁國興《清末民初新潮演劇中的「演說」問題》，《學術研究》，2010.03。

18. 王鳳霞《從〈申報〉廣告「文明戲」稱謂的變化（1906～1949）》，《文藝爭鳴》，2010.06。

19. 馬俊山《演說與中國話劇之發生考論》，《中國現代文學研究叢刊》，2010.07。

20. 王鳳霞《文明戲的劇作類型和語體》，《文藝爭鳴》，2010.11。

21. 穆海亮《劇團研究：話劇史研究的擴展域與突破口》，中央戲劇學院學報《戲劇》，2012 年第 3 期。

22. 朱雪峰《文明戲舞臺上的〈趙閻王〉——洪深、奧尼爾與中國早期話劇轉型》,《戲劇藝術》,2012.06。

23. 宋寶珍《現代戲劇的生成》,《中國藝術時空》,2013.01。

24. 張福海《鴛鴦蝴蝶派的言情主義在近代戲劇改良運動中的影響及表現——兼論民國初年上海戲劇界的戲劇創造和演出》,《雲南藝術學院學報》,2013.09。

25. 馬俊山《論愛美劇時期文學與演劇關係的調整及近代戲劇審美風範的構建》,《南大戲劇論叢》,2013.12。

26. 張雅麗《上海 A.D.C.劇團戲劇演出的舞臺美術風格（1866～1919）》,中央戲劇學院學報《戲劇》,2014 年第 1 期。

27. 施旭升《「唱」與中國現代戲劇的發生》,《南大戲劇論叢》,2014.10。

28. 張潛、冀元《「劇評」的興起——現代話劇史「劇評」問題研究》,《戲劇藝術》2015.01。

29. 王彬《五四時期社會問題劇編譯傳播中的現代性建構》,《編輯之友》,2015 年 5 月。

30. 范方俊《清末學生新潮演劇與中國現代戲劇的發生》,《西北大學學報（哲學社會科學版）》2016 年 7 月。

31. 彭林祥《中國現代文學廣告的價值》,《中國社會科學》,2016.04。

32. 朱婷、黃愛華《從〈申報〉劇評看文明新戲「甲寅中興」》,《浙江學刊》,2016.09。

33. 宋寶珍《中國話劇史學研究芻議》,《雲南藝術學院學報》,2017.03。

34. 田本相《中國近現代（1904～1949）戲劇期刊發展之軌跡和特點》,《戲劇藝術》,2017.06。

35. 湯逸佩《新潮演劇與中國早期話劇的演劇觀念》,《戲劇藝術》,2018.06。

36. 周淑紅《新潮演劇概念辨析》,《社科縱橫》,2018.08。

37. 周愛軍《晚清民國上海學生話劇演出團體研究》《藝術探索》,2018.11。

38. 袁國興《清末民初新潮演劇研究的最新進展——在「中國話劇史研究暨第四屆清末民初新潮演劇國際學術研討會」上的總結發言》,《新世紀劇壇》,2018.12。

39. 李怡《日本藝術資源與近現代中國戲劇的改革》,《南國學術》,2019 年（第 4 期）。

40. 梁豔《中國現代話劇發生史敘事中的錯位》，《中國現代文學研究叢刊》，
2019.05。

41. 周明《戲劇的文學性與劇場性》，《福建藝術》，2019.10。

42. 陳天佑《從「腳色」到「角色」：論文明戲的蛻變》，《南大戲劇論叢》，
2020.05。

致　謝

　　選擇該題目作為畢業論文的選題，我不知道最終它會成現在這個樣子。在整個的寫作過程中，我有過焦慮，有過懷疑，也曾自信滿滿地認為我可以完成論文的寫作……然而，當我真正試圖開始寫作的時候卻發現無處下手。為了緩解焦慮，我在閱讀整理《申報》所刊登的演出廣告之時便開始著手研究與寫作。

　　然而，這個過程進展卻十分緩慢。雖然在不斷的寫作，但我卻並未抓住整個研究的「精髓」與問題的關鍵，以至於論文開題兩年後整個寫作並未有實質性的進展。這樣的情況一直持續到博士學習的第四年（即 2020 年）。2020 年因「新冠」蝸居在家的日子，我閱讀書籍、再次整理《申報》所刊登的話劇廣告。這些廣告宣傳將話劇與時事相結合的文本讓我看到了廣告背後所呈現的時代與政治，我有一種茅塞頓開的感覺，寫作也終於有所突破。李老師經常告訴我們：真正的研究與寫作是基於內心的訴求，是你的研究對象與你發生了某種契合後產生的化學反映。是的，當你獲得解鎖研究的「密碼」，整個論文寫作就是順其自然的行為。當然，博士論文具體的寫作是一個懷疑、自我否定與自我肯定相糾纏的過程，這真的是一個痛苦的過程卻也是認識自我的過程。

　　跟李怡老師的相遇，是我求學生涯中最幸運的一件事。當年報考四川大學的博士，我查找到老師在網絡上的照片。那張照片裏，李老師笑容滿面，有一種無法言說的活力與感染力。於是，我開始準備複習，閱讀李老師的研究，然後參加考試……非常幸運的結果是，我成了李老師的學生。實際上，在跟隨李老師學習之前，我並未有過系統的現當代文學學習的經歷。因此，這決定了整個學習過程的挑戰性。在川大學習的第一年時間，我基本游離於學習內容之

外，無論是上課的發言、還是作業的撰寫，都呈現出「蒙圈」狀態。但無論我是怎樣的狀況，李老師都能有極大地耐心讓我不偏離學習的軌道；無論我有多少幼稚的想法，他都耐心給予我解答……正如後來跟同學所說的：感謝李老師的「不逐之恩」。論文完成之際，很感謝劉福春老師、陳思廣老師、周維東老師、毛迅老師……在這些老師的身上，我感受到了他們的學術造詣與人生態度，這些都讓我受益匪淺。感謝我的同學李樂樂、陳瑜、胡余龍、廖海傑、左存文、李楊……學習上的各種困惑甚至生活上的各種不解，他們都會耐心解答。感謝川大，在這裡我體驗到了不一樣的生活樂趣與幸福。

感謝家人的支持。博士論文的寫作是一個漫長的過程，感謝我的丈夫與我的父母對我的支持，能讓我在而立之年再次走進學校學習、感受學習的快樂。如果不是他們的支持，我可能無法完成學業。感謝我可愛的女兒，她們讓我感受到困頓時期人生的出口與生命的意義。感謝西北民族大學新聞學院的同事，與他們相處共事，是幸運的。

博士生涯告一段落了，但自我的認知卻剛剛開始。我想，博士期間所體驗的生活將伴隨我以後的成長。好的研究應該是從生活出發，是對個人經歷的反思與重構，學會在研究中獲得樂趣，然後快樂地生活，我想這應該是最為重要的人生課題。